Taubentürme

Bettina von Arnim

Taubentürme

Wie ich in Frankreich mein Zuhause fand

Scherz

www.scherzverlag.de

Erste Auflage 2003

Umschlaggestaltung: Mario Moths, Bern,
unter Verwendung eines Aquarells von Bettina von Arnim
Vor- und Nachsatz: Aquarelle von Bettina von Arnim
Ektachrome: J. L. Nespoulous

ISBN 3-502-18013-X

Für Riki und Pauline

I

Berlin

In der Malklasse von Fritz Kuhr

Am Eingang der West-Berliner Kunsthochschule saß der Pförtner in einem gläsernen Kasten. Niemand, der in das Gebäude hinein- oder hinausging, kam unbemerkt an ihm vorbei. Im Mai 1960 war ich Studentin des ersten Semesters und erschien brav und pünktlich, als ginge ich noch ins Gymnasium, um acht Uhr morgens vor der Pförtnerloge. So früh war noch kein Student und schon gar kein Professor zu sehen, um diese Uhrzeit wurde nur die Post gebracht, ein Stapel, den der Pförtner dann sorgfältig in einen hölzernen Wandkasten alphabetisch einordnete.

«Halt!», rief er, ging vom Holzkasten in seine Glaskiste zurück, öffnete eine gläserne Klappe, durch die er mir ein großes, braunes Kuvert hinhielt, das an «Bettina Brentano» adressiert war. Das habe wohl etwas mit dem Außenminister von Brentano zu tun, aber doch nicht mit mir, meinte ich und wollte weitergehen. Dann solle ich ihm doch wenigstens sagen, ob er die Post unter A oder B einordnen solle. «Warum nicht gleich unter V?», schlug ich vor, weil es schon öfter vorgekommen war, dass mir Post oder Gepäck nach langem Warten unter A schließlich erst unter V wie «Von Arnim» ausgehändigt wurde. «Besser noch unter Z wie Zernikow», sagte der Pförtner zu meinem Erstaunen.

Zernikow, mein Geburtsort, das Haus meiner Wunschträume und frühen Kindheitserinnerungen, in der Nähe von Berlin gelegen und dennoch unerreichbar und fast vergessen, wie auf einer weißen Landkarte auf verbotenem Gebiet, als läge der Ort hinter gläsernen Panzerplatten.

«Den Brief gebe ich Ihnen erst, wenn Sie mir drei Fragen richtig beantworten», sagte der Pförtner. Gut, ich war gespannt.

«Erste Frage: Wie kam der große Findling vor die Zernikower Kirche?»

«Der Teufel hat ihn dorthin geworfen, die Kirche aber hat er nicht getroffen. Seine Fingerabdrücke sind noch im Stein zu erkennen.»

«Zweite Frage: Welche ist die älteste der Zernikower Alleen?»

«Die Maulbeerallee. Fredersdorff, der Kämmerer des Alten Fritz, ließ sie für die Seidenraupenzucht anpflanzen.»

«Auch richtig. Nun die dritte Frage: Welche Position hatte der Baron auf dem Fußballfeld?»

«Links außen.»

Der Pförtner kam aus seinem gläsernen Kasten heraus. «Mein Name ist Zieske», stellte er sich vor und fügte mit Tränen in den Augen hinzu: «Mit Ihrem Vater zusammen habe ich in Zernikow Fußball gespielt, das waren schöne Zeiten!» Außerhalb seines gläsernen Kastens, an dem er sich abstützte, war zu sehen, dass Herr Zieske nur einen Schuh trug, unter dem anderen Hosenbein steckte ein schwarzer Gummipfropfen. Er sagte, in Zernikow habe er in der Forstwirtschaft gearbeitet. «Ein guter Chef, richtig kameradschaftlich war Ihr Vater, außerdem ein großer Land- und Forstwirt. Dann wurde ich aber als Soldat eingezogen.» Er blickte an sich herunter und fragte, ob mein Vater noch lebe. Nein, er sei im Frühjahr 1945, als er mit Zernikowern und den französischen Kriegsgefangenen noch das Saatgut unter die Erde bringen wollte, weil er eine Hungersnot voraussah, als «Junker» denunziert, von den Sowjets festgenommen und nach Russland abtransportiert worden. Im darauf folgenden Januar war er dort in einem Lager an Hunger und Kälte gestorben. Bei diesem Kurzbericht kamen auch mir die Tränen, ich konzentrierte mich darauf, sie zu unterdrücken, und vergaß den Briefumschlag mit der kuriosen Adressierung.

Herr Zieske, wieder ganz Pförtner, überreichte mir den Umschlag mit offizieller Miene. In den folgenden Monaten begrüßten wir uns am Eingang zur Hochschule freundlich, fragten manchmal, wie es ginge, über Vergangenes und Zernikow sprachen wir jedoch nicht mehr. Diese Verschlossenheit, zumal in Gegenwart anderer, war mir nur recht, denn ich empfand es als unangenehm, mit diesem anspruchsvollen Namen herumzulaufen, als steckte ich in einem zu weiten Mantel. (Dass wahrscheinlich mein Familienname mit dem Mädchennamen meiner Urahnin verwechselt worden war, hatte ich deshalb auch nicht zur Kenntnis nehmen mögen.)

Was in dem geheimnisvollen Briefumschlag steckte, weiß ich nicht mehr. Vielleicht handelte es sich um eine Ermahnung, an den unbeliebten Fächern Methodik und Pädagogik regelmäßig teilzunehmen, um etwas ganz Banales. Dazu fällt mir die ungewöhnliche Sammlerleidenschaft eines Schriftstellers ein, der Antworten von Menschen sammelte, die nicht mehr lebten.

Meine Tante, die Malerin Bettina Encke-von Arnim, älteste Schwester meines Vaters, erzählte mir einmal, sie habe einen Brief des israelischen Schriftstellers Ben Garchem erhalten, in dem aber nichts weiter gestanden habe als die Frage, ob der Brief denn angekommen sei. Das Kuvert sei an «Bettina von Arnim, Wiepersdorf über Dahme/Mark» adressiert gewesen, also an die Adresse der Dichterin der Romantik, die Urgroßmutter meiner Tante. Aus Wiepersdorf war meine Tante 1947 vertrieben worden, so dass der Brief mit dem Vermerk «Verzogen nach Überlingen/Bodensee» erst ein Jahr nach dem Datum des israelischen Poststempels bei ihr eintraf. Verwundert über diese merkwürdige Post habe sie dem Schriftsteller geantwortet. Dieser wiederum habe ihr eine freundliche Erklärung geschrieben: Er schicke solche Briefe an die ursprünglichen Adressen von Persönlichkeiten der Vergangenheit, die er verehre. Er sammle alles, was ihm zurückgeschickt würde, auch die vielen Umschläge mit dem Vermerk «Unbekannt/Verzogen». Besonders freue er sich, wenn er tatsächlich eine Antwort erhalte, wie dieses Mal.

An der Hochschule für bildende Künste, Abteilung Kunstpädagogik, in der Grunewaldstraße studierte ich seit kurzer Zeit in der Mal- und Zeichenklasse von Fritz Kuhr. Von meiner Tante, die mit Fritz Kuhr befreundet war, wusste ich, dass er als «entarteter Künstler» verfemt, in Wiepersdorf bei meiner Großmutter Agnes von Arnim, der «Erdbeeroma», Zuflucht gefunden hatte. Ein Brief mit seinem Absender hatte mich noch in der Diakonissenanstalt Schwäbisch Hall überrascht.

Nach dem Abitur hatte ich in diesem Krankenhaus als freiwillige Schwesternhilfe für Kost und Logis gearbeitet, wusste ich doch nicht, wohin, noch wovon leben. Auf gut Glück hatte ich vorher meine Bewerbung und eine Mappe mit Aquarellen und Zeichnungen nach Berlin geschickt.

Im Krankenhaus begann der Dienst bereits um sechs Uhr morgens. Geweckt wurde um fünf Uhr zum Frühgebet, als hätten wir jungen Mädchen Nonnen werden wollen. In der Meinung, Kunst könne nicht helfen und nichts bewirken, wollte ich Ärztin werden, um einmal Leiden mindern zu können. Nach mehreren Wochen im «Diak», als ich wieder einmal den täglichen Gang auf den langen Fluren zum Tablettenverteilen antrat, winkte mir die Oberschwester der HNO-Abteilung mit einem Brief zu und rief, als ob sie sich für mich freue: «Schweschderle Bedina, da habet Sie einen Brief von einem Professor aus Berlin!»

Professor Kuhr schrieb, die Prüfungskommission habe nach Durchsicht der Mappe meinen Antrag auf das Studium an der Kunsthochschule angenommen. Daraufhin habe er darum gebeten, dass ich seiner Malklasse zugeteilt würde, denn er habe meinem Vater viel zu verdanken.

Mein Herz schlug höher, und ich tanzte nur so mit dem Tablett und dem Brief durch die Flure.

Das Atelier der «Kuhr-Klasse» lag im dritten Stock unter dem Dach. Von den großen Nordfenstern aus sah man in den Kleistpark hinunter, rechts auf die Kupferdächer der Kleistkolonnaden und links, weiter entfernt, auf das Kontrollratsgebäude, vor dem vier hohe Fahnenmasten standen. Tagte der Kontrollrat, waren alle vier Fahnen der Besatzungsmächte hochgezogen. An normalen Tagen wehte die amerikanische, englische, französische oder sowjetische Fahne, je nachdem, welche Vertretung gerade in dem Gebäude Wache hielt.

Eines Sommerabends, während einer Feier im Kuhr-Atelier, wurde eine Wette abgeschlossen: Wem es gelänge, eines der Bronzepferde im Kleistpark zu besteigen und darauf zu sitzen, der bekäme eine Flasche Rotwein. Zum Glück war gerade die französische Fahne gehisst, unter den Augen der Sowjets hätten wir die Kletterpartie nicht gewagt. Von unten aus gesehen waren die Pferde wesentlich höher als von oben geschätzt. Mit großer Anstrengung gelang es mir, mich an einem überdimensionalen Steigbügel hochzuziehen. Die Weinflasche wurde gleich nachgereicht.

Diese Begebenheit trug sich erst gegen Ende des ersten Semesters zu, vorher hätten wir Neuankömmlinge nicht den Mut zu solchem Unfug gehabt.

Frisch vom Gymnasium an die Kunsthochschule gekommen, waren wir noch voller Respekt und Bewunderung für die «Großen». Besonders einschüchternd wirkten zwei Studenten höheren Semesters, die das Privileg hatten, hinter dem großen Gemeinschaftsatelier ein kleineres für sich zu haben. Sie malten zwar nur in der «Knochenkammer», in dem Abstellraum für Gipsmodelle und Skelette, dafür aber umso größere und starkfarbigere Bilder. Was wir malten, betrachteten sie herablassend und drückten ihre Zigaretten einfach auf dem Fußboden aus. Meine Bewunderung für die beiden, Petrick und Baehr, ließ nach, als ich merkte, dass man vor ihnen seine kostbaren Farben gut wegschließen musste.

Schon von weitem war Professor Fritz Kuhr an seinem schlurfenden Gang und seinem ständigen Begleiter, dem weißen Spitzhündchen Pucki, zu erkennen, wenn er morgens aus dem Bus stieg und die Hochschule betrat. Meist schloss er sich erst einmal in seinem Privatatelier ein, bevor er zu Korrekturen beim Aktzeichnen und zu Gesprächen zu uns herüberkam. Einmal erzählte er, seine schlechte Gehweise sei die Folge einer Hungersnot. Nachdem das staatliche Bauhaus in Weimar 1926 geschlossen und in Dessau wieder eröffnet worden war, nachdem Walter Gropius alles getan hatte, um sein Werk an anderem Ort unterzubringen, sei er gefolgt und habe sich als alter Bauhäusler ohne Geld und Arbeit in Dessau durchgeschlagen. Von der wochenlangen Unterernährung sei Muskelschwund eingetreten. Um das anschaulich zu machen, krempelte er seinen linken Ärmel hoch und zeigte auf die Stelle des Bizeps, der aber kein Muskel mehr war, sondern nur eine sehnige Einbuchtung.

Als Einführung in die Grundbegriffe der Malerei erklärte Fritz

Kuhr Goethes Farbenlehre und empfahl uns «Farben-Braune», eine Großhandlung in der Grunewaldstraße. Dort sollten wir uns für den Anfang billige, große Öltuben kaufen, drei in den Grundfarben Rot, Blau und Gelb und eine Tube Zinkweiß. Damit könnten wir alle anderen Farben mischen und das Malen von «lebendigem Grau» ausprobieren. Die teuren, kleinen Farbtuben besserer Qualität – die allerteuerste sei Violett – könnten wir uns nach und nach dazukaufen.

Beim Malen trug ich einen abgelegten Massagekittel meiner Mutter, blütenweiß, nur an den Ärmeln etwas abgetragen, niemand an der ganzen Hochschule hatte so schicke Malkittel. Aber die Farben von «Farben-Braune» gerieten nicht nur auf die Leinwand, und bald stand mein Kittel steif wie die «krachledernen Reithosen des Barons von Hüpfenstich», wie der Schriftsteller Fritz Reuter zu sagen pflegte, abends vor der Staffelei. Fritz Kuhr meinte schmunzelnd, ich solle mir an dem Maler Achim von Arnim in Wiepersdorf ein Vorbild nehmen, der habe früher im piekfeinen Samtanzug und Barett seine Historienbilder gemalt.

Später erzählte Fritz Kuhr, wie er selbst nach Wiepersdorf gekommen sei. Bevor er zum zweiten Mal in Berlin ausgebombt worden war, seien kontrollierende Beamte in sein Atelier gekommen. Wenn die Treppenstufen knarrten, habe er schnell über ein anderes Bild ein Hakenkreuz gestellt und so getan, als ob er daran male. Mit diesem Trick sei es eine Zeit lang gut gegangen, dann aber habe er Malverbot erhalten. Der Lichtblick für ihn als «entarteter Künstler» sei Wiepersdorf und die Zernikower Holzzaunfabrik meines Vaters gewesen. Mehrere von den Nationalsozialisten Verfolgte hätte meine Großmutter Agnes in Wiepersdorf versteckt. Sie ordneten die wertvolle Bibliothek oder arbeiteten als Angestellte im Holzbetrieb.

«Ihr Vater, der alle zwei Wochen mit dem Motorrad von Zernikow nach Wiepersdorf kam, gab mir solch eine Anstellung, wofür ich ihm heute noch dankbar bin. Wenn die Gestapo kam, taten wir so, als ob wir Holz sägten. Aber schwach und ungeschickt, wie wir so genannten ‹Asphaltintellektuellen› waren, wäre das nicht gut gegangen, wenn uns die wirklichen Holzarbeiter nicht geholfen hätten. Stillschweigend stellten sich diese guten, kräftigen Kerle vor uns, sägten, ließen sich leichte Holzstücke reichen und so weiter, bis die Herren in Uniform gingen.»

Zeichnen, jeden Tag sollten wir frei zeichnen, sagte Professor Kuhr. Paul Klee habe jeden Tag mindestens eine Zeichnung gemacht. Was aber nur, Stillleben oder Fantasiegebilde? Das Was und Wie müssten wir im Laufe der Zeit selbst herausfinden und würden uns durch beständige Arbeit einen persönlichen Stil aneignen.

Sowie es wärmer würde, wollte ich, wie schon mehrmals, über die Potsdamer Brücke gehen, immer weiter Richtung Osten, und zeichnen, bevor alle Spuren der Vergangenheit eingeebnet wären. Doch solange es noch so kalt war, dass einem der Bleistift in der Hand zitterte, fand ich neben den Stadtansichten andere Motive im Warmen und ganz in der Nähe.

Am Winterfeldtplatz, unterhalb eines Fernmeldeturms, lagen bis auf die Grundmauern zerstörte Häuser. In einem davon schien noch Leben zu sein. In den Fensteröffnungen des früheren Vorderhauses standen Blumentöpfe mit Schutzhauben gegen den Frost, zwischen niedrigen, weiß getünchten Mauerresten waren Holzfässer um Tische gruppiert. Diese kalte Wohnstube unter freiem Himmel hatte etwas liebevoll Improvisiertes. Über der Tür zum Hinterhaus, das nur noch aus dem Erdgeschoss bestand, hing das Schultheiß-Emblem mit seinem Bierhumpenmann, und an der Tür stand geschrieben: «Bei Elschen.»

In der Kneipe saßen Stammgäste um einen großen, runden Tisch und spielten Karten. Neben dem Eingang stand ein Bullerofen mit dem Rohr zum Fenster hinaus, links davon ein kleiner Tisch, an dem ich mich – beim ersten Mal etwas zögernd, da fremd in diesem Milieu – niederließ. Dieser kleine Tisch zwischen Fenster und warmem Ofen «Bei Elschen» sollte zu meinem Stammplatz werden.

Die Wirtin begrüßte mich freundlich, wenn auch etwas verwundert. Ich bestellte ein Bier, weil dies die anderen am großen Tisch vor sich stehen hatten. Als die Wirtin mit meiner Bestellung aus dem linken Teil des Raumes zurückkam, fragte ich, ob ich hier zeichnen dürfe. «Wat, bei mir? Da jibt's doch nüscht Schönet abzumalen!» – «Doch, die Gesichter Ihrer Gäste sind eindrucksvoll.» – «Ja, Frollein, wenn Sie wüssten, wat die alles mitjemacht haben, diese armen Menschen. Ik möcht's ihnen hier jemütlich machen, man tut eben, was man kann.»

Nach längerem Beobachten begann ich zu skizzieren, zunächst das Gesicht eines Mannes im Profil, es schien vom Krieg gezeichnet. Am nächsten Tag, zwischen zwei Vorlesungen, ging ich wieder zu «Elschen», das zerfurchte Gesicht einer Frau undefinierbaren Alters hatte es mir angetan. Ihre Gesichtszüge hatten etwas Animalisches, ich versuchte, dies in expressiver Weise zu betonen. «Fertig, darf man kieken?», fragte sie nach einer Weile. Ich zeigte ihr die Porträtzeichnung, erschrocken hielt sie sich den Bauch und rief: «Mensch, ik jebär gleich 'nen Orang-Utang!» – «Jut jetroffen, uns Tanja!», freuten sich die Männer.

Wann nur immer möglich kehrte ich «Bei Elschen» ein und zeichnete. Nach einem lustigen Wortwechsel rief mir ein Mann zu: «Halten Se's graphologisch fest!» Dann wieder wurde mir vorgeschlagen, auch einmal den Schüchternen da hinten zu konterfeien, oder «uns Paula, ausn Trümmern rausjebuddelt». Die Paula war nach einigen Runden Bier recht munter, und als sie ihre Porträtskizze ansah, rief sie: «Det is aba humorvoll uffjefasst! In der Ironie liegt die Weisheit der vornehmen Gesellschaft, sagte mein Frollein Mutter imma.» Der Schüchterne, die verrückte Paula, alle ließen sich gerne porträtieren, obwohl die Zeichnungen, meist in grober, hastiger Strichführung, nichts Gefälliges hatten. Eine der Frauen sagte: «Wenn ik mein Bildnis besehe, is es ja nich so sehr schmeichelhaft, aber dat Se mir jemalt haben, det ehrt mir denn doch.»

Jedes Mal, wenn ich mit meinem Zeichenblock in die Kneipe kam, wurde mir zugerufen: «Ah, da kommt Zilles Tochter wieder!»

Vor dem 13. August 1961

Während der ersten zwei Semester wohnte ich bei meiner Großmutter mütterlicherseits in Berlin-Zehlendorf. Nach einem Faschingsfest in der Kunsthochschule am Steinplatz, dem «großen Zinnober», wusch ich mir am frühen Sonntagmorgen in Großmutters Badewanne die Silberbronze aus den Haaren. Die Folge war ein Rausschmiss wegen Badewannenversilberung. Gretchen, Großmutters Haushälterin, sei das Wegputzen meiner Farben nicht mehr zuzumuten. Dennoch durfte ich mich danach an Gretchens guten Mahlzeiten jeden Sonntagmittag satt essen.

Der Umzug von der Zehlendorfer Villa in die Elßholzstraße 7, zweiter Hinterhof, Treppeneingang links kam mir nur recht. Dort musste man sich nicht wie eine «höhere Tochter» benehmen, eher wie «Zilles Tochter». Die Elßholzstraße war die Schattenseite des Kontrollratsgebäudes. Keine Fahnen wehten in Wind und Sonne wie im Kleistpark dahinter. In der engen, dunklen Straße standen nur unheimliche Militärfahrzeuge.

Meine Zimmerwirtin, eine sehr arme Arbeiterwitwe, teilte ihr Bett mit ihrem Sohn Kurt, einem jungen Maurer, der tagsüber auf Baustellen in Ost-Berlin arbeitete. Kurts vorheriges Zimmer, Wand an Wand mit ihrem, war nun meines, weil seine Mutter das bisschen Mietgeld brauchte. Statt das Arbeitermilieu aus der Distanz abzuzeichnen, lebte ich nun darin. Das Zimmer war winzig und kahl, die Toilette auf halber Treppe, vom Küchenherd, der gemeinsamen Heizung, roch es nach Kohlsuppe. Doch das Zimmer hatte ein Fenster mit Blick auf den Hinterhof.

An einem regnerischen Morgen kramte ein zerlumpter Mann in den Mülleimern, öffnete einen Deckel nach dem anderen, steckte seinen kahlen Kopf in die Eimer und hielt sich leere Schnapsflaschen an den Mund. Dann fischte er eine schwarze Herrenjacke aus der Tiefe eines Eimers und zog sie über, verschimmelte Zitronen kullerten aus den Ärmeln über den nassen Teer im Hof – phosphoreszierendes Gelbgrün auf glänzendem Anthrazit, zum Malen schön, zum Leben jedoch nicht.

Eines anderen Morgens stand ein Leierkastenmann im Kreis der Mülleimer. Konzentriert kurbelte er an seinem bemalten Kasten. Nach drei melancholischen Stücken auf der Drehorgel blickte er zu den Fenstern des Hinterhofs hoch, Groschen wurden in seinen Hut geworfen. Dann schob er seinen Leierkasten wie einen Kinderwagen wieder zum Hof hinaus.

Beim sonntäglichen Sattessen sagte ich Großmutter nichts von den ärmlichen Verhältnissen in der Elßholzstraße, nur dass ich jetzt hinter dem Kontrollratsgebäude wohne. Sie meinte dazu: «Dann bist du ja gut bewacht!»

Als es im Sommersemester wärmer wurde, fuhr ich mit der U-Bahn zum Zeichnen nach Ost-Berlin. Durch Berlins alte Mitte lief ich vom Bahnhof Friedrichstraße zur Museumsinsel, zum ehemaligen Schlossplatz, zum Gendarmenmarkt. In Eile versuchte ich, an einem Nachmittag gleich mehrere Stadtansichten zu zeichnen, vielleicht in der Vorahnung, dass dies bald nicht mehr möglich sein würde.

Meine Entdeckungsgänge machte ich meist allein, um der Intensität des Eindrucks willen – das gemeinsame Schwatzen beim Billig-Kuchen-Essen und Juno-Zigaretten-Rauchen hätte vom Ernst der Sache abgelenkt – und auch, weil an der West-Berliner Kunsthochschule abstrakte Malerei hoch im Kurs stand. Dafür setzte man sich nicht vor ein Motiv, gar noch im Osten. Sicher hätte ein Fotoapparat die eindrucksvolle Ruinenlandschaft der alten Stadtmitte besser dokumentieren können. Aber davon abgesehen, dass ich keinen besaß, stand ich unter dem Leistungsdruck, eine künstlerische Aussage vorzulegen. Etwas abstrahierend, wie eilig hingeschrieben, überließ ich es dem Gestus der Hand, das Gesehene mit Chinatusche wiederzugeben. Ein faszinierendes Motiv war der Berliner Dom, ein schwarzer Koloss mit türkisgrüner Kupferkuppel, umgeben von Figuren ohne Köpfe. Der französische und der deutsche Dom am Gendarmenmarkt, zierlicher im Grundriss, wirkten noch verletzter. Nur die Armaturen der Kuppeln stand noch, von der Feuerhitze in die Schräge geneigt, als filigranes Gerippe gegen den Himmel. Weiter entfernt, in der Oranienburger Straße, unheimlicher als alle anderen zerstörten Gebäude Berlins, stand die Ruine der Synagoge. Nichts ragte gen Himmel, keine Kuppelreste waren zu sehen, nur dunkle Löcher in einer hohen Mauerfassade.

Einige Zeit später zeichnete ich zum wiederholten Mal den Berliner Dom. Von einer Bank vor dem Zeughaus überblickte man den Lustgarten – eine leere, gar nicht lustige Fläche –, an dessen Ende die dunkle Gebäudemasse wie aus der Wüste aufragte. Diesmal wollte ich es mit der Abstraktion etwas weiter bringen, weniger auf Einzelheiten eingehen als vielmehr das Verhältnis von Leerraum und Masse beachten. Als ich gerade dabei war, die Dunkelheit zur Mitte hin zu verdichten, kamen Gleichaltrige hinzu und sahen mir über die Schulter. Sie wollten nicht stören, sagte eine aus der Gruppe, als ich die Feder absetzte, da ich mich beobachtet fühlte. Ein junger Mann bat mich weiterzuzeichnen. Das würde ihn interessieren, er fügte leise hinzu, so modern dürften sie nicht zeichnen, das sei ihnen verboten. Ein anderer stellte die Gruppe als Studenten der Kunsthochschule Weißensee vor. Mit gedämpften Stimmen begann eine kurze Debatte, so als sollte die neu gegründete Schule Weißensee gegen die altbestehende im Westen verteidigt werden. «Verboten», das sei übertrieben, das dürfe er nicht sagen, meinte eine der Studentinnen streng zu ihrem Kommilitonen. Nein, direkt verboten sei ihnen nichts, schaltete sich vermittelnd die Studentin ein, die zu Anfang nicht hatte stören wollen. Sie in Weißensee hätten nun mal vorgegebene Regeln zum «Sozialistischen Realismus», sie selbst sei froh über solche Vorgaben, an denen man Halt fände. Ja, ihm ginge auch die Sicherheit über die Freiheit, sagte der, der die Gruppe vorgestellt hatte. Außerdem ließe sich handwerkliches Können gerechter beurteilen als . . . «als so ein verrücktes Gekritzel!», fiel ihm die ins Wort, die verboten hatte, «verboten» zu sagen. «Jetzt kommt schon, weiter!», forderte sie alle zum Gehen auf und murmelte: «Seid ihr denn blöde, so eine Unterhaltung mit der hier auf freier Fläche, das ist doch gefährlich.»

Die Studenten entfernten sich, schnell gingen sie am Spreeufer entlang, nur einer von ihnen trödelte etwas hinterher. Aber keiner drehte sich um, und auch ich hielt es für ratsam, ihnen nicht mehr hinterherzusehen. Gefährlich oder nicht, die Zeichnung sollte fertig werden! Es fehlten nur noch wenige Striche, damit sich Gegenstand und Raum ineinander verzahnten, nach dem Rat von Professor Kuhr: Auch die weiß gelassenen Stellen dürften nicht mehr wie Papier aussehen.

Im Kuhr-Atelier angekommen, zeigte ich die Zeichnung vom Dom unserem Professor, der für sie gelungen hielt. Auf das Lob hin sollte sie die Vorlage für ein großes Ölbild sein. Als Leinwand hierzu diente das Porträtgemälde des Rechtsgelehrten Carl von Hagens, der vom letzten Kaiser für seine Verdienste geadelt worden war. Das Gemälde in Halbfigur zeigte ihn, dessen Grundlagen zum Konkursgesetz noch heute gelten, in vollem Ornat. Meine Zehlendorfer Großmutter hatte es mir mit der Erklärung gegeben, sie wolle das Bildnis ihres Schwiegervaters los sein, ich könne es zum Trödler bringen oder sonst etwas damit anfangen. Die große Leinwand mit solidem Keilrahmen, sonst unerschwinglich, sah ich nur als geeigneten Malgrund. Fritz Kuhr machte zwar auf die gediegene Malerei von damals aufmerksam, bewunderte das Moiré der Brustschärpe, aber als ich ihn fragte, was man anstelle der üblichen Grundierung auf leere Leinwand nehmen solle, riet er zu Deckweiß. «Das war nur eine rein technische Antwort, der Rest ist Ihre eigene Entscheidung», sagte er und verließ das Atelier. Meine Entscheidung war längst getroffen, der Jurist aus Kaisers Zeiten wurde auf den Boden gelegt, zu mehreren überpinselten wir ihn von außen nach innen mit Deckweiß. Das Gesicht blieb mir vorbehalten. Erst kam es mir lustig vor, in kreisenden Bewegungen Bart und Kopfhaare verschwinden zu lassen, aber dann, als ich schnell die Augen des Urgroßvaters überstrich, damit er mich nicht mehr ansah, bedauerte ich die ganze Aktion. Zu spät.

Noch einmal fuhr ich zum Zeichnen nach Berlin-Mitte. Durch kleine Seitenstraßen gelangte ich zum Kupfergraben, betrachtete wieder der Reihe nach alle zerstörten Gebäude der Museumsinsel, vom Bode-Museum, an dem die Eisenbahnzüge direkt vorbeifuhren, bis zum klaffenden Loch vor dem Deutschen Museum mit seinen bloßgelegten Innenwänden dahinter, an denen hoch oben unzugängliche Türen zu sehen waren. Ich überquerte schnell die Brücke, vermied die große Fläche des Lustgartens und kam von dessen Rand her zur Vorderseite des Alten Museums. Seine Treppenstufen, von der Sonne durchwärmt, schienen ideal, um sich darauf niederzulassen und das Zeichenmaterial um sich herum auszubreiten.

Links lag der Dom, rechts das barocke Zeughaus, doch geradeaus war nichts als eine riesenhafte leere Fläche zu sehen. Dort musste das Berliner Stadtschloss gestanden haben, vor diesen schiefen alten Häusern, die nun so unvermittelt an diesen großen Platz vorgerückt waren.

Wie aber nur die Leere zeichnen? Ohne Gegenstände ließen sich nicht einmal deren Schatten wiedergeben. Das abhanden Gekommene weckte die Erinnerung, wie meine Mutter geweint hatte, als vor zehn Jahren im Radio die Meldung kam, Walter Ulbricht habe das Stadtschloss sprengen lassen, und wie mein ältester Bruder Achim behauptet hatte, die ganze Stadtmitte würde zum militärischen Aufmarschplatz.

Erst einmal zeichnete ich die niedrigen alten Häuser, eins ums andere, wie ein dunkles waagerechtes Band am Horizont. Links verdeckte eine helle Plastikempore die weiteren Häuser. Über mein Blatt gebeugt, zeichnete ich aus der Vorstellung an der verdeckten Häuserkette weiter. Als diese fertig war, sah ich auf, doch traute ich meinen Augen nicht: Ein ganzes Heer war vor dem Gestell aufmarschiert. Die exerzieren da hinten, wo einmal das Stadtschloss gestanden hat, dachte ich, statt sofort zu gehen, und setzte diesen Strich und den auch noch. Plötzlich machten die Truppen der Nationalen Volksarmee rechtsum kehrt. Die leere Fläche füllte sich, die Masse Soldaten marschierte frontal auf das Alte Museum zu. Im Gleichschritt kamen sie näher und näher.

«Ruhe bewahren ist des Bürgers erste Pflicht», dieser preußische Anschlag vom Beginn des Siebenjährigen Krieges schoss mir durch den Kopf, mir klopfte das Herz wie wild. Sitzen bleiben, jetzt bloß nicht weglaufen, wer flieht, wird verfolgt!

Kurz vor den Treppenstufen kamen die Truppen in breiter Front zum Stillstand. Von links schritt ein Offizier die Stufen hoch, sah prüfend auf Zeichenblatt und Tintenfass, dann folgte sein Kommentar, ein verächtliches «Pft!» zur Entwarnung. «Kehrt um, marsch!», kommandierte er. Die Truppen, von der ersten bis zur hintersten Reihe, setzten sich wieder in Bewegung. In Rückenansicht verlor die militärische Masse etwas von ihrer Bedrohlichkeit. Schnell machte ich mich davon, lief den Kupfergraben entlang und atmete erst wieder auf, als die U-Bahn an einem West-Berliner Bahnhof hielt. Damit hatten die Streifzüge mit Skizzenblock in Ost-Berlin ein Ende gefunden.

Waltraut, eine Freundin aus der «Labes-Klasse», wie das Kuhr-Atelier unter dem Dach gelegen, spielte sehr schön Querflöte. Das teure Instrument hatte sie sich durch eine langweilige Arbeit in einem Versicherungsbüro verdient. Auch ich wünschte mir, Querflöte statt nur Blockflöte spielen zu können. Als Kind hatte ich einmal am Radio die g-moll-Sonate von Bach gehört, gespielt von Aurèle Nicolet. Von da an schwebte mir vor, diese Sonate irgendwann einmal spielen zu können. Während der Semesterferien arbeitete ich bei der Bausparkasse Schwäbisch-Hall oder bei der Weinlese in der Provence. Schließlich vermittelte mir ein Student von der Musikhochschule am Steinplatz die langersehnte Querflöte. Er kannte einen Musikstudenten aus dem Osten, der anonym bleiben wollte. Dieser verdiente sich sein Studium in West-Berlin, indem er Musikinstrumente von Ost nach West schmuggelte. Der Schwarzhandel verlief «eins zu vier», das hieß, eine Deutsche Mark West entsprach vier Reichsmark Ost, mein Musikinstrument aus dem Osten, in Westmark bezahlt, war entsprechend billiger. Der anonyme Musikstudent behielt zwanzig Prozent für sein Risiko ein, und ich erhielt sehr günstig eine silberne Querflöte, in die «Zeiss-Jena» eingraviert war.

Nun hatte ich eine schöne Querflöte, konnte aber nicht darauf spielen. Ich nahm Unterricht bei einer Gesangsprofessorin der Musikhochschule. Sie spielte meine neue Flöte ein, der Meinung, dass es sich um ein gutes Instrument handelte, ohne zu fragen, auf welche Weise ich die «Zeiss-Jena» erworben hatte. Danach hieß es Atemübungen machen sowie Tonleitern und nochmals Tonleitern üben. In der Flötenschule, «eins zu eins» bei «Musik-Riedel» gekauft, kam ich gerade nur über die halben Noten hinaus. Im weiteren Teil des Hefts wurde es schwarz und schwärzer vor dicht gedruckten «Vierundsechzigstel»-Noten. Immer öfter kam ich zu spät zum Unterricht, hechelnd wie ein Hund, dem die Flanken zittern – eine Zwerchfellübung, die mir die Gesangslehrerin für ein Vibrato beigebracht hatte. Nach zehn Unterrichtsstunden zu zehn Mark ging mir das Geld aus.

Doch die teuren Stunden hatten sich gelohnt. Die Grundlagen des Querflötenspielens waren mir von der Gesangslehrerin gegeben worden. Durch die Zwerchfellatmung wurden Körper und Musikinstrument sozusagen ein Herz und eine Seele. Und die ach so langweiligen Tonleiterübungen, ähnlich dem Grammatikpauken für Fremdsprachen, waren die Voraussetzung für später, für das freie Musizieren an französischen Kaminen.

Fünf Monate wohnte ich nun schon in der Elßholzstraße, inzwischen war es Ende Juli. Eines Nachts schluchzte meine Zimmerwirtin jämmerlich allein in ihrem Bett: «Kurtsche, ach, mein lieber Kurtsche, komm doch wieder von Baustelle!» Zwei Tage später legte ich ihr die Formulare zur Abmeldung des Zimmers auf den Küchentisch mit der Bitte um Unterschrift. Obwohl es mir für die arme Frau Leid tat, wollte ich für die drei Sommermonate, die bevorstehenden Semesterferien, die Miete sparen. Sie setzte ihre Brille auf, unter Tränen kam die Unterschrift für die Meldebehörde zustande. Danach sagte sie gefasst, auf geheimen Umwegen habe sie eine Nachricht von ihrem Sohn erhalten. Ihr Kurt sei auf einer Ost-Berliner Baustelle einbehalten worden, Massen von Zement würden nach Berlin transportiert, da braue sich etwas Furchtbares zusammen: «Die drüben machen dicht.»

Zu Beginn der Semesterferien ging es auf Reisen mit meiner Mutter, meinen Brüdern Peter-Anton und Wolf und mit meiner amerikanischen Freundin Mimi nach Barcelona. Mein ältester Bruder Achim hatte sich gewünscht, nach jahrelangem Aufenthalt in Afrika «von möglichst viel Familie» vom Schiff abgeholt zu werden. Für diesen Wunsch hatte der älteste Bruder dem jüngsten den Führerschein bezahlt und ihn einen Volkswagen kaufen lassen. Mit zwei Autos fuhren wir nach Spanien: Mutter und Wolf im Volkswagen, Peter-Anton und ich im geliehenen Porsche meiner Freundin Mimi.

Während seiner Heimreise wollte Achim möglichst viele bedeutende europäische Kulturstätten besichtigen. Doch Mutter und ihr Ältester wurden sich nicht einig, was denn «bedeutend» sei. Nach der Besichtigung von Carcassonne und anderen Sehenswürdigkeiten mehr hatte Mutter für den nächsten Tag, ihren Geburtstag am 14. August, einen Wunsch frei. In einem Reiseführer ihres Vaters, dem «Baedeker», tippte sie auf «Le Pont du Gard, hat drei Sterne, bringt Glück!» Wir verabredeten uns auf zwölf Uhr mittags vor diesem «bedeutenden Mauerwerk der alten Römer».

Achim, Mutter und Wolf waren mit dem Volkswagen schon zur Stelle, hinter einem Kiosk warteten sie auf uns drei im Porsche. Statt auf die Familie sah ich auf die ausgelegten Zeitungen im Kiosk und erschrak vor den Titelbildern. Aus Fenstern sechsstöckiger Häuser stürzten sich Menschen in die Tiefe, hinunter auf Planen, die Feuerwehrmänner gespannt hielten. Die Bildunterschriften: «Verzweifelte Fluchtversuche, Berlin Bernauer Straße, 13. August 1961». Die Schlagzeilen: «Berlin über Nacht durch eine Mauer geteilt». Mir wurde speiübel, vor dem Kiosk erbrach ich das Geburtstagsfrühstück.

Mutter war die Kotzerei ihrer Tochter vor aller Augen peinlich. «Reiß dich doch zusammen! Wenn dir schon übel ist, dann erledige das doch bitte sehr da hinten, hinter den Pinien!» – «Aber guck doch nur, Mutti, Berlin bei Zernikow . . .», da wurde mir erneut schlecht. Mutter sah zum Aquädukt hoch, mit allen anderen zusammen sollte ich dort hochklettern, Zerstreuung täte gut. Aber von bedeutenden Mauerwerken, gleich aus welchem Jahrhundert, hatte ich die Nase voll. Mutter rief heiter: «Meinen Geburtstag lasse ich mir nicht vermiesen!», nahm die drei ihrer fünf Söhne ins Schlepptau und folgte anderen Touristen einen Steilhang hinauf. Mimi, keiner Familienfolgsamkeit unterworfen, blieb unten bei mir. In Ruhe lasen wir die Berichte der französischen und englischen Zeitungen über die Berliner Mauer und schauten zwischendurch zu dem römischen Bauwerk hoch, vom brennend Naheliegenden zu der Stille vergangener Zeiten.

Das Mauerbild

Zum Wintersemester 1961/62 nach Berlin zurückgekehrt, fand ich ein Zimmer mit drei Erkerfenstern über dem Winterfeldtplatz. Am Abend des Einzugs wurde dieser «begossen». Nicht in der Ruinenkneipe «Bei Elschen», sondern in «Dietrichs Weinlokal», in einem Eckhaus zwischen Nollendorf- und Winterfeldtplatz. Es hieß, dieses sei der alten Weinstube «Lutter und Wegner» nachgebaut worden, in der E.T.A. Hoffmann mit seinem Schauspielerfreund Ludwig Devrient ganze Nächte zusammengesessen hätte.

Zu sechst feierten wir, dass ich ein schönes, großes Zimmer gefunden hatte. Zu der Clique gehörten Waltraut, die so gut Querflöte spielte, Uta, Hartmut und Dieter aus der Kuhr-Klasse und mein Freund Rudolf. Er war der Einzige der Hochschule, der ein Auto besaß, einen fast neuen Volkswagen, den ihm sein Vater überlassen hatte. Er trug das Autokennzeichen «MS» für Münster in Westfalen.

Anfang November fuhr Rudolf mit Dieter und mir in den Wedding, zur Mauer in der Bernauer Straße. An einem kalten Nachmittag zeichneten wir dort eine schwarze Häuserfront mit weißen, zugemauerten Fenstern. Die Stimmung hatte etwas Gespenstisches. Im Nieselregen hielten wir uns wie zum Schutz dicht neben dem Auto auf. Vorsichtshalber stand das Auto aber etwas entfernt in einer westlichen Seitenstraße, deren Bäume rechts und links die lange, zugemauerte Bernauer Straße verdeckten. Dieser natürliche Rahmen wirkte zu hübsch für das, was an diesem Ort geschehen war. Unzufrieden mit meiner Zeichnung, wagte ich mich von meinen Begleitern und dem Auto weg und ging ein Stück weiter durch die menschenleere Bernauer Straße. Da, eine dunkle Häuserschlucht, kahle Brandmauern, eine alte Straße nach Berlin-Mitte, versperrt von Mauer und Stacheldraht. Dieser faszinierende Eindruck, diese unheimliche Stimmung, sie ließ sich vielleicht in dunklen Farbtönen malen. Ich berichtete meinen Freunden von der Stelle und bat Rudolf, am nächsten Tag erneut hierher zu fahren. Dieter hatte keine Lust, wieder mitzukommen, gar noch zur Ölmalerei. Es sei zu kalt, zu bedrückend.

Am Abend bespannte ich einen Keilrahmen mit Nessel und trug zwei Grundierungen auf. In der Nacht, bei geschlossenen Augen, kam mir die Vorstellung von dem Mauerbild und seiner Farbgebung. Die am Tage als hell und neu wahrgenommene Mauer war nun eine pechschwarze, horizontale Querfläche, die Brandmauer dahinter jedoch ein helles Quadrat. Ein Eindruck aus der Kindheit mischte sich dazwischen, ein schwarzer Warnbalken mit giftgelber Schablonenschrift und Totenköpfen: «Minengefahr, betreten verboten» auf Englisch. In der «Muna», dem Munitionslager der deutschen Wehrmacht, das von den Amerikanern bombardiert worden war, im alten Kupfermoor unter den Waldenburger Bergen gelegen, suchte mein Bruder Toni die seltene, Fleisch fressende Pflanze Sonnentau. «Komm mit, komm mit!», rief er wie ein Käuzchen, ein Todesruf. Ich folgte ihm und kroch unter dem Warnbalken durch in das verbotene Gelände. Der Torfboden verschwand unter unseren Füßen, auf dem Bauch krochen wir weiter, um nicht einzubrechen. Da begegnete uns Auge in Auge ein Feuersalamander, der sprach: «Schaut meine Tarnfarben an, ihr rosigen Kinder, meine gelben Flecken auf schwarzem Grund, Schwefel und Ruß, einen solchen Giftteufel frisst keiner! Macht man Angst, hat man selber keine Angst; hat man Angst, hat man keine Macht.» – «Ja, Herr Feuersalamander», antwortete ich im Traum, «morgen werde ich auch eine Tube Zitrongelb mitnehmen, nicht nur die Tube Caput Mortuum für dunkles Violett.»

Am folgenden Nachmittag fuhren wir wieder in den Wedding, durch Brachland, an Bahngleisen entlang, im Zickzack an der Mauer vorbei, bis hin zu der zugemauerten Straße. Das Auto war diesmal voller Malgepäck, Rudolf hatte für das wichtige Motiv eine noch größere Leinwand als ich präpariert. Wieder standen wir in der unheimlichen Straße, in welcher die Zweiteilung der Stadt und der ganzen Welt besonders nah zu sehen war. Weniger eingeschüchtert als am Tag zuvor, bauten wir unsere Staffeleien auf dem Bürgersteig direkt gegenüber der Mauer auf. Mit der Bildvorstellung schon im Kopf, nach einigen Kohlestrichen zur Andeutung der Komposition, ließ sich schnell malen. Unten im Vordergrund die versperrte Ruppiner Straße, schwarz, quer über die ganze Leinwand die Mauer, darauf zitrongelb die Stangen des Stacheldrahts, hellgrau dahinter die Brandmauer, tiefviolett die Straßenschlucht, darüber ein Wald von Schornsteinen, die zum grauen Himmel zeigten. Es begann zu regnen. In Eile überstrich ich die unbemalte Fläche mit einer gräulichen Terpentinsuppe, damit das Wasser von der Leinwand abperlte. Dadurch geriet das Zitrongelb nicht so grell-giftig, wie ich es mir vom Rat des Feuersalamanders her vorgestellt hatte. Das fertige Bild legten wir flach in den Kofferraum. Ich hatte das Gefühl, es sei spontan gelungen. Rudolfs Leinwand war mit Kohle voll gezeichnet und vom Regen verwischt. Er wollte schon alles mit einem Lappen abwischen. «Aber nicht doch, es wird noch gut! Male es im Atelier weiter!» – «Nun ja, wenigstens tropft jetzt keine Ölfarbe auf den Rücksitz des Volkswagens meines Vaters.»

Im Erdgeschoss der Hochschule, im langen Flur von der Pförtnerloge bis hinten zur Bildhauerklasse, sollten wir Studenten des vierten Semesters ein neues Ölbild eigener Wahl ausstellen. Neben dem farbig abstrahierten Stillleben einer Freundin hängte ich mein düsteres Mauerbild auf. Am Nachmittag begutachteten alle Professoren die Ausstellung und gingen von Bild zu Bild. Doch plötzlich bildete sich eine Traube kurz vor dem Ende des Flurs. Aus der Entfernung, aus der wir sie beobachteten, war ihr Gemurmel nicht zu verstehen, dann jedoch die empört ausgerufenen Worte: «Das ist ja Politik und nicht Malerei! So etwas gehört nicht in dieses Haus, das muss sofort abgehängt werden!» Ein anderer fragte, welcher Kerl das denn verbrochen habe. In die folgende Stille hinein war Professor Kuhrs leise Stimme zu hören: «Dieses Bild hat meine Schülerin Bettina gemalt. Ich halte es für richtig, dass sie die Augen vor der Aktualität nicht verschließt. Ich plädiere dafür, dieses Bild hängen zu lassen.»

Danach bedankte ich mich bei meinem Professor, dass er sich für das Bild eingesetzt hatte. Schon gut, meinte er, Kunst habe ja auch mit Freiheit zu tun, und gerade bei einer Ausstellung wie dieser, von jungen Menschen im Rahmen der Hochschule, sollte Meinungsfreiheit herrschen, nicht nur die Auffassung der Gegenstandlosen, welche die Abstraktion fast zur westlichen Ideologie erheben würde.

Am Abend nahm ich die U-Bahn zum Breitenbachplatz und

besuchte meine lieben Berliner Verwandten, Guni und Karl-Heinz von Köhler. Meine Kusine Guni, achtzehn Jahre vor mir als älteste der beiden Töchter meiner Malertante Bettina Encke ebenfalls in Zernikow geboren, dort und in Wiepersdorf aufgewachsen, war so herzlich und temperamentvoll wie ihre Mutter und hatte viel Sinn für Kunst. Ihr Mann Karl-Heinz war Jurist, und sein historisches Wissen war so erstaunlich wie sein feines Gespür und sicheres Urteil. Beide waren mit Fritz Kuhr befreundet, eine Freundschaft, die von Gunis Mutter an die nächste Generation übertragen worden war.

Noch in Aufregung über die Auseinandersetzung der Professoren am Nachmittag erzählte ich von meinem Mauerbild und wie es als «zu politisch» abgehängt worden wäre, hätte sich Professor Kuhr nicht dafür eingesetzt. «Das ist ja einfach fabelhaft, was Fritz da vor versammelter Mannschaft gesagt hat!», begeisterte sich Guni. «Du hast gut daran getan, das Bild direkt vor Ort zu malen, als Ausdruck der Zeit», sagte Karl-Heinz, «vielleicht wird es einmal zu einem historischen Dokument, das die Berliner Mauer, auf Ewigkeit angelegt, noch überdauert.»

Beide gingen während des Abendessens in die Küche, in der eigentlich nur Guni waltete, wahrscheinlich um sich abzusprechen. «Also, wir kaufen dir das Bild ab, was kostet es denn?» – «Keine Ahnung.» – «Bist du mit 300 Mark einverstanden?» – «Au ja, sehr! Aber ihr habt es doch noch gar nicht gesehen und die anderen Bilder der Ausstellung auch nicht!» – «Etwas geschäftstüchtiger müsstest du schon werden», meinte Karl-Heinz, und Guni: «Es ist ja schön und nett von dir, uns auf die anderen aufmerksam zu machen, aber deine soziale Ader steht dir wieder einmal im Wege.»

Einige Tage später, am 14. Dezember, kurz vor dem offiziellen Ausstellungsende, kamen Guni und Karl-Heinz die Ausstellung und «Das Mauerbild» besichtigen. Ich war stolz auf das elegante Ehepaar – Guni mit Hut über ihrer blonden Mähne und Karl-Heinz im schwarzen Anzug –, wie sie beide die Hochschule betraten und erst einmal mit dem Pförtner Zieske plauderten, wie sie dann sachkundig mit Fritz Kuhr zusammen die Ausstellung betrachteten. Zwischen diesen Menschen fühlte ich mich wohl. Trotzdem fragte Guni: «Was hast du denn? Siehst so ernst und verstört aus.» – «Nichts, erzähle ich euch später.» Meine «soziale Ader» hatte am Tag zuvor gefährliche Ausmaße angenommen. Mit drei gefälschten dänischen Pässen hatte ich mit Rudolf unter dem Code «MS» und im Auftrag eines geheimen Netzwerks Menschen zur Flucht aus dem Osten verholfen. Es war ein spontanes, nervenanspannendes Unterfangen gewesen. Um ein Haar hätte es schief gehen können – und damit alles Weitere im Leben auch. Auf «Fluchthilfe», wie es im Westen hieß, auf «Menschenhandel» im Osten, stand als Strafe fünfzehn Jahre Zuchthaus. Bei jeder Reise von West-Berlin in die Bundesrepublik und zurück, bei jeder der vielen Grenzkontrollen hätten wir geschnappt und eingesperrt werden können. Es schien nicht ratsam, selbst enge Vertraute in Mitwissenschaft zu ziehen, denn wer die Namen der am Netzwerk Beteiligten nicht kannte, konnte sie, selbst unter Folter, nicht nennen.

Noch einige Monate in Berlin

Am Winterfeldtplatz wiederholte sich den ganzen Winter über ein Schauspiel, das von meinem Zimmer aus besonders gut zu beobachten war. Die ausgebrannten Etagen, unbewohnte, fensterlose Räume direkt über der Wohnung meiner Wirtsleute, boten einen idealen Nistplatz für Tauben. Geweckt von Unmengen Vögeln, die frühmorgens auf den Zinkblechen der drei Fenster scharrten und gurrten, war ich immer wieder gespannt auf den Ausgang des Streits, den zwei alte Frauen täglich austrugen.

Pünktlich nach dem Glockenläuten tauchten sie hinter der Kirche auf. Die eine lief an der Ruinenkneipe vorbei, die andere unter meinem Fenster entlang. Die eine streute Körner, die andere Gift. Die eine redete laut vor sich hin: «Die armen Tierchen müssen doch im Winter Futter haben! Da, ihr Vögelchen.» Die andere rief: «Dies Ungeziefer, diese Ratten der Lüfte!» Die Körnerstreuerin antwortete über den Platz hinweg: «Engelchen sind's, Geschöpfe Gottes, Sie ungläubiges Weib aber nicht!» Die Alte unter meinem Fenster klagte und schrie: «Pest kommt noch über unsere Stadt! Vergiften sollte man die Taubenfütterinnen!» – «Da sieht man mal, was für eine Sie sind, auch noch unschuldige Menschen umbringen wollen!» – «Und an Ihnen erkennt man die Menschenverachtung, Ungeziefer mästen, als gäbe es keine hungrigen Kinder! Verrückt so etwas!» – «Sie Verrückte, Sie! Man sieht ja, die Täubchen kommen zu mir, nicht zu Ihnen.»

Sie sind verrückt, nein Sie, Brot, Ratten, Engelchen, Gift . . ., das Gezeter war bis zum Ende des Platzes zu hören. In der Art verlief das Streuen und der Wortwechsel der beiden alten Frauen jeden Morgen. Nie gingen sie über den Platz hinweg aufeinander zu, sonst hätten sie sich noch die Hütchen vom Kopf gerissen und sich angespuckt. Abgesehen von Variationen, wie besonderen Leckereien und besonders starkem Gift, blieb der Ausgang dieses Schauspiels jedoch unentschieden.

Nicht nur das Leben auf den Straßen, auch das kulturelle Leben machte in Berlin über Winter keine Pause. Am 9. Januar fand eine Lesung von Uwe Johnson in der Amerika-Gedenkbibliothek in Kreuzberg statt. Er las aus seinem soeben erschienenen Roman *Das dritte Buch über Achim.* Es ging um die Teilung Deutschlands, der gelesene Text war aber kaum zu verstehen.

Drei Abende darauf – die Lesung war schon vergessen – traf sich die vertraute Clique der Kunsthochschule in Dietrichs Weinlokal, meine Freundinnen Waltraut und Uta mit «die Bengels», wie wir Dieter, Hartmut und Rudolf nannten. Am späteren Abend kam ein Herr in schwarzer Lederjacke, der einsam am Tisch neben unserem gesessen hatte, mit seinem Weinglas zu uns und fragte, ob er sich dazusetzen und uns eine Runde Bier spendieren dürfe. Groß, blond mit beginnender Glatze, ein norddeutscher Quadratschädel, irgendwie kam er uns bekannt vor. Wir boten ihm einen Stuhl an, doch vier von uns, die etwas weiter weg wohnten, wollten gerade aufbrechen.

«Bier auf Wein, das lass ja sein!», sagten sie, gingen zum Garderobenständer und kamen mit Wintermänteln und Mützen wieder an den Tisch. Unser Tischnachbar stellte sich mit Uwe Johnson vor. Neugierig geworden liefen die, die es so eilig gehabt hatten, noch einige Male zwischen Garderobenständer und Tisch hin und her. Mit dem Spruch «Eichen sollst du weichen, die U-Bahn sollst du suchen!» gingen sie dann doch in die Kälte hinaus.

Nun saßen Rudolf und ich mit Uwe Johnson allein am Tisch. Nachdem sich Rudolf vorgestellt hatte, nannte auch ich meinen Namen. Um das Hochtrabende daran herunterzuspielen, machte ich möglichst unterhaltsam vor, wie meine Tante Tam früher die ganze Namensliste der sechs Geschwister ausrief, auch wenn sie nur eines der letzten meinte, wie sie immer wieder von oben anfing: «Achim, Clemens, Christof-Otto, Peter-Anton, Bettina, komm helfen!» – «Ihr ältester Bruder heißt also Achim?», fragte Johnson nachdenklich. «Ja, nach dem Dichter, seinem Ururgroßvater. Der Zweitälteste nach Clemens Brentano, der Dritte nach dem Feldherrn unter Wallenstein, weil die Dichter ausgingen . . .» Das interessierte nicht mehr so wie eben Achim. Ich möge ihm doch bitte meine Adresse aufschreiben. Nach Mitternacht bat uns Uwe Johnson an den Tresen. Er bestellte nochmals drei Gläser Bier und erzählte, er käme gerade aus den USA zurück. Dort bekäme man nach Mitternacht zwar noch etwas zu trinken, aber man dürfe sein Glas nicht mehr auf dem Tisch absetzen. «Schön in der Luft halten, mindestens zwanzig Zentimeter hoch!», amüsierte er sich. Es war wirklich recht schwierig, das Glas dauernd in der Hand zu halten, ohne dass während der Unterhaltung den anderen das Bier ins Gesicht schwappte. Ohne abzusetzen, tranken wir in einem Zug ein letztes Glas und verabschiedeten uns.

Wenige Tage danach brachte der Postbote ein Paket vom Suhrkamp Verlag in Frankfurt am Main. Drei Bücher waren der Inhalt, alle drei 1961 in diesem Verlag erschienen. In dem ersten lag vorne ein von Uwe Johnson handbeschriebenes Blatt: «Hier noch ein Achim!», beste Grüße, ich möge ihn doch diesen Sommer in der Villa Massimo in Rom besuchen. (Im Sommer 1962 sollte ich dann tatsächlich kurz in Rom sein, hatte aber Uwe Johnson über der Reise vergessen und er wahrscheinlich unser Treffen bei «Lutter und Wegener» im Berliner Winter auch.) Das erste Band im Paket war *Das dritte Buch über Achim.* Die beiden anderen Bücher, in schönem Schuber, trugen den Titel: *Der Briefwechsel zwischen Achim von Arnim und Bettina Brentano.* Gespannt las ich, wie meine Ururgroßeltern gelebt hatten, er als verantwortungsbewusster Verwalter seiner Landgüter in Wiepersdorf, sie im gesellschaftlichen Leben der Preußen-Hauptstadt Berlin, er arm und abgeschieden, sie wohlhabend dank des Erbes ihrer reichen Frankfurter Kaufmannsfamilie. Achim tat mir Leid, wie er sich abrackerte und dabei von ihr ausschließlich als Dichter anerkannt und zu dieser Arbeit ermahnt wurde. Über seine Geschenke, ein Kleid, Aquarellfarben, machte sie sich nur lustig, als habe er einen provinziellen Geschmack. Dann jedoch bangte ich mit ihr, wenn sie zum wiederholten Male schwanger war und ihre Todesangst mitteilte, starben doch zu dieser Zeit viele Frauen im Kindbett. In diesen Briefen war auch Interessantes über die Lebensgrundlagen von damals zu erfahren, zum Beispiel, wie die Stadt vom Land lebte: Von Wiepersdorfer Dorffrauen gehäkelte Schafwolldecken, selbst gebrautes Bier zur Genesung der Kinder, Hirschbraten, Honig, alles Mögliche wurde in den Pferdewagen nach Berlin geladen, vom Familienvater aufgelistet mit der Bitte um Antwort, ob alles gut angekommen sei. Sodann gab es Auflistungen der Preise für Butter, Schafe, Korn, Holz und der Deputate an die Landarbeiter – worüber sich ihr Urenkel Friedmund, mein Vater, hundert Jahre später immer noch den Kopf zerbrach, um die Güter schuldenfrei zu halten.

Voller Stolz, hatte ich doch einmal etwas zu bieten, nahm ich den Briefwechsel zu meiner Großmutter nach Zehlendorf mit. Nach dem sonntäglichen Sattessen legte ich die beiden Bücher neben die Mokkatassen. Großmutter bedankte sich, eben noch habe sie ein Buch auf Französisch gelesen, um ihren Geist wach zu halten. Am Sonntag darauf lagen die Bücher jedoch wie unberührt in ihrem Schuber auf dem Tisch. Die alte Dame zeigte angewidert mit ihrem Krückstock darauf und befahl: «Nimm sofort diese Wanzenbücher wieder mit!» Gehorsam trug ich sie in den Flur. Um das peinliche Schweigen während des Essens zu unterbrechen, fragte ich: «Was hast du denn gegen diese Bücher? Sie sind ganz neu, da ist doch kein Ungeziefer drin!» – «Das mit den Wanzen meinte ich doch nur im übertragenen Sinn», antwortete Großmutter und erklärte: «Für mich sind Dichter höhere Wesen und sollen es auch bleiben! Diese Einzelheiten aus ihrem Alltagsleben, einfach abscheulich, nein, so etwas darf nicht gedruckt werden! Die beiden waren etwas Besonderes, ausschließlich ihr dichterisches Werk sollte in Büchern stehen, alles andere zieht sie nur in die Banalität hinab.»

Etwas recht Banales, jedenfalls für Großmutters altmodische Auffassung, ergab sich noch während der kalten Jahreszeit: die erfreuliche Möglichkeit, Geld zu verdienen. Eine Studentin, zwei Semester unter mir, hatte den Hinweis gegeben, und über die Tätigkeit des Bilderrestaurierens befreundeten wir uns. Es fing damit an, dass Heidi ein Bild restaurieren sollte, von dem ein Trödler überzeugt war, es handle sich um einen «echten Leistikow». Auf einem hellen See, umgeben von dunklen Kiefern, klebten schwarze Flecken, die Heidi mit keinen Mitteln zu entfernen vermochte. So übermalte sie diese einfach mit schwimmenden Entchen. Ob nun der Trödler – der sich auch Antiquar oder gar Kunsthändler nannte – mit den Entchen unzufrieden war, oder ob Heidi keine Zeit zu dieser Nebentätigkeit hatte, wie auch immer, sie überließ mir das Feld. Sie gab mir die Adresse des Ladens «Antiquitäten aller Art» in der Bülowstraße und sagte, der Mann sei zwar etwas merkwürdig, würde aber nicht zudringlich und bezahle korrekt.

Der Laden war voll gestellt mit Büchern und Geschirr, mit Stehlampen und Möbeln, die mit weiterem Krempel befrachtet waren. Hinter trüben Fensterscheiben blinkte eine große Eule aus Porzellan mit ihren elektrischen Augen. Der Ladeninhaber, ein älterer Mann, der so wirr schien wie sein Inventar, brummelte etwas zur Begrüßung und kramte gleich drei kleine Bilder zum Restaurieren hervor. Bevor es jedoch an die Arbeit gehen konnte, musste ich in einem abgeschabten Sessel zwischen Eule und Ofen Platz nehmen. Beunruhigt sah ich auf das Geblinke der Eule im Halbdunkel. Hier müsse alles so unübersichtlich erscheinen, damit es für Käufer etwas zu entdecken gäbe, erklärte der Trödler, und die Eule sei seine größte Attraktion «für wenn der Amerikaner kommt». Von den Bildern, die ich restaurieren sollte, war nicht nur die Ölfarbe stellenweise abgeplatzt, sondern auch die Grundierung, zwei davon waren sogar völlig durchlöchert. Nach Gutdünken tat ich sachverständig, auf die durchlöcherte Leinwand müsse man von hinten einen Streifen Stoff mit Bienenwachs aufbügeln. Unter mehreren Bügeleisen suchte der Antiquar das neueste Exemplar heraus und gab es mir. Mit Bildern und Bügeleisen zog ich davon.

Bevor ich mich in meinem Zimmer an das Restaurieren machte, studierte ich den «Dörner», sozusagen die Bibel des malerischen Handwerks. Das Rezept mit dem Bienenwachs traf ungefähr zu, doch war es schwierig, mit dem antiquarischen Bügeleisen umzugehen, ohne einen Kurzschluss zu verursachen. Bald waren die Löcher geschlossen und alle drei Bilder auf ihrer Vorderseite schön glatt. Welch ein Vergnügen, nun Vasen, Blumen und Gesicht in Ölmalerei zu ergänzen! Die Bezahlung hätte ich gleich gebraucht, doch um vorzutäuschen, die Prozedur habe viel Zeit in Anspruch genommen, trug ich die Bilder erst nach drei Tagen in die Bülowstraße zurück. Der Antiquar nickte zufrieden, putzte ein Stück Schaufensterscheibe, stellte die Bilder dahinter und sagte: «Für wenn der Amerikaner kommt.» Pro Bild zahlte er zehn Mark, zusammen ergab das die Hälfte der Monatsmiete für mein Zimmer. Auf einer Auktion hatte er inzwischen weitere Bilder ersteigert. Die Wohnungsauflösungen der vielen alten Frauen Berlins waren eine Fundgrube für Händler wie ihn. Von Kunstgeschichte hatte er etwas Ahnung, denn er wartete nicht nur auf «den Amerikaner», sondern auch auf einen großen Fang wie «einen echten Rembrandt». Jedes Mal, wenn ich in dem Sessel neben der Eule Platz nahm, versprach er, dann würde er seiner Restauratorin dicke Prozente vom Verkaufspreis abgeben. Der «echte Rembrandt» traf nie ein. Dafür war eines Tages der Ofen neben dem Sessel nicht mehr geheizt, und zu meiner Verwunderung war auch die Eule nicht mehr da. Der Amerikaner habe sie gegen einen guten Preis mitgenommen, sagte der Antiquitätenhändler zufrieden, und besser noch: Hier, dieses riesengroße Ölgemälde wolle der «Ami» ebenfalls erwerben! Doch gäbe es da ein Problem: Er könne es nach Ablauf seiner Militärzeit in Berlin nicht in seiner vollen Größe über den Atlantik mit nach Hause nehmen, nur das Schönste davon in kleineren Teilen. Groß und prächtig stand das Gemälde inmitten des verstaubten Ladens, eine gekonnte Salonmalerei. Das Format betrug drei Meter Höhe und zwei Meter Breite, Malerei und Grundierung waren unversehrt, die Leinwand auf einem breiten Keilrahmen mit Querverstrebung im Kreuz aufgespannt.

Der Händler half, das Bild quer zu legen und durch die Ladentür zu schieben, womit die drei Hauptmotive, zwei entkleidete Frauen am Wasser und ein nacktes Kind, umgekippt wurden. Sachgerecht fasste ich das Bild an seiner hinteren Mitte an der Kreuzverstrebung. Doch draußen wehte starker Wind, wie mit einem Segel trieb er mich gegen die Eisenpfosten der Bülowbögen. Passanten sahen sich verwundert um, als würden die drei Nackten in Schräglage gleich über die Hochbahn davonfliegen. Kleiner und leichter als das Bild, konnte ich es nicht allein tragen, ohne selbst davongetragen zu werden. So stellte ich es wieder im Laden ab, um aus der Hochschule Hilfe zu holen.

Dort liefen mir zufällig Petrick und Baehr über den Weg. Von der «Knochenkammer» unter dem Dach zogen sie um, zwei Stockwerke tiefer zu Professor Volkert, bei dem sich die beiden ehrgeizigen Maler mehr Chancen erhofften als bei dem alten Fritz Kuhr. Petrick erklärte sich bereit, den Umzug allein weiterzumachen, «der Bär ist schwer», der würde nicht vom Wind weggetragen, lachte er. Ulrich Baehr trug das Bild von der Bülowstraße zum Winterfeldtplatz. Eifrig trabte ich hinterher, hielt Türen auf und versprach ihm zum Dank den großen Keilrahmen aus Eichenholz.

In meinem Zimmer stand nun das zu verkleinernde Gemälde. Zwei Badende saßen am Wasser, die eine oben in der Mitte, die andere unten rechts. Im Bild links unten haschte das Kind nach einem Schmetterling. Wasserlilien und andere Gewächse in blaugrün schillernden Farben umgaben die rosa Fleischtöne. Aber wie nun aus diesem einen großen Bild drei kleine machen? Bevor ich mit dem Messer daranging, teilte ich das Ganze mit Kreidestrichen auf. Nach dieser Vorlage besorgte ich drei neue Keilrahmen, einen für jede dargestellte Person. Aber zerschnitten und auf die kleineren Keilrahmen gespannt, sahen die nunmehr drei Bilder entsetzlich aus: Der oberen Badenden im Querformat fehlten die Beine, ohne Körper dazu standen sie vor der anderen Frau im Wasser, die wie blöde auf dieses Wunder starrte. Das Kind war unversehrt, nur sein Schmetterling war ihm entflogen.

Zunächst bekam das Kind den Schmetterling in greifbare Nähe vor seine Händchen gemalt. Sodann wuchsen blaue Lilien in Serie über die rosa Beine im Wasser hinweg, womit die Dame im Profil die Schönheit der Natur betrachten konnte. Schwierig wurde es mit der Frau ohne Beine, denn für einen quer gelegten Nixenschwanz oder etwas Ähnliches als Beinersatz fehlte der Platz. Ihre Körpermitte am unteren Bildrand verdeckte schließlich ein feiner Schleier, bestickt mit Feigenblättern. Die Unternehmung «aus eins mach drei» hatte meine Kusine Guni mitverfolgt. Sie fand es bewundernswert, wie da die Lilien und Schmetterlinge gemalt waren, sie lachte über den Schleier und sagte: «Restaurieren ist tödlich für die Kunst!» – «Hab ich doch nur gemacht, weil ich Geld brauche!» – «Na, dann sieh mal zu, dass du auch welches dafür bekommst!»

Der Händler unterdrückte seine Begeisterung und zog nur einen Hundertmarkschein hervor. «Mehr!», sagte ich wie der kleine Hävelmann, daraufhin noch ein Hunderter. «Mehr!», noch einer. Drei schienen mir für drei Bilder angemessen zu sein. Nun meinte ich, nicht nur als Restauratorin Karriere machen zu können, sondern auch geschäftstüchtiger geworden zu sein.

Die wichtigste Weichenstellung für alles Weitere bahnte sich einige Tage später mit leiser Stimme an, der meines Lehrers Fritz Kuhr. Beim Aktzeichnen sagte er wie nebenbei, unten im Sekretariat habe ihn der Direktor darauf aufmerksam gemacht, dass eine geringe Anzahl an Stipendien für Frankreich vergeben würde und dass er dafür einen Schüler seiner Malklasse vorschlagen könne, dies gelte dann als Vorauswahl. «Ich habe Sie gleich – in der Annahme, dass es Ihnen recht ist – für einen Frankreichaufenthalt an einer dortigen Kunsthochschule eintragen lassen.» – «Sehr recht ist mir das! Vielen Dank!»

Diese Stipendien wurden zum ersten Mal von der «Maison de France de Berlin» ausgeschrieben. Das Haus, die kulturelle Repräsentation des französischen Militärsektors Berlin-Tegel, ein neues Eckgebäude am Kurfürstendamm, war bekannt durch gute Filme, die in seinem Erdgeschoss gezeigt wurden.

Zum festgelegten Termin trafen eines Vormittags mehrere Anwärter auf die Stipendien in einem Wartezimmer über dem Kinosaal ein. Die meisten kamen vom Steinplatz, von der «freien Abteilung», die wenigsten von der Grunewaldstraße, der «unfreien pädagogischen». Letztere wurde manchmal spöttisch so genannt, um daran zu erinnern, dass man mit dem späteren Lehrerberuf ängstlich auf Sicherheit setzte statt auf künstlerische Freiheit ohne festen Broterwerb. Dem Spott ließ sich entgegenhalten, dass die Ausbildung in der Grunewaldstraße sehr vielfältig war, mit den Pflichtfächern von Architektur bis Philosophie, zudem handfester als für «Künstlergenies» durch die Nebenfächer Werken, dem Umgang mit Material und Maschinen. Unter den wenigen Bekannten aus der Grunewaldstraße saß auch meine Freundin Waltraut im Wartezimmer. Flüsternd wunderten wir uns darüber, dass wir beide, obwohl nur «Malweiber» und «nur Pädagogische», hier zur endgültigen Auswahl für eine französische Kunsthochschule nebeneinander saßen. Wir hätten kaum Chancen, nur drei würden überhaupt genommen, meinte sie. Keine Zeit, uns weiter auszutauschen, unter A wurde ich als Erste in den Raum der Auswahlkommission gebeten.

Eine deutsche Sekretärin hieß mich an der Frontseite eines Tisches Platz nehmen, einem französischen Offizier in Uniform gegenüber, offensichtlich der ausschlaggebenden Person. Bei den Angaben für die deutschen Formulare geriet ich ins Stottern, als man wissen wollte, ob Zernikow in Polen läge, ob mein Vater als Soldat gefallen wäre. – Nein, wegen der Bodenreform deportiert. Ob meine Familie vertrieben oder aus der DDR geflüchtet wäre. Zu kompliziert seien diese deutschen Geschichten, winkte der Offizier ab und leitete das Gespräch auf Französisch ein. Trotz meines mangelhaften Französischs verflog die Befangenheit, denn der Erwartungsdruck, auf Deutsch Kluges sagen zu müssen, und das auch noch gut formuliert, war somit genommen. Der Franzose sagte etwas von der Freiheit des Individuums und der Kunst, dann fragte er mich nach meinen bevorzugten europäischen Malern. Der Einfachheit halber nannte ich zwei Pauls, einen Franzosen und einen Schweizer: Paul Cézanne und Paul Klee. – Schicken wir sie nach Aix-en-Provence!, beschied der Militär und erklärte, für diese Provinzhauptstadt müsse man sich auch einmal einsetzen, nicht immer nur für West-Berlin. Aber besser gar kein Stipendium, als nach Aix verbannt zu werden, dachte ich mir, denn schlechte Erfahrungen verband ich mit dieser Cézanne-Stadt und mit Zollbeamten. Bevor Aix-en-Provence in die Formulare eingetragen wurde, hörte ich mich auf Französisch sagen: «Bitte, Monsieur, ich möchte nach Paris!» – *«Alors, pourquoi pas?»*, sagte der Offizier und hieß die Sekretärin die «Ecole des Beaux-Arts de Paris» eintragen.

Damit war aber noch nicht alles gewonnen. Auf einmal kamen dem französischen Prüfer Bedenken: Für die Pariser Professoren müsse ich besser Französisch können, sonst würde ich ihre Anweisungen nicht verstehen. Was für die Provinz nicht gegolten hatte, sollte nun für die Hauptstadt gelten: eine akademische Sprache. Schon übermütig geworden, behauptete ich, es ginge doch um die sichtbare bildnerische Sprache, und erst einmal in Paris angekommen, würde ich schon richtig Französisch lernen. Nun gut, meinte der Offizier, sah auf seine Uhr und wünschte viel Glück.

Wieder draußen im Wartezimmer fragten die anderen Anwärter: «Hast du's? Wie muss man's machen?» – «Ich glaub, ich hab's! Zwar noch nicht schriftlich, da wird ziemlich improvisiert. Machen muss man's mehr nach Nase.» Meine Freundin bekam ebenfalls das Stipendium und noch ein Student vom Steinplatz, wir alle drei für Paris.

II

Paris

Die Ankunft

Pünktlich zu Beginn des Wintersemesters an der Ecole Supérieure des Beaux-Arts kam ich mit einem Nachtzug aus Stuttgart frühmorgens um sieben Uhr am Gare de l'Est an. Nicht ahnend, dass wir einem Professor unsere Ölbilder zeigen sollten, bevor wir von ihm aufgenommen würden und erst daraufhin das Stipendium erhalten sollten, traf ich in Paris nur mit einer Skizzenmappe aus Italien ein. Zum Glück hatte ich überhaupt diese Porträtskizzen und Landschaftszeichnungen mitgenommen und sie nicht wie die männlichen Kunststudenten, die ihre Sommerferien in Ginostra auf der Insel Stromboli verbracht hatten, verbrannt. Auf den Skizzen waren sie fast alle wieder zu erkennen, die in der alten Villa über dem steilgelegenen Fischerort Ginostra fröhlich beisammen gewesen waren: Hartmut und Ursula redend und singend, Rudolf mir still Porträt sitzend und Nik, der vermeintliche Hausbesitzer, beim Schiffezeichnen auf seinem Bett. Nik war es gewesen, der die verlassene Villa entdeckt hatte und, da er sie selbst nicht hatte kaufen können, die West-Berliner Kunsthochschule überzeugt hatte, dies an seiner Stelle zu tun. Eine gute Idee, ein schöner südlicher Studienort war diese «Academia». Feilschte er nicht gerade um das wenige Essen, das einmal in der Woche per Boot gebracht wurde, lag Nik mit einem Fernrohr auf seinem Bett. Sowie ein Schiff vor dem Ätna auftauchte, zeichnete er es akribisch ab, direkt an die Wand, bis es am Horizont Richtung Neapel wieder verschwunden war. Verschiedene Schiffe, sogar ein sowjetischer Dampfer, reihten sich auf seiner weiß gekalkten Wand, als wir Anfang Oktober zur Heimreise aufbrachen. Außer Nik, der seine Zeichnungen nicht von der Wand abnehmen konnte, trugen die anderen Künstler ihre Zeichnungen stapelweise in den Hof, zündeten ein Abschiedsfeuer damit an und pinkelten hinein. Wir jungen Frauen konnten bei diesen Atavismen nicht mithalten, so blieben unsere Zeichnungen erhalten.

Es sollte sich bald als Trugschluss herausstellen, dass wir sofort bei Ankunft in Paris das Stipendium der Berliner Maison-de-France ausgezahlt bekommen würden. Die lange Bahnfahrt von Berlin bis Neapel, wieder zurück über Rom und Stuttgart und von da nach Paris hatte ich noch vom Bilderrestaurieren bestreiten können. Auf Stromboli hatten wir von Muscheln, entwurmten Spaghetti und entstachelten Kaktusfrüchten gelebt. Nun aber war mein Geld alle. «Über Geld spricht man nicht!», ein Ausspruch meiner Mutter während einer Zwischenstation bei ihr – und sie behielt meine deutsche Studienbeihilfe ein, ich hätte ja nun das französische Stipendium. Bei meiner Ankunft in Paris hatte ich also kaum mehr als ein paar Pfennige in der Tasche, dafür jedoch einen getippten Zettel, der das französische Stipendium bestätigte.

Eigentlich war es ja schön, kein Geld für die Metro zu haben, zu Fuß ließ sich viel mehr von Paris sehen! Der Koffer passte in ein kleines Schließfach, die Zeichenmappe, die dafür zu groß war, trug ich weiterhin unter dem Arm. Um nun vom Bahnhof zum anderen Seine-Ufer zu wandern, hatte ich genügend Zeit. Sicher machte das Sekretariat der Kunsthochschule erst in zwei Stunden auf, und ich könnte dann pünktlich um neun Uhr meinen Zettel mit der Bestätigung des Stipendiums vorlegen. Der Weg war leicht zu finden, nicht nur durch die Pläne über jeder Metrostation, sondern vor allem mit Hilfe eines alten Büchleins, einem Pariser Straßenatlas von meinem Großvater mütterlicherseits. «Paris 1936» stand in seiner großen Handschrift auf der ersten Seite. Erstaunlich, dass man sich nach diesem alten Straßenatlas immer noch gut in Paris zurechtfinden konnte, besonders, wenn man aus dem zerstörten, in ständiger Veränderung begriffenen Berlin kam. Direkt vom Gare de l'Est aus führte eine große Querachse bis in das alte Herz von Paris. Nach dem Maßstab des Büchleins war ich schon achtmal fünfzigtausend Zentimeter oder vier Kilometer marschiert, als ich am Tour Saint-Jacques ankam. In dem kleinen Park, der den hohen, mittelalterlichen Turm umgab, ließ ich mich auf einer Bank zwischen Clochards nieder. Vom Müll auf dem Boden schaute ich nach oben zu dem Turm, auf diesen Jakobsturm, der früher den Weg nach Santiago de Compostela gewiesen hatte. An seinen vier Ecken, die hoch oben und weithin sichtbar mit den Steinfiguren Adler, Engelsmensch, Stier und Löwe die vier Himmelrichtungen (beziehungsweise die vier Evangelisten) symbolisierten, fehlte jedoch eine Figur. Den Blick vom Himmel wieder auf die Erde gerichtet, sah ich sie neben mir sitzen: einen mächtigen Steinblock, zerfressen von Autoabgasen. Verglichen mit den drei oben gebliebenen Skulpturen musste es der Stier sein. Hörner hatte er nicht mehr, nur noch Löcher, die tiefsten sahen wie Augenhöhlen aus. «Guter, alter Stier, gleich nachher zeichne ich dich ab, gleich nachher, sowie ich das Geld für das Stipendium habe!»

Neben großen Palästen gab es in kleinen Ladenstraßen die Auslagen von Lebensmittelgeschäften zu betrachten. Hinter einigen Schaufenstern lagen glattrosa Schweine, schwarze Oliven ersetzten ihre Augen. Um die rot angestrichenen Läden mit goldenem Pferdekopf über der Tür machte ich einen Bogen, obwohl ich mir denken konnte, dass ein ganzes totes Pferd nicht in ein Schaufenster passte. Am liebsten verweilte ich vor den Käseläden, denn da waren unblutig appetitlich in den geometrischen Urformen Kreis, Kegel und Kubus Käsesorten aus ganz Frankreich aufgebaut. Wie schön auch die Bäckerläden mit ihrem hellen Brot in verschiedenen gekneteten Formen: Da gab es die Längsformen aufgereiht – von der dünnen *«ficelle»* zur *«baguette»* bis hin zur dicken *«flûte»* – und dort war *«la couronne»* ausgelegt, das große Brot, dazu von den ehemals königlichen Bäckern frei erfundene Zöpfe und mehlbestäubte Girlanden. Schön zum Sattsehen.

Um neun Uhr befand ich mich am Quai Malaquais, vor den heiligen Hallen der Kunst. Ihre Portale waren noch geschlossen, kein Pförtner, keine Sekretärin waren ausfindig zu machen. Dafür tauchte hinter einer Säule überraschend meine Freundin Waltraut auf. Erfreutes Wiedersehen! Auch sie erwartete die erste Auszahlung des Stipendiums, und irgendwie hatte sie in Erfahrung gebracht, dass das Sekretariat erst am Nachmittag aufmache. «Hast du schon gefrühstückt?» – «Nein.» – «Ich auch nicht.» Wir teilten uns ein Croissant, das Waltraut von ihrer Zimmerwirtin bekommen hatte, sie hatte schon eine Nacht in Paris verbracht. Bevor wir am Nachmittag nochmals unser Glück mit der Stipendienauszahlung versuchten, sollten wir doch etwas Gutes zu Mittag essen! Dazu wollte Waltraut mich einladen und schlug vor, in der Zeit bis dahin gemütlich das «Sixième» zu erkundschaften. Die Sonne schien, und wir bummelten durch den herbstlichen Park des Jardin du Luxembourg. Plötzlich fiel mir das Schließfach mit meinem Koffer darin ein. Da ich nur einige Centimes eingezahlt hatte, musste die Zeit abgelaufen sein, was für die paar Klamotten gleichgültig war, doch die darin eingewickelte Querflöte musste sofort abgeholt werden! Mit der Metro waren wir schnell am Gare de l'Est und mitsamt dem wohlbehaltenen Koffer auch bald wieder im Sixième zurück. Nun trugen wir nicht nur unsere sperrigen Zeichenmappen spazieren, sondern auch noch diesen Koffer.

Es war Zeit, Mittag zu essen. «Currywurst mit Schrippe» gleich um die Ecke wie in Berlin gab es hier in Paris nicht, so weit wussten wir Bescheid. Auch dass große Etablissements wie das «Flore» und das «Deux Magots», der Kirche Saint-Germain-des-Prés gegenüber, nicht in Frage kamen. Dort trafen sich Berühmtheiten wie Jean-Paul Sartre und Simone de Beauvoir – große Namen, hohe Preise. Möglichst klein und alt sollte das Haus sein, da wäre es sicher nicht so teuer. In einer Seitenstraße fanden wir solch ein kleines Restaurant, davor eine kreidebeschriebene Schiefertafel mit den Tagesvorschlägen des Kochs. Von fünf Francs an gab es da schon etwas zu essen, alles Weitere darüber hinaus interessierte uns nicht. Frohgemut betraten wir einen langen schmalen Raum, in dem nur ein älteres Ehepaar speiste. Die Tischdecken waren rosa, die Teller und Servietten ebenso. Eine pinkfarben geschminkte Serviererin legte uns eine rosa Speisekarte vor. Wir beschlossen, doch nicht das Allerbilligste zu nehmen, sondern rosa Krevetten garniert mit Rohkost und Mayonnaise zu sieben Francs. Sie wurden uns serviert, ob wir dazu Weißwein wünschten? – Danke, das Wasser in der Karaffe genüge. Genüsslich verspeisten wir die Leckereien, tranken reichlich Wasser dazu, nahmen uns aus einem Körbchen mit geschnittenem Baguette so viel wie möglich und dachten, uns preiswert und gut ernährt zu haben. Die Serviererin kam wieder und fragte, ob wir das Fleisch zum Hauptgericht blutig oder durchgebraten haben wollten. – Hauptgericht? Danke, wir seien schon satt. – Ob wir denn die Speisekarte nicht gelesen hätten? Was wir eben gegessen hätten, sei nur die Vorspeise zum Menü zu achtzig Francs, und da wir dessen Entrée nicht nur bestellt, sondern auch schon aufgegessen hätten, sollten wir doch bitte sehr das ganze Menü bezahlen! – Zweimal achtzig Francs, das war furchtbar viel Geld. Erschrocken stammelten wir etwas daher. Der Koch persönlich erschien und versuchte, uns das Hauptgericht zu empfehlen, aber die Serviererin unterbrach ihn. Sie empörte sich über diese ignoranten Ausländerinnen, die mit ihren Zeichenmappen nur den Weg verstellten, gleich wolle sie die Polizei anrufen! «Lass uns schnell hier herausflüchten», flüsterten wir uns zu. Waltraut legte ganz korrekt vierzehn Francs für die zwei Vorspeisen neben das leere Brotkörbchen, dazu ein Bonbon als Trinkgeld. Während der Koch mit dem Ehepaar sprach und die Serviererin tatsächlich telefonierte, schlichen wir uns aus dem allzu feinen Restaurant hinaus.

Wieder auf der Straße, sagten wir uns, dass es so nicht weiterginge. Als Au-pair-Mädchen wollten wir arbeiten und dafür die deutsche Botschaft anrufen. In der nächsten Telefonzelle suchten wir die Nummer im Telefonbuch heraus. Von der deutschen Botschaft erhielten wir einige Nummern von französischen Vermittlungsstellen. Wir wählten, vertaten uns mit den drei Großbuchstaben, die vor den Zahlen zu wählen waren. «Sprich du!» – «Nein, du kannst besser Französisch!» Irgendwie kamen wir durch: Deutsches Au-pair-Mädchen gesucht. Allerhand Adressen wurden uns angegeben. In einem wiederholten Anlauf fragten wir, bei welchen Familien wir möglichst gleich mit der Arbeit anfangen und in einer Chambre de Bonne wohnen könnten. Damit reduzierte sich die Auswahl auf unserem voll gekritzelten Notizzettel. Erst einmal legten wir jedoch eine Verschnaufpause ein, denn gleich sollte ja endlich das Sekretariat der Beaux-Arts aufmachen.

In der Vorhalle trafen wir unseren Mitstipendiaten vom Berliner Steinplatz, und so stellten wir uns zu dritt vor dem Sekretariat an. Nachdem wir unsere getippten Zettel von der Maison de France vorgelegt hatten, erhielten wir eine Vorbescheinigung zur Aufnahme an der Ecole Supérieure des Beaux-Arts. Wieder ein Papier, aber kein Geld. Auch das Anrecht auf ein Mensaessen war damit nicht gegeben, erst mussten unsere künstlerischen Arbeiten von einem Professor unserer Wahl begutachtet werden. Unsere Mappen konnten wir solange im Sekretariat lassen. Wann die Professoren denn kämen? Listen wurden angegeben, nichts sei sicher bei den hohen Herren. Monsieur le Professeur Legueult käme jedoch regelmäßig jeden Samstagnachmittag um vier Uhr in das Atelier seiner Studenten. Erst gegen Ende der Woche, aber immerhin. So wurde «Legueult» zum Professor unserer Wahl, einfach nur, weil man von ihm wusste, wann er kam. Mit meiner zufällig aus Italien mitgebrachten Zeichenmappe rechnete ich mir kaum Chancen aus, als *«à l'attention du Prof. Legueult»* darauf geschrieben wurde. Waltraut hinterließ ihre sorgfältig vorbereitete Mappe mit abgespannten, kleinen Leinwänden, mit schöner Ölmalerei.

Nun machten wir uns daran, die Au-pair-Familien anzurufen. Auf unserem Notizzettel war durchgestrichen, wer erst zu Weihnachten seine Kinder gehütet haben wollte, dick umrahmt hingegen die Nummern, unter welchen unsere Hilfe gleich gefragt war. Waltraut rief also bei einer der Nummern an. Das beflissene Französisch ging in Lächeln über: gleich morgen, am Dienstag, könne sie mit der Kinderbetreuung beginnen und in eine Chambre de Bonne einziehen! Nun blieben nur noch zwei umrahmte Nummern. Schließlich entschied ich mich für eine davon. Das Au-pair-Mädchen könne übermorgen anfangen, sagte eine Madame B., sie sei berufstätig, Mittwochabend, bitte Punkt sieben, erwarte sie das Klingeln an ihrer Wohnungstür, damit sie gleich in die Arbeit einweisen könne. Ich erkundigte mich nach der genauen Adresse und versprach, pünktlich zu sein. Zufällig lag diese Wohnung in demselben Stadtviertel wie die der Familie meiner Freundin.

Da die Museen montags geschlossen waren, gingen wir wieder in den Jardin du Luxembourg. Von «unserer» Telefonzelle aus wanderten wir die lange Rue de Rennes hinunter. Unser Ziel war die Rue Vavin, an deren Eingang eine Skulptur von Rodin stand:

der Romancier Balzac im langen Mantel, ein Buch in Händen und den Blick in die Ferne gerichtet. Meine Freundin kannte sich in der Rue Vavin und ihrer Verlängerung zur Rue Bréa schon aus. Sie kaufte eine Baguette und eine Flasche billigen Rotwein für den weiteren Abend. Wie im Luxembourg ausgemacht, lud sie mich zum Übernachten in ihr Hotelzimmer ein. Es sei ihr sehr recht, nicht allein da oben zu sein, denn wahrscheinlich wäre das kleine Hotel Bréa nur eine billige Absteige. Die Wirtin solle jedoch nichts davon merken, sonst verlange sie womöglich den doppelten Preis. Waltraut nahm meinen Koffer, versteckte die Weinflasche darin, wechselte ein paar freundliche Worte mit der Wirtin und stieg eine enge, knarrende Treppe hoch. Ich wartete, bis die Wirtin in ihrer Küche verschwand, und schlich hinterher. Das Zimmer im zweiten Stock war winzig, dafür hatte es ein großes Fenster mit Blick auf die Straße hinunter. Hinter dem geöffneten Fenster machten wir es uns mit Brot und Rotwein aus Zahnputzgläsern gemütlich. Über den Dächern wurde es dunkel, unter uns gingen gelbe Straßenlaternen an. Aufgeputzte Frauen lehnten an den Hauswänden, Männer schlenderten umher. Dieses Treiben im Zwielicht habe sie gestern Abend bereits beobachtet, sagte Waltraut. Ahnungslos habe sie angenommen, es werde eine ganze Liebesnacht miteinander verbracht, gestern habe sie aber gesehen, wie dieselbe Nutte nach nur einer halben Stunde wieder auf der Straße stand. Manche etwas später, wahrscheinlich wäre es dann teurer. Wir sahen auf einen Reisewecker, um diesen nächtlichen Kommerz genauer zu studieren, machten aber bald angewidert von unserem Voyeurismus das Fenster wieder zu. Besser, wir schauten uns die Bilder von Toulouse-Lautrec im Museum an, meinten wir hinter zugezogenen Gardinen.

Um das Thema zu wechseln, fragte ich meine Freundin, wie sie denn eigentlich dieses Hotelzimmer bezahlen könne, obwohl sie das Stipendium doch auch noch nicht habe. Ihre Mutter habe ihr vor der Abreise das Geld für drei Übernachtungen vorgestreckt, damit sie in Paris nicht in der Gosse lande, antwortete Waltraut. Ihre Mutter habe es nicht leicht, sie sei Kriegswitwe mit sechs Kindern, wie meine Mutter auch. Nach der Flucht habe sie als Organistin alle über Wasser gehalten. Als Kirchenmusikerin sei sie immer noch arm, aber dennoch großzügig. Wir stießen auf das Wohl der Ehlers-Mutter an, und ich dankte, dass sie auch mich «vor der Gosse» bewahrt hatte.

Am nächsten Tag fand Waltrauts «Umzug» statt, das hieß, wir trugen ihren dicken Koffer zur nächsten Métrostation und dann durch die unterirdischen Gänge der großen Umsteige-Station Châtelet. Gusseiserne Treppen ging es hinunter und weiter durch unendlich erscheinende Fußgängertunnel, vorbei an musizierenden Bettlern. Die Klänge vermischten sich mit dem Rollen und Quietschen einfahrender Züge. Noch einmal umsteigen und wir waren vorläufig am Ziel: der Métrostation «Malesherbes». In einem kleinen Park gleichen Namens setzten wir uns auf eine Bank und begannen, strickende Frauen beim Kinderhüten unter hohen Bäumen zu zeichnen. So wie sie würden auch wir die nächsten Tage hier verbringen, kam uns der Gedanke, und vorbei war es mit der Lust am Beobachten. Stattdessen zeichneten wir nun vom Métroplan des 17. Stadtteils Straßenkreuzungen und Hausnummern ab, um bei unseren Au-pair-Familien ja pünktlich einzutreffen, Waltraut gleich, ich erst am nächsten Tag. Sie gab mir den Zimmerschlüssel des Hotels in der Rue Bréa – für eine Nacht sei da noch reserviert –, und wir verabredeten uns für den nächsten Nachmittag um fünf Uhr auf derselben Parkbank. Gut Glück, gut Chambre, gut Bonne!

Wie gelähmt blieb ich auf der Bank sitzen. Verloren und unnütz auf der Welt fühlte ich mich in diesem bürgerlichen Stadtteil Rive-Droite, fern der Rive-Gauche, dem Paris am linken Seine-Ufer. Die alten Gebäude, die Atmosphäre der Künstler und Intellektuellen dort waren mir gleich vom ersten Morgen an vertraut, nicht so diese abweisenden Prachtstraßen des 19. Jahrhunderts. Dennoch ängstigte mich allein die Vorstellung, die Nacht im Hotel Bréa ohne meine Freundin verbringen zu müssen. Noch jedoch war es heller Nachmittag. Eine Adresse fiel mir ein, die mir ein befreundeter Maler aus Tübingen, Martin Schmid, gegeben hatte: Unbedingt solle ich den Buchhändler Fritz Picard in seiner «Librairie Calligrammes» besuchen, einen Freund seines Vaters Carlo Schmid aus der Emigrantenzeit, ein Berliner Jude, eine interessante und liebenswürdige Persönlichkeit. Die Adresse der deutschen Buchhandlung und des Antiquariats sei die *cinq, rue du Dragon* inmitten des Rive-Gauche.

Beflügelt von diesem guten Einfall, lief ich die Métrotreppen hinunter, fuhr die Strecke über Châtelet wieder zurück bis zum Platz Saint-Germain-des-Prés. Ein Stückchen am großen Boulevard entlang, und man kam links in die kleine Rue du Dragon. Von weitem sah ich einen imposanten Herrn in schwarzem Anzug die Straße überqueren. Auffallend war sein buschig abstehendes, weißes Haar – im Gegenlicht schien die Sonne hindurch –, Gerhart Hauptmann oder einem Propheten ähnlich. Zögernd betrat ich die Librairie Calligrammes und fragte nach Monsieur Picard. Monsieur sei vor einer Minute in das Café gegenüber gegangen, antwortete eine junge Frau, die sich mit Renate vorstellte. Wir duzten uns gleich, und die junge Buchhändlerin meinte, nur nicht so schüchtern! Ihr Patron würde sich bestimmt freuen, wenn ich mich im Café zu ihm setzte. Also ging ich hinüber und stellte mich vor, wohl zu leise – oder der Name war nicht glaubhaft. Als ich meinen Namen wiederholte, war die Begrüßung so herzlich, als hätten wir uns vor zweihundert Jahren schon einmal getroffen. Monsieur Picard bestellte drei Espressi und drei Calvados. Die Begegnung sollte jedoch nicht im Café gefeiert werden, sondern im Antiquariat, dies sei dem Anlass angemessener. Der alte Herr balancierte das volle Tablett über die Straße. In der Librairie prosteten wir uns zu, Renate bediente zwischendurch Kunden. Monsieur zeigte mir kostbare Erstausgaben deutscher Romantiker, eine Widmung von Annette Kolb an ihn, dazu erzählte er Geschichten zur Provenienz der Bücher. Nach einer Weile sagte er, um sieben würde der Laden geschlossen, gleich im Anschluss gäbe es eine Vernissage unweit von hier: «Komm doch mit!» – «Gerne, aber bitte verstehen Sie . . .» Umständlich erklärte ich etwas von meinem Koffer im Hotelzimmer, das eigentlich meine Freundin bezahlt, vielmehr für diese Nacht noch reserviert hätte, und dass ich ab morgen Abend eine Chambre de Bonne beziehen würde: «Nun, dann holst du jetzt deinen Koffer ab, und wir schließen ihn hier in der Librairie ein. Über Nacht bist du selbstverständlich unser Gast.» Schön war es nun, mit Fritz Picard zusammen gemessenen Schrittes durch das abendliche Pariser Sixième zu gehen. Viele kannten ihn, und er kannte noch mehr. Schmunzelnd bemerkte er, wie sich gerade ein Schriftsteller den Staub von den Schuhen am Hosenbein abwischte, oder er wusste auf ein historisches Gebäude und seine merkwürdige Entstehungsgeschichte hinzuweisen. Langweilig dagegen war die Vernissage, bei der viele Soundsos mit Sektgläsern in der Hand irgendwelchen Bildern den Rücken zukehrten. Monsieur Picard gab sich Mühe, die unbedeutende Kunststudentin an seiner Seite vorzustellen. Dann erhob er sein weißes Haupt über die Versammlung und befand, nun seien der Höflichkeiten genug ausgetauscht. Wieder draußen meinte er, in Paris könne man seine ganze Zeit allein damit verbringen, allen Leuten guten Tag zu sagen. Wir schritten geradeaus, bogen ab, und ohne dass ich gefragt hätte, wohin es ging, sagte Monsieur: «Jetzt gehen wir zum Abendessen in ein chinesisches Restaurant. Meine Frau Ruth Fabian kommt in einer halben Stunde dazu.»

Im Restaurant deckte er die Preise auf der Karte mit einer Serviette ab. Ich dürfe mir aussuchen, worauf ich Lust hätte. Zwischen Hunger und Höflichkeit wählte ich etwas in der Mitte der Liste. Monsieur bestellte sich das gleiche Gericht. Als uns gerade serviert wurde, kam Madame Fabian hinzu. Jünger als ihr Mann, blond, braune Augen, herzlich, aber in Eile. «Was habt ihr da? Bestell mir bitte das Gleiche, macht weniger Aufwand in der Küche.» Sie aß wenig und schob mir bald ihr volles Reisschüsselchen zu. Es amüsierte sie, wie ich es schnell auslöffelte, und sie bekräftigte «Fritz'» Einladung, in ihrem Appartement zu übernachten.

Morgens konnte ich dann erkennen, wo das Appartement lag: Rue Bonaparte, schräg hinter der Ecole des Beaux-Arts. Große, bizarre Figuren standen im Hinterhof der Kunstakademie, ägyptische Wächter, griechische Kariatyden. Weiß und gespenstisch leuchteten sie hinter der dunklen Straße auf, angestrahlt von der herbstlichen Morgensonne. Am Abend gäbe es Gewitter, vorbei das warme Herbstwetter, hieß es am Radio.

Wohin bis zum Nachmittag? Mir fiel der von seinem Turm gestürzte Stier wieder ein, den ich abzeichnen wollte. Auf dem Weg zum Jakobsturm kam ich an der Kathedrale Notre-Dame vorbei. Eine Gittertür zwischen Kirche und Seine war nur angelehnt, der Weg führte in einen kleinen Park, der mit einem Dreieck aus Stein endete. Wie auf einem Schiffsbug stand man dort, unten teilte sich die Strömung der Seine, hinten ragte dunkel das Kirchenschiff auf. Ich machte mich daran zu zeichnen, da setzte Gewitterregen ein. Ich flüchtete in die trockene Métro, wo auch das Treffen mit meiner Freundin Waltraut stattfand. Sie berichtete von ihrer Au-pair-Familie: Die Frau sei nett, der Mann nicht zu sehen, und die Kinder, obwohl streng erzogen, tanzten ihr auf der Nase herum. Zu Recht hätten sie sie ausgelacht, als sie nach dem *«respirateur»*, dem Einatmer, suchte, statt nach dem *«aspirateur»*, dem Staubsauger, zu fragen. Ich erzählte von der Librairie Calligrammes, dahin müsse sie unbedingt einmal mitkommen! Auf jeden Fall würden wir uns am Sonnabend in der Beaux-Arts wieder sehen.

Pünktlich zum ausgemachten Zeitpunkt klingelte ich an der Wohnungstür meiner Au-pair-Familie. Frau B. zeigte mir die Küche, hier solle ich jeden Morgen um neun durch den Hinteraufgang erscheinen. Staubsaugen, die Kinder zur Vorschule bringen, die Wäsche zur Wäscherei, bis Mittag nochmals saugen, danach habe ich bis zum Abendessen der Kinder Freizeit, danach solle ich sie waschen und ins Bett bringen. Besagte Kinder, einem fünfjährigen Mädchen und einem vierjährigen Jungen, wurden sodann von ihrer Mutter diese und jene Befehle erteilt, bis sie in ihren Bettchen lagen und das Licht ausgemacht wurde. Obwohl oder gerade weil ich Ähnliches von meiner eigenen Kindheit her kannte, dass die berufstätige Mutter abends von ihren «Gören» nichts mehr wissen mochte, wollte ich es gleich am nächsten Abend mit diesen kleinen Franzosenkindern ganz anders machen und mit ihnen singen, ihnen etwas vorlesen und ihnen ein Gutenachtküsschen geben. An diesem ersten Abend vor Arbeitsbeginn bat mich Frau B. nun in den Salon zum gemeinsamen Essen mit ihrem Gatten, der das deutsche Au-pair-Mädchen kennen lernen wollte. Eine Suppenterrine stand auf dem gedeckten Tisch. Der Familienvater, ein Geschäftsmann, so sagte er von sich, teilte aus. Dies sei ein *«pot au feu»* – ob wir Deutschen dieses Gericht auch kennen würden? Karotten, Lauch, Kartoffeln . . . Das Beste, das er mir nun aus der Terrine fische, seien die darin schwimmenden Würfel Ochsenfleisch, wie man das auf Deutsch sage? – «Le bœuf, der Ochs, la vache, die Kuh / fermez la porte, die Tür mach zu!» Er lachte über diesen Reim wie über einen originellen Beitrag zum Gespräch. Nach der guten Suppe gab es noch etwas Käse, dazu legte mir Herr B. das Taschengeld für eine Woche neben den Teller. Dann trug er meinen Koffer vom Herrschaftseingang in die Küche, und seine Frau überreichte mir einen Schlüsselbund: den Schlüssel für den Eingang zum Hinterhof, den für die Küchentür und den für die Chambre de Bonne im 8. Stock, die Nummer 12 rechts oben am Gang. Man wünschte sich eine gute Nacht, und wie geheißen schloss ich die Küchentür von außen wieder ab.

Nun ging es sechs Stockwerke hoch, bei jeder Treppenstufe schien der Koffer schwerer zu werden. Es hieß also Ballast abzuwerfen, in jedem Treppenwinkel ein Buch. Oben in einem schmalen Gang angekommen – links Stehtoilette und Besenkammer, rechts die Zimmer –, öffnete ich die Tür zur Nummer 12: Ein Bett, ein Tischchen, ein Stuhl, ein Fenster in der Dachschräge – klein, aber mein! Und jetzt wirklich: «Fermez la porte, die Tür mach zu!» Damit keiner mit einem Dietrich von außen aufmachen könne, ließ ich den Schlüssel innen stecken.

Am Morgen lagen die Bücher noch alle an gleicher Stelle, wo sie erst einmal auch blieben. Unten in der Küche saß eine alte Frau und putzte Gemüse. Erst überraschte mich ihre Anwesenheit, dann freute ich mich, als Zimmermädchen in der Küchenhilfe eine Standesgenossin gefunden zu haben, und versuchte, mit ihr ins Gespräch zu kommen. Die Frau seufzte aber nur: «Ach, meine arme Kleine, ich putze bloß das Gemüse für die Suppe von Madame, und um elf Uhr gehe ich wieder.» Jetzt Staubsaugen, doch nein, erst einmal nach den Kindern sehen. Sie saßen angezogen am Frühstückstisch. Das kleine Mädchen zeigte mir den Weg zu ihrer *«école maternelle»*, ihrem Kindergarten, und beim Vorbeigehen auch die Wäscherei in der Avenue de Wagram. Wenig später sah ich mich einen dicken Wäschesack durch diese große Straße mit dem Namen eines Schlachtfeldes schleppen und kam mir lächerlich vor im Kontrast zwischen Anspruch und Handeln in dieser Stadt: eigentlich Kunststudentin, tatsächlich Dienstmädchen.

Doch wenigstens in der Freizeit sollte die eigentliche Aufgabe zu ihrem Recht kommen! Oben in der Chambre de Bonne zeichnete ich irgendetwas vor mich hin – eine Beschäftigung, zu nichts gut als zu der Erkenntnis, dass Staubsaugen leichter ist, da es keiner Fantasie bedarf.

Das Zubettbringen der Kinder verlief natürlich ganz anders als vorgenommen: Beim Vorlesen lachte das kleine Mädchen über meinen deutschen Akzent, ihr Bruder weinte, weil die Geschichte nicht weiterging, weil er aufs Töpfchen musste, seine Schwester hopste nackt auf ihrem Bett herum, der Junge kippte seine Bauklötze ins Töpfchen – kein Gedanke mehr an ein Gutenachtküsschen oder gar an Singen. Das Durcheinander hörte prompt auf, als ich die Kommandos von Frau B. nachahmte: Ins Bett! Sofort! Ich zähle bis zehn, absolute Stille! Licht aus, noch etwas horchen und weggehen.

Die freien Stunden des folgenden Tages vergingen vor allem mit Métrofahren. Das Ziel war die Beaux-Arts, doch nach kurzer Zeit hieß es schon wieder umkehren, um pünktlich bei den B.'s zurück zu sein. Immerhin hatte ich in dem Gebäude meine Freundin getroffen, so dass wir bei der Rückfahrt gemeinsam durch das unterirdische Labyrinth der Métrostation Châtelet gingen. Wir selbst trugen dieses Mal keine Koffer, sahen jedoch viele andere Métrobenutzer ihre Koffer durch einen besonders langen Fußgängertunnel schleppen. Da kam uns eine Idee, wie wir zu Geld kommen, ja sogar reich werden könnten: Mit einem Tretroller stünde eine von uns am Eingang des Tunnels, würde das Gepäck aufladen und bis zum anderen Ende rollern, wo die andere von uns beiden warten würde. Diese wiederum müsste neues Gepäck in die Gegenrichtung mitnehmen und so weiter, immer im Pendelverkehr wäre die eine mit dem Roller unterwegs und die andere am Kassieren. Sollten wir 10 Centimes pro Fahrt nehmen oder besser 20? Bräuchten wir nicht doch zwei Tretroller? Doch nein, den einen brächten wir uns ja immer wieder entgegen. Aber gut ausgebaut sollte dieser eine sein, vielleicht noch mit einem Sitzplatz. Die Idee sollte noch reifen, und wir wollten ausrechnen, wie viel 20 Rollerfahrten zu 20 Centimes in 20 Minuten einbrächten.

Erst einmal hielten wir unsere Métrokarten durch die Öffnung in einem der Eisenkäfige, in welchen Métroangestellte in ihren Uniformen saßen und mit Lochzangen die Pappkärtchen entwerteten. Die Geschicklichkeit der Métrofrau, die in Windeseile ihr Strickzeug mit der Knipszange vertauschte, sowie jemand kam, hatten wir schon mehrmals bewundert. Da niemand hinter uns wartete, holte sie eine Masche wieder hoch und raunte: Bald sollten sie alle hier unten durch Automaten ersetzt werden, dann käme es zu einer sozialen Katastrophe. Noch sei das nur ein Gerücht . . . dabei zwickte sie ein Loch in unsere Karten.

Während der Weiterfahrt lud mich Waltraut zum Abendbrot ein, gleich nach dem Zubettbringen «unserer» Kinder solle ich zu ihr kommen. «Meine» wollten diesmal doch vorgelesen bekommen und versprachen, dabei brav zu sein. So dauerte alles etwas länger – auch gut. Es war einfach, die andere Chambre de Bonne zu finden, denn das architektonische Prinzip der Wohnblocks war dasselbe: vorne die *«belles étages»* mit breitem Treppenaufgang für die Herrschaft, hinten der schmale Aufgang für ihr Personal unter dem Dach.

Auf einem Tischchen neben ihrem Bett hatte Waltraut das Essen aufgebaut, zur feierlichen Stimmung zündete sie eine Kerze an. Das Dachfenster stand offen, der Himmel in diesem Rechteck war heller als unser Kerzenlicht. Meine Freundin berichtete das Neueste von ihrer Au-pair-Familie. Vorhin habe der elfjährige Junge etwas gesagt, das sie vor den Kopf gestoßen habe: Hitler sei ebenso groß wie Napoleon! Wir rätselten über diesen Ausspruch, da wurde es plötzlich dunkel im Zimmerchen. Eine schwarze Gestalt füllte die Fensteröffnung, bereit, hereinzuspringen. «Scheißer, hau ab!», riefen wir. Die Silhouette verschwand. Wir guckten nach, ob der Mann nicht auf das grobe Deutsch hin vom Dach gestürzt sei. Er balancierte über die Dachrinnen, dann stieg er in ein Fenster schräg gegenüber ein. Zum Glück seien wir an diesem Abend zufällig zu zweit hier, meinte Waltraut nach einer Atempause. Ihre Wirtin habe ihr gleich bei Ankunft geraten, immer das Fliegengitter vor dem Fenster zu lassen, wahrscheinlich habe sie von dem waghalsigen Dachkletterer gewusst. Das vergitterte Fenster sei aber allzu hässlich gewesen. Wir setzten das Gitter, massiver als ein gewöhnliches Fliegengitter, wieder ein. Für die nächsten Abende lud ich

Waltraut in mein kleines Zimmer zum gemeinsamen Querflötenspielen ein. Die Nummer 13 da oben stünde leer, und in der Nummer 11 wohne ein Schwerhöriger. Flüsternd verabschiedeten wir uns, denn wir hatten Angst in dem dunklen, schmalen Gang.

Am folgenden Montag ging ich wieder in die Kunsthochschule, diesmal zu Fuß durch den Innenhof des Louvre und geradewegs über die «Brücke der Künste», den Pont des Arts. Im Treppenaufgang zu den Malateliers schien es ratsam, die Kritzeleien an den Wänden zu übersehen, zumal, wenn man einige der Kürzel noch nie gesehen hatte, das Pornographische der Graffitis jedoch ahnte. Im Vorbeigehen zeigte ein Student herausfordernd auf solch einen Graffitos und auf sich selbst. Nein, ich wolle gerade zu Professor Legueult. Lachend begleitete er mich eine weitere Treppe hinauf, wies auf eine Tür und hüpfte wie ein Hanswurst davon. In dem Atelier standen ein paar Studenten herum, keine einzige Studentin unter ihnen. Ein Atelieraufseher in verblichener Uniform trug eine Zeichenmappe herein, legte sie auf ein niedriges Holzpodest, lüftete seine Dienstmütze und ging wieder. Kurz darauf, genau um vier Uhr, trat der Professor persönlich ein. Eine Begrüßungsgeste an alle, dann an mich gerichtet, ich möge ihm selbst meine Arbeiten zeigen, bislang habe er leider noch keine Zeit gehabt, sich die Mappe anzuschauen. Blatt um Blatt legte ich vor, karstige Landschaften, vulkanisches Gestein mit Rohrfeder und Tusche auf große Bögen dahergeschrabbt, dann eine Reihe kleinerer Bleistiftzeichnungen. Und da waren sie wieder: Hartmut und Ursula singend, Rudolf mir zum Porträt still sitzend und Nik, der Gründer der Academia, beim Schiffezeichnen. Merkwürdig, im Zeitraum von nur zehn Tagen waren die Freunde zu Papier verwandelt, zu Porträtskizzen in skriptoraler Manier. Ich überdeckte sie mit einer der größeren Landschaftszeichnungen, die mehr herzumachen schien. Doch blätterte der Professor zu den Porträtskizzen zurück, die seien originell, frei im Duktus, eigentlich könne er mir nichts mehr beibringen. Das *«plus rien»* verstand ich im ersten Moment als Nichts, *«rien ne va plus»*, wie beim Roulettespiel. Ob es trotzdem möglich sei, mich in seiner Malklasse einzuschreiben? Selbstverständlich, er habe nur sagen wollen, um den weiteren künstlerischen Werdegang könne er sich nicht kümmern. Auf einem hingehaltenen Zettel gab er seine Unterschrift, drehte sich beim Verlassen des Ateliers noch einmal um und sagte, natürlich könne ich jederzeit hier arbeiten.

Die umherstehenden Studenten hielten die Daumen nach oben: Bei dem Alten hätte ich einen Stein im Brett. Einer von ihnen überließ mir gleich seine Staffelei mit einer leeren Leinwand darauf, er sei hier im Atelier eigentlich nur wegen des günstigen Mensaessens eingeschrieben. Insgeheim war dieses Mittagessen auch mein Ziel, ohne dass ich mir das eingestehen wollte. Hohe Kunst sollte aus dem hohlen Bauch heraus entstehen. Allmählich verließen alle das Atelier. Ich stand allein vor der Staffelei, stand und stand, sah auf die Gipsfiguren im Hinterhof, nichts wollte mir einfallen. Keinen einzigen Strich brachte ich auf die Leinwand, mich beherrschte nur das Gefühl: Jetzt bist du wirklich an der Ecole Supérieure des Beaux-Arts in Paris angekommen! Gegen Abend rasselte der Atelieraufseher mit dem Schlüsselbund, fast habe er Mademoiselle, noch so fleißig, über Nacht eingesperrt.

Immer wieder in der Librairie Calligrammes

Für den Sonntagnachmittag hatte ich mich mit Waltraut zu einem Museumsbesuch verabredet. Nicht für den Louvre, sondern für das große Museum für Moderne Kunst am Trocadéro. Wir wollten herausfinden, was und wie unser Professor male und ob überhaupt Bilder von ihm dort zu sehen seien. In einer Reihe von Sälen betrachteten wir einige Werke von Miró, danach von Picasso und anderen Kubisten. Auf Bildern von Juan Gris entdeckten wir eingeklebte Métrokarten, genau solche türkisfarbenen und braunen Kärtchen, wie wir sie täglich benutzten. Nach mehreren Sälen, Nebenabteilungen und weiteren Sälen wurde Waltraut auf einmal fündig: «Hier, unser Legueult!» In einem Seitenraum hing ein Jagdstillleben, jede Feder des Fasans war so genau gemalt, als wäre sie mit drei Haaren des toten Hasen daneben aufgetragen, im Hintergrund blinkte eine Flinte. Doch diese peinlich genau ausgeführte *nature morte* war gar nicht ein Werk unseres Professors, nur der Name war der gleiche. In einem Nebenraum hing dann doch ein Bild «unseres» Legueults. Es schien wie eine Imitation von Bonnard. In weiteren zwei Sälen, die Bonnard gewidmet waren, verweilten wir lange, beeindruckt vom freien Farbauftrag und dem Licht.

An einem der folgenden Nachmittage schauten wir in der Librairie Calligrammes vorbei. Diesmal waren wir es, die den Kaffee von gegenüber holten und das volle Tablett über die Straße trugen. Monsieur Picard erklärte uns, dass seine Buchhandlung nach einer Gedichtsammlung des französischen Dichters Apollinaire benannt sei. Nach kurzer Unterhaltung lud er uns beide zum festlichen Abendessen bei sich zu Hause ein. Von unseren Dienstmädchenzimmern und der Métrostation Châtelet kamen wir abends in die Wohnung in der Rue Bonaparte. Vor versammelter Gesellschaft berichteten wir von unserem Plan, mit einem Tretroller in den unterirdischen Gängen die Koffer der Fahrgäste umherzufahren. Bei nur zwanzig Centimes pro Fahrt würden wir nicht reich, mindestens einen Franc sollten wir nehmen, allein schon für die verrückte Idee! Lachend kramten die Herren in ihren Portemonnaies und gaben uns ihre silbernen Münzen – und wenn sie uns wirklich einmal mit diesem Tretroller, den wir nun kaufen könnten, da unten träfen, dann zahlten sie hundert!

Nach dem Aperitif bat Ruth Fabian zu Tisch. Sie platzierte ihren Fritz zwischen uns beide, so sei er schön jung eingerahmt. Mit ihrer Tochter zusammen servierte sie ein Dîner, alle Menüfolgen wie im feinsten Restaurant. «Schenkt den beiden schüchternen Berliner Mädchen ordentlich Wein ein, dann werden sie erst so richtig lustig!», forderte Fritz Picard. Nach der Käseplatte wurde das Licht ausgeknipst. Ruth Fabian kam feierlich mit dem beleuchteten Nachtisch herein. Der Kognak über den Beignets züngelte in kleinen, blauen Flammen. «Ah» und «Oh» staunten alle Gäste. Während die Nachspeise verteilt wurde, kam noch einmal die Sprache auf das Châtelet: Bemerkenswert sei doch, dass dieser unterirdische Verkehrsknotenpunkt, im Jahre 1900 fertig gestellt, so dicht unter dem Jakobsturm läge, dem Kreuzpunkt mittelalterlicher Pilgerwege Jahrhunderte zuvor.

Eines anderen Nachmittags ging ich wieder in die Librairie Calligrammes. Fritz Picard sagte, gleich käme Elisabeth von Maltzahn in die Buchhandlung, sie sei in meinem Alter, und sicher würden wir uns gut verstehen. «Auch ein Adelsfräulein, nein, schrecklich!», damit verließ ich die Buchhandlung wieder. Durch eine Seitentür zwischen den Bücherregalen, vom Hinterhof aus, trat besagte Elisabeth ein. Sie folgte mir auf die Straße, von wo ich in den Hinterhof flüchtete, den Seiteneingang entdeckte und nun meinerseits von hinten eintrat. Daraufhin kam sie von der Straßenseite hinein: «O je, noch ein deutsches Adelsfräulein!», sagte sie und machte kehrt. Im Kreislauf zwischen Haupt- und Nebeneingang durchquerten wir die Buchhandlung, trafen aufeinander und mieden uns wieder. Fritz Picard amüsierte sich über diesen Eiertanz und versöhnte uns: «Wie man sieht, seid ihr keine Adelsfräulein nach konventionellem Muster!»

Bald nach diesem Auftakt wurden wir zu Freundinnen. Eigentlich Germanistin, verbrachte Elisabeth ein Jahr in Paris, um Französisch zu lernen. Sie betreute den Haushalt der französischen Pianistin Monique Haas und des rumänischen Komponisten Marcel Mihalovici, in deren Appartement sie auch wohnte.

Dieses Appartement lag hinter der Librairie Calligrammes, über eben jenem Hinterhof, von dem aus Elisabeth bei unserer ersten Begegnung eingetreten war. An einem freien Nachmittag lud sie mich zu sich ein. Sie zeigte mir die vielen Bilder in der kleinen Wohnung, vom Wohnzimmer bis zum Flur gerahmte Zeichnungen, dicht an dicht, darunter eine Porträtskizze von Igor Strawinsky, signiert von Picasso. Als Monique Haas in ihre Wohnung kam und sich an den Flügel setzte, schien es mir angebracht zu gehen. Meine neue Freundin nahm mich noch mit, die Besorgungen für das Abendessen zu erledigen.

Manchmal gingen wir abends ins Theater, oder wir machten einen Kinobesuch. Einen ganzen Sonntag verbrachten wir auf dem Flohmarkt am Stadtrand und vergnügten uns, trotz des trübsinnigen Regens, beim Kramen in Kisten voll alter Kleinigkeiten. Zu Allerseelen wurde in der Librairie der Abschied von der Buchhändlerin Renate gefeiert. Sie verließ ihren Patron, weil sie demnächst heiraten wollte und ein Kind erwartete. Für einen der folgenden Sonntage luden uns Fritz Picard und Ruth Fabian mit der neuen Buchhändlerin Almuth zusammen in ihr Landhaus in der Normandie ein.

In einem «Panhard», einem Auto, dessen Dach nach hinten spitz wie ein Haifischmaul überstand, fuhren wir morgens los. Der Tag verging mit Gesprächen und Spaziergängen durch die weite grüne Landschaft. Während der Rückfahrt saß Madame Fabian wieder am Steuer, ihr Mann neben ihr und wir drei jungen Mädchen auf dem Rücksitz. Monsieur und Madame unterhielten sich über die Kriegs- und Emigrantenzeit. Er war über die Schweiz – obwohl dort Flüchtlinge an Stacheldrahtzäunen zurückgetrieben worden wären – nach Paris gekommen. Sie hatte in der Provence im Untergrund gelebt. Er sagte so etwas wie: «Ihr da unten im unbesetzten Frankreich habt es noch gut gehabt!» – «Was? Das Vichy-Regime war grauenvoll!» Ihre Stimme zitterte, vor Aufregung verlor sie die Kontrolle über das Steuer, das Auto geriet in den Straßengraben. Alle stiegen aus. «Wie konntest du nur so etwas sagen?», weinte sie. Er entschuldigte sich, es sei doch nur relativ gemeint gewesen, und nahm sie tröstend in die Arme. Wir drei jungen Deutschen sahen betreten beiseite und versuchten, das Auto aus dem Graben zu schieben. Fritz Picard schlug vor, sich nun an das Steuer zu setzen und alle, wenn auch langsam, nach Paris zurückzufahren. Ruth Fabian, wieder ganz geistesgegenwärtig, erwiderte, sein alter Berliner Führerschein sei doch nichts mehr wert, und zudem sähe er nichts mit seinen zerlesenen Augen, zumal es gleich dunkel würde. So nahm sie wieder ihren Platz hinter dem Steuer ein. Im Rückwärtsgang fuhr sie den Wagen aus dem Graben. Alle durften wieder einsteigen. Während der Einfahrt in das nächtlich erleuchtete Paris stimmte Picard Heines Lied der Loreley an, wir drei hinten im Dunklen sangen mit ihm, der nun sprach:

Ich weiß nicht, was soll es bedeuten,
Dass ich so traurig bin,
Ein Märchen aus uralten Zeiten,
Es will mir nicht aus dem Sinn.

Die «zerlesenen Augen»: Einmal, als ich wieder in die Librairie hineinschneite, saß Monsieur Picard über ein altes Buch gebeugt. An seiner Brille war eine weitere Brille befestigt und an dieser noch eine kleine, hervorstehende Lupe, die fast die Buchstaben berührte. Es sah aus, als habe ein Auge einen Rüssel bekommen, um die Schrift von nahem einzusaugen. Zur Begrüßung nahm er diese Sehgestelle ab und deutete an, welchem Schatz er da gerade auf den Grund gehe. Mit solchen Raritäten könne er reich und berühmt werden wie der Kunsthändler Kahnweiler, der manche Bilderschätze erst dann an seine Kunden herausgebe, wenn sie durch Abwarten im Wert gestiegen seien. Ruth Fabian jedoch meinte einmal, ihr Mann sei völlig geschäftsuntüchtig, denn seine kostbarsten Bücher verstecke er unter dem Bett, damit sie ja keiner kaufe.

Ebenso erstaunlich wie Monsieur Picards zwei Brillen übereinander war es, wenn seine Frau mit zwei Hörern gleichzeitig telefonierte. In ihrer Wohnung beantwortete sie manchmal einen Anruf, nahm auf erneutes Klingeln einen anderen Hörer ab, sprach kurz, hörte lange zu und machte sich dabei Notizen. Die beiden Hörer klemmten wie Geigenstützen unter ihrem Kinn, damit sie die Hände freibehielt. Sie arbeitete als Leiterin einer internationalen Kontaktstelle und vermittelte die Bonner

«Wiedergutmachung» an Überlebende des Völkermords an den Juden. Zwischen den Telefonaten seufzte sie manchmal, es sei unvorstellbar, was diese armen Menschen erlitten hätten, und es sei schwierig, ihnen wirklich zu helfen.

Die meisten von uns jungen Deutschen, ob in Berlin oder in Paris, fühlten sich mitschuldig an den von Deutschen begangenen Verbrechen während des Zweiten Weltkrieges, obwohl wir zu der Zeit Kleinkinder gewesen waren. Durch Begegnungen wie jene mit Ruth Fabian verwandelte sich das diffuse Schuldgefühl zu Verantwortungsbewusstsein. Die Vergangenheit zu verdrängen oder zu «bewältigen» mochte als Lebensstrategie unserer Mütter, der Kriegerwitwen, gegolten haben; für uns jedoch war es wichtig geworden, das Geschehene im Bewusstsein zu behalten. Dennoch gaben wir nur ungern zu, Deutsche zu sein. Wahrscheinlich unbewusst, um uns von der vordem zu Eigen gemachten Mitschuld zu distanzieren und dem damit verbundenen schlechten Gewissen zu entgehen. Eine Begebenheit, die ich als Schülerin in den USA erlebt hatte, hatte mich schon länger zu dieser Verhaltensweise bewogen: Meine «amerikanische Schwester» Mimi hatte ihren Bratsche-Lehrer Wolfie Wolfinson gefragt, ob sie ihre deutsche Freundin in den Unterricht mitbringen dürfe. Seine Antwort war ein striktes Nein gewesen. Als sie ihm den Namen dieser Deutschen nannte, sagte er: «Dann ist sie eine Brentano, also eine Italienerin, sie darf kommen!» Wenn wir in Paris nach unserer Herkunft gefragt wurden, sagten wir: «aus Berlin» oder «aus der Bundesrepublik», niemals «aus Deutschland». Auf der Straße und in der Métro unterhielten wir uns nur leise in unserer Muttersprache. Doch dass wir eines Tages einen Platz nicht betreten durften, und dies wegen des Ersten Weltkrieges, das kam uns doch merkwürdig vor. Diesmal war ich wieder mit meiner Freundin Waltraut unterwegs. Für uns beide als Au-pair-Mädchen war der elfte November ein freier Tag wie alle anderen Sonntage auch, wir ahnten nicht, dass in den französischen Kalendern *«Victoire 1918»* stand, der Sieg von 1918. Wir hatten uns vorgenommen, in der Métrostation Opéra auszusteigen, um das prächtige Opernhaus von Garnier von allen Seiten zu zeichnen. Kaum tauchten unsere Köpfe in Höhe des Straßenpflasters auf – wahrscheinlich fiel unsere Haarfarbe, besonders Waltrauts Hellblond, mehr auf als unsere Sprache –, da hielten Polizisten ihre Knüppel darüber: *«Allez! Allez!»*, sofort sollten wir wieder nach unten verschwinden! – Warum nur? – Zu unserer eigenen Sicherheit, erklärte einer der Polizisten, auf dem Platz feierten gerade Veteranen des Ersten Weltkriegs den Sieg über die Deutschen, es könne für uns gefährlich werden, zwischen sie zu geraten. Von den untersten Treppenstufen aus sahen wir kurz darauf Fahnenspitzen, hörten Marschmusik und rhythmisches Getrappel.

In einem Eckhaus, bevor man vom Platz Saint-Germain-des-Prés in die Rue Bonaparte einbog, befand sich die Kunstbuchhandlung «La Hune». In deren Schaufenstern bestaunten wir einmal die gedruckte Collagen-Serie *«La Femme 100 Têtes»* von Max Ernst. Die Rue Bonaparte, die Rue de Seine, alles war voller Galerien. Die meisten von ihnen zeigten Bilder der Pariser Schule, Bilder, die von Nordamerikanern gekauft wurden. Ganz neu, denn es stellte eine Umkehrung des Bisherigen dar, war nun dies: Eine Amerikanerin hatte eine Galerie eröffnet, in der sie nicht etwa europäische Kunst zeigte, sondern das Neueste aus den Vereinigten Staaten. Die kleine Galerie von Ileana Sonnabend lag am Quai des Grands Augustins, unweit der Ecole des Beaux-Arts. In der Ausstellung waren Bilder von Robert Rauschenberg zu sehen. Erstaunlich oder neu daran war nicht so sehr seine Collage-Technik, sondern vor allem, was er collagiert hatte: Zeitungsfotos von Politikern, am eindrucksvollsten der zu der Zeit amtierende Präsident John F. Kennedy. Das Foto oder die abgebildete Persönlichkeit wirkte so stark, dass man sich wunderte, wie es in das gesamte Bild, größer als die eingeklebten Zeitungsausschnitte, integriert war. Transparente Leimüberstriche und rosa Farbe harmonierten mit dem Grau des Zeitungsdrucks – keine grellen Farbkontraste, wie sie kurz darauf mit der Bezeichnung «Pop-Art» verbunden wurden. Die Pinselstriche wirkten spontan, zumal herunterfließende Farbe einfach stehen gelassen war. Die Spontaneität des Farbauftrags als etwas Nachträgliches, zeigte das Momentane des Fotos als etwas Gewesenes und damit: So wie gerade eben noch wird dieser Präsident bald nicht mehr zu sehen sein.

Im Vergleich zu dem, was in manchen Galerien an zeitgenössischer Kunst zu sehen war, schien es in der Ecole des Beaux-Arts, als lebe man noch hinter dem Mond. Jeden Samstagnachmittag ging ich zum Aktzeichnen in das Atelier Legueult. Der Professor erschien zwei Stunden später, wie immer Punkt vier Uhr, eigentlich nur, um seine Studenten zu begrüßen und bald wieder zu gehen. Einen älteren Studenten hatte er damit beauftragt, die Stellungen der Aktmodelle zu bestimmen und irgendwelchen Plüsch neben ihnen aufzubauen, unter anderem ein zerschlissenes Samtsofa. Dieser Oberstudent belehrte mich einmal, ich solle auch das Sofa neben der Frau abzeichnen, woraufhin ich ihm antwortete, das gehöre in die Sparte *«nature morte»*, «tote Natur», und nicht zum Studium lebender Körper.

Ein andermal kauerte ein halbwüchsiges Mädchen auf dem alten Sofa, ihr Brustkorb war eingefallen, ein Zeichen von Rachitis aus großstädtischen Hinterhöfen ohne Sonne. Das Mädchen tat mir Leid, aber auch seine Mutter, eine gut gewachsene, blonde Frau, weil sie in einer völlig unnatürlichen Stellung ausharren musste. Eine halbe Stunde lang streckte sie den rechten Arm nach oben, bis er in dieser verkrampften Haltung zu zittern begann.

«Repos!», rief der uniformierte Atelieraufseher. Nach fünfminütiger Pause wieder dieselbe Stellung für eine halbe Stunde. Ich fragte den Oberstudenten, ob man diese quälende Stellung jetzt doch einmal ändern könne. Keine Ahnung von französischer Kultur hätte diese Deutsche! Das sei doch klar, die Frau hielte mit ihrer rechten Hand die Tricolore hoch, er habe sie einem berühmten Bild von Delacroix nachgestellt. Gemeint war wohl das pathetische Gemälde von 1832: «Die Freiheit führt das Volk auf die Barrikaden.»

Eine Unsitte an der Beaux-Arts, die bis zu Grausamkeiten ging, war das so genannte *«biseautage»*. Besonders berüchtigt dafür waren die Architekturstudenten gleich nebenan. Wörtlich übersetzt heißt *«biseauter»* abhobeln, abschrägen. In der Praxis bedeutete es, dass Neuankömmlinge «abgeschliffen», gefügig gemacht wurden. Studentinnen aus dem Ausland galten als beliebteste Opfer. Meine Freundin Waltraut und ich verstanden zuerst nicht, warum uns die uniformierten Atelieraufseher so oft über Treppen und Flure den Weg wiesen, als kennten wir ihn nicht seit einigen Wochen selbst. Durch einen Prozess, der seit drei Monaten lief, stellte sich heraus: Eine Kunststudentin aus Luxemburg war im Atelier Legueult über Nacht nackt in einen Schrank gesperrt worden. Was ihr vorher oder am Morgen angetan wurde, blieb ungewiss, es musste abscheulich gewesen sein, denn sie beging danach Selbstmord. Ihr Vater, ein Luxemburger Minister, strengte einen Prozess an. Die befragten Studenten aber grinsten nur: Das sei nun mal das Gesetz des *«biseautage»*. Dieses wurde weiterhin von offizieller Seite hingenommen, nur die Aufseher hatten ein paar Anweisungen erhalten.

Manchmal hörten wir aus einem entfernten Raum einen lauten Aufschrei – die Architekturstudenten hatten sich wieder einmal eine junge Frau gegriffen. Nur die Ängstlichen würden sie sich vornehmen, sagte der, dessen Staffelei ich immer noch benutzte, bei so Abgebrühten, die sogar dem Obermeier hier Widerworte gäben, mache das nicht «den richtigen Spaß». Beruhigend war das nicht, zumal ich nun auch Angst hatte.

Dem «Gesetz des Abhobelns» unterlagen auch junge Männer, Neuankömmlinge gleich welcher Herkunft. Sie wurden geschliffen, indem sie Mutproben zu bestehen hatten. Zur Strafe bei mangelnder Standhaftigkeit wurde ihnen ein Stück Kopfhaar abrasiert. Einen solchen Fall hatte Waltraut einmal aus der Nähe miterlebt und erzählte ihn mir: In dem Bistro, Treffpunkt der Kunststudenten, war eine Horde von ihnen versammelt. Einem wurde der Befehl erteilt, sich auf das Podest zu begeben, auf dem die Polizei den Verkehr regelte, wenn die Ampel an dieser Kreuzung ausfiel. Der junge Mann stieg hinauf und ließ nach und nach seine ganze Bekleidung fallen. Die Autofahrer guckten erstaunt auf den nackten Jüngling, während sie abbogen, als die Ampel auf Grün stand. Bei Rot ging der Nackte zurück in das Bistro, in Erwartung seiner Bekleidung. Er wurde aber noch durch die halbe Stadt gescheucht, um sie wieder zu finden. Später lief er mit zur Hälfte kahl geschorenem Kopf herum, die Strafe dafür, dass er unterwegs von einer mitleidigen Frau eine Hose als Geschenk angenommen hatte. Er, wie andere Erstsemester auch, rasierten sich daraufhin selbst eine komplette Glatze.

Nach sechs Wochen in Paris ergaben sich für mich zwei erfreuliche Veränderungen. Die erste war ein anderes Zimmer: Statt im Rive-Droite lag es im Rive-Gauche, nicht mehr unter dem Dach, sondern im Keller. Wahrscheinlich war es mir über den Bekanntenkreis meiner Freundin Elisabeth vermittelt worden. Ihr hatte ich erzählt, dass ich in meiner knappen Freizeit als Au-pair-Mädchen nicht zum Malen käme, da die Nachmittage mit Métrofahrten vergingen. Am Abend sei es nicht viel besser, meine Chambre de Bonne sei mir nicht mehr geheuer, da wäre auch fast einer eingestiegen, nicht durch das Fenster, sondern durch die Tür.

Meine neue Adresse sollte die Nummer 126, Boulevard du Montparnasse sein, nur eine halbe Fußstunde von der Beaux-Arts und der Librairie Calligrammes entfernt! Die neue Familie gehörte dem französischen Adel an, und ich durfte in das Zimmer ihrer ältesten Tochter einziehen. Es stand leer, denn sie hatte vor kurzem geheiratet. Ganz ohne Gegenleistung dürfe ich darin wohnen, sagte Madame de G. beim Vorstellungsgespräch, denn der europäische Adel müsse wie in alten Zeiten zusammenhalten. Sonntagnachmittags, wenn die Familie in der Kirche sei, könne ich oben in der Wohnung ein warmes Bad nehmen. Das Zimmer lag unter der Wohnung im Keller, war hell tapeziert und hatte beruhigend feste Eisenstäbe vor dem Fenster, durch das man in Augenhöhe das Gras im Hof wachsen sah.

Die Zusage für das neue Zimmer fiel leichter als die Kündigung des Dienstmädchenzimmers. Der Familie B. gegenüber fühlte ich mich verantwortlich, denn das Versprechen, mich um die Kinder und den Haushalt zu kümmern, hätte ich gerne gehalten, nicht nur des Taschengeldes wegen. Ich bastelte mir irgendwelche Ausreden zusammen. Am Monatsende verabschiedete ich mich von Frau B. und den Kindern. Sie weinten mir keine Träne nach. Nur die alte Gemüseputzerin klagte, nun fühle sie sich hier ganz verlassen. Am ersten Advent fand der Umzug mit Koffer und Zeichenmappe statt.

Die zweite erfreuliche Veränderung war das Eintreffen des Stipendiums, die Auszahlung für den Monat Dezember. Es galt für vier Monate und war knapp bemessen. Wir bekamen jedoch auch die Essensmarken für die Mensa der Beaux-Arts, und was wollte man mehr, wenn dazu noch ein Zimmer umsonst kam! Im ersten Übermut kaufte ich in der Rue Vavin – in deren Nähe war ich ja nun zurückgekehrt – einen prächtigen Pinsel, den schönsten und größten, den es in diesem verlockenden Laden für Künstlerbedarf gab: siebzig Zentimeter lang, echtes Marderhaar und auf dem dunkelblau lackierten Stiel die goldene Inschrift «Leonardo da Vinci». Nach diesem geradezu größenwahnsinnigen Luxus kaufte ich mir noch etwas dringend Notwendiges: ein Paar neue Schuhe.

Während der täglichen Fußmärsche vom Montparnasse zur Mensa, immer die lange Rue de Rennes, meine «Rennstrecke» entlang, lief ich die neuen Schuhe aber auch bald wieder ab. Ich lief einem warmen Mittagessen entgegen, glücklich, um diese Uhrzeit nicht mehr auf der anderen Seite der Stadt putzen zu müssen und danach nur ein Stück Brot zu mümmeln. Waltraut traf ich oft in der Mensa wieder, obwohl sie weiterhin in einer Chambre de Bonne wohnte.

In die Mensa, einen großen, kargen Saal, kamen Kunst- und Architekturstunden, darunter viele Ausländer. Als solche am leichtesten zu erkennen, so schien es, waren die mit dunkler Hautfarbe – französische Staatsbürger aus dem Senegal oder von der Elfenbeinküste. An einem Tisch vor der Küche stellte man sich an, nahm sich Besteck und ein Plastiktablett mit Einbuchtungen in verschiedenen Größen. In diese Mulden wurde jedem fix das Mittagessen verteilt, links die Vorspeise, in die größte Mulde in der Mitte Fleisch und Gemüse, rechts oben etwas Käse, darunter der Nachtisch. An langen Holzbänken und -tischen saß dann eine zusammengewürfelte Gesellschaft beieinander – oft setzte sie sich recht aggressiv auseinander. So fragte mich einmal ein Pariser mit Halbglatze, was mir hier an der Ecole des Beaux-Arts am besten gefiele. Am wenigsten die «biseautage», hätte ich fast geantwortet, jedoch nach dem Besten gefragt, sagte ich: «Das Essen!» Prompt landete ein Stück Fleisch an meinem Kopf. Es kam von einem anderen Tisch: «Nur das Fressen? Eine Beleidigung für die französische Kunst!», rief ein Afrikaner, der soeben seine Mahlzeit als Geschoss im Einsatz für höhere Werte benutzt hatte. Es passierte häufig, dass auf irgendeine Bemerkung hin, im allgemeinen Durcheinander kaum zu verstehen,

Wasserkaraffen quer über die Tische flogen. Einmal, mitten im Winter, trat Waltraut etwas verspätet mit einer hellgrünen Pudelmütze auf dem Kopf in der voll besetzten Mensa ein. *«Chapeau! Chapeau!»*, riefen einige junge Männer im Chor, ein lobendes Wort wie «Hut ab!» ins Lächerliche verdrehend. Meine Freundin blieb verblüfft am Eingang stehen, nahm ihre Mütze ab, und schon ging es weiter: *«Au près de ma blonde . . .»*, eine Wasserkaraffe verfehlte knapp ihr Gesicht. Sie wischte sich die Tränen ab, das sei nur das Wasser gewesen.

Das Essen war wirklich gut, kein Vergleich zu den eintönigen Kohlsuppen der Berliner Mensa. Nur wenn es Pferdefleisch gab, reichte ich es weiter. Ein dankbarer Abnehmer wurde bald ein schüchterner junger Mann aus Ungarn, der nach dem niedergeschlagenen Aufstand von 1956 aus seiner Heimat geflohen war. Während der Essensausteilung verabredeten wir uns so, dass wir jeden Donnerstag nebeneinander saßen. Dieser Jan sah halb verhungert aus, wodurch seine blauen Augen in ihren tiefen Augenhöhlen einen besonderen Ausdruck bekamen, traurig und versonnen. Später, im Januar, als ich schon ein eigenes, kleines Atelier hatte, bat ich ihn, mir für eine Porträtzeichnung Modell zu sitzen. Es war eisig kalt, und er trug nur eine dünne alte Jacke. Da traf es sich gut, dass mir meine Mutter einen für mich viel zu großen, hellblauen Pullover geschickt hatte mit dem Vermerk: «Von Clemens ausrangiert, aber noch wie neu!» Geld hatte ich wieder einmal so gut wie keines – es hätte sowieso Jans Stolz verletzt, es ihm anzubieten –, dafür also diesen warmen Herrenpullover. Gerne nahm er ihn als Gegenleistung für einige Stunden Porträtsitzen an und zog ihn gleich über, denn das kleine Atelier war kaum geheizt. In diesem neuen Pullover, der seinem Wesen nicht entsprach, saß er Modell, und meine Konzentration richtete sich auf den melancholischen Ausdruck seines Gesichts. Zwischendurch wechselten wir nur wenige Worte und stellten fest, dass wir beide aus dem «Ostblock» stammten. Dabei dachte ich nicht im Geringsten an «meine Heimat», allein das Wort «Heimat» fand ich kitschig und veraltet. Jan hingegen wartete täglich auf seine Rückkehr nach Ungarn. Paris bedeutete ihm nur etwas Vorläufiges, er schlug sich hier durch und hatte dabei Heimweh.

In der Librairie Calligrammes lernte ich einen Rumänen kennen, der in Büchern seine Heimat suchte und in mehreren Sprachen zu Hause war. Fritz Picard vermittelte, ich solle dessen Bibliothek ordnen und mir auf diese Weise etwas Geld verdienen. Ordnung habe diese sehr nötig, meinte der Rumäne, ein Herr mittleren Alters, er könne in der Librairie keine Bücher mehr kaufen, solange in seiner Wohnung nicht ein paar Zentimeter Platz dafür freigeräumt seien. Gleich für den nächsten Morgen um neun Uhr vereinbarte er mit mir das erste Treffen in der Wohnung seiner Frau, vielmehr in seiner Bibliothek.

Die kleine Wohnung quoll tatsächlich von Büchern und Zeitungsausschnitten über. Schon beim Eintreten entschuldigte sich Frau S., durch die Wohnungstür könne man nur noch hindurchschlüpfen, weil sie sich wegen der Bücherregale im Flur nicht mehr ganz öffnen ließe. Sie freute sich über das Eintreffen der «Bücherordnerin», hatte jedoch ihre Zweifel, ob hier jemals Ordnung geschaffen werden könne. Am besten sei es, im Schlafzimmer mit der Arbeit anzufangen. Vor dem französischen Ehebett lagen haufenweise Bücher und Zeitungen verstreut. Ja, abends läge das alles *auf* dem Bett! Damit sie nachts Platz zum Schlafen fänden, beförderten sie das Ganze auf den Fußboden, aber jeden Abend sei das Bett wieder mit Büchern belegt, sagte die Frau lachend. Beide wünschten mir guten Mut bei der Arbeit. Die Zeitungsausschnitte solle ich in die entsprechenden Bücher einlegen, nicht nach Sprachen, sondern nach Themen geordnet, gab Herr S. noch als Anweisung. Dann gingen meine neuen Arbeitgeber zum Frühstückskaffee in ein Bistro, denn ihre kleine Küche war auch schon unbenutzbar geworden.

Die Regale im Flur waren von oben bis unten gesteckt voll, nichts ließ sich dazwischenschieben. Und wie sollte ich den Inhalt nur erkennen, wenn die Texte nicht nur auf Französisch, Deutsch oder Englisch geschrieben waren, sondern viele auch auf Russisch in kyrillischer Schrift? Wie nur französische Zeitungsartikel in russische Bücher einordnen, wie Ausschnitte aus der Prawda mit deutschen oder englischen Büchern in Verbindung bringen? Literatur, wie von Gogol oder Dostojewski, hätte einen Hinweis geben können. Um Literatur ging es jedoch nicht so sehr, eher um Politik, um etwas Konspiratives im Exil. Von den Büchern und Zeitungen in kyrillischer Schrift verstand ich gar nichts, Stunden vergingen darüber, etwas davon zu entziffern. Danach wollte ich wenigstens schnell noch die Bücher vor dem Bett aufräumen. Schön ordentlich stapelte ich sie in einer Fensternische, weder nach Themen noch Sprachen geordnet, sondern nach Format und Gewicht. Große, schwere Bücher kamen nach unten, mittlere darüber, darauf noch Hefte und Broschüren. Eine kleine Pyramide entstand, und über Zeitungszettel legte ich noch einen Damenschuh als Beschwerer und Krönung des Aufbaus.

Bei ihrer Rückkehr fand Frau S. diese Art des Aufräumens lustig. Herr S. war weniger zufrieden, gab mir jedoch zwölf Francs und bestellte mich für die nächste Woche wieder. Den ganzen Dezember über «ordnete» ich zweimal in der Woche vier Stunden lang die Bibliothek in der kleinen Wohnung. Sowie ich die Namen Lenin und Stalin in kyrillischer Schrift entziffern konnte, wie Kartuschen ägyptischer Pharaonen, fiel das Zuordnen leichter. Die erste Bücherpyramide aus dem Schlafzimmer war entsprechend eingeordnet, aber neue waren inzwischen nachgewachsen. Kurz vor Weihnachten packte ich sie auf Bitten von Frau S. in Kartons, trug sie als Müll auf die Straße hinunter und bekam dafür meine letzte Bezahlung. Wir verabschiedeten uns herzlich. Dabei hatte ich das Gefühl, dass mir mehr zugekommen war, als ich für die Ordnung dieser merkwürdigen Bibliothek hatte tun können.

Während der Adventszeit bat mich Fritz Picard eines Tages, die Librairie Calligrammes zu hüten. Almuth solle einen freien Tag haben und er selbst wolle sich in anderen Antiquariaten umsehen. Einerseits fühlte ich mich geehrt, dass er mir diese Verantwortung übertrug, andererseits war ich mir nicht sicher, alles richtig zu machen, und wandte ein: Kyrillische Schrift könne ich nicht lesen und mit Geld umgehen auch nicht. Russisches würde aller Wahrscheinlichkeit nach nicht gefragt, sehr wohl jedoch Altgriechisches, schmunzelte Fritz Picard und erzählte, was er kürzlich erlebt hatte: Ein Amerikaner wäre in die Buchhandlung gekommen und habe nichts weiter gesagt als «Är-is-tot!» – «Wer ist tot?», habe er selbst ganz erschrocken gefragt. «Äristotel», habe der lange Kerl wiederholt und auf die alten Bücher gezeigt. Erst als der Amerikaner wieder gegangen war, sei ihm klar geworden, dass er ein Buch von Aristoteles haben wollte.

Almuth übergab mir also die Schlüssel der Buchhandlung und erklärte kurz: Kein Buch mitgeben, wenn es nicht gleich bezahlt werde, sonst zurücklegen und um die Adresse bitten. Aufpassen solle ich auch, dass nichts geklaut werde. Ach ja, und da oben zwischen den Inselbänden läge eine Packung Haushaltskerzen. Ich setzte mich auf den Platz der Buchhändlerin und sah auf ein vergittertes Seitenfenster. Dieses Fenster, eigentlich nur eine festverglaste Maueröffnung zu einer dunklen Gasse hin, wurde im Gegensatz zum schmalen Schaufenster nie geputzt. Es schluckte eher das elektrische Licht von innen, als dass es Tageslicht von außen spendete. An diesem trüben Wintertag nur auf das Gitterfenster zu starren stimmte erst recht trübsinnig. Kunstbände in Farbdruck standen links unten am Eingang, darunter eine Neuerscheinung über den deutschen Expressionismus. Ich blätterte das großformatige Buch durch, sah mir die kräftigen Farben darin an und stellte es behutsam an seinen Platz zurück. Kurz vor Mittag kaufte eine junge Französin einen kleinen Inselband, der einzige Verkaufserfolg des ganzen Vormittags. Um ihn zu erhöhen, wurde ich sozusagen bei mir selbst Kundin und legte dreißig Francs in die Kasse für einen schmalen Band, die *Träume und Visionen* von Jean Paul. Über die Mittagszeit las ich darin. Plötzlich ging das Licht aus. Stromausfall. Mit den Haushaltskerzen beleuchtete ich Schönes und ließ Hässliches wie das Gitterfenster im Dunkeln. Die Librairie sah nun wie eine alte Bücherstube aus, heimelig in dem warmen Adventslicht.

Am Nachmittag bemerkte ein deutscher Herr, der forsch zur Tür eintrat, die Kunstbände, unten neben dem Eingang, könnten bei dieser kümmerlichen Beleuchtung geklaut werden. Kostbare Bildbände seien darunter, so auch dieser von ihm über den deutschen Expressionismus. Er strich mit der Hand darüber und stellte sich als Lothar Günther Buchheim vor. Nach Monsieur Picard fragte er nicht. In dessen Vertretung richtig zu handeln schien mir nun, den prominenten Besucher zu Kaffee und Kognak einzuladen. Ich bat ihn, für drei Minuten die Buchhandlung zu bewachen, nahm das Geld für den Jean Paul wieder aus der

Kasse und besorgte im Café gegenüber das Übliche für zwei Personen. Als ich mit dem Tablett zurückkam, sagte Herr Buchheim, sein nächstes Buch solle eine Streitschrift werden mit dem Titel: *Über die Kunst, Witwen zu verbrennen.* Er kokelte an einer Kerze und blickte in die Flamme wie in einen Scheiterhaufen. Ich guckte erschrocken. Er erklärte mir, so ernst sei das nicht gemeint, nur als Pamphlet, er müsse seine aufgestaute Wut gegen Nina Kandinsky loswerden. Die Witwe des Malers habe ihm das Recht abgesprochen, Bilder ihres Mannes abzubilden, und einen Prozess gegen ihn angestrengt. Die Abbildungen seien schon in Druck gewesen, er habe den Prozess verloren und vor allem Zeit und Geld. Die Frage, wie er den abstrakten Maler Kandinsky als deutschen Expressionisten eingestuft habe, ob vielleicht aus dessen Murnauer Zeit, erübrigte sich, denn der Herausgeber des Expressionismusbandes hatte es auf einmal eilig. Es schien, als habe er nur überprüfen wollen, ob sein Buch in dieser deutschen Buchhandlung in Paris auch ordentlich ins Rampenlicht gestellt sei. Kurz nachdem er gegangen war, sprang das elektrische Licht wieder an, und ich pustete die Kerzen aus.

Danach schaute Elisabeth zu einem Schwatz herein. Die Bilanz meines Tages als Hüterin der Librairie Calligrammes war vom Geschäftlichen her ein Misserfolg: nur ein verkauftes Inselbändchen und ein schmales Buch von Jean Paul, wovon der Großteil des Erlöses wieder in Kaffee und Kognak und zehn halb abgebrannte Kerzen geflossen war. «Unsinn, natürlich kannst du den Jean Paul behalten!», sagte Fritz Picard, vom Geselligen her hätte ich alles richtig gemacht. Er schenkte mir ein kostbares, altes Buch: *Goethes Briefwechsel mit einem Kinde* in einer Ausgabe von 1854.

Ganze Tage, besonders wenn es kalt war, vergingen im Louvre. Ab und zu, um für das gute Mittagessen auch etwas zu leisten, malte ich in der Beaux-Arts. Frühere Zeichnungen übertrug ich in Ölfarbe, unter anderen eine fiktive Ahnentafel: oben ein Ehepaar mit großen Rokokofrisuren, unten, zwischen kleineren Köpfen, mich selbst als schwarzes Schaf der Familie. Der Student, der mir seine Staffelei geliehen hatte, sah sich das an und meinte, er fühle sich auch als Außenseiter, könne das aber nicht darstellen, dazu sei er einfach zu faul. Im Winter käme er nur in das Atelier, um sich aufzuwärmen. Die sturen Anweisungen beim Aktzeichnen hatten auch Waltraut und zwei andere deutsche Kunststudenten über, anstelle der Beaux-Arts hatten sie ein privates Atelier ausfindig gemacht. Gemeinsam gingen wir zwei Abende in der Woche dorthin, bei der Kälte so warm wie möglich angezogen. Auch im Saal behielten wir die Mäntel an, während die Modelle nackt neben einem Gasöfchen standen. Ihre Haut wurde auf der kalten Seite immer blasser und auf der Seite des Öfchens immer röter. Alle zehn Minuten wechselten sie die Stellung und damit ihre Färbung.

Am interessantesten war es, die Radiertechnik zu erlernen, und das bei einem Meister dieser Kunst. Während meiner Zeit als Au-pair-Mädchen konnte ich erst einmal nur die besondere Atmosphäre schnuppern, doch dann, im Dezember, ganze Nachmittage lang dort arbeiten. Gleich bei der Ankunft in Paris, vielmehr in der Librairie Calligrammes, hatte mir Fritz Picard geraten: «Geh doch in die Radierwerkstatt von Johnny Friedlaender! Da lernst du mehr als in der Beaux-Arts und bist auch besser aufgehoben.» Die Begegnung mit Johnny Friedlaender und die Tatsache, dass ich seine Schülerin werden durfte, wurde ausschlaggebend für vieles Weitere: für den künstlerischen Werdegang, für das Bleiben in Paris über das Wintersemester hinaus und indirekt auch für das Finden eines Gemäuers im Süden Frankreichs. Doch davon später mehr.

Winter

In meinem Kellerzimmer am Montparnasse war es nur im Bett wirklich warm. Ohne eigene Heizung herrschte in dem kleinen Zimmer eine gleichmäßig kühle Temperatur wie für die edlen Weine, die im Raum nebenan gelagert waren. Morgens ging ich in das Café «Le Dôme» an der nächsten Ecke, um mich mit Kaffee und frischem Brot aufzuwärmen. Das einfache Café lag neben dem großen Restaurant «Le Dôme» mit seiner prächtigen Kuppel. Arbeiter standen am Tresen und kippten zum Frühstück Schnaps und schwarzen Kaffee hinunter.

Eines Morgens kam ich mit einem älteren russischen Maler ins Gespräch, denn auch er aß langsam und im Sitzen sein Frühstücksbrot. Er lud mich in seine Wohnung ein, um mir dort seine Bilder zu zeigen. Die Wohnung wirkte dunkel und verstaubt, ebenso die kleinen Ölbilder mit Zirkusmotiven. In seinem Atelier habe er früher einmal größere Bilder gemalt, meinte er, aber inzwischen wolle er lieber in dieser bequemeren Wohnung bleiben. Das Atelier stünde leer, es sei hell und ein Kohleofen stünde darin. Gegen einen geringen Mietpreis würde er es mir gerne überlassen!

Ein eigenes Atelier in Paris – ganz so schön war das doch nicht. Eisig kalt war es darin, es roch nach Terpentin und Käse. Zwar war es hell, aber einige der Fensterscheiben waren zerbrochen. Alle die Abers ließen sich durch Putzen, Abdichten und Heizen beseitigen. Gegen Abend wärmte der gusseiserne Ofen in der Mitte des Raumes. Ein weiteres Aber stellte sich am nächsten Tag heraus: die Verpflichtung, in einem eigenen Atelier auch eigene Bilder herzustellen. Zwar weihte ich nun meinen schmucken Leonardo-Pinsel ein, mit dem ich in der Beaux-Arts nicht gewagt hatte aufzutreten. Aber unzufrieden mit den bildnerischen Versuchen, richtete sich die Aufmerksamkeit immer wieder auf die praktischen Dinge: Nachschütten der Kohle, Kaffee kochen, Asche wegfegen. Schließlich kochte ich sogar Orangenmarmelade aus Apfelsinenschalen als Resteverwertung und hausfrauliche Betätigung.

Je härter der Winter, desto wichtiger der Kohleofen, wichtiger als die Leinwand auf der Staffelei. Ende Januar gab es in Paris keine Kohlen mehr. Die Seine sei zugefroren, die Lastkähne kämen nicht mehr durch, stand in der Zeitung. Auch etwas von der Montanunion, dem deutsch-französischen Wirtschaftsvertrag. Als ich, wie jeden Vormittag, mit meinem Kohleneimer in einen Laden ging, schimpfte der Händler, die Montanunion sei schuld daran, dass er nicht mehr beliefert würde, die Deutschen hätten alle Kohlen für sich einbehalten. Die Seine sei doch zugefroren, erwiderte ich, woraufhin mir sein Angestellter, ein Kohlenträger mit Lederschürze auf dem Rücken, den Hinweis gab: Die Halde hier am Montparnasse sei leer geräumt, doch für das Eimerchen würde sich vielleicht noch etwas finden. Den Schnee gäbe es für alle Menschen umsonst, lachte er, halb an seinen Chef gerichtet.

Das breite Eisentor der Halde stand offen, dahinter lag eine weite, weiße Fläche, grau umrahmt von Betonmauern. Stille im Schnee – hin und wieder das Kreischen einer Rangierlok auf den Geleisen hinter den Mauern. Am anderen Ende der Fläche, als hätte der Wind besonders viel Schnee in diese Mauerecke getrieben, stieg die Ebene leicht an. Unter dieser Schneewehe lagen die letzten Eierkohlen. Kohle um Kohle sammelte ich aus dem Schnee, bis mein Eimer randvoll war. Sogar in die Manteltaschen stopfte ich noch einige der schwarzen Kostbarkeiten. So viele Kohlen waren noch zu finden, hätte ich sie nur wegtragen können, ließe sich auch die Librairie Calligrammes damit heizen! Am späten Nachmittag holte ich Almuth zu Hilfe, ausgerüstet mit zwei großen Einkaufstaschen. Im schwachen Lichtkegel einer Taschenlampe sammelten und kratzten wir die letzten Kohlen zusammen. In unseren schweren Taschen trugen wir jedoch mehr Erde als Kohlen durch die Stadt.

Viele heizten in diesem besonders kalten Winter mit Gas, die Armen mit obskuren Öfchen, die ganz Armen lagen mit Zeitungen bedeckt auf Métrorosten, durch welche die Wärme aus den Lüftungsschächten zur Straße hochstieg. Eines Nachmittags fand ich meine Freundin Waltraut vor ihrer Chambre de Bonne reglos zusammengekauert auf einer Treppenstufe. Nach einiger Zeit murmelte sie, ich habe ihr das Leben gerettet. Das schien mir völlig unverständlich, war ich doch eben erst gekommen. Mit schwacher Stimme erklärte sie, den ganzen Nachmittag habe sie Kopfschmerzen gehabt, ohne zu wissen, warum, schließlich sei sie aus ihrem Zimmer gewankt, um hier draußen auf mich zu warten. Wäre sie nicht hinausgegangen, wäre sie drinnen neben dem kleinen Giftofen ohnmächtig geworden und erstickt.

Die Radierwerkstatt von Johnny Friedlaender ist mir als warm in Erinnerung, was wahrscheinlich an der menschlichen Wärme der Schüler aus aller Welt und des Lehrers selbst lag. Ende Januar muss es auch dort sehr kalt gewesen sein, denn in dem kleinen Hinterhof, in dem die Säurewannen zum Ätzen der Radierplatten standen, war der Wasserhahn, unter dem die Säure abgespült wurde, eingefroren. Ging dennoch jemand hinaus, riefen alle *«la porte!»*, «Tür zu!», solch eisiger Wind fegte herein. Friedlaender brachte uns während der Frostzeit das Radieren mit Kaltnadel bei, kalt, das hieß ohne Säure. Von dieser simplen Strichtechnik hielt er nicht viel und ging zum schwarzen Grund über, dem Aufrauen der Kupferplatte mit einer Art Wiegemesser, einer langwierigen Kraftarbeit. Die aufgeraute Fläche, welche die Druckerschwärze aufnahm, wurde dann mit einem Flachkantstrahl für malerische Helligkeiten teilweise geglättet. Interessanter als der Einsatz von Muskelkraft war das *«vernismou»*, eine Technik, bei der die erwärmte Platte mit einem Wachsstempel gleichmäßig eingerieben und dann mit einer Zange über eine Fackel gehalten wurde, um sie einzurußen. Friedlaender selbst legte Netzstrümpfe und andere Materialien mehr in das erwärmte Wachs, Geheimverfahren, die er seinen Schülern nicht gern verriet.

Zweimal in der Woche, dienstags und mittwochs, arbeiteten alle in der Radierwerkstatt. Den Rest der Woche widmete sich Johnny Friedlaender seiner ganz eigenen Arbeit in einem anderen Atelier, wenn er nicht gerade zu einer seiner Ausstellungen reiste. Die Radierwerkstatt war in einem Seitenraum des großen Lithographie-Betriebes Desjobert untergebracht, in der Sackgasse Villa-Coeur-de-Vey. An allen Wänden, bis auf die Fensterfront zum Hinterhof, standen massive Regale von unten bis oben voller benutzter, dicker Lithoplatten. Es sah aus wie eine dunkle Bibliothek aus Stein. Davor, noch schwärzer als die Steine, ragte die Radierpresse mit ihrem großen Schwungrad auf, das Herzstück der Werkstatt. Andächtig still wurde es, wenn der Meister soeben von ihm fertig gestellte Kupferplatten auf dieser Presse druckte. Mit seinen tief liegenden, blauen Augen unter hoher Stirn sah er ernst und konzentriert auf den Abzug, legte eine weitere Farbplatte ein, ließ den Stahltisch wiederholt durchlaufen und überprüfte den Probedruck, ehe er ihn aus der Presse nahm. Manchmal hatte einer von uns Schülern Glück, denn wenn wir beim Papier- und Filzeeinlegen und beim Kurbeln oder Plattenreinigen geholfen hatten, bekamen wir einen frischen Druck geschenkt. Als mir Friedlaender die erste Radierung schenkte, wunderte ich mich, dass er nicht nur mit seinem Namen signierte, sondern auch meinen Vornamen groß in das nasse Papier schrieb. So mache er das mit seinen Lieblingsschülern immer, lachte er, in nasses Papier geprägt wären unsere Namen nicht auszuradieren, so könnten wir sein Geschenk nicht verkaufen, sondern müssten es für immer behalten.

An mehreren Arbeitstischen hatte jeder, auch der Meister, seinen Platz zum Zeichnen und zur Vorbereitung der Radierplatten. Auf ihre Vorhaben konzentriert, saßen einige am Tisch, während andere im Raum herumgingen, ihre Platten lackierten, in Säurebäder legten oder Kolophoniumkorn aufschmolzen. Von der Vorbereitung einer Platte bis zu ihrem Druck vergingen oft Tage in einem faszinierenden Ablauf der Alchemie, die kein Außenstehender hätte begreifen können. Ein zentraler Gegenstand, fast so wichtig wie die Presse, war *«la boîte noire»*, der schwarze Kasten. Bei Friedlaender, dem Meister der Aquatintatechnik, der Flächenätzung, gehörte das Bestäuben der Platten mit Asphaltstaub in ebenjenem mysteriösen Kasten zu einer der wichtigsten Handlungen. *«Il y a quelqu'un dans la boîte?»* – «Ist jemand im Kasten?», wurde durch den Raum gerufen, um zu erfahren, ob dieser in Benutzung war. Von außen kurbelte man an einer Achse, womit im Inneren vier kreuzförmig an ihr befestigte Holzroste in Bewegung gesetzt wurden, welche den unten liegenden Staub an die Decke des Kastens wirbelten. Daraufhin öffnete man eine Klappe, legte seine Platte auf einen waagerecht stehenden Rost, schloss den Kasten und wartete, bis sich der Asphaltstaub gleichmäßig auf der Platte niedergelassen hatte. Schrecklich also, wenn «jemand im Kasten» war und ein anderer von außen an den vier Rosten drehte, denn die innen wartende Platte wäre mitsamt ihrem Staub abgestürzt und von den Rosten zerkratzt worden. Der gegenseitige Respekt vor dem handwerklichen und geistigen Material galt als Selbstverständlichkeit, kameradschaftlich wie Handwerker, ohne Künstlerneid, half man sich gegenseitig. Dabei sprachen alle, ob aus Südamerika, Holland oder sonstiger Herkunft, Französisch und nur selten Deutsch.

Über das, was der fünfzigjährige Friedlaender als junger Mann während des Krieges durchgemacht hatte, äußerte er sich nie. Seine Biographie war einem Katalog seines Galeristen Rolf Schmücking zu entnehmen: 1912 als Apothekersohn in Schlesien geboren, studierte er mit achtzehn Jahren Kunst in Dresden. 1933 wurde er wegen politischer Aktivitäten verhaftet, floh über die Tschechoslowakei, die Schweiz und Holland nach Paris, wo er bei Ausbruch des Krieges wieder verhaftet wurde, erst von Franzosen, dann von Deutschen bewacht. Arbeitslager, Deportationslager, Leben im Untergrund. Als englischer Soldat nahm er 1943 anstelle seines deutschen Vornamens Gotthelf den Namen Johnny an. Nach Kriegsende kehrte er nach Paris zurück. Später, 1952, erhielt er die französische Staatsbürgerschaft, und 1958, während der Biennale von Venedig, repräsentierte er Frankreich als Graphiker. Auf seine französische Staatsangehörigkeit war er sichtlich stolz, dennoch blieb ein unausgesprochener deutscher Rest, ein trauriger Blick in seinen hellen Augen.

Die Radierwerkstatt von Johnny Friedlaender hatte in Paris eine Konkurrenz, die Werkstatt des Engländers Hayter. Der Teufel muss mich geritten haben, oder es war einfach nur aus jugendlicher Neugier, dass ich den ebenfalls bekannten Graphiker telefonisch bat, seine Radierwerkstatt besichtigen zu dürfen. Freundlich gab er mir einen Termin für einen Nachmittag Mitte März. In einem Hofeingang voller abgedeckter Blumentöpfe begrüßte mich seine Frau, dann er. Obwohl ich nichts Derartiges geäußert hatte, glaubte er, ich wolle seine Schülerin werden. Er rechnete mir die Kosten vor, pro Stunde, pro Tag, mit und ohne Arbeitsmaterial. Ich lehnte ab, für zu keinen der Tarife hätte ich das Geld. Mit einer Geste auf die Blumentöpfe und das Haus dahinter schlug er vor, ich solle als Gegenleistung für die Lehre hier putzen. Da gäbe es allerdings viel zu tun, seufzte seine Frau und ging ins Haus. Im Stillen fand ich das gut gemeinte Angebot entsetzlich, bloß nicht hier Putzfräulein sein! Nochmals bat ich darum, die Werkstatt sehen zu dürfen. Mister Hayter schloss die Tür zu einem flachen Nebengebäude auf, in dem kein Mensch zu sehen war, nur einige Radierplatten seiner Schüler lagen herum. Er erklärte mir seine Erfindung des Farbdrucks mit nur einer einzigen Platte: tiefgeätzt für die flüssigste Farbe Gelb, weniger tief für Rot, am leichtesten für Blau. Die bearbeiteten Platten sahen wie von Würmern zerfressen aus. Friedlaender brauche manchmal fünf Platten für nur eine Farbradierung, sagte dessen Konkurrent abschätzig und zeigte einen Druck nach seinem Rezept der drei Grundfarben. Diese Sparsamkeit empfand ich nicht als überzeugend, es fehlte an Farbüberdeckungen und Nuancen. Dass ich Friedlaender-Schülerin sei, sagte ich nicht. Um dennoch etwas zu sagen, möglichst etwas Positives, bewunderte ich drei Platten, die angestaubt auf einem Seitentisch lagen und deren gebirgsartige Formen, so weit sie zu erahnen waren, mir wirklich gut gefielen. Ach ja, die seien von seinem Meisterschüler und Mitarbeiter, einem Chilenen, der ihn leider wegen einer Auseinandersetzung verlassen habe. Ich solle ihn aber ruhig mal anrufen und von seinem alten Hayter grüßen, die Telefonnummer sei GAN 1963. Während wir uns verabschiedeten, notierte ich mir schnell diese Nummer mit dem merkwürdigen Gefühl, dass sie mir etwas zu bedeuten habe.

In der nächsten Telefonzelle wählte ich die Nummer, sagte, von wem ich sie hätte, und bestellte die Grüße. Mein chilenischer Gesprächspartner schlug vor, sich gleich am nächsten Nachmittag in einem Café am Boulevard Saint-Michel zu treffen.

Am folgenden Tag verließ ich vorzeitig und ohne Angabe des Grundes die Friedlaender-Werkstatt. Kurz nach fünf kam mir am «Boul'Mich» ein hoch gewachsener, gut aussehender Mann entgegen. Wir setzten uns und unterhielten uns über Kunst und Politik, Berlin und Santiago de Chile. Am Abend lud mich Enrique in ein kleines Restaurant ein, danach in seine Atelierwohnung, wo er mir seine Bilder zeigte, Abstraktionen chilenischer Gebirgslandschaften, große, geheimnisvolle Kompositionen. Er erzählte von seinen Wanderungen hoch oben nach Machu Picchu, und wir blätterten in einem Bildband über diese uralte Indianerfestung aus Riesensteinen. Punkt Mitternacht brach ich auf, er lachte über diese Wohlerzogenheit, ich rannte die Treppen hinunter, verliebt bis über beide Ohren. Bald danach musste ich nach Frankfurt verreisen. In der Bahn las ich Gedichte von Raphael Alberti und versuchte, das eine über Machu Picchu vom Französischen ins Deutsche zu übersetzen. *«Aigle sidéral . . .»* fing es an, «Sternadler», wie schön, so hieß er für mich nun insgeheim. Kaum nach Paris zurückgekehrt, zählte ich an den Knöpfen ab: Rufst du ihn an? – Nein, ja, nein, ja. Er schien den Anruf erwartet zu haben. Wir verabredeten uns für den nächsten Abend in seiner Atelierwohnung. Aus dem Abend wurde eine Nacht, und so ging es bis zum Frühjahr weiter. Mein Freund war doppelt so alt wie ich. Es kam mir vor, als hätte ich meinen Vater wieder gefunden, oder doch ein Idealbild von ihm, wie ich es mir als junges Mädchen ausgemalt hatte, in der Vorstellung zum Idol verklärt, als Ersatz für wirkliches Beisammensein.

Manchmal lieh sich Enrique ein Auto, und wir fuhren abends nach Versailles oder nach Saint-Germain-en-Laye. Je mehr er mich belehrte, umso mehr bewunderte ich ihn. «Hast du denn keine Ahnung von Ludwig dem Vierzehnten, von François Premier?», fragte er mich vor nächtlich verschlossenen Toren. Nach der französischen Kultur ging es zurück zur südamerikanischen, zurück in sein Bett, als schwebten wir über den Anden. Manchmal gingen wir zusammen in ein Restaurant aus. Als Maler hatte mein Sternadler aber auch nur wenig Geld. So versprach ich ihm einmal, in seinem Atelier Pfannkuchen zu backen. Mit allen Einkäufen dafür traf ich Elisabeth vor der Librairie Calligrammes. Am Straßenrand stehend, kamen wir ins Plaudern. Das dauerte, so dass ich zwischendurch die Einkaufstasche an den Griff einer Autotür hängte. Als wir uns endlich einen schönen Abend wünschten, war das Auto mitsamt dem Rohmaterial für die Pfannkuchen davongefahren. Die Läden waren inzwischen geschlossen, unmöglich, alles noch einmal zu besorgen. Nicht so schlimm, dachte ich, mein Freund würde die Geschichte komisch finden, was jedoch nicht der Fall war. Missgestimmt aßen wir halb gare Nudeln, wonach er sich umzog zu einem Atelierfest mit ihm nahe stehenden Freundinnen und Freunden. Ich verbiss mir die Eifersucht und beschloss, mich nun ebenfalls rar zu machen.

Sowieso musste ich nach Berlin verreisen. Kurz davor trafen wir uns im besten Einverständnis. Am Ostertag hatte er seine kleine Tochter aus geschiedener Ehe spazieren geführt. Über das Blumensträußchen, welches das Kind extra für mich gepflückt habe, war ich ganz gerührt. Dem kleinen Mädchen hatte er also von unserer Freundschaft, die er vor anderen geheim hielt, erzählt. Mehrere Wochen später, als sich mein Hauskauf im Süden anbahnte und ich mächtig stolz auf diese Entdeckung war, meinte er lakonisch, er habe schon ein Haus auf Ibiza und keine Lust mehr dazu, mit einer Säge herumzulaufen, um einer Frau ihr Haus einzurichten. Was für mich neu und aufregend war, war für ihn Schnee von gestern. Auf einmal kam er mir alt vor. Er selbst sagte es genauer: Ich solle mich nicht mehr an ihn hängen, sondern mein ganz eigenes, noch so junges Leben selbst gestalten, dabei könne er mich nicht begleiten. Wir verabschiedeten uns, als sei es für immer.

Mehrmals noch ging ich durch die Rue de Bucy, in der wir die farbigen Gemüse- und Fischauslagen betrachtet hatten. Dann sah ich von weitem auf das dunkelgrüne Portal in der Rue de Seine, auf den Eingang zu seiner Atelierwohnung. Er sollte aber nicht bemerken, dass ich immer noch hierher kam, und bewegte sich etwas an der Tür, ging ich traurig weiter. Es sei notwendig, redete ich mir ein, den vertrauten Ort aufzusuchen, um mir den Liebeskummer abzugewöhnen.

An einem verregneten Vormittag saß ich im Café Dôme, um die interessanten Gesichter dort zu zeichnen. Ein Herr mit weißem Bart und schwarzem Haar eignete sich besonders als Modell, er saß still, las Zeitung, ein zustimmendes Lächeln huschte über sein Gesicht. Er merkte wohl, dass er gezeichnet wurde. Erst als ich eine Seite im Skizzenblock weiterblätterte, sah er auf und fragte, ob er sich die Zeichnung ansehen dürfe. Ich reichte ihm den Block, er nickte und meinte, ich solle noch signieren. Ich tat es, woraufhin er mich nach der Verwandtschaft mit dem Dichter der *«Contes bizarres, Achim d'Arnim»* fragte, über den sein Freund André Breton geschrieben habe. Er stellte sich als George Hugnet vor, gern würde er mir eine Zeichnung zeigen, sein Selbstporträt noch ohne Bart, ich solle doch auf einen Sprung zu ihm nach Hause kommen, zu einem weiteren Kaffee zusammen mit seiner Frau Myrtille.

Wir kamen zu einem kleinen, alten Haus am Ende eines Hinterhofs, ein Dorfhaus, das wie zufällig zwischen Neubauten stehen geblieben war. Aus der Tür kam eine junge, schwarz gelockte Frau. Monsieur Hugnet machte uns bekannt. Ja, sie heiße wirklich Myrtille, Blaubeere auf Deutsch, lachte sie, aber jetzt müsse sie schnell einkaufen und dann ihren Sohn von der Schule abholen. Sie solle für ein gutes Abendessen zu dritt einkaufen, sagte ihr Mann, und beide luden mich herzlich ein, am Abend zum gemütlichen Beisammensein noch einmal wieder zu kommen. George Hugnet zeigte mir noch Bücher und sein Selbstporträt, dann verabschiedeten wir uns bis zum Abend.

Von dieser ersten Begegnung an sollte ich regelmäßig an einem Abend in der Woche in dem behaglichen, kleinen Haus voller Bücher zu Gast sein, vom Winter bis in den Sommer hinein. Myrtille, eine warmherzige Frau, kochte köstliche Dîners. Sie hatte ihr Glück darin gefunden, ihren Mann – mit seinen sechzig Jahren doppelt so alt wie sie – zu verwöhnen. George Hugnet war, so stellte sich bald heraus, ein in Paris bekannter Dichter, der dem Kreis der Surrealisten angehörte. Durch den Gedichtband *Ici la Voix* (Hier die Stimme) wurde mir erst bewusst, welch bedeutende Künstlerpersönlichkeit er war. Ungefähr zwanzig eigene Texte hatte er seit 1928 veröffentlicht, mit Jean Cocteau zusammengearbeitet und zwei Schriften von Gertrude Stein aus dem Amerikanischen übersetzt. *Ici la Voix* hatte er während der deutschen Besatzung von Paris geschrieben. 1944 waren die Gedichte unter seinem Pseudonym «Malo le Bleu» in Untergrundzeitschriften erschienen, und – wie es im Vorwort weiter hieß – nach der Befreiung hatte er seine Stimme nicht dem einstimmigen Chor der Résistance leihen wollen. Die Gedichte hätten keinerlei politischen Anspruch, außer ihrer tief liegenden, antinazistischen Einstellung. «Es ist also kein Propagandagedicht. Es ist ein Gedicht.» George Hugnet widmete mir den 1954 neu erschienenen Gedichtband «von ganzem Herzen und in Freundschaft».

Merkwürdig war, dass er bei den Dîners nur seine rechte Hand benutzte, während die linke wie gelähmt neben dem Teller lag. Einmal, als keine anderen Gäste mit am Tisch saßen und wir nur zu dritt speisten, fragte ich ihn, wovon denn seine Hand verletzt sei. Ach, das sei eine scheußliche Geschichte, meinte er, die läge schon lange zurück, trotzdem könne er noch einmal die Wut kriegen, wenn er daran dächte. Das Unangenehmste daran sei die Enttäuschung über einen, den er bis dahin für einen seiner Freunde gehalten habe. Während einer Zusammenkunft der Surrealistengruppe nach Kriegsende sei es zu einem Streit gekommen, zu einer politischen Auseinandersetzung. Dass sie nun alle in der Résistance engagiert gewesen sein wollten, das habe er selbst als Lüge bezeichnet. Daraufhin habe ihm Benjamin Péret mit einem harten Gegenstand die Hand zertrümmert. Dieser kleine Angeber, fügte er hinzu, andere, zumal André Breton, hätten sich nobel verhalten, während des Krieges und danach auch.

Eines Nachmittags nahm mich George Hugnet zu einer alten Dame mit, zu Valentine Hugo, der Nichte von Victor Hugo. In einem der pompösen Häuser am Rive-Droite betraten wir eine verwinkelte Wohnung. Madame begrüßte uns – ihren Bekannten mit «mon cher petit Malo!» – und bat uns in einen Salon. Mich hieß sie auf einem Sofa Platz nehmen. Ich traute meinen Augen nicht: Dem Sofa gegenüber hing eine größere Zeichnung im Goldrahmen, die Gesichtszüge des dargestellten Paares kamen mir merkwürdig bekannt vor. Madame lächelte zufrieden über mein Erstaunen. Es handelte sich um das Arnim'sche Dichterpaar. Er vor dunklem Hintergrund in glänzender Ritterrüstung, das Visier zum Kuss hochgeklappt, sie in hellem Gewande an ihm hochrankend, der Dichter und seine Muse. Das Ganze war gekonnt, aber bei allem Pathos wirkte es erstarrt. Valentine Hugo brach das Schweigen, sie schwärmte von der deutschen Romantik, in den Zwanzigerjahren habe sie diese Vision des idealen, romantischen Paares gehabt, nach dieser Zeichnung seien dann Lithographien gedruckt worden, die hätten ihr Erfolg gebracht, die Nichte eines berühmten Mannes zu sein genüge ja nicht zum Leben. Sie fragte mich, in welchem Verwandtschaftsgrad ich denn zu dem Dichter stünde. Ich leierte mein *«arrière-*

arrière» herunter und bemerkte, die Frau auf diesem Bild sei ebenso bedeutend gewesen wie ihr Ehemann. «Achim Arnim, ach im Arm ihn!», zitierte die alte Dame darauf seufzend das alte Wortspiel.

Die Bäume waren noch kahl, als mich Fritz Picard in seiner Librairie einem etwa sechzigjährigen Mann mit freundlichem, rundem Gesicht vorstellte. Er hieß Erwin Graumann, und er sagte, als junger Maler sei er mehrmals in Wiepersdorf bei meiner Großmutter Agnes von Arnim gewesen. Das war schon verwunderlich genug, noch mehr seine Behauptung: «Ich habe Sie als zehnjähriges Mädchen in Wiepersdorf gemalt!» Das sei ziemlich unwahrscheinlich, wandte ich ein, denn ich sei erst vier Jahre alt gewesen, als wir Zernikow und Wiepersdorf verlassen mussten. Er blieb dabei, er habe mich damals in Öl porträtiert. Aber nun gut, er wolle nach dem Foto davon suchen, er sei gerade eine Woche in Paris, um in einem seiner beiden Ateliers aufzuräumen. Wir verabredeten uns auf drei Tage später im Café Dôme, bis dahin habe er sicher das kleine Foto als Beweis gefunden.

Tatsächlich brachte er ein Schwarzweißfoto mit, auf dem ein ernst dreinschauendes Mädchen mit hellen Haaren und großem Mund zu erkennen war. Selbst in Schwarzweiß sei doch deutlich zu sehen, dass dieses Mädchen hellblond war, die jüngere der beiden Enkelinnen sei dunkelhaarig gewesen, meinte Herr Graumann, sah vom Foto auf und fragte, ob meine Haare inzwischen zu Aschblond nachgedunkelt seien. Nein, die seien immer schon so gewesen. Wann er denn das Bild gemalt habe? Um 1933 müsse das Bild entstanden sein, zwei Jahre vor seiner Ausreise nach Dänemark, nachdem er von der Reichskulturkammer als «entartet» ausgeschlossen worden sei. Ein anderer damals noch junger Maler, ein Schüler von Paul Klee, der in der Nazizeit ebenfalls als «entarteter Künstler» unter Berufsverbot gestanden habe, habe ihn bei der gastfreundlichen Baronin in Wiepersdorf eingeführt. In Gedanken verloren sprach er weiter, dieser Maler sei ein guter Freund von ihm gewesen, wie es dem Fritz Kuhr wohl inzwischen ginge ... «Fritz Kuhr? Der ist jetzt mein Malprofessor in Berlin!» – «Nicht möglich! Dann grüßen

Sie ihn bitte ganz herzlich von seinem alten Graumann!» Nach mehreren Milchkaffees gingen wir zu Wein über, um auf das Wohl von Fritz Kuhr anzustoßen.

Über der Frage, ob an solch überraschenden Verknüpfungen der reine Zufall oder die Anziehungskraft der Sympathie am Werke sei, hatten wir das kleine Foto beinahe vergessen. Nun, wo wir uns durch Fritz Kuhr näher standen, konnte ich dessen alten Freund davon überzeugen, dass er jemand anderes gemalt hatte, jemanden, der gerade nicht vor ihm saß, nämlich meine Kusine Guni von Köhler. Das ließ sich nicht so einfach erklären, weil sich in weiblicher Linie die Nachnamen ständig änderten, aber dennoch: Guni, die ältere der beiden Töchter meiner Malertante Bettina Encke und achtzehn Jahre älter als ich, war 1933 elf Jahre alt gewesen – erst sieben Jahre später war ich in Zernikow zur Welt gekommen. Guni, die hellblonde, und Orti, braun gelockt, beide auch in Zernikow geboren, waren bei unserer gemeinsamen Großmutter Agnes in Wiepersdorf aufgewachsen.

Er berichtete nun von seinen Problemen, zwei Ateliers in Paris zu halten. An beide habe er gute Erinnerungen, zwischen Arbeitslagern und Fremdenlegion habe er doch in dem einen oder anderen immer wieder malen können. Noch vor Kriegsende sei er aus dem besetzten Paris nach Genf geflohen, dort sei er inzwischen mit einer Schweizerin verheiratet und habe zwei kleine Söhne. In dem einen der beiden Ateliers, hier im 14. Arrondissement, sei er seit langem nicht mehr gewesen, und morgen müsse er wieder nach Genf zurück. Ich schlug vor, mich darum zu kümmern, zu putzen, oder was da so zu tun sei. Damit war er einverstanden und sagte, ich solle es gleich ganz übernehmen, es stünde sowieso leer, ich könne darin umsonst wohnen und arbeiten. Es sei ein sympathisches, kleines Wohnatelier, ein schmales Bett stünde noch darin und ein Waschbecken, aber wie gesagt, alles sei ziemlich verwahrlost. Das mache doch nichts, im Gegenteil, so könne ich das freundliche Angebot mit gutem Gewissen annehmen! Wir leerten die Weinflasche auf die baldige Atelierübernahme. Prost, abgemacht! Bald, aber wann? Ohne Zeitangabe sagten wir uns auf Wiedersehen.

In Vorfreude auf das kostenlose Wohnatelier kündigte ich

schon einmal das Atelier des russischen Malers, der allmorgendlich im Café Dôme anzutreffen war. Anfang März kam eine Karte von Erwin Graumann aus Genf, er käme am zweiten Mai wieder nach Paris, dann würde er mir die Atelierwohnung im «7, Impasse du Rouet» zeigen und mir die Schlüssel überreichen. Schade, dass ich nun noch zwei Monate warten musste, doch immerhin war die Zusage nun schriftlich gegeben.

Zu Ende des Wintersemesters lief das Stipendium der Maison de France für die Ecole des Beaux-Arts ab. Einen Teil der letzten Auszahlung verwandte ich dazu, mir ein Paar schöne Schuhe aus feinem roten Leder zu kaufen. Den Rest hob ich für eine Fahrkarte über Frankfurt nach Berlin und zurück nach Paris auf. Denn nach Paris wollte ich auf jeden Fall zurückkehren, abgelaufenes Winterstipendium hin oder her. Ansonsten schien Geld nicht nötig zu sein, hatte ich doch noch einige Essensmarken für die Mensa der Beaux-Arts übrig. Die könnten bis in den April hinein reichen, rechnete ich mir aus, wenn ich das Mittagessen an den Tagen ausfallen ließe, an denen ich abends bei Hugnets oder anderen Pariser Freunden eingeladen wurde. Überhaupt schien Essen Nebensache, Bücher und Malmaterial hingegen wichtig – eine Auffassung, die sich später rächen sollte.

Die französische Familie, die mir das Zimmer im Keller als Nachtquartier überlassen hatte, war auch sonst sehr freundlich. Einmal durfte ich an einem Empfang in ihrer stilvoll eingerichteten Wohnung teilnehmen. Zu diesem Ereignis, zwischen vielen, elegant gekleideten Personen, war es angebracht, die neuen roten Schuhe zu tragen. Ein andermal jedoch bemerkte Madame de G., an meinem Wintermantel fehle immer noch ein Knopf. Mitte April überreichte ich ihr zum Abschied und zum Dank für das Zimmer ein Ölbild. Eine südliche Landschaft hatte ich extra dafür gemalt und auf dem Flohmarkt einen passenden Goldrahmen gefunden. Sie schien sich über das Bild zu freuen, aber nicht recht zu wissen, wohin damit. Was in meinem Ofenatelier noch kostbar ausgesehen hatte, wirkte hier im feinen Salon wie Trödel. Als wir uns im Flur verabschiedeten, lobte sie, endlich sei ja der Knopf angenäht! Ausgerechnet in dem Moment fiel der Zimmerschlüssel aus einem Loch in der rechten

Manteltasche zu Boden. «Oh, pardon!» Ich bückte mich und steckte den Schlüssel schnell in die linke Tasche, die hätte ich schon geflickt! Das sei ja erfreulich, meinte sie, aber die andere Manteltasche solle ich demnächst auch noch reparieren. Sie wünschte mir eine gute Reise und unbekannterweise solle ich *«Madame votre Maman»* ihre Grüße übermitteln. Über Höflichkeiten und dem Missgeschick mit dem Loch in meiner Manteltasche vergaßen wir beide die Rückgabe des Schlüssels.

In der Librairie Calligrammes, in der Friedlaender-Werkstatt, überall hieß es auf Wiedersehen sagen in der Hoffnung, dass wir uns in zwei Wochen wieder sähen. Ich müsse nur schnell nach Berlin, um mich von der Kunsthochschule für ein weiteres Semester beurlauben zu lassen. Meine Freundin Waltraut war schon aus Paris abgereist, auch Elisabeth, um sich in Frankfurt beim Suhrkamp-Verlag zu bewerben. Als Sekretärin eines Lektors war sie angenommen worden.

In Frankfurt zeigte sie mir ihren neuen Arbeitsplatz, und nach Dienstschluss fuhren wir zusammen nach Eschborn zu Mutters neuem Reihenhaus. Der Abend dort verging mit politischen Debatten mit meinem Bruder Peter-Anton. Er und mein jüngster Bruder Wolf lebten wieder bei der Mutter. Sie stopfte deren Socken, ohne an den Gesprächen teilzunehmen, und ging früh zu Bett. So ging es jeden Abend, und ich kam nicht dazu, ihr von meinem abgelaufenen Stipendium zu berichten, noch von meinem Wunsch, für den Sommer nach Paris zurückzukehren. Um die Erziehungshilfe, die Halbwaisenrente für Studenten, die mir zustand, hatte ich sie eigentlich bitten wollen.

Kurz vor der Weiterreise nach Berlin suchte ich sie an ihrem Arbeitsplatz, einer krankengymnastischen Praxis in einer entlegenen Straße Frankfurts, auf. Die Atmosphäre dort war unterkühlt, wenn nicht gereizt. Mutter arbeitete als Angestellte einer Frau, die mich ihren Missmut auch gleich spüren ließ: Hier habe man ewig zu warten, bis die Frau von Arnim mit ihren Patienten endlich fertig sei, statt zügig im Zwanzigminutentakt weiterzukommen. Nun gut, ich wartete, bis Mutter ein Kind verabschiedete und herauskam. Mit der S-Bahn fuhren wir nach Eschborn zurück. Während der Fahrt machte sie ihrem Ärger über ihre Chefin Luft, die es nur darauf abgesehen habe, Geld zu scheffeln, von Krankengymnastik habe die keine Ahnung! Das Unerträglichste bei allem sei dieses Angestelltenverhältnis, nie zuvor in ihrem Leben sei sie eine Untergebene gewesen, im Gegenteil, eher habe sie über andere bestimmt. Mutter tat mir Leid. Nach einer Weile sagte sie: «Am liebsten würde ich dieser Raffgierigen sofort kündigen!» Dann zögerte sie in Sorge um «unsere Söhne», wie sie ihre beiden Jüngeren öfters vor mir nannte. Dann wieder meinte sie, die seien doch nun erwachsen und hätten Abitur, sie sollten selber zusehen. Sie zitierte den Wappenspruch über einem Stadttor von Jüterbog: «Wer seinen Kindern gibt das Brot / und leidet dabei selber Not, den schlagt mit dieser Keule tot!» Den alten Spruch fand ich grausam. Sie meinte, für die Altersversorgung früher habe er seinen Sinn gehabt, auch heute sei noch etwas Richtiges daran, trotz der Rentenversicherung. Zwischen den letzten Stationen überlegte sie, wie sie in ihrem neuen Reihenhaus ihre eigene Praxis einrichten könne. Sie sprach von Krediten und Hypotheken und von ihrem «Disponieren und Organisieren». Über Nacht, im Zug nach Berlin, nahm ich mir vor, bei Ankunft am Morgen als Erstes das Sekretariat in der Hochschule aufzusuchen, um meine bürokratischen Angelegenheiten in Ordnung zu bringen.

Im Flur, auf dem Weg zum Sekretariat, kam mir Ulrich Baehr entgegen, der Student, der zwei Jahre zuvor hinter dem Kuhr-Atelier in der «Knochenkammer» gemalt hatte. Er fragte mich, ob ich denn den Pariser «Sündenpfuhl» heil überstanden habe. «Ja, recht gut, wer denn nicht?» Noch während ich das sagte, fiel mir die *«biseautage»* und die junge Luxemburgerin aus dem Legueult-Atelier ein. Ulrich hatte im Jahr zuvor ein Stresemann-Stipendium für das Sommersemester an der Pariser Ecole des Beaux-Arts erhalten. Er sei in einem anderen Atelier eingeschrieben gewesen, sagte er, dennoch habe er den schrecklichen Vorfall mit dem jungen Mädchen hautnah mitbekommen. Etwas nervös erzählte er, wie es ihm selbst ergangen war. Gleich bei seinem Erscheinen im Atelier hätten ihn die anderen Studenten *«Le Boche»* genannt, das Schimpfwort für einen Deutschen während der Weltkriege. Tage darauf hätten sie sich einen Spaß gemacht und ihn als rotblonden Germanen ausgelacht. Mehrere gegen einen, da habe er sich nicht wehren können, Judo könne er nicht, nur Fußball spielen. Sie hätten ihn zu Boden geworfen und in einen großen, dreckigen Teppich eingerollt. Dann wären sie alle auf dem zugeschnürten Teppich herumgetrampelt. Erst am Morgen habe ihn der *«Gardien»* befreit. Außer ein paar blauen Flecken sei er heil davongekommen, aber auf einem Rotblonden nur wegen seines Aussehens herumzutrampeln, das sei Rassismus in umgekehrter Richtung. Es blieb bei diesem Gespräch, das nachdenklich stimmte.

Die Tage in Berlin vergingen wie im Fluge. Meine Zehlendorfer Großmutter besuchte ich nur kurz, Guni und Karl-Heinz länger. Guni erinnerte sich an Erwin Graumann aus ihrer Kindheit in Wiepersdorf. Ihre jüngere Schwester Orti habe damals den Ausspruch getan: «Der ist ein netter Mensch, aber ein schlechter Maler.» Karl-Heinz gab mir Ratschläge, was zum Gelingen meines Vorhabens, nach Paris zurückzukehren, zu tun sei. Zuerst solle ich Fritz Kuhr aufsuchen, erst nach dessen Befürwortung zu einem weiteren Paris-Aufenthalt wieder das Sekretariat. Wie ich an meine Studienbeihilfe gelangen könnte, darüber äußerte er sich nur andeutungsweise.

Professor Kuhr sah sich die Zeichnungen und Radierungen, die über Winter entstanden waren, ausführlich an. Bei Friedlaender arbeiten zu dürfen, das sei eine große Chance, meinte er, diese weiterhin wahrzunehmen würde er befürworten. Er gab seine Unterschrift, aber nur unter der Bedingung, dass ich nach dieser zweiten Beurlaubung zu ihm und keinem anderen Professor nach Berlin zurückkäme. Im Sekretariat nahm Frau Zwölfel des Professors Notiz zur Kenntnis. «Beurlaubt» schrieb sie quer über die zwei Seiten meines Testathefts, quer über die Rubriken Erziehungswissenschaft, Methodik und andere Fächer mehr. Wo sie schon so nett war, bat ich sie, freundlicherweise auch noch ein Schreiben an die für die Studienbeihilfe zuständige Behörde zu tippen. Sie tat dies gleich, sicher würden die weiterhin zahlen, meinte sie. Aber die bürokratischen Mühlen mahlten nun einmal langsam, seufzte sie und wünschte viel Glück in Paris.

Der Zug von Berlin nach Frankfurt, über die zwei Grenzen der DDR, bewegte sich auch nur langsam. Er brauchte ganze elf

Stunden. Von Frankfurt bis Paris, über nur eine Grenze, ging es dann schneller. Am Mittag des zweiten Mai war ich aus dem kalten Norden wieder zurück in Paris, im schönen Frühling, in einer Stimmung zum Bäume umarmen.

7, Impasse du Rouet

Wunderbar, am Nachmittag in der Stadt herumzulaufen, unter dem hellen Grün der Kastanienalleen! Doch gegen Abend schlug die Hochstimmung in Verzagen um. In der Librairie Calligrammes sagte Almuth, Erwin Graumann sei noch nicht wieder in Paris, sonst hätte er sicher hier guten Tag gesagt. Bis die Buchhandlung zumachte, wartete ich, ob er nicht doch sein Versprechen einhielte, am zweiten Mai zu kommen, um mir das kleine Wohnatelier zu überlassen. Aber er kam nicht, die schöne Vorstellung, gleich an diesem Tag eine Unterkunft zu haben, war zunichte. Außerdem machte sich Hunger breit. Gunis Abendessen vor der Abreise in Berlin hielt nicht mehr vor. Almuth lud mich zu Käsebrot und Wein in ihre winzige Wohnung ein. Das war so nett von ihr, dass mir der Gedanke, auch Geld von ihr zu leihen, erst gar nicht kam. Dafür die scheinbar gute Idee, die Nacht im Kellerzimmer der adeligen Familie zu verbringen. Zufällig hatte ich ja noch die Schlüssel dafür.

Wie gewohnt schloss ich die Haustür auf, zögerte jedoch, ob ich mich an der Wohnung vorbei hinunterschleichen oder nicht besser Bescheid sagen solle, nur ich sei's, kein Einbrecher. Gerade, als ich an der Tür des Salons anklopfen wollte, trat Madame de G. in den Flur. Erschrocken standen wir uns gegenüber. Ich stammelte, ich wolle ihr die Schlüssel zurückgeben, aber bitte erst morgen, denn vorher würde ich gerne noch eine Nacht in dem Zimmer verbringen. Das ginge nicht, sagte sie abwehrend, dort unten sei inzwischen alles ausgeräumt, auch die Matratze. Ich bat sie, trotzdem dort übernachten zu dürfen, ein anderes Zimmer hätte ich noch nicht gefunden. Sie murmelte etwas wie: So spät am Abend fällt Ihnen das ein, nun, wie Sie meinen. Dann schloss sie die Salontür hinter sich ab. Es war mir sehr unangenehm, wie ein Landstreicher um Quartier gebeten zu haben. Zu den Clochards unter die Seine-Brücken zu ziehen wäre weniger demütigend gewesen, andererseits denn doch zu gefährlich.

Das Zimmer war tatsächlich leer geräumt, kein Schrank, kein Teppich, kein Stuhl, nur der rohe Bettrost stand darin. Aus dem Koffer zog ich mir alles Mögliche übereinander an. Schuhe, in einen Schal gewickelt, dienten als Kopfkissen, der alte Wintermantel als Unterlage und Zudecke zugleich. Obwohl nur auf einem Drahtgeflecht, tat es doch gut, sich nach der langen Bahnfahrt auszustrecken. Da lag ich nun in dem kahlen, kühlen Zimmer halb unter der Erde und wusste nicht, wie es weitergehen sollte ohne Geld und ohne Behausung. Beim Einschlafen dachte ich an den vergangenen Winter, an eine Frau mit markantem Gesicht, dem einer verkrachten Künstlerin vielleicht, die mit blau angeschwollenen Beinen auf einer Bank unten in der Métro gelegen hatte, wie ich auf dem Bahnsteig auf- und abgegangen war im Gedanken, so wie sie wirst du auch einmal enden. Darüber legten sich angenehmere Bilder, solche von diesem Nachmittag bei Ankunft in Paris, von Obdachlosen, die nicht mehr auf den Lüftungsrosten der Métro lagen, sondern nun auf Parkbänken saßen und in die Frühlingssonne blinzelten. Das stimmte zuversichtlich, der Frühling und ein ganzer Sommer standen ja erst bevor, und dann könnte man draußen im Wald schlafen. Gegen finstere Albträume von eisernen Bettrosten und Folter vermochte immer wieder die Vorstellung von einem lichten Frühlingswald aufzutauchen.

Gegen Morgen wurde der Wald noch heller, gleichzeitig verfärbte sich sein Blattgrün zu Rot. Jedoch war es nicht Herbst geworden im Traum, es musste am Tageslicht liegen, das von oben aus dem Kellerfenster auf die geschlossenen Augen fiel. Sieh dir das schön lange an, es ist kostenloses Kino!, sagte ich zu dem Teil von mir, der schon aufstehen wollte, weil er sich Gedanken machte. Bleib schön still liegen und träume davon, jetzt im Café Dôme zu frühstücken, denk mit geschlossenen Augen nur an Angenehmes, das verbraucht am wenigsten Energie, sagte etwas später das Flüchtlingskind in mir zur Erwachsenen, die es in die Welt hinaus drängte. Ohne Geld ist man nichts in der Welt, schon gar nicht in der Weltstadt Paris, stimmte die eine der anderen zu.

Nach einiger Zeit waren im Kellerflur Schritte zu hören, es raschelte unter der Tür, die Schritte entfernten sich wieder. Ach so, hier unten gilt noch meine alte Postadresse, fiel mir ein. Wie den Winter über schob der Postbote die Sendungen unter dem Türspalt durch. Ein weißes Kuvert lag auf dem Fußboden. Vielleicht die Mitteilung von Erwin Graumann, er käme erst in einer Woche nach Paris – eine Nachricht, zu unangenehm, um dafür aufzustehen. Die Neugier überwog jedoch. Außen auf dem Kuvert der Poststempel «Überlingen/See», innen ein kurzer Brief: «Liebe Bettina d.J.! Ich habe mir gedacht, Beiliegendes kannst du momentan gut gebrauchen. Herzlichst, deine Malertante Bettina d.Ä.» In den Brief eingefaltet lag ein Zwanzig-Mark-Schein. Wie hast du das nur geahnt? Und wie ich das brauchen kann! Danke, du Liebe!, gab ich dem Brief ein Küsschen. Nun konnte das Leben weitergehen.

In Eile zog ich mir das Beste an, was ich besaß, stopfte den alten Wintermantel in den Koffer, ging hinaus in den Flur und schloss die Zimmertür ab. Adieu, du adeliges Kellerzimmer, du abgeschlossenes Kapitel! Ich steckte die Schlüssel in einen Umschlag, schrieb *«Merci!»* darauf, legte den Umschlag vor die Salontür und machte mich auf und davon. Vorbei am «Dôme» und der «Coupole» strebte ich einem Bankgebäude zu, um den Markschein zu wechseln.

Mit französischem Kleingeld rief ich George und Myrtille Hugnet an. Sie freuten sich und luden mich für den nächsten Tag zum Abendessen ein. Allein schon von dieser guten Aussicht gestärkt, ging ich die Rue de Rennes entlang, die alte «Rennstrecke» vom Montparnasse zum Saint-Germain, zu einem erneuten Versuch in die Librairie Calligrammes.

Diesmal strahlte Almuth: Gerade vorhin sei Erwin Graumann hier gewesen, er habe eine Nachricht für mich hinterlassen, sicherlich eine gute! Er entschuldigte sich, erst am späten Abend sei er aus Genf eingetroffen. Weiterhin stand eine Telefonnummer auf dem Zettel, die seiner eigentlichen Atelierwohnung, dort erwarte er meinen Anruf. Er war also doch, wie vor langem versprochen, am zweiten Mai nach Paris gekommen, und hätte ich schon am Abend zuvor seine Telefonnummer gehabt und hätte Almuth um Telefongeld gebeten, und ... – dann läge das Kuvert mit dem Geschenk meiner Malertante immer noch und wer weiß wie lange in dem Kellerzimmer.

Gleich rief ich Erwin Graumann an. Er schlug ein Treffen zur Kaffeezeit vor, um fünf Uhr im Café Dôme. Von da aus könnten wir dann das Atelier ansehen. Das war noch einige Stunden hin.

Um Koffer und Zeichenmappe nicht dauernd herumzutragen, stellte ich sie solange in der Buchhandlung ab. Als ich vom Galeriebummel wiederkam, beides abzuholen, wickelte Almuths Vorgängerin gerade ihr Baby auf dem Allerheiligsten des Antiquariats, auf dem Schreibtisch von Fritz Picard. Der sah sich das schmunzelnd an und meinte, die Librairie sei eben ein Mädchen für alles.

Im Dôme bestellte Erwin Graumann zwei Milchkaffees für uns, dasselbe wie vor zwei Monaten. Die Milch ernährte, der Kaffee machte noch ungduldiger, endlich den Impasse du Rouet aufzusuchen. Herr Graumann bezahlte, anschließend kaufte er unten in der Métro zwei Tickets, zu Fuß sei es doch zu weit. An der übernächsten Station «Alésia» stiegen wir schon wieder aus. Eine sternförmige Verkehrsinsel, von der aus breite Straßen in mehr als vier Himmelsrichtungen führten, wäre zum Verirren unübersichtlich gewesen, hätte nicht eine weiße, neogotische Kirche einen Anhaltspunkt gegeben. Von dieser hässlichen Kirche aus überquerten wir zwei Straßen, bogen in eine weitere ein, und nach wenigen Schritten sagte Herr Graumann: «Hier ist es, wer es nicht kennt, geht leicht daran vorbei.» Ein mehrstöckiges Backsteinhaus verdeckte die Sackgasse, den «Impasse». Durch eine offene Toreinfahrt, vorbei an einer Hausmeisterloge, gingen wir unter dem Haus durch. Ein asphaltierter Weg führte an Baracken entlang, an Hütten, die aussahen, als wären sie einmal direkt auf die rechte Straßenseite gebaut worden, weshalb die ehemalige Straße jetzt nur noch halb so breit war. Links von den Baracken und ungefähr dreimal so hoch wie diese, stand ein Gebäude mit Atelierfenstern. Die Passage mündete in einen kleinen, kahlen Platz, dominiert von einem weiteren Gebäude, einem tristen Bau, der wie ein abweisender Riegel das Ende der Sackgasse bildete.

Durch eine angelehnte Tür, dem unheimlichen Haus gegenüber, betraten wir das mittlere Gebäude mit den großen Atelierfenstern. Innen war es dunkel, ein Schalter ließ das Licht nur einige Sekunden brennen. Zwei schmale Treppen hoch – dort hinten rechts sei die Toilette für alle im Haus, wies mein Begleiter in die Dunkelheit – noch eine Stiege weiter, und er öffnete eine Tür auf der linken Seite des Ganges. Stumm standen wir in einem hellen Raum mit großen, wenn auch vom

Schmutz undurchsichtigen Fenstern. Ich fand das Atelier schön, sein Besitzer schien von dessen Zustand entsetzt. Er betastete verstaubte Gläser und Pinsel, verstellte gedankenverloren dies und das auf einem Regal, Dinge, welche in ihm die Erinnerung an seine Emigrantenzeit wach zu rufen schienen, als dieses Atelier sein geheimer Wohn- und Arbeitsort gewesen war. Auf der anderen Seite des Raumes, dem Fenster schräg gegenüber, stand ein schmales Bett, sogar mit Matratze. Darauf setzte ich mich, einerseits, um zu erproben, ob Mäuse in der Matratze nisteten, andererseits, um den alten Maler nicht in seinen Erinnerungen zu stören. Plötzlich drehte er sich um und sagte in die Stille hinein, das Bett und alles hier könne ich gerne benutzen, aber niemals diese Dinge da, die alten Malutensilien gehörten zu seiner Privatsphäre. Dann zeigte er mir ein winziges Waschbecken hinter einer Raumabtrennung neben dem Regal, Waschplatz und Küche zugleich, und er war zufrieden, als etwas Wasser aus dem Hahn floss. Morgen solle ich in seine Wohnung kommen, da würde er etwas Geschirr und eine Zudecke heraussuchen. Erst einmal sollten wir gut zu Abend essen, er würde mich in den Dôme einladen. Er überreichte mir den Schlüssel, ich schloss Koffer und Zeichenmappe ein, bis nachher, für die erste Nacht hier.

Zurück am Montparnasse, zog sich die Menüfolge über Stunden hin. Wir tranken eine Menge Weißwein und unterhielten uns. Früher sei der Impasse du Rouet eine Villengegend mit Gärten gewesen, erzählte Herr Graumann. Zur Pariser Weltausstellung im Jahr 1900 wären dann Unterkünfte und Ateliers für die Handwerker, die am Aufbau der Ausstellung beteiligt waren, in den alten Gärten errichtet worden. Als Provisorien gedacht, seien diese Gebäude dennoch stehen geblieben. Nach der russischen Revolution seien die ersten Emigranten dort eingezogen. Ein altes russisches Ehepaar wohne vielleicht immer noch dort. Während des Zweiten Weltkrieges hätten dann andere Ausländer, so wie er selbst, dort Unterschlupf gefunden. Pariser lebten da auch, er könne sich aber nicht an alle erinnern und die Heutigen im Impasse kenne er sowieso nicht. Bei der letzten Flasche Wein kam die Rede auf Berlin. Dort habe er einmal mit Fritz Kuhr zusammen eine ganze Nacht durch getrunken und geredet, am frühen Morgen hätten sie festgestellt, dass ihnen die Bärte darüber gewachsen waren.

Vom Montparnasse aus über den Boulevard Raspail zur Avenue Leclerc, der Fußweg von einer Stunde war mit gut bekannt, denn an der breiten Avenue lag die «Villa Cœur de Vey» mit der Radierwerkstatt von Johnny Friedlaender. Von da aus waren es nur zehn Minuten bis zum Impasse du Rouet. Hinter einigen der Fenster des unheimlichen Gebäudes am Ende der Gasse brannte noch Licht. Den Schlüssel fest in der Hand, betrat ich leise das völlig dunkle Atelierhaus, tastete mich am Geländer hoch, schloss die Ateliertür auf und von innen gleich wieder zu. Das Deckenlicht funktionierte sogar. Morgen wird hier geschrubbt und schön gemacht! Mit der Graumannschen Staffelei verbarrikadierte ich die Tür von innen.

Am Morgen weckte mich das Klingeln einer Schulglocke. Ich wischte mir über die Augen, dann über eine der Fensterscheiben. Durch ein frei geputztes Guckloch waren zunächst schwarze Pappdächer zu sehen, die der Baracken, angeklebt an eine lange Mauer, nach weiterem Wischen ein Schulhof hinter dieser Mauer, ein geteerter Platz mit gestutzten Platanen. Merkwürdig, wovon sich diese Bäume ernähren konnten, ihre verkrüppelten Äste trugen Anfang Mai noch keine Blätter, und ihr Wurzelwerk war zubetoniert. Das Fenster zu öffnen und zu putzen hatte Zeit. Jedenfalls wusste ich nun, was hinter den Baracken lag, aber noch lange nicht, wer in ihnen und ringsherum lebte. Statt zu putzen spielte ich Querflöte, um mein neues Atelier akustisch einzuweihen.

Nach dem gemeinsamen Mittagessen mit Erwin Graumann fuhren wir mit der Métro in einen anderen Stadtteil. Vor einem modernen Haus ohne jeglichen Charme, dafür wahrscheinlich voller Komfort, wartete ich, bis er das Geschirr aus seiner Wohnung bringen würde. Mit leeren Händen kam er nach kurzer Zeit wieder, er habe sich gedacht, hier gäbe es die gute Gelegenheit vor dem Einzug in den Impasse noch ein warmes Bad zu nehmen. Nach einer Nacht in der Bahn, einer auf einem Bettrost und einer auf einer alten Matratze war das Bad sicher nötig, und es gab mir ein Wohlgefühl der Sauberkeit. Erwin Graumann hatte inzwischen Geschirr, Putzeimer, Tauchsieder, Zudecke, Laken und Schrubber zusammengestellt. Um nichts brauchte ich zu bitten, für vieles hatte ich zu danken. Mit der Ausrüstung einer Putzfrau fuhr ich in das 14. Arrondissement zurück. In dem kleinen Atelier konnte es nun so richtig losgehen mit Wäschewaschen, Fußbodenschrubben, Fensterputzen und nochmals weiter am nächsten Tag, bis ich das Gefühl hatte, mir das Atelier durch das Putzen angeeignet zu haben.

Danach wurde es seiner eigentlichen Bestimmung übergeben, der des Bilderherstellens. Nicht zum Malen auf teurer Leinwand, sondern zum Zeichnen auf billigem Papier. Durch das gründliche Schrubben und Wischen des Fußbodens waren helle Holzdielen zutage getreten, eine angenehme Fläche. Der Fußboden eignete sich als Unterlage, und von einem niedrigen Hocker aus entstanden Zeichnungen, die allmählich rund um diesen herum lagen. War der Fußboden überdeckt, sortierte ich die Tuschezeichnungen nach missraten und gelungen aus.

Allmorgendlich weckte die Schulglocke. Durch das geöffnete Atelierfenster ließ sich nun der ganze Schulhof überblicken. Nach wiederholtem Klingelzeichen trat ein dicker Mann in dunklem Anzug aus dem Schulhaus, hinter ihm trabten schmächtige Buben in kurzen Hosen. Der Dicke blies eine Trillerpfeife, seine folgenden Kommandos waren von weitem nicht zu verstehen, jedoch an den gehorsamen Ausführungen der Buben zu sehen. Eine Gruppe marschierte vom Schulhaus auf die Mauer am anderen Ende zu, machte kehrt, um nach drei Kniebeugen wieder geradeaus gegen die Mauer zu laufen. Wer seine Kniebeugen nur halb ausführte, bekam von dem Dicken einen Stockschlag versetzt. Währenddessen umkreisten andere Schüler mit gesenktem Blick die Stämme der Platanen, auf ein Trillerzeichen hin wechselten sie die Richtung. Die Bäumeumkreisenden und die Mauermarschierer gerieten kurz durcheinander. Schrilles Trillern zur Ordnung. Dieser militärische Drill war nicht mit anzusehen. Ich nahm das Mundstück meiner Querflöte, ohne das lange Klappenwerk daran, und blies in den höchsten Tönen in den Schulhof hinunter. Manche der Buben schauten nach oben, verwundert, woher diese neuen Töne kämen. Aber nicht sie, ihren Lehrer wollte ich verwirren. Als er wieder schrillte, weil die Kinder in die Luft guckten statt auf den Teer, blies ich zurück. Auch er sah jetzt nach oben, direkt auf das offene Fenster. Ich wich hinter die Wand, fand das feige, stellte mich wieder ans Fenster und sah zu, wie die Buben im Gänsemarsch und der Lehrer, der sie mit Stockschlägen auf die nackten Beine antrieb, in das Schulhaus schritten.

Sorgfältig setzte ich alle drei Teile der Querflöte wieder zusammen und übte Barockmusik, alles Mögliche, was sich an Noten im Koffer fand. War ich abends nicht in der Stadt unterwegs, hieß es «Heimabend», also Flöte üben. Tagsüber zeichnete ich auf dem Fußboden. Dabei entstanden Rohrfederzeichnungen, Ornamente, von Inka-Motiven inspiriert, gingen Blatt um Blatt in frei erfundene, unspielbare Partituren über.

Gleich am ersten Dienstag und Mittwoch nahm ich die Arbeit in der Radierwerkstatt von Johnny Friedlaender wieder auf. Friedlaender war über meinen Wohnort überrascht. Nicht möglich, im alten Atelier von Erwin Graumann! Seit der die nette Schweizerin geheiratet habe, habe er ihn nicht mehr gesehen, obwohl auch er sein Atelier, direkt unter dem von Graumann, noch aus jenen alten Zeiten her behalten habe. Es sei sein Refugium, um in Ruhe zu zeichnen, Entwürfe zu Radierungen oder zu Ölbildern zu fertigen. Wir vereinbarten, uns gegenseitig zum Kaffeetrinken einzuladen. In der folgenden Zeit klopfte Friedlaender mit dem Besenstiel an die Decke, zum Zeichen, ich solle herunterkommen, oder ich klopfte auf den Fußboden, und er kam nach oben.

Die verwinkelte Sackgasse war ein Ort der Widersprüche und Geheimnisse. Der Straßenverkehr vom Place d'Alésia drang lediglich als fernes Meeresrauschen in die Stille hinein, in der kaum einer ein Radio besaß, geschweige denn ein Fernsehgerät. Manchmal, wenn ich mich in die obskure Stehtoilette ein Stockwerk tiefer wagte, klang es über mir wie Musik, perlende Geräusche, vielleicht auch nur ein Klingen in den defekten Wasserleitungen. Einmal blieb ich jedoch auf halber Treppe stehen und lauschte. Es war Cembalomusik, etwas von Bach, dann Stille, dann etwas Chromatisches, als wäre eine Katze über die Tasten gelaufen. Vom Ende des Ganges her, auf gleicher Höhe wie mein Atelier, musste diese Musik kommen.

In dem Gang gab es noch zwei oder drei weitere dunkelgrün gestrichene Türen. Aber was sollte ich sagen, wenn ich bei Unbekannten anklopfte? Um mich vorzustellen, nahm ich statt des Namens meine Querflöte mit. An der Tür am Ende des Ganges wartete ich. Dahinter spielte nun zum Cembalo eine Blockflöte. In einer Pause klopfte ich an. *«Entrez, si possible!»*, «Kommen Sie herein, wenn möglich», sagte eine Männerstimme. Von innen wurde die Tür einen Spaltbreit geöffnet, was die Unmöglichkeit des einfachen Eintretens offensichtlich machte: Das Cembalo stand halb in der Tür. Sie würden jeden Tag darunter hindurchkriechen, erklärte ein hagerer Mann mit schwarzem Haar und eindrucksvoll großen, dunklen Augen. Ein hübscher Junge mit asiatischen Zügen sprang unter dem Cembalo hervor. Mist aber auch, genau heute Abend habe auch er herausgefunden, hinter welcher Tür seit einigen Tagen Querflöte gespielt würde! Er legte sich wieder unter das Musikinstrument und ließ eine elektrische Eisenbahn um eines seiner Beine kreisen. Am spitzen Ende des Cembalos, an der Wand des winzigen Zimmers, saß eine junge Frau, ihre Blockflöte an schmale Lippen gepresst, aschblondes, üppig gelocktes Haar umrahmte ihr feines Gesicht, engelsgleich. Der Cembalist stellte sich mit Christian vor und fragte, ob ich aus Leipzig eine Partitur von Johann Sebastian Bach mitgebracht habe. Aus Leipzig nicht, aber aus Berlin! Ich ging durch den Flur und holte die h-moll-Suite. Mit dem Notenheft in der Hand bekam ich nun vollen Eintritt in das kleine Musik-Wohnzimmer, das hieß, ich durfte unter dem Cembalo hindurchkriechen.

Kaum hinter der Tastatur aufgetaucht, sollte ich die h-moll-Suite zur Cembalobegleitung spielen. Ich hatte jedoch nur den einfachen vierten Satz einmal geübt, der Cembalist wollte aber die von Bach gesetzte Reihenfolge respektieren und mit dem ersten Satz beginnen. Den schwierigen Wechsel von punktierten zu Sechzehntelnoten begriff ich bei allem Bemühen nicht, die Ouvertüre lag weit über meinem musikalischen Vermögen. Der Cembalist zählte mehrmals den Takt vor, doch was ich mit meiner Querflöte daherstotterte, war mir peinlich, gerade da es sich um den hier offenbar geheiligten Bach handelte. Ob wir nicht etwas von Händel spielen könnten, fragte ich schließlich verzagt, die vierte Sonate habe ich von Anfang bis Ende geübt, außerdem sei sie auch für Blockflöte spielbar. *«Un petit*

Telemann» wäre ebenso geeignet, meinte Christian und stellte die entsprechenden Notenblätter zurecht. Er wies die junge Frau an, die Sylvie hieß und bislang stumm am anderen Ende des Cembalos zugehört hatte, dasselbe wie vorhin zu spielen, nur diesmal besser und in Begleitung der Querflöte. Von dem exponierten Stehplatz zwischen Tür und Klaviatur wechselte ich zu einem Sitzplatz hinter dem Cembalo. Sylvie und ich spielten nun einen «kleinen Telemann» vom gleichen Blatt, beide ähnlich unvollkommen. Bei falsch gegriffenen Tönen mussten wir lachen wie Schulmädchen, daraufhin schlug der Cembalist mit der Stimmgabel an sein Instrument und ermahnte uns zur Konzentration. Wir spielten brav weiter, den Blick einzig auf das Notenblatt gerichtet, denn hätten wir uns auch nur kurz angesehen, beim nächsten falschen Ton wären wir in einen ansteckenden Lachanfall ausgebrochen. Den letzten Satz, ein Allegro, wiederholten wir, weil es nun doch schön klang und Spaß machte.

Erneutes Anschlagen der Stimmgabel, diesmal zum Lob und zur Ankündigung eines Vorschlags: Morgen Abend könnten wir uns doch zu einem Quintett wiedertreffen! Als vierter Teilnehmer sollte Guy eingeladen werden, ein erfolgloser Architekt, der hier in einem anderen Winkel der Sackgasse wohnte und der sich neuerdings für Musik interessierte – mit seiner kleinen Blockflöte würde er sich nicht schlecht zu helfen wissen. Als Fünfter sollte der etwa dreizehnjährige Junge mitmachen, auch wenn er nur die wenigen Bassnoten aus dem Klavierauszug neben seinem Vater mitspielte. Der Junge, der offensichtlich Manuel hieß, kroch unter dem Cembalo hervor, unter dem er zwischenzeitlich eine Katze gekrault hatte, weil die Steckdose der Eisenbahn für eine Stehlampe gebraucht wurde. Er sah kurz auf die Partitur und brummte, das sei zu einfach für ihn. Mit hoher Stimme sagte er gute Nacht, er ginge jetzt zu seiner Mutter hinunter.

Während ich am nächsten Nachmittag für das bevorstehende Quintett übte, klopfte es von unten her am Fußboden. Das traf sich gut, Johnny Friedlaender wusste vielleicht mehr über meine neuen Bekannten. Er sagte, Christian Aubin sei ein bekannter Gitarrist für klassische Musik. Besonders beeindruckt habe ihn jedoch, wie vor Jahren ein junges Paar, fast Kinder noch, verträumt und verliebt Hand in Hand zwischen den grauen Mauern hier im Impasse umhergegangen sei. Beide hätten sie große, dunkle Augen gehabt, es sei wie ein Bild aus einer anderen Welt gewesen. Dann hätten sie einen Sohn bekommen und geheiratet. Die junge Mutter mit dem Gesicht einer Inkaprinzessin wohne heute in einer der Baracken. Eine andere hübsche Frau mit blauen Augen ginge jetzt hier im Hause ein und aus, allem Anschein nach eine französische Bürgerliche in Revolte.

Zum Quintett traf ich mit etwas Verspätung ein, denn das Abendessen bei Hugnets, die einzige richtige Mahlzeit der Woche, hatte ich mir nicht entgehen lassen wollen. Wieder wurde der «kleine Telemann» gespielt, zwischen zwei Sätzen kroch ich unter dem Cembalo durch. Der Cembalist hatte für das Quintett sorgfältige Vorbereitungen getroffen und aus einer Partitur die einzelnen Stimmen herausgeschrieben. Die fünf Stimmen ließen sich aber nur schwer unter einen Hut bringen, die zwei Querflöten seien zu laut, die zwei Blockflöten zu leise, meinte er. Das Musizieren ging in Gespräche über. Als ich meine Flöte auseinander nahm und das Mundstück reinigte, fragte der Blockflöten-Architekt Guy, ob ich das etwa gewesen sei, die damit vor ein paar Tagen laut in den Schulhof hinuntergeblasen habe. Zugegeben, das hätte ich aus Verwunderung darüber getan, dass ausgerechnet an französischen Schulen militärischer Drill wie zu deutschen Kaiserzeiten herrsche. Christian hielt das französische Schulsystem für gut, denn gerade die strenge Disziplin provoziere unabhängige Geister und bringe somit Revolutionäre hervor. Mit Stolz fügte er hinzu, Manuel sei kürzlich von ebenjener Schule verwiesen worden, weil er einem seiner Peiniger eine Ohrfeige verpasst habe. Der Junge im Stimmbruch fragte mich nach dem Aussehen des Lehrers – nun, graue Haare und Bauch – ja, der sei's gewesen, recht so, den zurückzupfeifen! Schulen seien sowieso unnütze Anstalten, meinte Christian, durch stete Fleißarbeit käme man auch allein zum Ziel, er selbst sei Autodidakt. Um dies zu verdeutlichen, zeigte er in eine Nische unter einem Hochbett in der Dachschräge. Auf einer Hobelbank lagen Stechbeitel und Schnitzmesser, an der Wand hingen Teile angefangener Gitarren, unter der Hobelbank stapelten sich Kartons, überquellend von Hölzern verschiedener Art. Das Ganze schien ein Drunter und Drüber auf engstem Raum. Durch die folgenden Erklärungen wurde die zugrunde liegende Ordnung der Dinge verständlich: die Verwirklichung eines Wunschtraums. Drei Gitarren habe er inzwischen hier gebaut, erklärte Christian, aber Gitarren seien nur Bastarde, ein wirklich großes Zupfinstrument habe er hergestellt, das Cembalo. Er nahm ein länglich zugeschnitztes, kleines Holzstück mit eingelassener Feder in die Hand, einen der unzähligen Springer – wochenlange Feinarbeit, Sylvie habe dabei geholfen. Den Stimmblock und den Kasten habe er in einer größeren Werkstatt bei Freunden zugesägt, die Holzabfälle habe er wieder mitgebracht, auch die Sägespäne, geeignet für das Katzenklo. Lange habe das Cembalo auf Stühlen gestanden, bis seine Beine fertig waren. Die Saiten bekäme man hinter dem Gare Saint-Lazare, dem Viertel für Musikerbedarf. Guy und mir gab er metallene Rollen in die Hand, umzwirbelte für die tiefen Töne, glänzend dünne für die hohen. Der Klang von Metall sei aber zu kalt, beim nächsten Mal wolle er die tiefen Töne seines ersten Cembalos mit Darmsaiten bespannen, so wie früher, wie Bach es noch gekannt habe.

Christian setzte sich noch einmal an sein Cembalo und führte das einzige Register vor, das es besaß. Mit den Pedalen eines Klaviers bewegte er eine senkrechte Metallstange, die oben im Kasten einen waagerechten Holzstab gegen die Saiten schob, womit sich der Klang der angeschlagenen Töne leicht veränderte. Wir staunten über das Instrument und bewunderten seinen Erbauer. Der wehrte ab, das sei nur *«bricolage»*, Bastelei. Guy und ich bedankten uns für den schönen Abend. Vorsichtig, um ja nicht den Hebel für das Register auszuklinken, krabbelten wir an den Pedalen vorbei zum Zimmer hinaus. Christian hielt noch die Stehlampe in die halb offene Tür, bis ich die zehn Meter in mein Graumann-Atelier zurückgefunden hatte und Guy irgendwo eine Treppe tiefer im Dunkel verschwunden war.

Dort unten lag die dunkle Stehtoilette. Unheimliche Gestalten rissen manchmal die Tür ohne festen Riegel auf, wenn man sich gerade in die Hocke begeben hatte. Gut, nun einen Bekannten in der Nähe zu wissen. Noch besser schien es, den Gang zu dieser

Zelle weiterhin möglichst zu vermeiden, nach der Methode, wenig essen und trinken verursacht auch weniger Folgeerscheinungen. Und nach dem Motto «Quark macht stark» ernährte ich mich von einem Töpfchen Quark am Tag, dies von der guten Marke Gervita. Gleich um die Ecke hinter der Toreinfahrt lag ein kleiner Milchladen. Der morgendliche Minimaleinkauf dort war verbunden mit dem Begrüßen der Concierge, der Hausmeisterin, die dauernd putzte. Mit einem «Bonjour» und «Pardon, Madame» balancierte ich über die frisch gewischten Kacheln der Hofeinfahrt, um ihnen nicht gleich wieder ihren Glanz zu nehmen. Das mache nichts, manch andere in schmutzigen Stiefeln gingen vorbei, ohne zu grüßen, sagte sie immer wieder. Dann ein Bonjour zu der Frau im Käselädchen. Zu gerne hätte ich ihr das «Quark macht stark» übersetzt, aber da Quark *«fromage frais»* heißt, antwortete sie bei jedem der Versuche: Erfrischen Sie sich mit Gervita und halten Sie sich mit der Liebe warm!

Nach zwölf Tagen im «7, Impasse du Rouet» saß ich wie jeden Morgen auf meinem Zeichenhocker. Nach einiger Zeit spürte ich einen stechenden Schmerz im Rücken. Vermutlich nur durch das gekrümmte Hocken verursacht, also Aufstehen, sich recken, Arme und Beine schwenken! Doch dadurch wurde es nur schlimmer. Wieder auf den Hocker gesunken, tastete ich die Rückenpartie zwischen den Hüften ab, nach den Bandscheiben, nach den Monatsregeln, die nie wehtaten und beruhigenderweise gerade vorbei waren. Das Undefinierbare des Schmerzes, der stetig zunahm, machte Angst. Es war an einem Mittwoch, um zehn Uhr fing die Arbeit in der Radierwerkstatt an. Ich freute mich darauf, mit den anderen dort beisammen zu sein, und machte mich auf den Weg.

Vor der leeren Radierplatte wollte mir nichts weiter einfallen als der alte Spruch meiner Tante Tam «Lerne zu leiden, ohne zu klagen», und wie wir Kinder, mein Bruder Toni und ich, uns daraufhin einmal selbst Schmerz zugefügt hatten. Das ließe sich vielleicht auf die Radierplatte zeichnen, wie wir uns mit Nähnadeln Seidenfäden unter die Haut der Handballen zogen, Muster um Muster. Aber die Radiernadel mochte sich nicht rühren. Ich döste vor mich hin in der Hoffnung, der Schmerz würde vergehen, wenn ich ihm keine Beachtung schenkte. Nach längerer

Zeit fragte Johnny Friedlaender besorgt: «Was hast du? Siehst ja erschreckend blass aus!» – «Weiß nicht, es tut immer mehr weh.» – «Tuvia, begleite sie doch schnell zur nächsten Apotheke, da fragt ihr nach einem Arzt!»

Tuvia Bery, ein kräftiger junger Mann, nahm mich an den Arm, wir überquerten die Avenue Leclerc zur Apotheke gegenüber. Nach einigem Warten wurde uns die Adresse des nächsten Arztes gegeben, auf der anderen Seite der Avenue. Tuvia begleitete mich bis vor das Portal, Docteur Soundso im ersten Stock stand auf einem Messingschild. Das schien zuverlässig, und Tuvia ging. Hinter dem Portal ein prächtiges Treppenhaus, rechts ein großer Spiegel à la Versailles, links eine breite Treppe mit dunkelrotem Teppichbelag und Geländer aus Nussbaumholz. Zuversichtlich, gleich Hilfe zu bekommen, stieg ich die Treppe hoch, klingelte, wurde eingelassen, das Wartezimmer war leer. Gut, dann kommst du gleich dran, dachte ich, doch die Tür war mir von der Putzfrau geöffnet worden. Sie sagte, um zwölf Uhr sei Monsieur le Docteur zum Mittagessen gegangen, bis er wiederkäme, würde sie die Praxisräume putzen, ich solle mich solange hier hinsetzen und warten. Wann er denn wiederkäme?, fragte ich bange. Pünktlich um zwei Uhr, antwortete sie und machte sich an ihre Arbeit.

Im Wartezimmer stand eine Standuhr mit zwei gedrechselten Säulen unter weißem Zifferblatt. Die Zeiger standen auf zwölf Uhr dreizehn. Ich setzte mich auf einen Stuhl gegenüber und starrte die Zeiger an. Es dauerte schrecklich lange, bis der große Zeiger auch nur um eine Minute weiterrückte. Noch hundertfünf Minuten bis vierzehn Uhr, noch hundertvier ... wahrscheinlich war von mir nur Gewimmer zu vernehmen. Die Putzfrau öffnete die Tür, kniete vor ihrem Putzeimer nieder und betete *«pour cette pauvre petite au Grand Seigneur»*. Sie blickte gen Himmel, ich stammelte: «*S'il vous plaît* den Seigneur anrufen, der beim Essen ist!» Sie habe doch ihr Bestes versucht, aber für diese Ungläubige – indigniert machte sie die Tür wieder zu. Das Beten hatte den großen Zeiger um ganze sechs Minuten vorrücken lassen. Aber danach wollte er sich nicht mehr weiterbewegen. Der Schmerz war kaum noch auszuhalten. Krampfhaft umkrallte ich die gewundenen Säulen und flehte: Macht doch, dass es jetzt zwei Uhr wird! Es knackte im Holz, die Säulen lösten sich aus ihrer Halterung. Mein Gott, jetzt hast du diese teure Uhr kaputtgemacht, sieh zu, dass du hier herauskommst! Ich lehnte die Säulen gegen den Uhrenkasten, gegen das Pendel, das unbeirrt hinter seiner Glasscheibe hin und her schlug. Niemand hatte die Zerstörung der Uhr bemerkt, als ich außerhalb des Wartezimmers auf halber Treppe stand. Ich, wer war das? Von unten aus dem großen Spiegel blickten angstvolle Augen zurück, eine bleiche Gestalt umklammerte das Geländer, dann sackte das Spiegelbild langsam zu einem dunklen Haufen zusammen. Es wurde mir schwarz vor den Augen.

Als ich wieder zu Bewusstsein kam, dachte ich als Erstes, Ohnmacht sei doch eine gnädige Einrichtung des Körpers, wenn er den Schmerz nicht mehr ertragen könne. Bis eben hatte nichts mehr wehgetan. Aber wie nun weiter? Womöglich war es inzwischen zwei Uhr geworden und der Doktor käme und würde seine zerstörte Uhr entdecken. Die wenigen Schritte vom Ende des Treppengeländers bis zum Portal gelangen einigermaßen aufrecht und ohne Abstützen. Doch draußen auf der Straße war es, als habe mir jemand ein Schwert in den Rücken gestoßen, gekrümmt sank ich in die Knie. Von Platane zu Platane müsste ich doch aufrecht vorwärts kommen, dachte ich, nein, doch besser an den Häuserwänden entlang. Jeder Versuch, mich aufzurichten, misslang. Auf allen vieren kroch ich langsam, sehr langsam, aber immerhin doch weiter. Passanten sahen sich nach dem merkwürdigen Kriechwesen um. Egal, ob du jetzt wie ein Hund aussiehst, sprach ich mir zu, Hauptsache, du schaffst es bis zur nächsten Straßenecke Richtung Stadtmitte. Dort bog ich nach links ein und krabbelte mit dem Instinkt eines Tieres weiter. Nach einer Strecke, die mir furchtbar lang schien, glänzte an einem Haus auf der anderen Straßenseite ein kleines Messingschild. Autos fuhren gerade keine, mit Anstrengung gelangte ich hinüber. Auf dem Schild stand: *Docteur Breitbach, Médecin Chirurgien, 2ième étage.* Eine einfache Holztreppe hoch, von der Stirn lief mir kalter Schweiß, die Hände klebten am Geländer. Oben waren Männerstimmen zu hören. Noch eine halbe Treppe hoch, über mir standen drei schwarz gekleidete Herren im Gespräch. *«Où est le médecin?»*, fragte ich, wahrscheinlich mit kläglicher Stimme und deutschem Akzent. *«Le médecin, c'est moi»*, sagte einer der Herren, dann auf Deutsch: «Um Himmels willen, Ihnen muss sofort geholfen werden!» Er verabschiedete sich von seinen Gesprächspartnern und sah auf seine Armbanduhr. In wenigen Minuten, um zwei Uhr, müsse er wieder im Krankenhaus arbeiten, über die Mittagspause sei er hier in seiner Wohnung gewesen, um etwas zu essen, erklärte er und führte mich in eine kleine, private Praxis. Auf einmal konnte ich wieder aufrecht gehen, nur das Langlegen auf einer erhöhten, schmalen Liege fiel schwer. Der Arzt tastete Bauch und Rücken ab und fragte, wo es besonders schmerzte. Im Moment nicht so stark wie gerade eben noch. Das sei nur eine vorübergehende Reaktion auf die Erleichterung hin, beim Arzt angekommen zu sein, sagte er. Dann stellte er die Diagnose: Nierenkolik. Spitze Kristalle hätten sich in den Nieren angesammelt, auf deren Stechen reagiere der Körper mit Krämpfen, die noch stärkere Schmerzen verursachten, ein fürchterlicher Kreislauf, der auf die Dauer . . .

«Wo wohnen Sie?», unterbrach er die Erklärung. – «In der Nummer 7, Impasse du Rouet.» – «Wie weit von hier?» – «Normalerweise zehn Minuten.» – «In zehn Minuten müssen Sie in Ihrem Bett sein, keine Minute später, versprochen?» – «Ja.» – «Dann gebe ich Ihnen jetzt eine Spritze, die wirkt sofort schmerzlindernd und damit auch krampflösend.» Aus einer Kanüle füllte er die Spritze, sagte, es sei Morphium, und stach die Nadel etwas unterhalb der Stelle ein, in die vorher auf der Straße das Schwert eingeschlagen hatte. «Und jetzt gehen Sie schnell, aber vorsichtig in Ihr Bett! Heute Abend nach Dienstschluss komme ich in den Impasse und sehe nach Ihnen.»

Wie im Fluge ging es über die Strecke hinweg, über die sich der Hund vorwärts gequält hatte, vorüber an dem Messingschild der Arztpraxis mit der zerstörten Standuhr, keine Zeit, rechts in der Radierwerkstatt Bescheid zu sagen, schnell an der Kirche, der Concierge vorbei, die zwei Treppen hoch, Schuhe ausziehen und ins Bett. Nun schau gut zu, was du unter Morphium träumst.

Hinter geschlossenen Augen wurde es hell. Mein Vater nahm mich hoch auf sein Pferd, aneinander geschmiegt ritten wir über den Sand der Zernikower Lindenallee, stiegen auf, höher und höher bis in die Baumkronen hinein, duckten uns vor spitzen Ästen und flogen weit davon. Alter Kindertraum, dich kenne ich längst, die Geschichte vom Erlkönig, bei der aber der Vater und nicht das Kind gestorben ist. Ein Pferd sank von einem kahlen Baum hinunter, mit zerschossenem Hinterbein irrte es auf asphaltierten Straßen herum. Berlin stand in Flammen. Aus einem riesigen Bunker, der zur Betonbrücke wurde, strömten Menschenmassen hervor, Anführer trugen Schilder vor sich her, die Schemen geballter Fäuste, roter Rosen und schwarzer Hakenkreuze. Unsinn, solch eine Brücke gibt es nirgends in Berlin! Auf diesen Einwand hin verwandelte sich die Betonbrücke in helles Bergkristall und sog die Menschenmassen in ein tiefes Erdloch zurück. Nun wurde es glashell, schneeweiße Wolken umhüllten die Spitzen glitzernder Hochhäuser. Als eine dieser Wolken schwebte ich vorüber an Sternengefunkel, an elektrischem Licht und sah unter gläsernen Türmen dunkle Straßenschluchten entlangziehen. Das Unten bewegte sich langsamer als das Oben, was in der Tiefe geschah, ließ sich nicht erkennen, zu schnell zog die Wolke weiter. Jetzt bist du in New York, da warst du schon einmal, nur nicht so hoch oben. Traum, bitte noch einmal New York! Aber nun stand ich unten auf einem Platz in Schwäbisch-Hall, umgeben von Familie, die dies und das verlangte. Die kann man einfach unten stehen lassen, man muss nur tief Luft holen, die Arme zu Flügeln ausbreiten, sich mächtig konzentrieren, um beim schwerelosen Aufsteigen nicht in die elektrischen Drähte zu geraten, sich noch leichter machen, um über Drähte und Masten hinauszugelangen. Wie der fliegende Robert mit dem Regenschirm, über die Wolken hoch und weit, keiner hört ihn, wenn er schreit.

Nach einigen Stunden klopfte es erst unter dem Fußboden, dann an der Tür. Johnny Friedlaender kam herein und setzte sich auf die Bettkante. Er fragte, wie es mir inzwischen ginge, schläfrig antwortete ich wirres Zeug. Nach einer Weile klopfte es wieder, der Arzt trat ein. Beide Männer erblassten. Friedlaender flüsterte erschrocken: «Was, Sie leben noch?», und der Arzt: «Auch Sie sind davongekommen?» Den folgenden Berichten war zu entnehmen, dass sie sich zuletzt in einem Pariser Sammellager oder Wartesaal gesehen hatten, vor dem Abtransport in ein Vernichtungslager. Friedlaender sagte, seine Frau habe ihn gerettet, sie sei nie von seiner Seite gewichen, als Arierin habe man sie nicht mit in den Waggon pferchen wollen. Dr. Breitbach berichtete, ein französischer Polizist sei in den Saal gekommen und habe in der Menge nach einem Arzt gefragt, um Hilfe nach einem Verkehrsunfall zu holen. In dessen Begleitung sei er hinausgekommen, draußen auf der Straße habe er den Verletzten versorgt, dann habe er sich unter dem Unfallauto versteckt und sei im geeigneten Moment auf der anderen Seite davongelaufen. Nach dieser denkwürdigen Begegnung wünschten sich beide alles Gute. Friedlaender ging hinaus, er wollte bei der Krankenvisite nicht stören.

Der Arzt stellte eine Flasche Mineralwasser neben mein Bett und sagte, ich solle viel trinken, das würde die Nieren durchspülen und, wenn alles gut ginge, die Steine mit dem Urin abgehen lassen. Bis dahin sei die Sache aber noch nicht überstanden, jederzeit könne wieder eine schmerzhafte Kolik einsetzen, wahrscheinlich heute Nacht. Er fragte, ob ich vertrauenswürdige Nachbarn, wie zum Beispiel Herrn Friedlaender, hier in diesem Hause habe. Ich erklärte, der sei nur an einigen Nachmittagen in seinem Atelier eine Etage tiefer, doch am Ende des Flures würden Musiker wohnen, seit kurzem gute Bekannte. Aber hier in Frankreich sei ich nicht krankenversichert. Das habe er sich heute Mittag bereits gedacht und daher von einer Einlieferung in ein Krankenhaus abgesehen. Dr. Breitbach ging hinaus und kam in Begleitung von Christian wieder. Er stellte ihm kurz die Situation dar und fragte ihn, ob er mit einer Spritze umgehen könne. Ja, er habe selbst eine, damit würde er seine Katzen impfen. Das sei sicher schwieriger als bei Menschen, meinte der Arzt, nahm eine gläserne Kanüle aus einer Schachtel und überreichte sie ihm. Dann fragte er weiter, ob er denn Hilferufe, wahrscheinlich mitten in der Nacht, auf die Entfernung hören könne. Dafür würde er sich noch ein System einfallen lassen, eine Art Telefon, antwortete Christian. Dr. Breitbach wünschte eine gute Nacht, morgen, während seiner Mittagspause, komme er wieder. Beide verließen das Zimmer.

Nach einiger Zeit kam Christian wieder. Er legte eine elektrische Klingel neben das Kopfkissen und erklärte, er habe die

Stehlampe umgebaut, eine Verlängerungsschnur durch den Flur gelegt und das andere Ende mit dem Cembalo verbunden. Um auszuprobieren, ob das System funktioniere, solle ich gleich, wenn er wieder hinten sei, auf den Klingelknopf drücken. Er kehrte zurück, nichts sei zu hören gewesen. Bis der Fehler gefunden sei, wollte ich eine Treppe tiefer gehen, das sei wichtig wegen des Mineralwassers und so weiter, doch da unten sei es immer so unheimlich dunkel. Daraufhin klemmte er ein Streichholz in einen der Druckschalter im Flur, so dass im ganzen Treppenhaus die ganze Nacht hindurch Licht brannte. Bald darauf war auch der Fehler beim Umfunktionieren des Cembalos gefunden. Die Katzen hätten mit den Steckern der Verlängerungsschnur gespielt und sie auseinander gezogen, jetzt habe er die Stecker mit einem Schnürsenkel zusammengebunden. Ein erneuter Versuch – bei offenen Türen war von dem entfernten Cembalo das Klingen vieler Saiten gleichzeitig zu hören. Ich solle mich nicht scheuen, diese Installation zu benutzen, selbst mitten in der Nacht, sagte der große Bastler und legte die elektrische Schnur so zurecht, dass sie von der Tür, die er dann hinter sich zuzog, nicht eingeklemmt wurde.

Für die Nacht zog ich mich mühsam um, mit dem Nächstliegenden, einem hellgrün glänzenden Schlafanzug, einem billigen Plasteerzeugnis aus der DDR. Dann fiel ich in erschöpften Schlaf. Irgendwann weckte mich ein Schmerz im Rücken, ich rollte mich zusammen wie ein Embryo, und er ließ nach. Das jedoch nur für kurze Zeit, dann kam er wieder, immer stechender. Noch war es dunkel im Zimmer, noch war der Schmerz auszuhalten, noch brauchte ich niemanden im Schlaf zu stören. Langsam drang das Morgengrauen durch das Atelierfenster. Viel zu langsam! Nun entschloss ich mich, auf den Klingelknopf zu drücken. Christian erschien mit einer gefüllten Spritze und sagte: «*Montrez-moi vos fesses!* Zeigen Sie mir Ihren Hintern!» Nicht das war mir peinlich, als ich das Hosengummi über die Pobacken streifte, sondern dass ich einen gar so hässlichen Schlafanzug anhatte. Mit geübter Hand gab er die Spritze. Ich zog mir dankend die Decke über den Kragen. Wie am Tag zuvor war der starke Schmerz binnen kurzem vergangen. In zehn Minuten würde der Bildertraum beginnen, am schönsten wäre wieder

New York. Die Bestellung traf wunderbar ein, diesmal glasklar ohne Wolken. Ein kristalliner Wald verwandelte sich zu hellen Türmen. Geradlinig glitten sie einem Fluchtpunkt entgegen, am Horizont oder niemals angekommen machten sie in ihrem Spiegelbild kehrt. Keine Engel und keine Menschen waren da oben zu sehen. Bilder, ihr werdet abstrakt langweilig, Hauptsache, hier unten auf der Erde tut keinem Lebewesen jemals mehr etwas weh.

Traum und Wirklichkeit vermischten sich nun. Dr. Breitbach stand mit einer Flasche Mineralwasser im Zimmer, neben ihm die Concierge mit einer Wärmflasche, dahinter zwei weitere Engel. Ach so, das sind Christian und Sylvie, und der Arzt hat jetzt Mittagspause. Die Concierge ging in die reale Welt über, indem sie die Wärmflasche unter die Bettdecke schob, der Arzt dadurch, dass er den Puls fühlte. Sylvie und die Concierge verschwanden wieder, die Tür stand noch offen. Dr. Breitbach sagte etwas zu Christian, wobei er fragend in die Richtung des dritten Gebäudes der Sackgasse zeigte. Er schloss die Zimmertür, drinnen sprach er leise weiter, das Schmerzmittel dürfe nicht in falsche Hände geraten, die Haustür hier unten stünde wohl immer offen. Schließlich wurde mir eine Schachtel mit der letzten der drei Kanülen unter das Kopfkissen gelegt.

Nachdem beide gegangen waren, kam Sylvie wieder. Sie stellte mir einen Teller mit warmen Sojasprossen ans Bett und erklärte, das sei eine nahrhafte und vollwertige, zugleich billige Ernährung, Soja äßen Christian und sie jeden Tag. Mit Blick auf die zweite, volle Flasche Mineralwasser meinte sie, das Leitungswasser hier im Impasse würden sie auch nur abgekocht trinken. Und das Stehklo da unten? Das sei ihr auch immer unheimlich gewesen, jedoch habe Christian heute Morgen einen festen Holzriegel von innen eingebaut. Damit ich nicht für immer eingesperrt bliebe, zeichnete sie mir das Riegelsystem mit dem Finger in die Luft. Ich schaute den Zeichen nach, die Augen fielen mir zu. Etwas später stand der leer gegessene Teller nicht mehr auf dem Zeichenhocker neben dem Bett.

Hinter dem Atelierfenster wurde es Abend, im Zimmer immer dunkler. Am liebsten hätte ich nun die Tür mit der Staffelei verrammelt. Doch für die gute Hilfe musste sie offen bleiben, und falls die bösen Buben aus dem Gruselhaus kämen, würde ich mit dem Cembalo Alarm klingeln. Viel größere Angst als der eventuelle Einbruch von Drogenabhängigen machte mir der Ausbruch erneuter Schmerzen, von Dr. Breitbach vorausgesehen, sonst hätte er ja heute Mittag nicht die dritte Dosis Morphium dagelassen. In der Nacht betastete ich die Schachtel unter dem Kopfkissen und schwor mir: Nie wieder New York, sonst wirst du verrückt. Nochmals steckte ich die Hand unter das Kopfkissen und dankte den beiden verbrauchten Kanülen für ihre wunderbare Wirkung. Die dritte beruhigte rein durch ihre Anwesenheit. Diesmal kein heller, kristalliner Wald, sondern «Der Wald steht schwarz und schweiget . . .» und «Verschon uns Gott mit Strafen, und lasst uns ruhig schlafen, und unsre lieben Nachbarn auch».

Die Nacht und der Tag darauf vergingen in einem Dämmerzustand, der allein durch die Anstrengung unterbrochen wurde, ab und zu aus dem Bett zu steigen, um die halbe Treppe tiefer zu gelangen in der Erwartung, die spitzen Kristalle würden sich aus den Nieren lösen. Einmal, wieder da unten, machte es «klick» in dem Stehbecken. Gern hätte ich den oder die Steine aufgehoben wie den ersten Milchzahn. Aber die Kristalle, wahrscheinlich weggespült, ließen sich nicht finden. Wieder oben im Bett fragte ich mich, ob ich das klickende Geräusch wirklich vernommen hatte. Doch auf jede Bewegung hin kam die Antwort: «Sie sind weg, nichts tut mehr weh.» Es blieb nur Müdigkeit und Schwäche. Gegen Abend kam der Arzt mit einer dritten Flasche Mineralwasser, fragte, wie es ginge, und verordnete weiteres Wassertrinken und noch zwei Tage Bettruhe. Über das Wochenende sei er verreist, sagte er und nahm die Schachtel wieder mit.

Samstags klingelte die Schulglocke nicht. Es mag am Nachmittag gewesen sein, als es erst unter dem Fußboden klopfte, dann an der Tür. Johnny Friedlaender schaute kurz herein und kündigte für den Abend eine Überraschung an. Nach einiger Zeit kam er wieder in Begleitung von Michèle, einer netten Pariserin aus der Radierwerkstatt. Beide halfen mir die Treppen hinunter in den Hof, in dem zu meinem Erstaunen ein Auto vorgefahren war. Am Steuer saß der Ehemann von Michèle. Keiner in der Radierwerkstatt besaß ein Auto, auch Friedlaender nicht, der dieses offenbar als erste Überraschung organisiert hatte. In eine Decke eingewickelt, wurde ich neben ihn auf den Rücksitz platziert, und zu viert ging die Fahrt durch die Stadt. In der Rue Saint-Jacques in ihrer Wohnung erwartete uns Frau Friedlaender, auch «Fiet» genannt. Im Wohnzimmer, einfach und geschmackvoll eingerichtet, herrschte eine feierliche Stimmung. Auf einem Teetisch brannten Kerzen, in einem Sessel davor sollte ich Platz nehmen, und zu meiner Verlegenheit kam hinzu, dass mir Frau Friedlaender auch noch Kissen hinter den Rücken steckte. Ihr Mann erhob den Zeigefinger, und als alle gespannt schwiegen, legte er die Nadel auf eine Schallplatte. Es erklang Musik von Bach, die Brandenburgischen Konzerte. Gerührt von der Fürsorglichkeit und überwältigt von der Musik, kamen mir die Tränen. Johnny Friedlaender lächelte zufrieden. Nach dem Schallplattenkonzert bat Fiet zu Tisch. Es gab ein köstliches Dîner. Vor dem Nachtisch musste ich wieder weinen. Es sei einfach zu viel auf einmal für die Nerven, meinte Fiet und bat Michèle und ihren Mann, die Kranke wieder zurückzufahren. An der Türschwelle sagte Johnny Friedlaender: «Bei der Musik hast du dich sicher gesund geweint!» Seine Frau gab mir den eingepackten Nachtisch mit und ich dankte ihr für das gute, gesund machende Essen.

Am nächsten Tag ging es mir wirklich schon so viel besser, dass ich nach fünf Tagen Unterbrechung wieder zu zeichnen anfing. Abends luden mich Sylvie und Christian zu Sojasprossen und zum Musizieren ein. Christian hatte inzwischen sein Cembalo von dem Klingelsystem befreit und es gestimmt. Von nun an legte er Wert darauf, dass wir uns als Trio ernsthaft ein großes Stück Musik vornähmen. In den folgenden zwei Wochen trafen wir uns fast jeden Abend zum gemeinsamen Musizieren.

Bei Herrn Doktor Breitbach wollte ich mich ganz herzlich für seine ärztliche und menschliche Hilfe bedanken – und möchte es heute noch tun, da es mir damals nicht so recht gelang. Gleich am Dienstag, während der Mittagspause in der Radierwerkstatt, suchte ich ihn in seiner Wohnung auf. Er öffnete, und ich wollte ihm sofort eine kleine Radierung überreichen, doch diese übersah er und hieß mich nochmals auf die schmale Liege steigen. Das lose Blatt ohne Geschenkverpackung lag während der kurzen Nachuntersuchung auf dem Boden. Ich hob es wieder auf, überreichte es ihm und, um es im Wert zu steigern, erklärte, diese Radierung sei bei Herrn Friedlaender entstanden. Er hielt das bedruckte Papier wie ein unverständliches Rezept in der Hand, und ich ärgerte mich über dieses nichts sagende Bildchen, gerade einmal die drei Flaschen Mineralwasser wert.

Zur Erholung lud mich Brigitte, Friedlaenders Lieblingsschülerin, zu einem Wochenendbesuch bei ihren Eltern auf dem Lande ein. Wir fuhren mit der Bahn in eine Kleinstadt im Norden, wohnten im Apothekerhaus ihres Vaters und wurden von Brigittes Mutter verwöhnt.

Nach der Rückkehr gab es noch drei Musikabende im Impasse du Rouet. Allmählich hatten wir uns als Trio so gut aufeinander eingespielt, dass wir uns selbst eine Sonate von Bach darbieten konnten, bevor Christian und Sylvie für eine Woche verreisten. Meine Nachbarn teilten mit, sie hätten genug von dem Leben in der Großstadt, sie wollten aus dieser Sackgasse herauskommen und in die Provence fahren. Vielleicht könnten sie dort ein schönes, kleines Haus mit viel Platz finden.

Während ihrer Abwesenheit war ich mehrmals zum Dîner bei den Hugnets, über Pfingsten nahmen mich dann Ruth Fabian und Fritz Picard in ihr Landhaus in die Normandie mit. Anfang Juni, gleich nach Christians und Sylvies Rückkehr, machten wir wieder zusammen Musik. Der «große Bach» gelang jedoch nicht mehr, und selbst für den «kleinen Telemann» fehlte die Konzentration. Die beiden schienen mit ihren Gedanken woanders zu sein. In der Provence sei alles schrecklich touristisch und teuer gewesen, sagten sie, von dort seien sie gleich weiter in den Südwesten gefahren, um Christians Eltern in einem verlassenen Weiler zu besuchen. Mehr wollten sie noch nicht verraten.

Zwei Tage später klopfte Sylvie an meine Tür, ich solle gleich herüberkommen, sie wolle mir etwas zeigen. Es war um die Mittagszeit, um gemeinsames Musizieren konnte es sich kaum handeln. Auf den Tasten des Cembalos legte sie kleine Schwarzweißfotos nebeneinander, die habe sie gerade eben vom Entwickeln geholt. Zu dritt beugten wir uns darüber. Auf den ersten Fotos war ein zugewachsener Hof zu sehen, eine Scheune mit steinernen Torbögen, ein Hausgiebel mit einer Art hervorstehendem Rahmen. Christian sagte, dieses Gehöft habe ihm am meisten zugesagt, aber Sylvie habe sich nun einmal in das allergrößte Haus des Weilers vernarrt. «*Notre Bastide, je l'espère!* Unser Landhaus, so hoffe ich!», sagte sie und streichelte die kleinen Fotos. Auf den folgenden Fotos waren nur Steinhaufen unter dunklem Gebüsch auszumachen. Sylvie entschuldigte sich für die schlechte Qualität der Aufnahmen, am Tag der großen Entdeckung habe sich die Sonne versteckt gehalten, als habe sie sich in das Aufspüren der Geheimnisse nicht einmischen wollen. Die nächsten Fotos deckte sie mit den Händen zu: «*Avant que tu croques et que tu craques!* Bevor du anbeißt und dich vernarrst!» Sie erklärte, so dicht aneinander wie die Häuser einer mittelalterlichen Stadt stünde neben der «Bastide» ein kleineres Haus mit viel Charme. Auch dieses sei seit langem verlassen und besonders günstig zu haben. Sie und Christian hätten sich überlegt, wem sie etwas davon sagen sollten. Die Vorstellung, sie hätten eines Tages Disco-Krachmacher zu Nachbarn, sei ihnen unerträglich, die würden sich dann bei ihnen wegen der Barockmusik beschweren und umgekehrt. Wie auch immer, im Musikalischen hätten wir den gleichen Geschmack, daher hätten sie mich ausgewählt.

Sylvie gab die Fotos frei. Auf dem ersten der beiden kleinen Bilder war ein runder Turm zwischen Gebüsch zu sehen, daneben ein hoher Baum. Es war ein Turm wie ich ihn noch nie, nicht einmal im Traum, je gesehen hatte. Es war ein märchenhaftes Bild, zum Anbeißen schön. Dies sei ein Taubenturm, erklärte sie, den habe sie von der Straße aus aufgenommen, ein eigenartiger Dreivierteltum gehöre auch zu dem Haus, aber vor lauter Gestrüpp und Steinen davor habe sie ihn nicht richtig ins Bild bekommen. Auf dem zweiten Foto war nicht zu erkennen, ob das Haus selbst schief stand oder ob nur die Kamera schief gehalten worden war. Auf einer überwucherten Wand eine Reihe schräg stehender Holzpfosten, darüber ein merkwürdiges Dach, nicht mit Ziegeln, sondern mit Steinplatten gedeckt. In dem Dach, links von einem dicken Kaminschlot, klaffte aber ein großes, dunkles Loch. Die Liebe auf den ersten Blick geriet durch dieses bedrohliche Loch ins Wanken. «*Ce trou, je vais vous le réparer!*, Dieses Loch werde ich Ihnen reparieren!», versprach Chris-

Dieses Foto gab den Ausschlag für den Erwerb der Taubentürme.

Das andere kleine Foto mit dem großen Loch im Steindach.

tian. «*Alors,* willst du dieses Haus haben?», fragte Sylvie. – «*Oh que oui!* O ja doch!», antwortete ich, ohne zu wissen, womit es bezahlen. Die Preise da unten in der tiefsten französischen Provinz seien wesentlich niedriger als in Paris, fügten beide hinzu. Abgemacht, «da unten» sollten wir wieder zu Nachbarn werden! Wie, das stand, jedenfalls für mich, noch in den Sternen.

Einen Taubenturm im Kopf

Nach Pfingsten hatte die Ausstellungseröffnung von Johnny Friedlaender in der Galerie La Hune stattgefunden, bei der alle seine Schüler als großes Aufgebot dabei gewesen waren. An das Kostüm einer Vernissage-Besucherin konnte ich mich erinnern, an seine Stoffmuster, die mehrmals eine Radierung des Meisters wiederholten, aber partout nicht daran, etwa zur gleichen Zeit einen Brief an meine Mutter geschrieben zu haben. Dennoch musste ich ihr kürzlich etwas der Wahrheit Entsprechendes mitgeteilt haben, nicht nur etwas wie: «von leichter Grippe genesen». Ein Telegramm wurde mir zugestellt, das sie offenbar wie aus allen Wolken gefallen in großer Aufregung aufgegeben hatte. Es traf am Morgen nach dem Betrachten der kleinen Fotos ein. Es lautete: «Sofort per Taxi nach Frankfurt zu gutem Arzt! Sonst Clemens zur Abholung bereit. Mutter Clara.» Ganze fünfzehn Worte, wie viel mochte dieses Telegramm gekostet haben, und wie viel erst würde eine Taxifahrt von Paris nach Frankfurt kosten? Salvador Dali hielt soeben den Weltrekord im Taxifahren mit der Strecke von Madrid nach Paris. Von Paris bis Frankfurt war es halb so weit, dennoch dachte ich, Mutter, das ist doch Spinnerei, besser, ich hätte dir gar nichts geschrieben. Dann überlegte ich, ob sich nicht doch alles recht gut träfe. Und so las ich das Telegramm noch einmal Wort für Wort. «Sofort», der gesund machende Abend bei Fiet und Johnny Friedlaender lag bereits drei Wochen zurück. «Per Taxi», Unsinn, doch vielleicht hatte sie inzwischen Geld erhalten, womöglich meine Erziehungsbeihilfe. «Nach Frankfurt», als sei Frankreich eine westliche Prärie! «Zu gutem Arzt», ärgerlich das Wort «gut», als seien die nicht rein-deutschen Ärzte schlecht. «Sonst», das ließ Spielraum offen, aber wann wohl könnte mein zweitältester Bruder kommen?

Ich zeigte Sylvie das Telegramm, und noch am gleichen Vormittag gingen wir zur Post, um eine kurze Antwort aufzugeben. Auf dem Weg dorthin sagte ich ihr, Clemens habe seit einigen Monaten eine gute Stelle als Volkswirt, möglicherweise könne er mir das Geld für den Hauskauf leihen. Dann solle er sofort kommen, meinte sie.

Zusammen mit einem Freund traf Clemens tatsächlich an einem Donnerstagabend in Paris ein. Für den nächsten Tag hatten sich die beiden ein Kulturprogramm vorgenommen, es hieß sich gedulden. Am Sonnabendnachmittag standen sechs Herren in Krawatten in meinem Atelier und wollten Kaffee trinken. Sie fassten alles an, auch Erwin Graumanns Malutensilien. Ich bat Clemens um Geld für Kaffee und Kuchen. Er gab mir einen Umschlag mit der Aufschrift «Anzahlung Erziehungsbeihilfe». Die Banken hatten bereits geschlossen, so dass ich das Geld nicht wechseln konnte, sechs Tassen hatte ich nicht, so dass schließlich alle in das Café Dôme gingen.

Neben dem Käselädchen gab es ein kleines Restaurant. Clemens lud seinen Freund und seine Schwester zu einem Mittagessen dort ein. So unter uns konnte ich endlich mein Anliegen zur Sprache, vielmehr zu Papier, bringen.

Zunächst skizzierte ich auf die weiße Papiertischdecke einen Weg, und da ich diesen meiner Brüder als einen kannte, der sich für Ideen erst dann begeisterte, wenn es so aussah, als seien es seine eigenen, zeichnete ich den Taubenturm über seinen Teller. Ob es ein Haus dazu gäbe, fragte sein Freund, und er bekam das Haus, natürlich ohne Loch im Dach, neben sein Messer gezeichnet. Für den nächsten Gang nahm der Wirt die Teller ab und überraschenderweise auch die Tischdecke. Mit einer neuen Tischdecke kam er wieder, breitete sie sorgfältig aus und ermunterte zum Weitermachen auf diesem frischen Zeichenpapier. Zwischen Käse und Nachtisch gab es nun Platz, um in der Vorstellung weit auszuholen mit immer schöneren Taubentürmen, einem Haus, noch genauer ausgemalt, umgeben von Bäumen. Aus dem eigentlichen Anliegen wurde eine ganze Anlage auf der Papiertischdecke. Clemens öffnete noch eine Flasche Wein und fragte, was denn das Gelände koste. Zweitausend Mark, antwortete ich und bat ihn, mir diese zu leihen. Das würde er gerne tun, sagte er, aber er müsse sich erst erkundigen, ob er nach nur wenigen Monaten Berufstätigkeit schon ein Darlehen aufnehmen könne. Sowie wir in Frankfurt angekommen seien, würde er nachfragen, versprach er und bezahlte. Der Wirt ließ sich die zweite Tischdecke signieren, um sie wie in einem Künstlerlokal als Wandschmuck anzubringen.

Die gemeinsame Autofahrt am nächsten Tag schien in die falsche Richtung zu gehen, weg von den Wunschvorstellungen, hin zur Alltagsbanalität. Die Erwartung, Clemens hätte in Paris sofort eine feste Zusage geben können, war dahin, und so hieß es, in den sauren Apfel der «Krankenabholung» beißen. Immerhin gab es noch die Hoffnung, dass mein Bruder ein Darlehen in Frankfurt erhielt.

Am Abend wurde «die Kranke» bei der Mutter in Eschborn abgeliefert. Zur Begrüßung, wie aus ihrem Telegramm zu vermuten war, stellte sie mich vor vollendete Tatsachen: Gleich für den nächsten Morgen habe sie ihre Tochter bei einem «bedeutenden» Arzt angemeldet. Auf meinen Protest hin, ich habe ihr doch geschrieben, ich sei wieder gesund, jammerte sie, was solle sie denn machen, sie könne nicht mehr absagen, ihr zuliebe müsse ich den Termin wahrnehmen. Brav gehorchte ich ihr, leider. Die gynäkologische Untersuchung war scheußlich, dabei sprach ich mir Tapferkeit zu in Gedanken an den schönen Taubenturm. Mittags fuhr ich zu meiner Mutter zurück und erzählte ihr von dem Gelände im Süden, das ich erwerben wollte. «Du bist wohl gänzlich verrückt geworden!», war ihr Kommentar dazu. Für den Nachmittag erwartete sie Patienten in ihrer neu eingerichteten Praxis. Bevor sie in ihrem Reihenhaus eine Treppe tiefer eilte, sagte sie: «Übrigens sind wir beide heute Abend bei Arnswaldts eingeladen.»

Bald darauf klingelte das Telefon, Mutter nahm den Hörer ab, reichte ihn mir weiter, Clemens wolle mich sprechen. Er teilte mit, leider könne er kein Darlehen aufnehmen, dennoch wünsche er alles Gute für das Vorhaben. Aus Enttäuschung hätte ich am liebsten noch am selben Abend den Nachtzug nach Paris genommen, wäre da nicht noch die Einladung zum Abendessen gewesen. In einer Behandlungspause fragte Mutter, was wir Geschwister uns denn so geheimniskrämerisch am Telefon zu sagen gehabt hätten. «Nichts von Bedeutung», antwortete ich, was ja inzwischen auch stimmte. Sie ahnte jedoch etwas oder hatte mitgehört, jedenfalls sagte sie im Befehlston: «Dass du dich unterstehst, heute Abend Onkel Dieter für dieses Vorhaben anzupumpen!» Damit hatte sie mich erst auf die Idee gebracht.

Mein Onkel Dieter, ein Vetter unserer Mutter, war in der

Nachkriegszeit für uns drei jüngere Geschwister als Vormund eingesetzt worden. Nach dem Tod ihres bewunderten Vaters, der ihr über alles gegangen war, suchte Mutter bei ihrem Vetter Rat und Hilfe. Onkel Dieter, Jurist und Bankier, galt ihr viel – auch sein Schmiss, die Narbe einer schlagenden studentischen Verbindung quer über die Wange. Er war für sie eine Mischung aus früherer Jugendliebe und späterer Respektsperson. Trotz seiner altmodischen Narbe fand ich meinen Onkel nett, Tante Elisabeth hatte ich jedoch besonders gern.

Im Zug von Eschborn nach Frankfurt wechselten Mutter und Tochter kaum ein Wort. Bei der Ankunft löste sich die Spannung durch Tante Elisabeths herzliche Begrüßung. Sie fragte «Clärchen», wie es ihr ginge und «Bettinchen», ob sie wieder gesund sei. In groß geblümten Sesseln bat sie Platz zu nehmen. Bei Weißwein und Erdnüssen wurde kaum gesprochen, Mutter blickte müde vor sich hin. Um ein Gespräch anzufangen, ohne gleich mit der Tür ins Haus zu fallen, bewunderte ich die Ahnenbilder an den Wänden. Der Onkel erklärte etwas über seine Vorfahren aus Pommern, dann über die seiner Frau, ein Thema, das sich bald erschöpfte. In die Stille hinein fiel die Frage: «Onkel Dieter, darf ich dich um einen Rat bitten?» – «Bitten darfst du gerne, ob ich auch Rat geben kann, hängt von der Bitte ab», antwortete er belustigt. Mutter hingegen merkte, dass es nun, entgegen ihrem Verbot, Ernst wurde. Erst blickte sie erstaunt, dann klagte sie unter Tränen: «Das ist ja unerhört, dann muss ich ja demnächst meine Praxis in Südfrankreich aufmachen!» Sie spielte das hilflose, kleine Mädchen, doch ihr Vetter schenkte dem keine Beachtung und sagte plötzlich streng zu mir: «Komm nach dem Essen zu einem Gespräch unter vier Augen in mein Büro!»

Das Abendessen dauerte nicht allzu lange. Für den Nachtisch ließ Onkel Dieter «die beiden Damen unter sich», wie er augenzwinkernd zu seiner Frau sagte, und bat mich in sein Büro. Die Zeit an dem großen, schwarzen Schreibtisch, dem Onkel mit seinen funkelnden Brillengläsen gegenüber, schien nun lang zu werden, wie ein Verhör. Es ging um Immobilien, Investition, Infrastruktur, um Worte, von denen ich kaum etwas verstand. Kein Papiertischtuch zur Darstellung des Geländes lag auf dem schwarzen Schreibtisch, Wort um Wort hieß es unter heller

Lampe Fragen beantworten. Manche Einzelheiten wusste ich von Sylvie, andere reimten sich aus der Vorstellung zusammen, und für «Langfristiges» holte ich das Blaue vom Himmel herunter, um nur ja zu überzeugen.

«Ein Haus in Südfrankreich also?» – «Ja, es liegt aber nicht in der Provence.» – «Wie viel Land gehört dazu?» – «Drei Ar.» – «Wie viel Wohnfläche?» – «Später einmal hundert Quadratmeter, mit den zwei Taubentürmen noch mehr.» – «Der Zustand der Dächer?» – «Mit Steinen bedeckt.» – «Fließend Wasser?» – «Zisternen und eine Quelle in der Nähe.» – «Elektrizität?» – «Kerzen und Petroleumlampen.» – «Straßenverbindungen?» – «Von einer schönen Stadt in einer Flussschleife eine Straße, dann Feldwege.» – «Keine Autobahn in der Nähe?» – «Zum Glück nichts, was die unberührte Natur dort kaputtmacht.» – «Eine gottverlassene Gegend also, in der sich auch langfristig kein Geld verdienen lässt, beispielsweise mit Tourismus?» – «In vierzig Jahren wird es vielleicht eine Autobahn für Touristen geben, aber dann wird auch alles vierzigmal teurer sein.» (Eine Voraussage wie der Verrat an einem noch nicht entdeckten Paradies.) – «Was soll denn das Anwesen kosten?» – «Zweitausendfünfhundert Francs.» – «Woher weißt du das?» – «Meine Pariser Freunde und Nachbarn haben den Notar gefragt.» – «Notarkosten kämen also noch hinzu. Aber sage mal, kaufst du da nicht eine Kieselsteinsuppe?» – «Entschuldige, den Ausdruck kenne ich nicht.» – «Nun, zu einem Haufen Kieselsteine muss man immer mehr Gewürze hinzugeben, um die Suppe schmackhaft zu machen, schließlich kommen die Zutaten teurer als die Steine.» – «Die Steine sind schon so sehr schön. Lieber Onkel Dieter, kannst du mir bitte einen Kredit für den Hauskauf geben?» – «Diese Geschichte muss ich erst überschlafen.»

Kaum waren Onkel und Nichte vom Büro in das Wohnzimmer zurückgekehrt, drängte Mutter zur Rückfahrt, morgen früh erwarte sie wieder Patienten. Das sei ja erfreulich, dass ihre Praxis in Eschborn so gut angelaufen sei, sagte ihr Vetter. Tante Elisabeth bedauerte, dass wir uns nur so kurz gesehen hätten, und wünschte mir weiterhin alles Gute in Paris. Ich dankte ihr für den Abend. Morgen, am frühen Nachmittag, wolle ich wieder in Paris sein, teilte ich mit und gab ihr meine dortige Adresse. Onkel Dieter fuhr mit seinem Mercedes vor, um Kusine und Nichte zum Bahnhof zu bringen, denn es regnete. Zwischen Parkplatz und Bahnhof hielt er seinen Regenschirm über «Clärchen». In der Bahnhofhalle faltete er den Schirm zusammen, der dabei wie aus Versehen zu Boden fiel. Gleichzeitig mit ihm bückte ich mich, um ihn aufzuheben. Hinter vorgehaltenem Schirm flüsterte er: «Du hörst in Paris von mir!»

Schweigsam verging die S-Bahnfahrt nach Eschborn. Zu gern hätte Mutter gewusst, was in des Onkels Büro ohne sie besprochen worden war. Davon sagte ich jedoch keinen Ton, noch zu viele Fragen standen offen.

Der Zug vom Frankfurter Hauptbahnhof nach Paris fuhr kurz nach sieben Uhr ab, so dass ich frühmorgens, lange bevor die ersten Patienten eintrafen, mit Mutter bei ihrem geliebten Kaffee saß. Wir erinnerten uns an einen ihrer alten Sprüche: «Mach, was du willst, ich bin dagegen!», woraufhin sie denn doch lachte und wir uns mit diesem Spruch verabschiedeten.

Die Fahrkarte kaufte ich mit dem umgewechselten Studiengeld, das mir Clemens Tage zuvor mit nach Paris gebracht hatte. Ob diese «Anzahlung Erziehungsbeihilfe» der Erziehung zum Gehorsam diente oder der Kunst der eigenen Entscheidungsfreiheit blieb so offen wie das Onkel'sche Geflüster hinter dem Regenschirm. Aber was würde es letztendlich sein, Zusage oder Absage? Mach dich auf eine Absage gefasst, dann freust du dich umso mehr, falls es doch eine Zusage wird, sprach ich mir zu.

Gegen drei Uhr in Paris angekommen, fand ich im Impasse du Rouet einen grünen Umschlag auf dem Fußboden hinter der Tür. Es war ein Telegramm mit den Worten: «Einverstanden. Erbitte Kontonummer. Gruß Ok. Dieter.» Hurra! Diese gute Nachricht sollten meine Nachbarn sofort erfahren. Sylvie war allein, Christian gab Gitarrenunterricht außerhalb des Hauses. Sie dämpfte meine Freude, indem sie sagte, sie habe nicht mehr daran geglaubt, dass ich das Geld für den Hauskauf zusammenbekommen könne, während meiner Abwesenheit habe sie dem Blockflöten-Architekten Guy von dem Haus mit den Taubentürmen erzählt. Der habe sofort angebissen, womöglich wolle er dieser Tage in den Südwesten fahren und gleich mehrere Häuser aufkaufen. Sie wollten ihm zuvorkommen und übermorgen früh nach Roquecave, so hieß der Ort, starten, sobald das Auto, das sie von ihrem Vater geerbt habe, repariert sei. Sie lud mich ein mitzufahren. Das alles hieß, innerhalb kürzester Zeit das Telegramm meines Onkels in Bargeld umzusetzen. Aber wer hatte nur so etwas wie ein Bankkonto, und wenn, eine Überweisung aus Frankfurt würde Tage bis Wochen dauern. Zum Zeichen, dass sie Guy doch keinen einzigen Stein in Roquecave gönne, schenkte mir Sylvie die beiden kleinen Fotos von Haus, Taubenturm und Baum.

Inzwischen war es halb vier am Nachmittag. Mit den Fotos im Portemonnaie eilte ich in die Radierwerkstatt und zeigte Johnny Friedlaender zunächst den Taubenturm. Brigitte, die neben ihm saß, sagte, solch einen wunderschönen Turm würde sie auch gerne haben. Das zweite Foto von dem schief stehenden Haus mit dem Loch im Steindach reichte ich ihr dazu und ihm das Telegramm. Das Ganze sei eilig, übermorgen früh wollten Christian Aubin und seine Freundin dorthin fahren und mich für den Hauskauf mitnehmen, doch hätte ich kein Bankkonto. Johnny Friedlaender wehrte ausführliche Erklärungen ab, füllte einen Scheck über dreitausend Francs aus. Ohne Wenn und Aber solle ich den sofort von seinem Bankkonto einlösen, das Telegramm des Onkels sei ihm Garantie genug. Drei große Scheine wurden mir auf der Bank ausgehändigt. Eng am Körper, in den Hosentaschen meiner Jeans, blieben sie zwei Tage und noch eine Nacht verwahrt, ganz dicht zum Nachfühlen, ob der Gegenwert von Haus und Turm und Baum und vielem mehr noch in den Taschen knisterte.

Das Postamt hatte mir vor der Nase zugemacht. Am nächsten Morgen schickte ich einen Brief mit Friedlaenders Kontonummer an meinen Onkel ab, mit herzlichem Dank und der Bitte um Überweisung von dreitausend Francs. Den märchenhaften Ort Roquecave hatte ich noch nie in Wirklichkeit gesehen.

In aller Frühe sollte die Reise mit meinen Musikerfreunden zum Häuserkauf im Süden losgehen.

Die allererste Fahrt nach Unbekannt

Am Tag des Sommeranfangs, am Morgen des 22. Juni um halb sechs, verließen wir leise das Atelierhaus im Impasse du Rouet. Sylvie flüsterte, Guy solle ja nichts von unserer Abfahrt merken. Katzen miauten in verschlossenen Körben, Christian stellte sie neben mich auf den Rücksitz des Autos. Wir verließen Paris, die Häuser der Vorstädte wurden immer niedriger, die breiten Boulevards verengten sich zu Landstraßen. Am Vormittag hielten wir in einer Kleinstadt an, um Brot und Katzenfutter zu kaufen. In einem Lädchen wurden frische Erdbeeren angeboten, ich kaufte ein Pfund davon für uns drei, dies jedoch mit der Bitte, Madame möge sie waschen, im Auto unterwegs hätten wir nicht die Möglichkeit dazu. Sie tat das auch in ihrer Küche, doch zurück am Auto rügte mich Christian, was solle die Ladenfrau von uns denken, und Sylvie meinte, wenigstens hätte ich die Erdbeeren auch noch mit Zucker bestreuen lassen können. Am Nachmittag wurde es heiß, wir fuhren der Sonne des Südwestens entgegen und legten eine Kaffeepause im Schatten von Platanen ein. Auf geschnörkelten Eisenstühlchen saßen füllige Damen bei Kaffee und Kuchen. «Warum nur tragen dicke Frauen so besonders groß geblümte Kleider?», glaubte ich unverständlich auf Deutsch bemerkt zu haben. Sylvies Lachen und Christians Verlegenheit nach musste ich diesen Satz jedoch gut verständlich auf Französisch gesagt haben. Obwohl sich die Damen nicht umsahen, wurde eilig bezahlt und der Platz der Peinlichkeit verlassen.

Weiter ging die Reise mit voll getanktem Auto. Sylvie übernahm wie bei der Abfahrt am Morgen das Steuer. Sie fuhr wie eine «Wilde Hilde». Nach einiger Zeit bog sie plötzlich von der Hauptstraße ab, auf der wäre jetzt wahrscheinlich Guy unterwegs, sie kenne eine Abkürzung. Christian meinte, das sei eher ein Umweg, aber er hasse es, durch Städte zu fahren, gerade wo wir schon im Département Lot seien. Hügel und immer mehr Kurven. Am Straßenrand stand eine Steinhütte ohne Dach. Fast genau so sähe mein Haus auch aus, sagte Sylvie. «So klein und kaputt?», fiel ich darauf herein. «*Oui, oui,* willst du mit deinem Geld jetzt vor Schreck umkehren?» Sie mache doch nur Spaß, beruhigte Christian, als die Hütte unseren Augen entschwunden war. Steil ging es bergab, wir fuhren über eine Brücke, unter uns ein Fluss, der Lot, in der Ferne mittelalterliche Türme und Kuppeln, die Stadt Cahors. Wunderschön, diese Stadtsilhouette im flimmernd warmen Licht. Die Fahrt führte in immer tiefere Einöde. In einem Trockental unter bizarren Kalkfelsen machten wir Halt. Die Katzen sollten hier in freier Natur ihre Bedürfnisse erledigen. Die beiden alten Stadtkatzen erschraken vor Gras und Dornen, die Kleine rannte davon. «Grand-Gris» und «Tigrée», unter dem Auto verschwunden, ließen sich durch Klappern mit der Futterdose wieder in ihre Körbe einsperren. Sicherheit ging ihnen über Freiheit. *«Petit-Gris, Petit-Gris, viens!»*, wurde gerufen. Das Echo schallte von den Felsen zurück, doch kein Miauen war zu hören. Darüber wurde es Abend. Christian beschloss, am nächsten Morgen noch einmal nach der kleinen Grauen zu suchen. Er setzte sich ans Steuer für den letzten Teil der Reise.

Wo es nun entlangging, war überhaupt nicht mehr auszumachen. Nach weiterer Einöde ein Dorf oder die Kreuzung mehrerer Straßen, danach Abzweigungen und nochmals Abzweigungen, dann in engen Kurven einen Feldweg zwischen Steinmauern hinunter. Der längste Tag des Jahres ging zur Neige. Sehr langsam, wie in heiliges Gefilde, fuhr das Auto in Roquecave ein. Wie zur Begrüßung leuchtete im Scheinwerferlicht ein runder Turm hell auf, kleiner, als ich ihn mir vorgestellt hatte.

Am Ende des Weilers hielten wir, die Scheinwerfer gingen aus. Christian und Sylvie verschwanden in der Dunkelheit. Geheimnisvolle Stille, der Geruch von Moos und feuchtem Stein. Nach einer Weile tauchten meine Freunde mit Kerzen wieder auf. Bei flackerndem Licht betraten wir einen Hof, eine Tür in abweisender Fassade stand halb offen. Wir gingen über große feuchte Steinplatten, kletterten dann eine Holztreppe hoch, an der mehrere Stufen fehlten. Sylvie flüsterte, da und dort dürfe man den Fuß nicht aufsetzen, sie schien die morschen Stellen schon genau zu kennen. Auf dem Fußboden, irgendwo zwischen Gerümpel, wickelte ich mich in eine Decke ein. Im Schein der Kerze entschwanden die beiden durch eine Tür zur Nachtruhe in ihren Viereckstурm.

Am Sonntagmorgen gab es Roquecaver Quellwasser zum

Frühstück. Christian fuhr noch einmal los, um nach dem grauen Kätzchen zu suchen, doch vergeblich. Danach besuchte er seine Eltern, ein altes Musikerehepaar, das zurückgezogen im ersten Haus des Weilers lebte. Noch durften weder Sylvie noch ich sie kennen lernen. Wir waren sowieso ganz mit der Erkundung unserer Gelände und Taubentürme beschäftigt. Der von Sylvie ausgewählte Turm, ein mächtiges Quadrat mit spitz zulaufendem Ziegeldach, bildete einen Teil der Bastide und überragte diese. «Mein Turm» stand einzeln vor einer efeubewachsenen Ruine, sein Ockerverputz hob sich hell vor dem Dunkelgrün ab. Ohne etwas von seiner ursprünglichen Funktion zu wissen, betrachtete ich ihn als kleines architektonisches Kunstwerk. Etwa in zwei Drittel Höhe umzog den Turm ein Steinkranz mit mehreren kleinen Maueröffnungen. Darüber, über einem weiteren Drittel verputzter Fläche, nochmals ein Steinkranz, auf dem das Dach ruhte, ein Kegel aus grauen Steinplatten, gekrönt von einem Sockel, auf dem ein Knopf aus Stein stand. Alle Steine, ein Türsturz, der Steinkranz, die Dachplatten waren ebenmäßig zubehauen und in die gesamte Rundform eingepasst. Dieser Taubenturm sei im 17. Jahrhundert erbaut worden, das erkenne man an der Art, wie die Steine zugemeißelt seien, und an seinen gefälligen Proportionen, sollte uns der Notar am nächsten Morgen mitteilen.

So ebenmäßig dieser runde Turm war, so kurios der andere, ähnlich einem verwitterten Felsen. Auf dem Grundriss eines Viertelkreises errichtet – was erst am nächsten Tag im Katasterplan ersichtlich wurde – an die Rückwand der Bastide angebaut oder bereits seit Urzeiten an dieser Stelle, stand er halb vor dem Haus, das meines werden sollte. Viel mehr als auf dem kleinen Foto war auch in Wirklichkeit nicht von dem Haus zu erkennen. Zudem war es so unzugänglich wie das ganze Gelände. Von Brombeerdornen, Holunder und Hagebutten zugewuchert, gab es kein Durchkommen, und als dieser Versuch doch gelang, stand ich vor verriegelter Tür.

Mit weit ausholenden Schritten, den Blick auf die Häusermauern gerichtet, jede in ihrer Sprache zählend, stießen Sylvie und ich auf dem Dorfweg fast zusammen. Beide versuchten wir, unsere Häuser in Metern abzuschreiten. Auf dem Erdweg wuchs kein Gestrüpp, nur auf ihm ließ sich geradeaus gehen. Sonst stand nichts im rechten Winkel zueinander, Gebautes und Gewachsenes vermischte sich.

Das Vermessen der Wildnis galt unseren Kreditgebern. Sylvie musste ihrer Mutter Rede und Antwort stehen über diese «Verrücktheit Roquecave», von dem Bohème Christian ganz zu schweigen. Ihre Mutter, vor kurzem zur Witwe eines wohlhabenden Industriellen geworden, würde das väterliche Erbe an ihre Tochter nur unter Vorbehalten freigeben: denen der Geldanlage, der Achtung vor staatstragenden Herren, des ordnungsgemäßen Lebenswandels und anderer bürgerlicher Grundsätze mehr. An diesem ersten Tag in dem verlassenen Ort versuchte ich, das Anwesen auszumessen, um meinem Onkel genauere Antworten auf seine Fragen geben zu können, als es an seinem Frankfurter Schreibtisch möglich gewesen war. Aber nichts ließ sich auch nur abschätzen. Dieses steinige Gelände schien doch eine «Kieselsteinsuppe» zu sein. Gib das niemals zu, bleibe diesem Traum treu, er ist einfach unvernünftig schön, dachte ich mir.

Am Nachmittag fuhren wir zum Baden. Hohe Felswände ragten über die schmale Straße, an welcher der Nebenfluss des Lot, der Célé, entlangfloss. Christian, der diese Landschaft kannte, hielt neben einer Wiese an, in der Nähe einer besonderen Stelle, an der vor Jahrmillionen ein Felsbrocken hinabgestürzt war. Von klarem Wasser umspült, lag der Riesenstein im Fluss. Meine Freunde waren sehr mager, man hätte ihre Rippen zählen können. Auf meinen erschrockenen Blick hin kreiste Sylvie mit den Armen in der Luft und sagte: «Wir wollen kein Fleisch ansetzen, wir wollen leicht bleiben, um zu fliegen!»

Am nächsten Morgen kam Christian nicht mit zum Notar. Im Impasse du Rouet noch so schüchtern und still hinter dem Cembalo, hielt Sylvie seit dem bevorstehenden Hauskauf die Saiten in der Hand. «Limogne» hieß das nächste Dorf, dort trafen mehrere Schotterwege und Teerstraßen zusammen. Das Haus des Notars, das größte im Dorf, lag auch an der größten Straße.

Ein jüngerer Notar, der Nachfolger seines Vaters, begrüßte uns, er wisse schon, es ginge um den Weiler Roquecave. Er breitete einen Katasterplan aus. Umgeben von großen, weißen Flächen, von nummerierten Feldern, sah der Weiler wie eine kleine, schwarze Spinne in ihrem Nest aus. Ein Gewirr von winzigen Parzellen und Nummern häufte sich um schwarz eingezeichnete Rund- und Ecktürme, um Häuser, Scheunen und Ruinen. Pfeile wiesen den Häusern Hühnerställe und Gärtchen zu, durch Erbschaft oder An- und Verkauf hinzugekommen. Ein Durcheinander wie von schwarzen Noten, konzentriert auf engstem Raum, besonders an der Nahtstelle zwischen «der großen Bastide» und dem «kleinen Haus mit den zwei Taubentürmen». Der Notar erklärte, das Haus, das ich erwerben wolle, gehöre einer Frau, die es 1946 von ihrem Vater zur Hochzeit geschenkt bekommen habe, dadurch seien damals mehrere Parzellen in Gütergemeinschaft zusammengelegt worden. Er nannte einige Nummern, ein Backhaus gehöre dazu, ein Pflaumengarten Nr. 150, natürlich der runde Taubenturm aus dem 17. Jahrhundert, der Dreiviertelturm auch, ein runder Hühnerstall aber nicht, dessen Türöffnung läge in Richtung des Hofs von «Mademoiselle Sylvie», vormals von «Monsieur Grégory». Nicht ahnend, dass Sylvie schon Anfang Juni einen Vorvertrag für die Bastide abgeschlossen hatte, verbunden mit der Neuverteilung einiger Parzellen, war mir noch an einem Baum gelegen. Am Abend vor dem Notarbesuch hatte ich mir die Bäume angeschaut und befürchtet, dass die hohe Esche mit dem malerisch dicken Kopf einer Weide, außerhalb der Mauern am Wegrand stehend, einmal gefällt werden würde. Eschen hätten hier auf der Limogner Hochebene als Viehfutter gedient, wusste der Notar, bei Trockenheit habe man den Schafen abgeschlagene, grüne Blätterzweige davon vorgelegt. An die erste Esche hinter der Mauer, weit höher als alle Türme, wären die Bauern schließlich nicht mehr herangekommen, daher ihr kahler Stamm und ihre besonders hohe Krone. Der anderen am Wegrand sei immer wieder die Krone abrasiert worden. Ja, genau diese wolle ich dazuhaben. Kein Problem, damit trug er einen weiteren Pfeil in den Katasterplan ein. «Gewaschene Erdbeeren», murmelte Sylvie in Anspielung auf unsere Hinfahrt. Ich ärgerte mich über meine Extrawurst, über Wünsche, die einem wie im Märchen am Ende an der Nase kleben bleiben.

Nun wollte ich das Bargeld aus meiner Hosentasche loswerden. Diese Summe entspräche genau dem Hauskauf mit Nebenkosten, sagte Maître Pradines und stellte mir eine Empfangsbescheinigung aus. Das Ehepaar Grégory habe seit längerem eine Hypothek auf das Anwesen aufgenommen, erklärte er anschließend, ein Kaufvertrag könne noch nicht abgeschlossen werden, denn dazu müssten auch die beiden Verkäufer hier im Notariat anwesend sein, Mademoiselle möge sich noch einige Wochen gedulden. Ob ich denn überhaupt mündig sei, um solch einen Vertrag zu signieren, fragte er plötzlich. Ja, da ich 22 sei, antwortete ich, fürchtete aber, nun frage er noch nach der Aufenthaltsgenehmigung, die ich nicht hatte. Er stellte jedoch keine weiteren Fragen, der Hauserwerb durch eine ausländische Studentin schien also möglich zu sein.

Sylvie schloss den Notarbesuch ab, in einer Woche käme sie wieder, um alles Weitere zu regeln. Wieder auf der Straße sagte sie, bevor die Preise für Ziegel weiter stiegen, wolle sie gleich jetzt einen guten Vorrat davon bestellen. Vom Notar aus gingen wir zu einem Händler für Baumaterial. Der kleine stämmige Mann sagte, dieser Tage habe er eine Ruine abgedeckt, den Ziegel verkaufe er für zehn Centimes. Wir befühlten einen rotbraunen, körnigen Flachziegel, eine handgebackene Kostbarkeit.

Zur Mittagszeit waren wir zurück in Roquecave und fanden Christian vor, wie er damit beschäftigt war, die beiden Stadtkatzen, die nun doch vergnüglich Landluft schnupperten, für die Rückfahrt nach Paris wieder in ihre Körbe zu locken. Eine Engelsgeduld brachte er für sie auf, die eiligen Geschäftsangelegenheiten waren Sylvies Sache. Den Zeitpunkt der Abfahrt aus dem zeitlos verwunschenen Ort bestimmten die Katzen. Um drei Uhr nachmittags lagen sie in ihren Körben neben mir auf dem Rücksitz. Auf Wiedersehen Türme, auf Wiedersehen Häuser. Unterwegs sprach Christian vom Verkauf einer Gitarre, damit wolle er zum Erwerb der Bastide beitragen, zu dem Traum, noch diesen Sommer aufs Land zu ziehen. Meine Freunde fuhren neun Stunden fast ohne Unterbrechung, vom heißen Süden in die kühle Pariser Nacht hinein. Um Mitternacht kamen wir übermüdet im Impasse du Rouet an.

Träumen wir, was wir wollen oder wollen wir, was wir träumen?

Abwarten und Malen

Im Halbschlaf flimmerten Licht und Schatten zwischen Eschen, Mauern und Felsen, die Gedanken kreisten um den verwunschenen Ort weit unten im Südwesten. Dass ich wirklich, wenn auch nur einen sonnigen Sonntag lang, dort gewesen war, ließ sich kaum mehr begreifen. Das viele, vom Onkel geliehene Geld hatte nun der Notar, keinen Hausschlüssel hielt ich dafür in der Hand, nur einen Zettel. Sylvie hatte schon Ziegel für die Bastide bestellt. Doch ich hatte nun nichts mehr, um mein Haus zu retten und Baumaterial zu besorgen. Beim Betrachten der Fotos hatte Christian gesagt: «Das Loch im Dach repariere ich Ihnen», schöne Worte, die aber schon Wochen zurücklagen. Inzwischen sah ich das höckerige Steindach deutlich vor mir und musste mir eingestehen, dass dieses Loch nicht so schnell zu reparieren sei, es war bedrohlich groß, und bald könnten auch alle anderen Steine in das Hausinnere hineinstürzen. Dann wäre mein Haus eine Ruine – vielleicht war es das jetzt schon, von innen hatte ich es ja nicht sehen können. Ihr Taubentürme und all ihr anderen Mauern, Jahrhunderte lang habt ihr Hitze, Sturm und Regen standgehalten, wartet doch bitte ein paar Wochen, vielleicht auch Monate noch auf mich!

Am Tag nach unserer Rückkehr schien auch in Paris die Sonne. Doch hier brachen sich Licht und Schatten an den Häuserkanten, geometrisch scharf zeichneten sich die Schatten der Gebäude auf dem Asphalt ab. Rautenförmig fiel das Licht auf den Fußboden des Ateliers, als von unten mein Vorname gerufen wurde, mit der langen deutschen Betonung auf dem «i». Ich öffnete das Fenster und sah in den Hof hinunter. Zwischen Schatten und Mittagslicht, zwischen Eingang und Fensterfront hüpfte Almuth, die junge Buchhändlerin der Librairie Calligrammes, hin und her. Aufgeregt wedelte sie mit Geldscheinen. «Die sind für dich! Komm runter!» – «Komm du lieber rauf!» Oben im Atelier breitete sie die Scheine aus, ganze fünfhundert Francs! Ich konnte es kaum fassen, so viel Geld auf einmal und das nicht geliehen. «Madame la Baronne Alix de Rothschild hat sich heute Morgen die zwei Bilder in der Librairie angesehen, sie gleich bezahlt und mitgenommen», sagte Almuth strahlend.

Genau genommen waren es zwei Tuschezeichnungen, optische Partituren, auf dem Fußboden des Graumann-Ateliers entstanden. Vor ungefähr zwei Wochen hatte Fritz Picard mir angeboten, zwei nicht allzu große Bilder in seiner Librairie auszustellen. Almuth hatte geholfen, die beiden Zeichnungen neben ihrem Schreibtisch aufzubauen. Im Nachhinein bedauerte sie, dass sie nun wieder auf das trübe Gitterfenster schauen müsse, doch freute sie sich für mich, dass die hellen Notenblätter gerade von der Baronin gekauft worden waren. Mir kam in Erinnerung, dass ich ihr schon einmal begegnet war, als mich Fritz Picard Anfang Mai zu einer Vernissage des Malers Vasarely mitgenommen hatte. Auf dem Weg dorthin hatte er erklärt, er wolle Alix de Rothschild abholen, welche diese Ausstellung unterstützt habe.

So war nun die Freude doppelt groß, über die Geldscheine und über die Ehrung durch die Käuferin. Zum Dank lud ich Almuth zum Essen ein. In ein Restaurant zu gehen lehnte sie als Geld- und Zeitverschwendung ab, für Ziegel zu sparen sei wichtiger. Im Atelier verspeisten wir also eingekaufte Leckereien und leerten eine Flasche guten Wein dazu, natürlich keinen «Château-Mouton-Rothschild».

In der Nähe des Ateliers gab es einen Laden für Malmaterial. Vor dessen Kostbarkeiten, den verschiedenen Pinseln, Papieren und Farbtuben hätte man weich werden und sein ganzes Geld dafür ausgeben können. Vor Monaten hatte ich bereits das Bedürfnis gestillt, den langen Leonardo-Pinsel zu erstehen. Auch das Zeichenpapier, in großen, preiswerten Blöcken, kam von dort. Dieses Mal hatte ich kein schlechtes Gewissen, etwas von dem verdienten Geld in dem Laden auszugeben, im Gegenteil. Wenn die Baronin Kunst fördert, dann auch den Einkauf von Künstlerbedarf, ging es mir durch den Kopf, während die Hände über Reihen kostbarer Farbtuben glitten. Einige Tuben Erdfarben suchte ich aus, die drei Grundfarben und eine große Tube Zinkweiß. Ich zögerte und legte noch die allerteuersten Farbtuben der Marke «Rembrandt» dazu, Violett und Purpur, päpstlich teuer. Keilrahmen, deren einzelne Leisten man zu dem gewünschten Format selbst zusammensetzen konnte, gab es in Paris nicht, nur drei akademisch festgelegte Formate: fast quadratisch, *«Figure»*, für Porträts; etwas länglicher, *«Paysage»*, für Landschaften; schmal und lang, *«Marine»*, für Meeresbilder. Senkrecht genommen ließe sich vielleicht ein Taubenturm oder ein steigender Drache auf dem *«Marine»* darstellen.

Es war Ende Juni, und Sylvie wollte wie geplant wieder nach Roquecave fahren. Am Sonnabend vor ihrer Abreise schlenderten wir zwischen den Marktständen der Avenue Leclerc umher, lachten über jede Kleinigkeit bei ihrem Einkauf für Küchenbedarf, als mir eine zusammengepferchte Menge kleiner Schildkröten Leid tat. In einer flachen Drahtkiste streckten manche halb gelähmt den Kopf aus ihren gemusterten Panzern einem welken Salatblatt entgegen, andere rührten sich gar nicht mehr in der Enge. Feine Schildkrötensuppe sollte aus den armen Tieren werden, aber wie lange müssten sie noch leiden, bis sie im Kochtopf landeten? Zwei der kräftigsten Tierchen nahm ich in die Hand, wengistens diesen sollte ein angenehmes Weiterleben ermöglicht werden. Der Markthändler wollte sie wiegen, um den Preis zu ermitteln, ich bat ihn jedoch, sie nicht an den Haken der römischen Waage zu hängen und gab ihm fünfzig Centimes für die beiden Suppentiere. In einem durchlöcherten Pappkarton, zwischen Watte und frischem Salat, nahm Sylvie die beiden Schildkröten nach Roquecave mit.

Nach ihrer Rückkehr berichtete sie, die Tierchen habe sie zu Christians italienischer Mutter gebracht, das wäre ein guter Anlass gewesen, Madame Aubin zu besuchen. Weil die Schildkröten von einer Deutschen kämen, hießen sie nun Max und Moritz, sie krabbelten im Garten umher oder lägen auf einem Stein in der Sonne, es ginge ihnen gut. Ein weiteres Gespräch habe Madame barsch unterbrochen und ihren Mann angeherrscht. Diese hagere alte Frau sei ihr unheimlich gewesen.

Nun war ich neugierig zu wissen, wie ihr Treffen mit dem Notar verlaufen sei. Feierlich, in die ausgediente Watte der Schildkröten verpackt, überreichte sie mir den Schlüssel zu meinem Haus, ein urtümliches Stück Eisen. Der Besitzer der meisten Grundstücke in Roquecave, Monsieur Grégory, sei da gewesen, seine Frau, Eigentümerin meines Hauses, jedoch nicht. Von dem Bauern Grégory habe sie noch einen alten Schweinestall für nur 500 Francs gekauft. Ich wunderte mich über das «nur».

Ja, die Bastide sei sowieso dreimal teurer gewesen als das kleine Haus mit den Taubentürmen, lächelte Sylvie überlegen. Durch einen Vorvertrag habe der Notar die Schlüsselübergabe ermöglicht, sagte sie und überreichte mir auch diesen. Auf eng getippten Seiten, in unverständlichem Juristen-Französisch, stach die Zahl 3000 als Kaufpreis heraus. Das stimmte so. Vorbesitzer, Hypotheken, zu kompliziert, dann die Käuferin, eine Mademoiselle «ohne Beruf», falsch! In deren Auftrag signiert eine Mademoiselle «Musiklehrerin», wie denn das auf einmal? Hier in Paris sei sie noch diesen Winter Christians Gitarrenschülerin gewesen, doch da unten in der tiefsten Provinz könne sie ebenso gut Lehrerin sein, meinte sie achselzuckend. Nichts als Angeberei, dachte ich mir, doch gut, damit käme sie wohl zu ihrem Ziel, bald mit Christian zusammen an einem wunderschönen Ort zu leben.

Sylvie war drei Jahre älter als ich und Christian zehn Jahre älter als sie. Dennoch, das mit der «Musiklehrerin» ärgerte mich, standen mir doch vier weitere Semester bis zum Ersten Staatsexamen bevor, um mich dann guten Gewissens Lehrerin nennen zu können. Die Bezeichnung «ohne Beruf» wollte ich bei nächster Gelegenheit richtig stellen. Eine solche Gelegenheit ergab sich kurz nachdem Sylvie wieder nach Roquecave abgereist war, diesmal mit Christian und den Katzen. Ein Brief des Notars persönlich traf ein, aufgeregt öffnete ich den Umschlag. Ich möge doch bitte Geburtsort und -datum angeben, den Wohnort in Frankreich und die Passnummer. Zudem sei beiliegender Vordruck auszufüllen, damit Mademoiselle V., wohnhaft in Roquecave, befugt sei, an meiner Stelle zu signieren. Mein Rückschreiben erwarte er, um den Vertrag mit Madame Grégory-Calmels und Monsieur Grégory aufsetzen zu können. Schön noch sein Schlusssatz: «Ich bitte Sie, an die Versicherung meiner ergebenen Gefühle zu glauben.» Zwischen den Wohnort und die Passnummer schrieb ich groß: «Etudiante des Beaux-Arts.» Diese Vor-Berufsbezeichnung sollte dann auch tatsächlich im Kaufvertrag stehen. Dafür barg er wieder andere Überraschungen, und erst einen Monat später konnte mir dieses Dokument vom Notar in Limogne überreicht werden.

Den ganzen Juli über wurde fleißig in der Radierwerkstatt gearbeitet. Eines Morgens ließ sich Tuvia Bery, der mit seinen 34 Jahren die Radiertechnik perfekt beherrschte, von Johnny Friedlaender beraten, wie er eine mehrfarbige Aquatinta-Radierung, eine imaginäre Gebirgslandschaft, noch atmosphärischer gestalten könne. Meister und Meisterschüler betrachteten einen frischen Probeabzug. Friedlaender schlug vor, das Korn der dunkelsten Platte im Himmel etwas zu glätten und, um den späteren Effekt zu veranschaulichen, wischte er mit weißer Kreide darüber. Tuvia änderte eine Platte und stellte weitere Abzüge her, die schließlich dem mit Kreide überzeichneten Probedruck ähnelten. Mittags bat er mich, für ihn nach Süddeutschland zu telefonieren, als Tscheche könne er nicht genügend Deutsch. Gern entsprach ich seiner Bitte, zumal er es gewesen war, der mich vor Wochen von der Radierwerkstatt zur Apotheke begleitet hatte. Tuvia erklärte, er wolle noch diesen Sommer nach Israel auswandern und in Tel Aviv seine eigene Radierwerkstatt einrichten. Als Grundlage dieser neuen Existenz solle ich jetzt eine «Neckar-Presse» in Neckartenzlingen für ihn bestellen. Die habe einen großen Stahltisch und Walzen, die für den Transport auseinander genommen werden könnten. Zudem sei sie leicht zu bedienen, da das Schwungrad klein sei, Zahnräder würden die Anstrengung beim Kurbeln verringern nach der Formel: Kraft gleich Weg. Er gab mir einen Zettel, und während ich schon die Nummer wählte, sagte er, die Herren solle ich mit «Breisch und Rau» ansprechen. Neckartenzlingen liegt im Schwarzwald, und am anderen Ende der Leitung meldete sich jemand mit alemannischem Akzent. So bestellte ich auf Schwäbisch die Radierpresse für Tuvia Bery nach Tel Aviv.

Dafür durfte ich mir eine seiner Radierungen aussuchen. Ich wählte den Farbdruck mit Friedlaenders Kreidestrichen im Himmel, diesen ganz besonderen Künstler-Probedruck. Nicht nur Tuvias schöne Radierung mit seiner Widmung «in Freundschaft» hob ich sorgfältig auf, sondern auch die Adresse aus Neckartenzlingen. Drei Jahre später sollte auch für mich eine «Neckar-Presse» meine Berufstätigkeit begründen.

Es war am späten Nachmittag, die Sonne brannte noch auf den Asphalt der Sackgasse, als mir von oben eine junge Frau zurief. Sie stand in einem weit geöffneten Atelierfenster, hinter ihr ertönte laute Tanzmusik und ein Stimmengewirr in mehreren Sprachen. Ihre dunkelbraunen Haare fielen ihr beim Hinunterbeugen über das Gesicht, und sie rief fröhlich: «*Viens!* Komm doch mit uns zusammen feiern!» Zögernd dachte ich daran, dass Christians kleines Instrumenten-Atelier direkt über diesem offenen Fenster lag und wie sehr er alles, was nicht Barockmusik war, hasste. Doch gut, er war ja kürzlich abgereist, so dass ihn dieser Krach bei offenem Fenster nicht beim Cembalostimmen stören konnte. Die junge Französin schien dieses Zögern als Vorurteil auszulegen, denn sie sagte: «Keine Angst, hier oben bei den Türken werden Sie nicht gleich aufgefressen, wir anderen jungen Frauen sind ja auch noch dabei!» Mit einer Handbewegung deutete sie mir den Weg zum Aufgang. Aber ich sei zu dem Fest doch gar nicht eingeladen, wandte ich ein. «*Mon Dieu,* so eine Konventionelle!», rief sie und verschwand hinter dem Fenster.

Vor einer hohen Mauer, welche den letzten Garten des Impasse verbarg, führte eine schmale Eisentreppe nach oben. Von der obersten Stufe aus sah ich zu Magnolien hinunter, ohne zu merken, dass mir schon die Tür geöffnet worden war. «Hiermit sind Sie vom Hausherrn persönlich eingeladen, in seine bescheidenen Gemächer einzutreten!», sagte ein schwarz gelockter Mann mit der würdevollen Geste eines Sultans. Seine Augen blitzten ironisch. Er führte mich zu einem Tisch mit Essen und Getränken, die fröhliche Französin bot mir etwas an, und ich ließ mich nicht zweimal bitten. Die Frauen hätten das Essen mitgebracht, die Männer den Wein, erklärte sie mir, nahm eine der Pizzaplatten und reichte sie unter den Gästen herum. Um nicht nur mit leeren Händen und vollem Mund herumzustehen, tat ich es ihr gleich. Bei der lauten Musik und dem Gemisch aus Französisch und Türkisch konnte man sich kaum verständigen. Nach einer Weile forderte mich ein anderer Türke, etwas größer und jünger als der Hausherr, zum Tanzen auf. Er stellte sich mit Mübin und als Maler vor, als Kollegin solle ich ihn doch einmal besuchen und mir seine Bilder ansehen. Er wohne im dritten Gebäude, in dem gruseligen Fabrikgebäude am Ende der Sackgasse. Es gäbe dort zwar keinen Platz und kein Bad, aber auch nicht die Angst, eines Nachts abgeholt zu werden. Ich fragte ihn nach dem Namen des Gastgebers. «Oğuz Orbey», er sei sein bester Freund, seitdem sie zusammen die Türkei verlassen hätten.

Wir setzten uns zu seinem Freund auf ein Sofa und führten zu dritt das Gespräch fort. Die Musik wurde leiser, und Oğuz machte nach, wie türkische Soldaten den Staub aus Telefonhörern und Morsegeräten pusteten, ehe sie etwas hineinhusteten. Alles sei so veraltet gewesen, lachte er, deshalb hätten sie auch den Ersten Weltkrieg verloren. Dann sagte er ernst, sein Vater sei ein General unter Kemal Pascha Atatürk gewesen, dem so genannten «Vater aller Türken». Eben nicht aller, meinte Mübin, er selbst sei der Sohn eines Derwischs, der Angehörigen einer von Atatürk verbotenen türkisch-religiösen Elite. Alte Eliten würden von Diktatoren verboten, trotzdem sei es das Verdienst von Atatürk, dass die Türkei zum laizistischen Staat wurde, sagte Oğuz.

Wir sprachen über das untergegangene Osmanische Reich und das untergegangene Deutsche Reich, die im Ersten Weltkrieg Verbündete gewesen waren, aber nicht über den Völkermord an den Armeniern und den Juden.

Oğuz erzählte, an seinen Vater habe er gute Erinnerungen. Als sechsjährigem Jungen habe er ihm ein rohes Ei in die Hosentasche gesteckt und ihm versprochen, wenn er dieses Ei noch am Abend heil in seiner Tasche nach Hause brächte, dann bekäme er seine erste Armbanduhr geschenkt. Das sei eine schwierige Probe für einen herumtobenden Jungen gewesen. Erst als ich fragen wollte, ob er damals die Uhr bekommen habe, merkte ich, dass wir inzwischen allein auf dem Sofa saßen.

An einem der nächsten Abende trafen wir uns wieder, und allmählich befreundeten wir uns mehr und mehr. Einmal waren bei «O's» Architekturpläne ausgebreitet, Zeichnungen für einen neuen Gebäudekomplex in der Nähe der Stadt Nîmes. Oğuz war Architekt, und er erklärte, mit einer Gruppe seines Pariser Architekturbüros sei er kürzlich dorthin gefahren, um Skizzen vor Ort zu machen, damit die neuen Gebäude zur provençalischen Landschaft passten. Diese Arbeitsweise, Entwürfe nicht nur stur am Reißbrett zu erdenken, gefiel mir. Ich erzählte ihm von dem alten Bauerndorf, den Kalkfelsen und meinem Haus mit den

Taubentürmen, zu dem ich schon den Schlüssel hätte. Er begeisterte sich dafür. Dort unten könnten wir ja gemeinsam Landschaftsskizzen machen, aber noch müsse er im Pariser Büro diese vertrackten Bürohäuser für Nîmes mit dem Lineal durchackern. Er wolle jedoch für Anfang August seinen Urlaub beantragen. Das Haus sei ziemlich kaputt, gab ich zu bedenken. Umso besser, vielleicht könne er den Urlaub als Fortbildungskurs auf dem Bau deklarieren und verlängern! Ob sein Chef diese Idee auch so gut fände, sei aber nicht sicher. Bis zu dessen Entscheidung hieße es abwarten.

Etwas über dreißig Jahre alt, brauchte der Architekt nicht mehr zu befürchten, in den türkischen Militärdienst eingezogen zu werden. Seinem Freund, dem Maler, grauste jedoch davor, eines Tages zu diesem dreijährigen Drill in die Türkei zurückkehren zu müssen, somit wäre auch seine Karriere als Künstler beendet. Eines Nachmittags holte mich Mübin zu einem Atelierbesuch ab. Das so genannte «dritte Gebäude» sah nicht nur von außen gruselig aus, von innen roch es auch so. Im Treppenaufgang musste sich der lange, dünne Kerl ständig unter herabhängenden Leitungen und Fetzen bücken. Zum Glück wohne er noch einige Stockwerke höher, sagte er beim Treppensteigen, die defekten Toilettenrohre lieferten ihre volle Fracht erst so richtig in den unteren Behausungen ab. Wir betraten einen kleinen, quadratischen Raum, in dem es angenehm nach Terpentinöl roch. Eine überdimensionale weiße Leinwand, darauf großzügig verteilte Flecken in kräftigem Ultramarin und Rot, bedeckte eine der bräunlichen Wände. Diese Malerei ähnelte der des Amerikaners Sam Francis, was ich denn auch sagte. Genau das wäre sein Vorbild, gestand Mübin, keineswegs als Nachahmer gekränkt, eher durch die Kennerschaft geschmeichelt. Ich lehnte mich an die gegenüberliegende Wand, um das Bild «von weitem» zu betrachten. Der Maler reichte mir eine Art Lupe, mit der könne er seine Bilder hier auf den drei Quadratmetern, wie aus der Ferne, als gesamte Komposition beurteilen. Durch die Lupe, einen Raumraffer, sah das abstrakte Bild größer und farbiger als mit bloßem Auge aus. Paradox, war es doch ein Verkleinerungsglas.

An einem warmen Julitag roch es nicht nur in meinem Graumann-Atelier nach Malmitteln, sondern auch unten im dunklen Eingang des zweiten Gebäudes. Viele kleinformatige Ölbilder lehnten am Treppengeländer und an einer halb geöffneten Zimmertür im Erdgeschoss. Ein alter Mann, der die Bilder hin- und herstellte, entschuldigte sich, dass er mir den Ausgang versperrte, bei dem schönen Sommerwetter wolle er jedoch die Farben an der frischen Luft trocknen. Ich bemerkte, dass der dunkle Flur doch nicht sonderlich viel Luft biete, und der alte Mann entgegnete, seit der Revolution gingen seine Frau und er nur noch selten auf die Straße, nur um das Notwendigste zu besorgen. Bei geöffneter Eingangstür waren Stillleben zu erkennen, bleiche Blumen auf schwarzem Grund, altmeisterlich genau gemalt. Hier unten im Dunkel also lebte das alte, russische Emigrantenehepaar, von dem Erwin Graumann gesprochen hatte.

Ende Juli teilte mir Oğuz die Entscheidung seines Chefs mit. Zwei Wochen Urlaub im August, aber ohne Verlängerung. Ich war etwas enttäuscht, doch meinte er, während seiner Ferien wolle er trotzdem bauen, denn während des Studiums in Paris hätten sie das Baumaterial nur in Katalogen angesehen und später auf den Baustellen nie selber eine Maurerkelle in die Hand genommen. Anfang August könne es losgehen, ein Auto habe er allerdings nicht. Wir beugten uns über eine Landkarte, denn niemand in Paris wusste, wo das *«Département du Lot»* lag. Im Gegensatz zur Provence war der Südwesten eine unbekannte Provinz. Zu Fuß bräuchten wir mehr als zwei Wochen, rechneten wir zum Spaß aus.

Wieder traf ein Telegramm meiner Mutter ein, diesmal kurz: «17 Uhr 30 Ankunft Wolf Gare de l'Est.» Am selben Abend war ich bei einer algerischen Familie zum Essen eingeladen, vom Bahnhof aus nahm ich meinen jüngsten Bruder dorthin mit. Ein Gast mehr mache nichts aus, meinte die Gastgeberin. Ihr Schwager Salah hatte mich zu diesem Abendessen bei ihr eingeladen. Er war mit meinem Bruder Peter-Anton befreundet gewesen. Im Herbst 1961 war der junge Algerier durch Ungeschick der französischen Polizei ausgeliefert worden, als der berüchtigte Innenminister Maurice Papon hunderte Algerier in die Seine hatte werfen lassen. Salah war gefoltert worden, bei dem sommerlichen Abendessen sah man noch die Narben an seinen Handgelenken. Zu meiner Erleichterung beschränkte sich mein jüngster Bruder während des ganzen Abends auf ein einziges Wort: *«délicieux»*, köstlich, das er nach jeder aufgetragenen Speise äußerte.

Zur Nacht gab ich Wolf meine Matratze, schob sie in die andere Ecke des Ateliers und schlief auf dem Bettrost. Am nächsten Tage nahm ich ihn in das Impressionisten-Museum Jeu de Paume mit, im Glauben, er wolle etwas von Paris sehen. Tags darauf schickte ich ihn allein los, da ich ungestört malen wollte. Am Abend sagte er, im Kaffeehaus an der Ecke sei es schön gewesen. Am dritten Tag saß er in Unterhosen auf meinem Zeichenhocker und döste vor sich hin. «Unternimm doch mal selber etwas, statt hier nur herumzusitzen!», forderte ich ihn auf. – «Was denn?» – «Zum Beispiel in die Badeanstalt in der Rue d'Alésia gleich um die Ecke gehen.» – «Dafür müsste ich mich ja anziehen.» – «Sag mal, warum bist du eigentlich hierher gekommen?» – «Mutti hat gesagt, ich soll dir beim Reparieren von dem Haus im Süden helfen, weil ich doch so praktisch veranlagt sei.» – «Ach so, ist sie auf einmal doch für den Hauskauf? Ich weiß aber noch gar nicht, wie dorthin kommen . . .» – «Ich habe Zeit und Geld, ich kann hier bei dir warten», murmelte er und blieb auf dem Zeichenhocker sitzen.

Unter diesen Umständen konnte es mit meiner Malerei an diesem Tag nichts werden. Ich machte mich auf den Weg zur Radierwerkstatt, zur Buchhandlung, in Galerien. In der Zwischenzeit sollte die Aufforderung an meinen Bruder, etwas Eigenes zu unternehmen, als «Schuss nach hinten losgehen». Welch Entsetzen, als ich wieder im Atelier ankam! Die Farben all meiner Tuben krümmten sich zu Würmern ausgequetscht auf der Palette. Ich schrie und heulte: «Meine kostbaren Farben, sogar das Violett, alles auf einmal vergeudet! Man nimmt ganz wenig davon, doch nicht diese Haufen! Du Verschwender! Du Idiot!» – Er sagte ungerührt: «Dann muss ich eben malen wie van Gogh.»

Am Abend nahm ich meinen jüngsten Bruder mit zu Oğuz. Nach dem Essen entspann sich eine politische Diskussion, wobei es um die Wiedervereinigung der zwei Teile Deutschlands ging, angenommen, der Kalte Krieg wäre zu Ende. Oğuz, der die Debatte angefacht hatte, war dafür, ich dagegen, Deutschland würde sonst wieder zu groß. Wolf war einer Meinung mit Oğuz, wofür dieser, mit seinem ironischen Blitzen in den Augen, ihn als guten Patrioten lobte. Die Diskussion schien mir reine Theorie zu sein, Hauptsache, die beiden verstanden sich gut für die baldige Praxis beim Dachdecken.

Wochen vorher hatte ich einem Freund, den ich ebenfalls über meinen Bruder Peter-Anton kannte, von dem Haus mit den Taubentürmen geschrieben. Anfang August kam Detlev mit seinem jüngeren Bruder Arwed nach Paris, zwei Tage später wollten sie von da aus nach Süden weiterfahren und beim Dachdecken helfen. Detlev kümmerte sich um Wolf und versprach, ihn in seinem Auto mitzunehmen. Die «Bautruppe» war nun vollständig versammelt, und wir freuten uns auf das bevorstehende Abenteuer.

III

Die Roquecaver Pionierzeit

Zwischen Dächern und Kaminen

«Schildkröten» wurden die kleinen Autos wegen ihrer abgerundeten Karosserie genannt, auch fuhren sie noch langsamer als «Enten». Ein solches Auto hatte sich Oğuz in letzter Minute vor Abfahrt geliehen. Am ersten Sonnabendnachmittag Anfang August, einen Tag nach der Ankunft der beiden Bauhelfer, stand das kleine Vehikel auf einmal hinter der Toreinfahrt des Impasse du Rouet. In Eile trugen wir zusammen, was zum Leben in einem seit Jahrzehnten verlassenen Haus brauchbar schien, als ginge es um das Überleben auf einer einsamen Insel: Kochtopf, Reis, Kerzen, Streichhölzer, Taschenlampe, Zigaretten, Decken, Kopfkissen, Landkarten, Handwerkskasten und Zeichenmaterial.

Ein wunderbares Buch, der Schlüssel zum Verständnis der uralten Kulturlandschaft, in der Roquecave lag, musste zu der Expedition naürlich auch mitgenommen werden. Ich hatte es in einer Kunstbuchhandlung entdeckt und erstanden. Aus einer Reihe von zehn Büchen über romanische Kunst in Frankreich, trug es den Titel: *Quercy Roman*. Das Quercy, dieses in Vergessenheit geratene Land, ungefähr deckungsgleich mit dem Département Lot, war in diesem Buch neu zu entdecken. Wie Samt fühlten sich die feinkörnigen, schwarzbraunen Drucke an, Abbildungen von archaischen Pflanzen, Tieren und Engeln. Wie erst würde es sein, all diese zubehauenen Steine in ihrer Umgebung zu sehen, war doch schon hier jede Seite von geheimnisvoller Schönheit.

Ein banales, hässliches und sperriges Ding, die Campingliege, die ich für Wolf gekauft hatte, wurde schließlich auf dem Rücken der Schildkröte festgebunden. Dieses zusammenklappbare Aluminiumgestell, wegen seiner Bespannung mit grünen Plastikschnüren bald das «Spaghettibett» genannt, sollte noch seine Rolle zu spielen haben.

Das kleine Auto war über den Rand voll gepackt, als wir um vier Uhr nachmittags Paris verließen. Manchmal – auf langen, geraden Strecken – machte sich Oğuz einen Spaß daraus, dicke, neue Autos zu überholen. Mit Vollgas jagte er die Schildkröte über die linke Fahrbahn, wobei ich ihn zum Durchhalten ermunterte und erleichtert war, wenn er endlich wieder auf die rechte Spur zurückkehrte. Die meiste Zeit tuckerten wir nur langsam gen Süden.

Es wurde Abend, es wurde Nacht, Kurven und nochmals Kurven. Nach elf Stunden Fahrt, um drei Uhr morgens, trafen wir in dem Dorf Limogne ein. Dunkelheit und Stille, alle Fensterläden waren geschlossen. Auf dem Platz, an dem sich alle Straßen und Schotterwege kreuzten, beleuchteten die Scheinwerfer der Schildkröte ein Kriegerdenkmal unter vier Platanen. Der Soldat auf dem Sockel schien den Weg nach Roquecave ebenso wenig sehen zu können wie wir, denn respektloserweise klebten ihm Kaugummikügelchen in den Augen. Oğuz stellte Scheinwerfer und Motor ab, wir stiegen aus, um zu Fuß nach Wegweisern zu suchen. Solche gab es aber nicht, dafür wurde über dem Café am Platz ein Fensterladen geöffnet. Eine Frau spähte hinunter und beschwerte sich über die Ruhestörung, das Autogeräusch mitten in der Nacht. Wir entschuldigten uns, wir suchten den Weg nach Roquecave. Fast hätte sie den Fensterladen wieder zugeknallt, doch der Ortsname machte sie neugierig, als ob jemand, der diesen Namen kenne, kein ganz Fremder in Limogne sein könne. Sie wiederholte den Ortsnamen und entsann sich, dass ihre Großmutter von dort aus nach Limogne zur Schule gegangen sei und dass ein Onkel hölzerne Prothesen dorthin geliefert habe. Aber auf welchem der drei Wege nur? *«Oh là là»*, seufzte sie, das sei zu kompliziert für sie, so aus dem Schlaf gerissen. Wir sollten doch den Bäcker fragen, der sei wahrscheinlich schon wach.

Tatsächlich brannte beim Bäcker bereits Licht. Auf das Zauberwort Roquecave hin erhielten wir Eintritt aus der kühlen Nacht in die heiße Backstube. Der stämmige, kleine Mann in

Weiß, der vor glühender Hitze arbeitete, kratzte sich den roten Kopf unter seiner Kappe. Zu dem verlorenen Winkel führten drei verschiedene Wege, einer über ein Dorf, in dem seine Schwiegermutter geboren sei, ein anderer, der kürzeste, sei wahrscheinlich längst zugewachsen und der dritte führte über drei Abzweigungen. Mit dem Finger zeichnete er die Weggabelungen auf ein mehlbestäubtes Blech, hörte wieder auf und meinte, wir würden uns nur verirren. Am besten, er käme selbst im Auto mit, um uns den Weg zu weisen, sagte er kurz entschlossen, nur müsse einer von uns solange auf den Ofen und das Brot aufpassen. Da ich nicht Autofahren konnte – Brotbacken in einem großen Holzofen natürlich auch nicht –, fiel das Los auf mich. Der Bäcker erklärte mir mit einigen Gesten, im Ofen lägen noch einige Bleche Baguettes, die Glut darunter müsse immer gleichmäßig heiß bleiben, dort sei das Holz zum Nachlegen. In einer halben Stunde müssten die Brotbleche herausgenommen werden, bis dahin sei er wieder zurück, und falls nicht, solle ich neue Brote aus dem Teig dort formen, mit Mehl bestäuben und in den Backofen schieben. Bei allem dürfe die Glut nicht erlöschen, betonte er noch einmal, zog sich einen dicken Wollmantel über den leichten Bäckeranzug und ging mit Oğuz hinaus.

Da stand ich nun allein vor dem großen, rot glühenden Ofen und schwitzte nicht nur wegen der Hitze, sondern auch aus Angst, etwas falsch zu machen. Nun lag es in meiner Verantwortung, dass die Bevölkerung von Limogne am Sonntagmorgen ihr frisch gebackenes Brot bekäme. Durch das Loch einer Eisenklappe war zu sehen, wie sich die langen Baguettes von weiß zu gelb verfärbten, in einer halben Stunde also müssten sie knusprig und golden sein. Aber wann nur wäre «in einer halben Stunde» und womit dann die heißen Bleche herausnehmen? Dem Ofen gegenüber tickte eine Küchenuhr, an den Wänden lehnten hölzerne Schieber und eiserne Zangen. Einer der Schieber reichte fast bis zur Decke, sein langer Stiel endete in einer Palette, ähnlich einem geschnitzten Palmenblatt. Die Glut unter der Klappe knisterte rot glühend vor sich hin. Bald aber erlosch sie an den Rändern zu grauer Asche. Das Nachlegen von Holz, einige der armdicken Eichenstücke, war nun angesagt. Ein

Blick auf die Uhr: In fünfzehn Minuten sollten der Bäcker und Oğuz wieder zurück sein, doch zur gleichen Zeit sollten auch die neuen Brote für den Backofen bereitstehen. Eifrig begann ich zu kneten und zu formen, als ginge es um das Modellieren in Ton. *«Ficelle, baguette, flûte, bâtard, couronne»*, das Formen-Alphabet der Pariser Weißbrote buchstabierte ich mir durch, wagte jedoch keine dieser Formen nachzugestalten, da ich deren Backzeit nicht kannte. So formte ich viele kleine Brote, runde, deutsche Frühstücksbrötchen. Ordentlich auf zwei große Bleche verteilt, erhielten die einen kranzförmige Einkerbungen, andere Rauten und Sterne.

Durch das Dekorieren und Bestäuben der Brötchen war die halbe Stunde schon überschritten, also schnell Brotwechsel: die Baguettes raus aus dem Ofen und die Brötchen rein. Immer wieder guckte ich durch die Luke der Eisenklappe nach der Farbveränderung meiner Brötchen und nach dem Feuer. In der Hitze schienen sich die Sekunden wie Moleküle auszudehnen, die Uhr tickte wie ein Zeitverlängerer. Kein Autogeräusch war zu hören, kein Bäcker, kein Freund zu sehen. Vielleicht war ihnen etwas zugestoßen, auf einem der zugewachsenen Wege konnten sie gegen einen Baum gefahren sein. Vielleicht auch gab es die Taubentürme von Roquecave gar nicht mehr in Wirklichkeit, sondern nur noch im Traum, und sie würden noch ewig umherirren. Nach einer Stunde vor dem Backofen legte ich frisches Holz nach und bekam es wie der Zauberlehrling, der den Elementen nicht mehr Herr wurde, mit der Angst zu tun.

Die Uhr zeigte auf vier Uhr in aller Herrgottsfrühe des Sontagmorgens. Der erste Hahnenschrei, nein, das Quietschen der Bremsen der Schildkröte war zu hören. Da kamen sie herein, der Bäcker, der Freund und sagten, vom Ende der Welt kämen sie zurück! Der Bäcker sah gleich nach dem Feuer, war mit der gleichmäßigen Glut zufrieden, wunderte sich aber über die kleinen, runden Formen im Backofen; nur zu Hungerszeiten wären solche Brötchen gebacken worden. Doch was die Leute nachher beim Broteinkauf sagten, das ginge ihn nichts mehr an, in drei Stunden, wenn der Priester sein Messgewand anzöge, läge er schon in seinem Bett. «Jedem seine Arbeit, jedem seine Stunde.»

Wir bedankten uns bei ihm, und er wünschte uns einen schönen Sonntag in dem gottverlassenen Nest.

Draußen war es noch dunkel. Oğuz legte mir seine Jacke über die Schultern, und wir stiegen in das Auto ein. Er fuhr an dem Kaffeehaus vorbei, aus dem vor mehr als einer Stunde die Frau aus dem Fenster geschaut hatte. Am Dorfende wurde die enge Straße zum Schotterweg. Mich fröstelte, und so suchte ich auf dem Rücksitz nach meiner Wolldecke, um sie über die Knie zu legen. Die Decke läge an irgendeiner Abzweigung, murmelte Oğuz müde. Nach mehreren Kurven, bergab und wieder bergauf, glänzte etwas am rechten Wegrand. Das sei sein Kochtopf, sagte der Fahrer, hielt an, richtete die Scheinwerfer auf den Topf, bat mich auszusteigen und einige Meter weiter, nach der Einbiegung zu einem Weiler, auch den Deckel dazu aufzusammeln. Der Weiler hieße «Benech», erklärte er während der Weiterfahrt, Topf und Deckel hätten angezeigt, dass es eben nicht in dieses «Benech» ginge, noch nach links in das Dorf Lugagnac, den Geburtsort der Schwiegermutter des Bäckers. Bald müsse wieder eine Abzweigung kommen, an der habe sich der Bäcker auf der Hinfahrt vertan, denn da ginge es wieder nach links zu seiner Schwiegermutter. Plötzlich bremste Oğuz scharf. Mitten auf dem Weg lagen unsere Kopfkissen als Ankündigung der Abzweigung. Ich stieg aus und hob sie auf. Aber huch!, im Gebüsch dahinter stand ein dunkles Gespenst mit ausgestrecktem Arm. Nach dem ersten Schreck erkannte ich meine dunkelblaue Wolldecke wieder: Als Wegweiser war sie über einen hohen Stein und einen Ast drapiert. Mein Freund, wieder munter durch den gelungenen Streich, sagte, für die vier Kilometer Rückfahrt vom Haus hätten der Bäcker und er dreimal länger als für die Hinfahrt gebraucht, es habe so lange gedauert, die Sachen zu verteilen, aber ohne die wäre der Weg jetzt nicht wieder zu finden. Der ganze Hausrat sei aber noch nicht eingesammelt, einige Weggabelungen und Kurven stünden noch bevor. Ich gab Oğuz seine Jacke wieder und wickelte mich in die Decke des Wegweiser-Gespenstes. Zwischen Kalksteinmauern ging es geradeaus weiter, dann nochmals ein Halt. Die Scheinwerfer der Schildkröte beleuchteten das hässliche Spaghettibrett. Es lehnte an einem Sockel unter einem schönen, steinernen Kreuz, die hellen Steine wurden von hohen, dunkelgrünen Buchsbäumen umrahmt. Wie ein Nierentisch in einer romanischen Kirche störte das billige Bettgestell die Schönheit, und ich wollte es von dem alten Kreuz wegnehmen. Das hässliche Ding solle ruhig da stehen bleiben, meinte Oğuz, einerseits, um keine Zeit zu verlieren, andererseits, weil es morgen oder übermorgen auch den drei deutschen Bauhelfern schön auffallend den Weg anzeigen könne.

Vor dem Steinkreuz fuhren wir nach rechts, an zwei Gehöften vorbei, und in immer engeren Kurven ging es bergab. Am Wegrand lagen keine Haushaltsgegenstände mehr, nur noch Steine. Vor der hohen Esche ließ Oğuz die Schildkröte stehen. Um fünf Uhr früh waren wir schließlich in Roquecave angekommen.

Der Hauseingang war nicht gleich zu finden. In der Morgendämmerung stolperten wir über Brombeerranken und wilden Holunder. Mit Taschenmessern schnitten wir uns einen Pfad zu einer hölzernen Gittertür frei. Sie ließ sich ohne Schlüssel öffnen. Breite Steinstufen führten zu einer bedachten Terrasse hoch, zu der eigentlichen Haustür, einer massiven Eichentür mit großem Schloss. Aufgeregt, mein Haus zum ersten Mal zu betreten, zog ich den urtümlichen Hausschlüssel aus der Tasche. Aber sein Bart bewegte nichts in dem Schloss, das offenbar verrostet und seit langem nicht mehr benutzt worden war. Im Licht einer Taschenlampe träufelten wir ein wenig von dem mitgenommenen Olivenöl in das Schlüsselloch. Der Rost löste sich, unter Knarren ging die Eichentür auf. Oğuz ließ mir als Hausbesitzerin den Vortritt, mit seiner Taschenlampe beleuchtete er das Dunkel im Inneren. Nach den großen Erwartungen, welch ein Entsetzen: «Das Wohnzimmer» lag voller Schutt. Links vom Eingang, vor einer breiten Kaminhaube in Kopfhöhe, häuften sich Steine, zerbrochene Stühle und Erde. Erst zur Zimmerdecke rechts hinten flachte der Schuttberg zu einem Stückchen sichtbarer Eichendiele ab. Oğuz folgte nach, mit den Schuhen schob er den gröbsten Dreck beiseite, ein schmales Stück Fußboden in der Zimmerecke sollte als Schlafplatz genügen. Um nicht direkt im Staub zu liegen, wickelten wir uns in meine dunkelblaue Decke ein. Neben dem schuttgefüllten Kamin fiel das erste Tageslicht durch eine Tür, die halb offen stand. Durch diese Tür sahen wir über uns das große Loch in dem Dach aus Steinen und im Ausschnitt der Steine den verblassenden Halbmond. In dieses Guckloch zum Himmel wolle er mir ein Atelierfenster einbauen, versprach Oğuz. Müde von der langen Fahrt, ohne noch etwas von dem Schutt ringsum zu merken, schliefen wir ein.

Noch am Vormittag weckten nicht nur spitze Steinkrümel unter der Decke, sondern auch der Tatendrang. Mit ironischem Blitzen in den Augen sagte Oğuz, jetzt wolle er nach Limogne zur zweiten Messe fahren und danach auf dem Sonntagsmarkt zumindest einen Hexenbesen einkaufen. Allein im Haus zurückgeblieben, ging ich auf Entdeckung. So viel Schönes verbarg sich hinter dem trostlosen Schutt! Gleich über dem unbequemen Schlafplatz, der Haustür gegenüber, öffnete sich ein Rundbogen aus großen, ebenmäßig zubehauenen Steinen zu einem gewölbten Raum hin. Dieser kleine Raum sah wie eine romanische Kapelle aus, eine in die Wand eingelassene Steinschale mit einem eingemeißelten Kreuz verstärkte den Eindruck von etwas Heiligem. Es war jedoch nur die Küche, und wie ich erst später erfahren sollte, besaßen alle alten Häuser der Gegend eine solche *«Souillarde»*, eine gewölbte Spülküche. Gekocht wurde über dem offenen Kaminfeuer im Wohnraum, und vor dem kleinen Weihwasserbecken, zwischen Wasser- und Feuerstelle, hatten die Familien früher die Abendandacht gehalten, bevor die Suppe aufgetragen wurde. In meiner hochgewölbten Küche, über zwei Spülsteinen in der linken Mauer, umrahmte ein kleiner Rundbogen ein Fensterchen. Durch dieses ließ sich «die Hauptstraße von Roquecave» überblicken, und ich sah meinen Freund in seinem Auto davonfahren.

Von dem Kamin, der alten Kochstelle, war bislang nur der Sims zu erkennen, ein dicker Eichenbalken, der fast über die ganze Schmalseite des Wohnzimmers reichte, fast, denn in der dicken Mauer daneben lag die Türöffnung, durch die im Morgengrauen der Mond zu sehen gewesen war.

Inzwischen hatte die Sonne den Mond abgelöst, azurblau leuchtete der Himmel durch das Loch im Dach. Unter dem kaputten Steindach fehlte die Zwischendecke bis auf einen schmalen Rest, der Fußboden war gar nicht mehr vorhanden. Herabgestürzte Steinplatten hatten die Bretter von den Balken gerissen. Einige Bretter lagen mit den Nagelspitzen nach oben gekehrt kreuz und quer, andere gingen schon zu Erde über. So schien es nicht ratsam, auf einem der Balken unter den Trümmern an die Wand gegenüber zu balancieren, zu einem schönen, in helle Steine gefassten Kamin, um seine eingemeißelten Zeichen von nahem zu betrachten. Erst einmal freute ich mich, diesen Kamin entdeckt zu haben und ein Haus mit gleich zwei Kaminen zu besitzen, obwohl noch nichts dafür sprach, dass sie auch zu benutzen wären.

Dem schuttgefüllten Kamin im Wohnzimmer gegenüber machte ich eine Tür auf und fand dahinter ein kleines Zimmer mit heilem Fußboden. Ein Fenster in metertiefer Mauernische ließ sich öffnen, der Blick ging durch Efeuranken zu einem verwilderten Garten hinunter. Dies musste der kleine Pflaumengarten sein, von dem der Notar gesprochen hatte, wenn auch vor lauter Efeu- und Brombeerranken von Pflaumenbäumen kaum etwas zu sehen war, nur hohe, dunkelgrüne Gebilde im Schatten des Hauses. Das kleine Zimmer mit fast heiler Decke und ganzem Fußboden schien als Gästezimmer geeignet.

Seit unserer Ankunft stand die Haustür offen. Inzwischen war es um die Mittagszeit. Von draußen, von der Südseite des Hauses, drang die Sommerhitze in das kühle, seit langem verschlossene Gemäuer. Vor der Terrasse spielte das Sonnenlicht in Weinblättern alter Reben, die sich bis an das Vordach hochgerankt hatten. Die Blätter glitzerten silbern in ihrer Transparenz, in der Überdeckung mit anderen verdichteten sie sich zu seidigem Grün. Auf den flachen Steinen der Balustrade wiederholten sich die Blattornamente als Schattenspiel. Kein Windhauch, kein Laut. Auf dem Türsturz war die Jahreszahl 1711 zu entziffern. Seitdem schien die Zeit in diesem verwunschenen Ort still zu stehen.

Bald jedoch sollte die beschauliche Terrasse in eine dicke Staubwolke gehüllt sein und das friedliche Betrachten in hektische Aktivität übergehen. Mit Besen, Eimern und Schaufel bepackt kam Oğuz zurück. In einem Eimer trug er Brötchen, Käse und Rotwein. Wir setzten uns auf die Türschwelle und frühstückten. Auf dem Markt habe er den Vetter meines Hausverkäufers kennen gelernt, berichtete Oğuz, einen freundlichen, kleinen Mann mit dem Vogelnamen *«Merle»*, Amsel. Bei dem habe er das Haus, gleich dort hinter der hohen Esche, zum Übernachten für uns beide gemietet. Ein Haus mit Wohnzimmer und Kamin hätten wir ja schon, lachte er, spuckte sich in die Hände, und auf ging es an die Arbeit!

Erst einmal hieß es, Licht und Durchzug zu schaffen. Ein großes Fenster neben dem Rundbogen der Küche wurde zur Nordseite hin geöffnet, gleichgültig, dass dabei der morsche Rahmen den Inhalt seiner Scheiben fallen ließ. Die Fensterläden, die das Wohnzimmer verdunkelt hatten, stießen wir auf, sie hingen schräg in ihren Angeln. Die eiligen Aktionen hatten ja ihre Richtigkeit, und so machte ich kräftig mit. Wir attackierten den Schuttberg, schaufelten Steine, Erde, Blechteile in Eimer und Kartons, über die Balustrade hinweg kippten wir den Dreck über Bord. Es staubte fürchterlich beim Schaufeln und Fegen. Dort sammelte ich eine Kaminzange auf, da einen Zinnlöffel. Nach wenigen Stunden war das Wohnzimmer vom Schutt befreit. Durstig von der Arbeit und dem Staub, suchten wir nach Wasser. Am Ende der Terrasse hing ein Stück Regenrinne über einem steinernen Kasten, unter dem sich eine Zisterne verbarg. Wir spähten in ein tiefes, dunkles Loch, ließen einen Kiesel hinunterfallen, horchten auf sein Klatschen im Wasser, doch nur ein dumpfes Geräusch zeigte an: Die Zisterne war leer. Auf der Suche nach der Quelle von Roquecave machte ich mich mit Eimern und Flaschen auf den Weg. Oğuz wollte solange den Kamin ausprobieren.

Unterwegs, vor der Hofeinfahrt der Bastide, traf ich Christian und Sylvie. Wir freuten uns über das Wiedersehen, und sie sagten wie nebenbei, letzte Woche hätten sie geheiratet, und morgen erwarteten sie Freunde, die beim Dackdecken ihres großen Taubenturms helfen wollten. Sylvie begleitete mich zur Quelle hinunter, auf einem Pfad durch schattige Buchsbäume und weiter zwischen Mauern und Felsen bis zu einer kleinen Grotte mit kühlem, klarem Wasser. Dieses Quellwasser sei kostbar und mineralhaltig, sagte sie, es sei nur zum Trinken da, nicht zum Waschen oder gar Zementmischen. Vor dem Auffangbecken kniend, tranken wir aus den Händen, legten die Flaschen zwischen Brunnenkresse und ließen sie voll laufen. Auf dem Rückweg dienten die leeren Eimer zum Tragen der Flaschen. Sylvie gab mir den Rat, die Eimer hinter dem Nachbarhaus am Dorfweg zu füllen, der Hof stünde leer, doch seine Zisterne sei voll. In diesen Nachbarhof gelangte man durch ein steingedecktes Tor, nur durch den Erdweg getrennt, lag es dem Nordfenster meines Hauses direkt gegenüber. Im hinteren Winkel, zwischen Haus und Scheune, fand ich neben einer steinernen Wanne die Zisterne. Das Hausdach war mit Ziegeln gedeckt, von denen kaum einer fehlte, eine Regenrinne führte ohne löchrige Unterbrechungen in den unterirdischen Wasserspeicher. So ruhte in dieser Zisterne, trotz der sommerlichen Trockenheit, ein reichlicher Vorrat Regenwasser. In den folgenden Tagen sollten wir Eimer um Eimer an einem Seil hinunterlassen, gefüllt wieder hochziehen und zum Mörtelmischen an die Baustelle tragen.

Als ich mit dem Quellwasser auf die Terrasse zurückkam, brannte im Wohnzimmer ein Kaminfeuer. Oğuz kniete davor und blies hinein. Ab und zu wendete er nagelgespickte Fußbodenbretter in den Flammen. Es war erstaunlich, wie gut der Kamin zog, wie durch sein rußgeschwärztes Inneres Rauch und Funken nach oben stiegen, hochgesaugt durch einen umgekehrten Riesentrichter. In der breiten Kaminhaube hing eine Zahnstange, die über dem Feuer in einem Haken endete. Es war ein Kesselhaken, auf Französisch *«crémaillère»*, und – wir wussten es nicht – *«pendre la crémaillère»*, den Kesselhaken aufhängen, bedeutet im übertragenen Sinn ein neues Haus einweihen. So weihten wir das alte Haus ein, indem wir den Topf zum Reiskochen an den Kesselhaken hängten. Als Ersatz für Kaminständer dienten zwei Steine. Wir rückten sie näher zusammen, zerkleinerten mit der Kaminzange die brennenden Bretter zu Glut und kochten mit Olivenöl und Quellwasser türkischen Reis. Dieser Kamin sei so groß, dass man einen Ochsen darin braten könne, meinte Oğuz. Während der nächsten Tage sollte mir als Hausfrau die Aufgabe zukommen, nicht gerade einen Ochsen zu braten, aber doch für fünf Personen und mit nur einem Topf im Kamin erfindungsreich zu kochen. Allerhand aus dem Schutt geborgene Geräte, zunächst von rätselhafter Funktion, sollten dabei helfen. Beim Abendessen saßen wir auf zwei eigenartigen

Stühlen. Schief auf verkürzten Beinen stehend – ihre angefaulten Füße hatten wir abgesägt –, hing diesen wackeligen Stühlen das zerfledderte Strohgeflecht wie Eingeweide aus den hohlen Sitzrahmen.

Später am Abend, das Feuer brannte ruhig vor sich hin, unterbrach Motorgeräusch die Stille. Das Geräusch verstummte, hob nach einer Weile wieder an und näherte sich langsam. Ein Volkswagen hielt hinter der hohen Esche. Detlev, Arwed und Wolf kamen mit Rotweinflaschen, Luftmatratzen und dem Spaghettibett die Treppe hoch. Wir wunderten uns, dass sie den schwierigen Weg nach Roquecave so schnell gefunden hatten. Hinter Limogne habe er sich ein paar Mal verfahren, sagte Detlev, doch dann habe er vor einem alten Steinkreuz dieses geschmacklose Gestell gesehen und angehalten. Von dort oben hätten sie Rauch aufsteigen sehen, sicher sei es der Rauch von diesem gemütlichen Kaminfeuer gewesen. Ich hieß die drei willkommen und lud sie ein, sich zu uns vor den Kamin zu setzen, ausgeklappt böte das Spaghettibrett drei bequeme Plätze auf seinen Plastikstrippen. Aber nur von zwei Aluminiumbögen in der Mitte gestützt, kippte das Gestell über dem Ersten, der sich darauf setzte, zusammen, so dass dieser mit seinem vollen Weinglas zu Boden fiel, oder, wie auf einer Wippe, schleuderte es den Leichteren der beiden außen Sitzenden in die Höhe, wenn der Mittlere aufstand. Erhoben sich zwei zugleich, fiel wieder einer herunter und so weiter. Bei viel Rotwein in geselliger Runde war der Spaß mit dem niedrigen Gestell ungefährlich. Ernst sollte es am nächsten Tag bei der Arbeit auf dem hohen Steindach werden.

In aller Frühe begannen die Vorbereitungen zum gemeinsamen Frühstück auf der Terrasse. Detlev und Arwed trugen einen alten Backtrog die Treppe hoch, den sie in meinem Backhaus gefunden hatten. Wolf schleppte eine Tür herbei, die habe er aus einem Hof am Ende des Weilers geholt. «Schade, dann ist sie geklaut.» – «Das merkt doch keiner, sie lag auf dem Boden!», entgegnete er meinen Bedenken und legte die Tür als Tischplatte auf den Backtrog. Oğuz brachte eine Bank aus dem von ihm gemieteten «Amselhaus». Um Nescafé in Zahnputzgläsern aufzulösen, genügte lauwarmes Quellwasser aus dem Topf im

Kamin. Detlev zündete das Feuer mit der Tageszeitung «Le Monde» an, hier in der Einöde habe er keine Lust mehr, sich über die Welt zu informieren. Während des Frühstücks erklärte Oğuz auf Französisch den Ablauf der Bauarbeiten. Ganz Architekt, der er war, hatte er schon einen Plan gemacht, auch für die Zeiteinteilung der Bautruppe. Zuerst sollten die Steinplatten neben dem Loch im Dach abgenommen werden, an die Nordwand des Hauses habe er vorhin eine Leiter gestellt. Keiner solle oben auf dem Dach allein etwas unternehmen, das sei zu gefährlich. Und jeder Südländer, überhaupt jeder vernünftige Mensch, höre um die Mittagszeit mit der Arbeit auf. Er sah auf seine Uhr, in vier Stunden sollten wir uns zum Mittagessen wieder hier in den Schatten der Terrasse setzen.

Wir bildeten eine Kette und reichten uns die Steinplatten zu. Die beiden hoch gewachsenen Brüder Detlev und Arwed standen auf der Leiter, nahmen die Steine von Wolf aus mittlerer Höhe entgegen und stapelten sie unten an der Hauswand. Oğuz und ich balancierten oben zwischen alten Eichensparren und einem freigeräumten Steinrand, um die verwitterten Platten Schicht um Schicht von dem steilen Dach abzunehmen. Nach drei Stunden stand die mittlere Giebelmauer offen, die Fortsetzung der dicken Mauer, die unten das Wohnzimmer von dem Raum ohne festen Boden trennte. Diese Mauer müsse offen stehen, sagte Oğuz, denn darin wolle er später mit Zement einen neuen Dachsparren verankern, und damit sich der Zement mit den Steinen verbände, solle ich sie abfegen. Die Mauersteine lagen wie zu einer Steiltreppe hochgeschichtet, nur lose mit Tonerde verbunden, nicht durch festen Mörtel zusammengehalten. Hoch oben endete die Schräge der Giebelmauer in senkrecht aufgesetzten Steinblöcken, die Einfassung des Wohnzimmerkamins, vielmehr seines Schlots zum Himmel hin. Ich begann von unten Schmutz in einen Eimer zu kehren, vorsichtig, ohne von der rostroten Tonerde etwas abzutragen. Mehrere abgenagte Maiskolben lagen zwischen den Mauersteinen, merkwürdig, irgendwelche Nagetiere hatten ihre dicke, pflanzliche Beute bis nach hier oben getragen. Bald war der Eimer mit Dreck, Walnussschalen und Maisgerippen gefüllt, die Sonne stand schon so hoch, dass es selbst an der Nordseite sengend heiß wurde.

August 1963, Arbeit auf dem vorderen Dach.

Höchste Zeit, hinunterzuklettern, um für uns alle das Mittagessen zu kochen.

Pünktlich um zwölf Uhr saßen alle auf ihren Plätzen im Schatten des Terrassen-Vordachs, nur mein Bruder fehlte. «Wolf, komm essen!», riefen wir im Chor – «Hab keinen Hunger auf euer Zeugs», war von hoch oben zu hören. – «Komm trotzdem runter!» – «Nach- . . .», die Stimme oben brach ab, Gepolter, Schreckensschrei. Von meinem Stuhl neben der Haustür, die kürzeste Strecke unter das offene Dach, lief ich hinüber und sah meinen Bruder den Kopf nach unten an einem Deckenbalken hängen. Mit rotem Kopf hing er in drei Metern Höhe über dem fehlenden Fußboden, die Kniekehlen um den Balken gehakt. Die drei anderen kamen schnell dazu und legten Bretter als Trittfläche zurecht. Detlev und Arwed griffen sich über Kreuz um die Handgelenke, Oğuz stieg auf diese menschliche Leiter und holte Wolf von dem Balken herunter. Kreidebleich, nur etwas angeschrammt, saß er mit am Tisch, der Appetit war ihm nun wirklich vergangen. «Wie kam es denn dazu? Was hast du da oben allein noch gemacht?», befragte ihn Oğuz. Er habe von oben in den Kamin hinuntergucken wollen, stotterte Wolf, deshalb sei er auf die Mauer hochgeklettert, ein Stein sei aber unter seinen Füßen weggerutscht, er habe sich dann mit den Händen an einem ganz großen Stein festhalten wollen. «*Mon Dieu,* am Kaminstein, der hätte dir auf den Kopf fallen und dich erschlagen können!», sagte Oğuz. Ein bisschen gewackelt habe der schon, spielte Wolf die Gefahr herunter und berichtete weiter, es seien dann noch mehr Steine ins Rutschen gekommen, beinahe sei er mit ihnen bis auf den Weg heruntergefallen. Die Geschichte war also noch relativ glimpflich ausgegangen.

Oğuz als Bauleiter hätte am liebsten noch am Nachmittag die Giebelsteine mit Zement befestigt, doch montags hatten die Läden geschlossen, und es war kein Zement zu haben. Um drei Uhr fing die Arbeit auf dem Dach wieder an. Diesmal wurden die Steinplatten vom Außengiebel an der Ostseite abgenommen. Wolf musste unten bleiben, dafür kamen Detlev und Arwed mit nach oben. Da Wolf die Steinplatten unten nicht stapelte – sie könnten ihm ja beim Entgegennehmen auf den Kopf fallen –, wurden schließlich alle Platten und aller Dreck direkt von oben heruntergeworfen. Am Abend sah es vor der Hauswand neben dem Eingang wüst aus. Über der Wand ragte der Giebel wie ein angefressener Zahn in den Himmel, über dem Giebel stand entblößt und unvermittelt der Kaminschlot des zweiten Kamins, dem mit der schönen, gemeißelten Einfassung. Diese Wüstenei sei nur vorübergehend, tröstete mich Detlev. Alle Bauetappen wolle er fotografieren, doch jetzt im Abendlicht vor allem den Taubenturm mit der hohen Esche im Vordergrund.

Beim Frühstück am Dienstagmorgen wurde beschlossen, nach Limogne zu fahren, alle fünf in zwei Autos, mit «Schildkröte» und «Käfer». Wolf wollte allein im Haus zurückbleiben. Oğuz guckte streng: «Aber nicht allein aufs Dach steigen!» Detlev erklärte sich bereit, bei ihm zu bleiben, er fühlte sich sowieso nicht recht wohl. Arwed bot an, Zementsäcke zu tragen und sie im Volkswagen zu transportieren. Es war der 6. August, wir hatten schon mit dem Bauen, vielmehr mit dem Abbauen begonnen, und das ohne den endgültigen Kaufvertrag. Für mich bot sich also die Gelegenheit, zum Notar zu gehen.

Maître Pradines in Limogne sagte, ich käme zur rechten Zeit, um den Kaufvertrag abzuholen, erst vor vier Tagen habe er ihn von der Hypothekenbank in Cahors zurückerhalten. Alles sei nun geregelt, da die Vorbesitzer durch den Verkauf ihre Hypothekenschuld von Haus und Grundstück abgetragen hätten. Er begann, den Vertrag vorzulesen. Ich bat darum, die Worte zu sehen, dann könne ich sie besser verstehen. Das Vorlesen sei Pflicht für ihn, durchlesen könne ich den Vertrag später noch oft genug. Nach den Personalien der Vertragspartner hieß es: «Haus in sehr schlechtem Zustand.» Ich erschrak, als hätte ich das nicht schon längst gewusst. Aber ich wollte es nicht wahrhaben, schon gar nicht in der offiziellen Form. Als Kaufpreis verlas der Notar zu meiner Verwunderung nicht dreitausend Francs, sondern nur tausend. Das habe nichts weiter zu bedeuten, das sei nur ein *«sous la table»*, eine Abmachung «unter dem Tisch», sagte er und las weiter. Dann erklärte er mir das *«sous la table»*, das geheim zu halten sei. Ich stellte mir den Notar mit Monsieur Gregory und seiner Frau Aline-Marie-Odile Calmels wie Zwerge unter einem Tisch sitzend vor, ein komisches Bild, das von dem Sinn der Sache ablenkte. So viel verstand ich doch, dass die

Preisangabe, nur dem Schein nach um zwei Drittel herabgesetzt, dem Verkäuferehepaar zwei Drittel Steuerabgaben erspart hatte. Warum mir der Notar zum Schluss 260 Francs in bar auszahlte, verstand ich zwar nicht, doch freute ich mich darüber.

Das Geld kam genau richtig, um es gleich auch wieder auszugeben. Nach der Sitzung beim Notar traf ich Oğuz und Arwed auf dem Platz mit dem Kriegerdenkmal vor einer *«Quincaillerie»* wieder. In diesem Laden gab es alles, was «Klingkling» macht, Eisenwaren und Geschirr, doch auch Petroleum, Seile und vieles andere mehr. Ich kaufte Teller, Tassen und eine Petroleumlampe für den Haushalt, Nägel, Axt und Maurerkelle für den Hausbau und schließlich noch eine drei Meter lange Leiter. Diese sollte innen aufgestellt werden, an dem Balken, an dem Wolf bei seinem Sturz vom Dach hängen geblieben war. Von der *«Quincaillerie»* gingen wir zum Händler für Baumaterial. Der Händler, ein stämmiger, kleiner Mann, trabte mit einem Zementsack auf dem Rücken zu einem Laster, setzte den Sack ab, begrüßte uns und schleppte wieder etwas herum. Mal Tragesel, mal Unternehmer, eilte er noch kurz vor der Mittagszeit zwischen seinem Lager und dem Büro hin und her. Oğuz meinte, der mache drei Umdrehungen mehr am Tag als alle anderen hier, dadurch würde er noch zum reichsten Mann im Dorf. Der Mann, der in seinen staubigen Latschen keineswegs reich aussah, lehnte Arweds Hilfe ab, zum Lastentragen müsse man so klein sein wie er, und lud zwei Zementsäcke in den Volkswagen. Im Büro bezahlte ich ihm den Zement und zwei Säcke Kalk, die wir später holen wollten. Oğuz hatte sich im Lager neue «romanische« Ziegel angesehen, er sagte zu mir, die passten hier in die südliche Landschaft. Er bestellte diese Ziegel für eine Dachfläche von acht Quadratmetern, dazu Sand und Dachlatten. Der Händler versprach, am nächsten Tag alles nach Roquecave zu liefern, den Weg kenne er, er habe schon einmal Ziegel dorthin gefahren.

Als wir von dem Großeinkauf in Limogne zurückkamen, saß Detlev erschöpft auf der Terrasse, bei der Hitze wie von Frost geschüttelt. Er sagte, er habe Kopfschmerzen, vielleicht sei es ein Sonnenstich. Wie bei Migräne schien mir ein dunkler, kühler Raum zum Ausruhen das Beste zu sein. In einem gewölbten Kellerraum neben dem Treppenaufgang zur Terrasse bereitete ich für meinen Freund ein Lager auf dem Spaghettibett. Darauf lag er etwas erhöht über dem Dreck, nur mussten die äußeren Enden des Gestells mit Kisten abgestützt werden. Am Nachmittag, als wir vier anderen mit Sägen und Eimern an der offenen Tür vorbeieilten, seufzte er, so gerne würde er auf dem Dach mitmachen, aber leider sei er zu krank dafür. Am Abend hatte er hohes Fieber, und am Morgen murmelte er, die Nacht sei schrecklich gewesen, jetzt täte alles weh. Ratlos ging ich zu den «Aubins», wie Christian und Sylvie nun genannt wurden, hinüber. Christian, der mir vor Wochen so gut mit seiner Katzenspritze geholfen hatte, kam gleich an das Krankenlager. Der Arzt aus dem Tal käme vielleicht erst in drei Tagen mit dem Fahrrad hier hoch, überlegte er kurz, besser, er selbst führe Detlev sofort zum Krankenhaus nach Cahors. In Sylvies Auto seien die Rücksitze sowieso als Ladefläche für Baumaterial umgeklappt, somit gäbe es Platz zum Liegen. Schwieriger sei es mit den Straßen, über die «Causses», die Hochebene, käme man wegen der vielen Kurven nur langsam weiter, und auf der geraden Straße im Tal gingen ausgerechnet dann die Eisenbahnschranken herunter, wenn man vor einem der fünf Bahnübergänge ankäme. Das Warten vor den Schranken könne mehr Zeit kosten als das Kurvenfahren, damit entschied er sich für die obere Strecke nach Cahors. Christian fuhr mit dem Auto vor, Detlev, von seinem Bruder gestützt, legte sich hinein, wegen seiner Länge nur gekrümmt. Am Nachmittag kam der improvisierte Ambulanzwagen zurück. Detlev ging es wieder besser. Die Tage danach fühlte er sich aber noch zu schwach, um auf der Baustelle herumzuklettern, dafür ging er langsam im Gelände umher und fotografierte die Tätigen auf dem Dach, einen Stapel neuer Ziegel und die uralten Taubentürme.

Die neuen Ziegel lösten gleich nach ihrer Lieferung den so genannten «Roquecaver Ziegelkrieg» aus. Als Christian aus Cahors zurückkam, sah er mit Entsetzen auf die grellroten Stapel und sagte, das gehöre verboten, damit das Dach zu reparieren. Manuel, sein Sohn, der mit seiner Mutter zusammen in der Bastide die Ferien verbrachte, spuckte darauf, jedes Mal, wenn er an den Ziegeln vorbeikam. Sylvie rief vom Weg aus zum Dach hoch, das schöne Haus habe ich nicht verdient, wenn ich diese abscheulichen Ziegel darauf anbrächte, ganz Roquecave würde damit verschandelt werden. *«Les tuiles, c'est moi!»*, «Die Ziegel, das bin ich!», rief Oğuz frei nach dem Sonnenkönig zurück. Daraufhin erklärte Sylvie den Kriegszustand zwischen beiden Häusern. Ein Drittel meines Daches stand offen und musste schnell gedeckt werden, bevor alle Helfer wieder abfuhren. Obwohl ich es mir mit meinen Nachbarn verdarb, folgte ich den Plänen meines Freundes.

Unbeirrt spannte er Schnüre über das offene Dach, über den Giebelmauern im Viereck, in der Mitte über Kreuz. Die Schnüre dienten als Richtlinien über dem krummen Eichengebälk, denn die neuen Ziegel brauchten eine schnurgerade Auflagefläche. Im Gegensatz zu den kleinen Flachziegeln, mit welchen Aubins gerade ihren Turm reparierten, waren sie viel zu groß, um sich all den Unebenheiten eines alten Dachstuhls anzupassen. Auch wäre das Dach zu steil gewesen, um wirkliche römische Ziegel zu halten. Solche Rundziegel, einer unten, der andere mit der Wölbung nach oben darüber, lagen auf dem flachen Vordach der Terrasse. Auf Deutsch «Mönch und Nonne» genannt, waren sie noch individuell hergestellt worden: geformt über dicke, dünne, lange oder kurze Arbeiterschenkel glich kein Ziegel dem anderen. Die romanischen Serienziegel jedoch machten nicht einmal mehr den Unterschied zwischen oben und unten: ein gerades Stück war mit einem gewölbten zusammengegossen. Nicht nur wegen ihrer grellen Farbe, auch der Form nach passten sie nicht in die Landschaft, meine Nachbarn hatten ja Recht. Die steilen Dächer des Quercy wurden «keltische Dächer» genannt, erkenntlich an ihren spitzen Giebeln waren sie so steil, als ob der Schnee von ihnen abgleiten sollte. «Römische Dächer» hießen die flachen, welche im Sommer, wenn die Sonne hoch stand, Schatten spendeten und im Winter die Südseite des Hauses erwärmten. Dass ich eines der letzten keltischen Häuser besaß, das noch mit Steinen gedeckt war – ich wusste es nicht.

In den folgenden Tagen und Wochen herrschte zwischen den beiden Häusern, der Bastide und meinem, eine frostige Atmosphäre. Meine Nachbarn sprachen nicht mehr mit uns, was mich bedrückte. Ungerührt von den menschlichen Empfindungen, stand das Haus «in sehr schlechtem Zustand» zwischen den Parteien, ein Gemäuer, das es zu decken galt, mit welchen Ziegeln auch immer. Die Bauarbeiten auf dem Dach gingen zügig voran. Oğuz und Arwed verstanden sich gut, sie nannten sich einfach nur noch «Chef» und «Arbeit». Unter den Schnüren nagelten sie Dachlatten auf das Eichengebälk, den gebrochenen Firstbalken umschalten sie von Giebel zu Giebel mit Brettern. Mir als Malerin wurde die Aufgabe zugeteilt, das frische Pappelholz mit Karbolineum einzustreichen, mit einer stinkenden, braunen Soße gegen Holzwürmer. Nach zehn Tagen in Roquecave fuhren Detlev und Arwed wieder ab.

Die Hauptarbeit war getan, das Dach über dem zweiten Kamin war zum Teil schon gedeckt. Die Bruchstelle zwischen altem Steindach und neuen Ziegeln musste nur noch mit Mörtel ausgeglichen werden. Die Zementsäcke lagen auf dem schmalen Rest des Dachbodens auf der Südseite, mit Ziegeln abgedeckt, damit sie nicht bei plötzlichem Gewitterregen von selbst zu Stein würden. Auf diesem restlichen Fußboden in drei Metern Höhe mischten wir den Mörtel an. Nur noch zu dritt, trugen wir Wasser, Sand und Ziegel durch das Haus und stiegen nicht mehr über die große Außenleiter nach oben, sondern auf der neuen aus der Quincaillerie. Kein Gewitter, sondern ein Streit zwischen uns Geschwistern brach aus und verdarb den mühsam angemischten Zement. Wolf hatte schon so manches Fundstück im Kamin verbrannt, nun benutzte er eine schöne kleine Nussbaumtür als Zementschüssel. «Nimm doch ein Blech oder sonst was, aber nicht diese Antiquität!» – «Quatsch, Tante Pietät, das alles hier ist sowieso nicht deins!» – «Doch, ist es wohl!» – «Dann mach eben deinen Dreck allein!» In einem Wutanfall warf er Kelle um Kelle Mörtel um sich, dass es nur so klatschte. Das fand ich gar nicht komisch, doch Oğuz lachte, die Bändigung meines kleinen Bruders solle ich besser ihm überlassen. So mischte ich mich auf dem Dach nicht mehr ein, sondern versorgte nur noch den Haushalt.

Nach zwei weiteren Tagen war der vordere Dachteil ganz gedeckt, es blieb nur noch ein Rechteck auf der Nordseite offen, in das wollte Oğuz ein Atelierfenster einsetzen. Er fuhr mit mir nach Cahors zu einem Baumarkt und suchte dort eine lichtdurchlässige, ondulierte Plastikplatte aus. Oh je, noch hässlicher als die neuen Ziegel, dachte ich mir und bezahlte hundert Francs dafür, halb so viel wie für die Ziegel. Noch am Abend setzte Oğuz das «Atelierfenster» ein. Kaum war das neue Dach geschlossen, zog das seit Tagen erwartete Gewitter auf. Wir trugen den Tisch von der Terrasse in das Wohnzimmer, setzten uns vor den Kamin und feierten bei Gegrilltem und Wein das fertige Dach. Nebenan, wo am ersten Tag der Mond durch das Loch im Dach zu sehen gewesen war, trommelte der Regen auf das Plastikfenster, über uns pochte es leise in den alten Steinplatten.

Am nächsten Morgen war es kühl, Nebel verhüllte die Aussicht von der Terrasse. Von seinen zwei Wochen Urlaub blieb meinem Freund Oğuz nur noch dieser freie Tag. Danach wollte er nach Paris zurückfahren und Wolf mitnehmen. Zur Erholung von den Bauarbeiten planten wir einen Ausflug in die Umgebung und die Besichtigung alter Kulturdenkmäler. Wolf hatte keine Lust mitzukommen, von «ollen Steinen» habe er die Nase voll, lieber wolle er am Kamin sitzen bleiben. Wir blätterten in dem Buch *Quercy Roman*. Die erste Abbildung zeigte das Südportal der Kirche von Marcilhac, verwitterte Figuren über einem Rundbogen. Einem Plan in dem Buch war zu entnehmen, dass diese Abteikirche an dem Fluss Célé lag, und wir beschlossen, dorthin zu fahren.

Von der Hochebene kamen wir hinunter in das Tal des Lot, warteten zweimal vor Eisenbahnschranken, fuhren die Uferstraße unter Felsen entlang und bogen nach rechts in das Célétal ab. Der Fluss schlängelte sich in Mäandern durch sein Tal, unter schroffen Felswänden in engen Schlaufen, um Wiesen herum in weitem Bogen, die verschiedenen Felsformationen lagen mal im Schatten, mal im Sonnenlicht. Strahlend weiß, heller als der Himmel, ragte eine steile Felswand über Mauern und Dächern auf. Sie bildete die imposante Kulisse für die Abtei von Marcilhac, den Zufluchtsort für Benediktiner-Mönche vor den Westgoten, ihr Versteck in weltentlegener Wildnis.

Noch von weitem sahen wir einen hohen Turm, sein Dachgebälk war erneuert, aber noch nicht gedeckt. Wie gut, dass wir nicht in dieser Schwindel erregenden Höhe arbeiten müssten, meinte Oğuz. Er parkte die Schildkröte unter Platanen am Fluss, und wir streiften durch die Ruinen der Klosteranlage. Säulen und Rundbögen trugen klaffende Gewölbe, das Kirchenschiff lag unter offenem Himmel. Zwischen Säulenstümpfen und Efeu war das Südportal nicht so leicht zu finden wie im Buch. Vor einer vermoosten Treppe gelangten wir durch das Portal hindurch und betrachteten die Außenwand über dem runden Türsturz. Um ein grobes Fischgrätenmuster waren große Steinplatten in Pyramidenform angeordnet, jeder Stein, wie ein Riesenspekulatius, stellte im Relief eine Figur dar: Oben, zwischen Sonne und Mond, Christus auf einem Thron, in der Mitte zwei Engel, darunter die Apostel Petrus und Paulus. Nur noch einer der beiden Engel war vollständig erhalten, ein strenges Wesen aus ferner Zeit. Doch auch die anderen Darstellungen, obwohl teilweise verwittert, wirkten verwunderlich in ihrer archaischen Ausdruckskraft.

Monate später in Berlin, während einer Vorlesung in Kunstgeschichte über Karolingische Kunst, hörte ich Professor Lossow sagen: «Das älteste Tympanon Europas befindet sich in Marcilhac. Dieser Ort mit dem keltischen Namen liegt in Frankreich, ist aber auf keiner Landkarte zu finden.»

Nachbarn in der Nacht der Zeit

Am Sonntagmorgen war es wieder still in Roquecave. Alle Helfer zum Dachdecken waren abgereist, auch nebenan bei Aubins. Noch unter dem Eindruck der uralten Steinfiguren von Marcilhac begann ich zu zeichnen. Nach einigen Stunden ließ die Konzentration nach, und die Gedanken kehrten in die Gegenwart zurück, zu der praktischen Frage, wie man allein in diesem entlegenen Ort wohl mehrere Wochen lang leben könnte. Von Löwenzahn und Beeren, im Herbst von Pilzen, ähnlich wie wir es als Kinder nach der Flucht in den Waldenburger Bergen getan hatten, dachte ich mir. Außerdem könnte ich die vier Kilometer nach Limogne gut zu Fuß gehen. Das Essen würde nicht das Problem sein, was fehlte, war die menschliche Gesellschaft. Ich gab mir einen Ruck und ging zu meinen Nachbarn hinüber in der Hoffnung, den «Ziegelkrieg» zu beenden.

Sylvie und Christian saßen vor ihrer Haustür und knackten Haselnüsse. Nach einer Begrüßung entschuldigte ich mich für das hässliche Stück Dach. Ja, das sei in der Tat sehr hässlich, sagte Sylvie spitz. Sie möchten doch bitte verstehen, eine andere Möglichkeit hätte ich nicht gehabt, um vor dem nächsten Winter diesen Teil meines Hauses vor dem völligen Einsturz zu bewahren, versuchte ich zu erklären und fügte hinzu, das jetzige Dach sei nur ein Provisorium. Christian meinte verständnisvoll, zwei Drittel seien sowieso noch mit Steinplatten gedeckt, *«ce n'est pas de la tarte»*, das ist kein Zuckerschlecken. Sylvie lobte meine Fähigkeit zur Einsicht und forderte, ich solle den Schandfleck durch alte, flache Ziegel im Stil des Quercy ersetzen. Ohne die geringste Ahnung, wann und wie das geschehen könne, versprach ich es. Daraufhin versöhnten wir uns wieder.

Vor der Wegabzweigung mit dem Steinkreuz hauste ein merkwürdiger Mann in einer Ruine. Jedes Mal, wenn wir an dem geborstenen Taubenturm neben der Ruine vorbeigefahren waren, hatte er in seinem kleinen Garten gestanden, über den plötzlichen Verkehr gestaunt und geguckt, wer gerade mit wem im Auto saß. Er wurde *«l'Espagnol»*, der Spanier, genannt. Sein nächtlicher Ausflug sollte gespenstisch werden.

Am Abend stand im Wohnzimmer noch alles so herum, wie

Der Kaminkessel (im Loch links wurde früher die Asche zum Wäschewaschen aufgehoben).

am frühen Morgen, als Oğuz und Wolf abgefahren waren, der Tisch voller leerer Weinflaschen in der Mitte des Raums, das Spaghettibett unter einem kleinen Fenster zwischen der Haustür und dem erloschenen Kamin. Wichtiger als Hausarbeit und Aufräumen schien mir das Herstellen von Bildern. Allmählich wurde es zum Zeichnen zu dunkel im Raum. Beim Licht einer Petroleumlampe beschloss ich, ins Bett zu gehen. Die Haustür ließ sich nicht von innen abschließen, ich schob ein Beil griffbereit unter das Bett, legte mich hin, deckte mich mit meiner dunkelblauen Decke zu und pustete die Lampe aus. In der Dunkelheit kamen verdrängte Ängste hoch, die Angst vor russischen Soldaten mit Messern, die unser Kindermädchen vergewaltigt hatten. Gegen solche Erinnerungen und gegen das Unheimliche der ersten Nacht allein im Haus hatte ich ja zur Beruhigung das Beil unter dem Bett. Draußen waren Schritte zu hören, auf dem Dachboden Geraschel. Es sind nur die Tiere, die nachts ihre Nüsse umhertragen, sprach ich mir gut zu und starrte mit aufgerissenen Augen in die Dunkelheit.

Hinter dem Fensterchen über dem Bett funkelte kurz das Licht einer Taschenlampe. Dann schnaufte es auf der Terrasse, als habe sich ein Ochse auf der Bank neben der Haustür niedergelassen. Das Schnaufen hielt an. – Es ist der Espagnol, der beobachtet hat, dass meine männlichen Begleiter abgefahren sind. Mach bloß kein Licht an, sonst sieht er, dass du wirklich allein hier bist. Bevor er hereinkommt, musst du weg sein. – Vorsichtig stand ich vom Bett auf, nahm die Decke und das Beil, ging leise drei Schritte, stieß im Dunkeln gegen den Tisch, die Flaschen fielen um wie klirrende Kegel. Im selben Moment, gedeckt von dem Geräusch im Innern, ein dumpfes Rammen gegen die Eichentür von außen. – Gleich ist er im Wohnzimmer, gleich bin ich unter dem neuen Dach! – Im Nebenraum stand noch die drei Meter hohe Leiter an den Rest Dachboden angelehnt, auf dem wir vor Tagen den Mörtel angemischt hatten. Den Weg kannte ich wie im Schlaf, Eimer um Eimer Zisternenwasser hatte ich über ein breites Brett und die Leiter zum Dachbau hochgetragen. Die Decke geschultert und das Beil in der Linken, tastete ich mich nach oben. Auf dem oberen Stück Fußboden angelangt, zog ich die Leiter nach und legte sie quer davor. Nach dem Hantieren mit der Leiter war kein Laut mehr im Haus zu hören. Draußen rauschten die Blätter der Eschen, vielleicht war es auch das Atmen des Espagnol, der noch lauerte oder schon den Weg zu seiner Ruine zurückschnaufte. Oben unter dem Dach von Oğuz fühlte ich mich in Sicherheit und versuchte, in eine Ecke gekrümmt, einzuschlafen. Ein Knie geriet in Nägel, eine Hand in eine puderige Masse, in Zementpulver. Steif wie ein Brett blieb ich auf dem Fußbodenrand liegen und hoffte, bald möge der Tag die Nacht verscheuchen.

Allmählich dämmerte der Morgen, fahles Licht fiel durch das ondulierte Plastikfenster. Es dauerte lange, bis es hell wurde, bis die Gegenstände, verschwommen grau, Konturen annahmen. Ungeduldig, von dem Versteck herunterzukommen, und in Vorfreude auf den neuen Tag stellte ich die Leiter an – sie glitt vom Balken ab und krachte nach unten. Die Leiter riss das breite Brett, den Laufsteg, beiseite, unten blieb eine Wüstenei aus nagelgespickten Brettern und Bauschutt. Aus drei Metern Höhe herunterzuspringen war zu gefährlich, Aubins um Hilfe zu rufen sinnlos, durch die vielen dicken Mauern hindurch hätten sie mich nicht gehört.

Oben lagen: ein angebrochener Zementsack, die Nägel, die Decke und das Beil. Nach einigem Überlegen opferte ich meine gute Zudecke und schlitzte sie mit dem Beil in drei Teile. Die Streifen ergaben ungefähr fünf Meter Länge, an den Enden verknotet nur noch drei, um einen Balken verknotet nur noch zwei. Ein Tau, lang genug, um mich daran herunterzuhangeln und auf der liegenden Leiter Fuß zu fassen.

War alles nur Einbildung gewesen, oder hatte der Espagnol in der Nacht wirklich gegen die Haustür gerammt? Sicher sei er es gewesen, meinte Christian am Mittag, seit langem lebe der Verrückte allein in einem finsteren Loch und schnaufe asthmatisch in seinem Garten herum.

Der so genannte Spanier sprach weder Spanisch noch Französisch, sondern ein Gemisch aus Katalanisch und Occitanisch. Was er sagte, war kaum zu verstehen, aber verrückt war er nicht, nur durch sein schweres Leben recht merkwürdig geworden. Das Bauernehepaar, dem die Ruine mit dem geborstenen Turm gehörte, erzählte später einmal seine Vorgeschichte so: Als junger Mann habe der Espagnol auf der Seite der Linken im spanischen Bürgerkrieg gekämpft, als Bauer in Waffen. Nach dem Sieg der Francisten sei er mit seinen katalanischen Kameraden über die Pyrenäen nach Frankreich geflohen. Die Franzosen hätten die Flüchtlinge in ein Sammellager gepfercht. Nach der Besetzung West-Frankreichs habe die deutsche Wehrmacht das Lager ausgehoben und die Katalanen zur Zwangsarbeit an die Atlantikküste getrieben, zum Bau der Bunker. Die meisten seiner Kameraden hätten die grausame Schufterei nicht überlebt. Nach der Befreiung Frankreichs sei der Espagnol zu Fuß im Landesinneren umhergeirrt und habe sich als Hilfsarbeiter durchgeschlagen, bis er eines Tages bei ihnen auf dem Hof zerlumpt und halb verhungert angekommen sei. Sie hätten Mitleid mit ihm gehabt und ihm als dauerhafte Bleibe das kleine Haus am Wegrand zugesagt, gewiss kein komfortables Gemäuer, doch könne sich der arme Mann dort mit seinen Hühnern und seinem Garten selbst versorgen, so habe er wenigstens seine *«petite liberté»* gefunden.

Eines Morgens stand eine zierliche Frau in schwarzer Spitzenhaube zwischen dem Backhaus und der hohen Esche. Ihr Fahrrad lehnte an einem Steinpfosten neben dem Durchgang zu einer Wiese, auf der Schafe weideten. Gut, dachte ich mir, sie hütet eben ihre Schafe. Aber zwischen Brennnesseln und Geröll blieb sie stehen, rührte sich nicht von der Stelle, sah nicht nach ihren Hunden, nicht nach ihren Schafen, sondern auf den Eingang meines Hauses. Schließlich ging ich auf sie zu und begrüßte sie. Sie lächelte, reichte mir die Hand und sagte, sie wolle mich als ihre neue Nachbarin begrüßen. Wir schüttelten uns die Hände, wobei sie sich mit Marguerite Mallavelle vorstellte. Ich stellte mich mit Bettina vor, *«le reste, c'est trop complique»*, der Rest sei zu kompliziert. Daraufhin, wie einer leider unausgesprochenen Einladung zu einem Getränk folgend, tat sie einen Schritt in den Brennnesseln dem Haus entgegen. In meiner deutschen Langsamkeit begriff ich erst Minuten später, dass sie mit diesem einen Schritt mein Grundstück betreten hatte und dass die Bauern in diesem kargen Land selbst die unsichtbaren Grenzen der Grundstücke auf den Millimeter genau kannten und respektierten. Ich ärgerte mich über mein unhöfliches Verhalten und bewunderte meine Nachbarin für ihre herzliche und doch so diskrete Art.

Am Mittag, bevor sie ihre Schafe zum Hof zurücktrieb, lud sie mich zum Kaffee nach der Siesta ein. Glücklich über diese Einladung, ist doch das schönste Land ohne seine Menschen darin nur Einöde, ging ich am Nachmittag den Weg hinauf zu einem Bauernhof kurz unterhalb der Ruine des Espagnol. Monsieur Mallavelle versuchte gerade, seinen «Deux Chevaux» mit einer Handkurbel in Gang zu bringen. Aus Versehen begrüßte ich ihn mit *«Monsieur Manivelle»*, Herr Handkurbel. Das mache nichts, lachte er über den Versprecher, sein eigentlicher Spitzname sei «Zozie». Überall hockten Hühner herum, auch im Schatten des Autos. Der Bauer begleitete mich eine Steintreppe hoch zur guten Stube, einem dunklen, kühlen Raum. Madame servierte den Kaffee auf einer geblümten Wachstuchdecke, zwei kleine Mädchen sagten höflich guten Tag. Alles, was ich als schön bewunderte, die zubehauenen Steine, das Eichengebälk, alles Alte fanden die Mallavelles primitiv und hässlich, wenn sie nur das Geld

Der Schatten des Fahrrads der Schäferin auf dem Erdweg des Weilers.
(Foto: Jean Louis Nespoulous, Cahors, Lot)

dazu hätten, würden sie zum Beispiel die Spülsteine herausreißen lassen und durch moderne Edelstahlspülen austauschen lassen. (Später sollten alle Steine und Balken, innen wie außen, zitronengelb überstrichen sein.) Über dem Kamin hing ein Gewehr, dem Kamin gegenüber lag die *«Souillarde»,* die gewölbte Küche. Ich fragte, ob man von der Küche aus den Weg überblicken könne, genau so ein kleines Fenster wie sie habe ich auch. «*Petite fenêtre? Une meurtrière!* Kleines Fenster? Eine Schießscharte!», tat Zozie empört, nun doch stolz auf das Alte. Er erklärte, früher habe die Frau beim Spülen mehr auf den Weg als auf ihre Teller geschaut, und wenn sich Banditen näherten, dann habe der Mann sein Gewehr vom Kamin genommen und durch die Schießscharte geknallt. Jetzt kämen nur noch Hasen vorbei, die träfe er sowieso nicht, sein Gewehr würde allmählich verrosten.

Die Mallavelles arbeiteten schwer auf ihren kleinen, von Natursteinmauern eingefassten Äckern. Ihr Besitz an steinigem Boden erstreckte sich von ihrem Hof bis Roquecave hinunter, deswegen waren wir Nachbarn. Sie hatten keinen Traktor zum Pflügen und zum Ziehen der Heuwagen, sondern ein Pferd. Es war ein brauner Kaltblüter mit hellen Zotteln über seinen breiten Hufen. Manchmal stand das dicke Pferd auf einer verdorrten Weide herum, und ich hielt ihm von weitem etwas Grünes hin, um es zu streicheln, doch rührte es sich nicht vom Fleck. Kam gegen Abend Madame Mallavelle und rief mit ihrer kleinen, hohen Stimme «Mignang! Mignang!», dann donnerte das Riesenpferd, das auf den Namen «Süßer» hörte, den Weg zum Stall hoch, dass die Erde bebte.

Im ersten Haus von Roquecave, links von dem Weg, der von Mallavelles hinunterführte, lebten Christians Eltern. Christian riet mir davon ab, sie zu besuchen, seinem Vater ginge es nicht gut und seine Mutter würde immer verrückter. Dennoch sagte er von seiner ungefähr 70-jährigen Mutter bewundernd: «*Tête de fou ne blanchit pas.* Ein verrückter Kopf wird nicht weiß.» Sylvie meinte, der Vater sei nett, Wilde seien sie beide nicht, ich solle doch einfach einmal hingehen.

Etwas bange wartete ich am Wegrand neben dem Hoftor, das vermodert auf der Erde lag. In der Mitte eines kleinen Hofes stand ein alter Maulbeerbaum, Malven blühten vor einem niedrigen Häuschen, Katzen lauerten den mausekleinen Pariser Suppenschildkröten auf, die mit ausgespreizten Beinchen zwischen Blättern umherraschelten. Eine hagere, leicht buckelige Frau trat aus dem Haus, ihre schwarze Haarmähne hatte etwas zerzaust Jugendliches, die dunklen Augen in ihrem fahlen Gesicht etwas traurig Altes. Sie goss die Blumen und sprach zu ihren Katzen: *«Laissez Max et Maurice tranquilles.»* – «Max und Moritz, lasst die Katzen in Ruhe», sagte ich leise. Madame Aubin sah auf, schaute mich erst abweisend, dann freundlicher an. Mit einer leichten Handbewegung forderte sie mich auf, in das Häuschen einzutreten. In einer Stube voller exotischem Krempel saß Herr Aubin, der vielleicht einmal groß und gut aussehend gewesen war, zusammengesunken in einem Korbsessel. Er reichte mir freundlich die Hand. Er sagte etwas von der großartigen Musik von Bach – ein böser Hustenanfall brach die Worte ab. Wie die Schildkröten würde ihr Mann den nächsten Winter nicht überleben, meinte die alte Italienerin. Wieder eine leichte Handbewegung, die Aufforderung, mit ihr in den Nebenraum zu gehen. In einem hellen, weiß gekalkten Zimmer stapelten sich Bücher in Regalen, Bücher auf dem Fußboden, Partituren in einer Kiste. Sie zeigte mir dies und jenes, besonders beeindruckte mich die Erstausgabe der Fabeln von Lafontaine mit den Illustrationen von Gustave Doré. «*Merveilleux!* Wunderbar!» Das solle ich ganz laut wiederholen, damit Louis es nebenan höre, meinte Frau Aubin, diese Bücher seien sein Leben gewesen. Dann schickte sie mich aus dem Zimmer, direkt nach draußen in den Hof zurück.

Nach dem kurzen Besuch sagte Christian, er hasse diese Bücher. Seine Jugend lang habe er die Bücherkisten von Bahnhof zu Bahnhof schleppen müssen, so schwere Kisten, dass sie auf dem Bahnsteig festklebten. Seine Eltern seien wie die Vagabunden dauernd umgezogen, Marseille, Paris, Marrakesch, wieder Paris. Sein Vater habe als Pianist in Kinos Stummfilme begleitet und in Restaurants das Geklapper von Messern und Gabeln. In großen Orchestern habe er auch gespielt, doch ein Schwarm italienischer Verwandter habe seine Karriere verhindert, es sei ein ständiges Hin und Her mit immer mehr Büchern und immer weniger Geld gewesen. Schließlich hätten sie eine schöne, alte Mühle unten am Lot entdeckt, und dort seien sie endgültig gelandet, oder gestrandet. Gestrandet? Vor Sylvie und mir, die er beide für höhere Töchter hielt, wollte er das Desaster seiner Eltern mit der Mühle nicht zugeben.

Später erzählte einer seiner Brüder die Geschichte auf seine Weise, die Frau des Arztes auf die ihre. Hier die Zusammenfassung beider Berichte: Vor allem die Mutter Aubin hatte sich in die alte Mühle verliebt, schweren Herzens trennte sich ihr Mann von einigen seiner Bücher, um das Haus am Wasser zu kaufen. Im Sommer, als das alte Ehepaar mit Grammophon, Orientstoffen und den restlichen Büchern dort einzog, war das kleine, gotische Gebäude am Fluss eine Idylle. Seine hohen Mauern und sein spitzer, zerfallener Turm spiegelten sich im ruhig dahinfließenden Wasser, eine zerklüftete Felswand bildete den malerischen Hintergrund. Aber das Stockwerk über den Mühlsteinen war nur durch eine Wendeltreppe im Inneren von unten zugänglich, der Steg von der Straße zum Wohnraum, der direkte

Zugang von oben, war zerbrochen. Bevor der Winter kam, dichteten die Mühlenbewohner ein überdimensionales Fenster und den Fußboden mit Pappe und Lumpen ab. Die zerbrechliche Frau strauchelte auf dem Weg über die Mühlsteine und durch den Schlamm, sie verließ die Mühle nicht mehr. Wie ein Löwe stieg Louis täglich die steile Böschung zur Straße hoch, um Essen und Holz zu holen, bescheidene Holzspäne für den schlossartig großen Kamin. Dann, im Februar, führte der Lot Hochwasser, der Fluss tobte und stieg meterhoch über seine Ufer, alle Böschungen standen unter Wasser. Der Arzt und seine Familie, die in der Nähe der Mühle wohnten, spannten ein Seil von der Straße zum ersten Stock hinüber und versorgten die Eltern Aubin mit Essen und Trinken, welches diese in einem Korb zu sich hinüberzogen. Am vierten Tag des Hochwassers standen sie nicht mehr in der Tür, um den Korb entgegenzunehmen. Die Arztfrau bat Nachbarn um Hilfe. Am Abend wurden in einer Rettungsaktion die erschöpften Menschen im Licht von Fackeln in ein Boot abgeseilt. Nach Nässe und Kälte erholten sie sich bei warmer Unterkunft und gutem Essen im Haus der Arztfamilie. Der Doktor riet ihnen, auf die trockene Hochebene zu ziehen. Als Landarzt wusste er, wann wer gestorben war und wo wieder ein Häuschen für seine nächsten Patienten leer stand. So verschrieb er den Eltern Aubin das Rezept, ihren Lebensabend auf den Causses in Roquecave zu verbringen.

Oben auf der Hochebene, Trockenheit und Stille. Das klare Sonnenlicht Ende August kündigte den Herbst an. Die Mineralien und die von Menschenhand zubehauenen Steine, das Licht und der ruhige Ablauf der Zeit verbanden sich zu etwas Kosmischem. Der unkenntliche Übergang von Gewachsenem – den Felsen und dem Gestrüpp – zu Gebautem – den Stufen und den Türeinfassungen – wirkte so unberechenbar wie der Wechsel von Tag zu Nacht. Allein im Haus, wurde mir das Buch *Quercy Roman* mit seinem Untertitel *Aus der Nacht der Zeiten* zum liebsten Begleiter. Es übertrug das Grenzenlose der Vergangenheit in eine klar umrissene, kunsthistorische Epoche und übersetzte die alten Steinbilder mit dem technischen Mittel Fotografie in die Gegenwart. Angeregt durch vorchristliche Ornamente wie Farnrollen und Flechtwerke, entstand eine Zeichnung nach der anderen. Doch immer flüchtiger wurden die Formen hingetuscht, immer mehr geriet ich in Eile durch das Vorhaben, der Zeit feste Grenzen zu setzen.

Eine Sonnenuhr wollte ich bauen. Die Idee dazu war mir beim Wegräumen von Schutt und Steinplatten vor dem Haus gekommen. Das Aufräumen musste sich jedoch auf einen kleinen Platz beschränken, denn die ganze Landschaft aufzuräumen wäre Unsinn gewesen. Wenigstens vor der Südwand des Hauses, an zentraler Stelle zwischen Dreiviertelturm und rundem Taubenturm, sollte aus den wüsten Haufen eine ebene Fläche entstehen. In dem gewölbten Kellereingang unter der Terrasse lehnte ein eiserner Fassreifen von fast zwei Metern Durchmesser. Flachgelegt bildete er die ideale Abgrenzung zur Unordnung ringsherum und zugleich den Rahmen zu einer Innenfläche, die noch zu gestalten war. Ein alter Schleifstein fand sich als Mittelpunkt, und eine zerbrochene Kaminzange passte in das Loch des Schleifsteins. Mit diesen Dingen war die Grundform zu einer Sonnenuhr gelegt. Natürlich hatte ich keinen Kompass, und so nahm ich einfach an, der Süden sei da, wo die Sonne zur Mittagsstunde steht. Ich stellte einen Wecker. Kurz bevor er klingelte, rannte ich die Steintreppe hinunter und richtete die Kaminzange als Schattenzeiger ein. Senkrecht gestellt war ihr Schatten nur kurz, von der Sonne zum Haus hin schräg gerichtet, verlängerte sich der Schatten vom Mittelpunkt bis zum Fassreifen. Am ersten Tag hielt ich den Schatten mit Steinstreifen in Tonerde fest. Ein dicker, runder Stein am Rand des Reifens markierte die Mittagsstunde. Am nächsten Tag stellte ich den Wecker auf acht Uhr morgens, lief hinunter, zeichnete den undeutlichen Schatten nach und stellte den Wecker auf neun Uhr. Etwas Tonerde zusammengetragen, oben im Wohnzimmer schnell noch eine Zeichnung angefangen, und schon klingelte der Wecker erneut. Die Schatten der Stunden erhielten feinere Steinstreifen und kleinere Endpunkte als der dicke Mittagsstein. Den Schatten war mit dem Material Erde und Stein kaum hinterherzukommen, denn war eine Stunde festgelegt, musste das Tonbett schon für die nächste vorbereitet werden. Schneller als das Bauen ging das Zeichnen mit Feder und Tusche auf Papier, Planskizzen von Sonnenuhren. Drei Federstriche, der Wecker klingelte. Am vierten

Tag setzte ich mir in den Kopf, auch halbe Stunden in die Sonnenuhr einzutragen. Wie schön würden jetzt noch farbige Tonscherben zwischen dem Grau der Steine aussehen, dachte ich mir, als ich die Sonnenuhr von der Terrasse aus von oben betrachtete. Nun klingelte der Wecker alle halbe Stunde. Mit dem Ziel, die Zeit als schönes Bauwerk festzuhalten, hatte ich keine mehr.

Regen machte dem Uhrenwahn ein Ende. Anhaltende Schauer vom Atlantik her verwischten Licht und Schatten, Mittag und Abend. Das Land erholte sich von der langen Trockenheit, unter verdorrtem, gelbem Gras wuchs allmählich saftiges Grün nach. Zeit, um die zerschlitzte Wolldecke wieder zusammenzunähen, und Zeit zum Ausschlafen. Seit der Nacht, als der Espagnol neugierig geworden war, hatte ich mir den schmalen Rest Fußboden unter dem neuen Dach zu einem bequemeren Schlafplatz eingerichtet, den Zementsack durch eine Luftmatratze ausgetauscht und die Leiter unten und oben festgenagelt.

Das Zimmer darunter räumte ich weiter auf. Neben dem schönen Kamin aus gleichmäßig zubehauenen Steinen befand sich eine Vertiefung in der Mauer, ebenfalls von großen Steinen eingefasst. Bei genauerem Hinsehen handelte es sich um ein altes Regal, denn zwei von fünf Eichenbrettern steckten noch in den für sie vorgesehenen Steinkerben. Zwischen Schutt und Laub standen gläserne Fläschchen ohne Aufschriften. Aus der einen Flasche roch es nach dem Abnehmen eines Glasstöpsels scharf nach Salzsäure, ein anderes Fläschchen schien Quecksilber zu enthalten. Ich wunderte mich, was solche Gifte in einem Bauernhaus zu suchen hatten, und stellte mir vor, einer der früheren Hausbewohner habe sich heimlich mit Alchemie beschäftigt, um auf der kargen Hochebene Gold herzustellen.

Dieser frühere Hausbewohner blieb unbekannt. Doch ein anderer stellte sich in Form eines *«Livret d'Ouvrier»*, eines Arbeiterstammbuchs, vor. Der Einband des Heftchens war vergilbt, innen fehlten halbe Seiten der gedruckten Bestimmungen und Gesetze, die ein französischer Handwerksbursche unter Androhung dieser und jener Strafen einzuhalten hatte, wenn er auf Wanderschaft durch sein großes Land ging. Die vorgedruckten Fragen zur Person und die Antworten darauf, handschriftlich mit brauner Tinte eingetragen, waren jedoch relativ gut erhalten. Es folgten Eintragungen der jeweiligen Arbeitgeber des Jean Pierre Gregory, geboren und wohnhaft in Roquecave, während seiner siebenjährigen Wanderschaft von einem Städtchen in der Nähe zur Département-Hauptstadt Cahors und immer weiter weg bis nach Nantes und Paris. Die letzte Eintragung aus Paris lautete: «Eingetroffen in meinem Atelier in seiner Eigenschaft als Arbeiter-Tischler am 20. August 1867. Gegangen frei aller Verpflichtungen am 10. Mai 1869.»

Am Rückdeckel des Büchleins zusammengefaltet gab es noch eine Straßenkarte Frankreichs in 86 Départements. Der Karte nach war der Roquecaver den Flüssen entlanggewandert, erst dem Lot, dann der Garonne entlang bis Bordeaux, von Nantes aus dann der Loire entlang bis Paris. Beim Lesen der Landkarte bangte ich um den 156 Zentimeter kleinen Tischler, er müsse nun Soldat im Krieg von 1870 werden. Leere Seiten nach der Eintragung des Pariser Tischlermeisters und das Großgeschriebene «$6^{\text{éme}}$ Cie N° 15, 845», darunter ein Pariser Polizeistempel, auf der letzten Seite des Hefts ließen dies vermuten. Ich fragte meine Nachbarn Mallavelle, sie erhoben die Hände und sagten: «Verdun.» Das Massaker von Verdun habe alle Bauernsöhne umgebracht, deshalb stünden hier so viele Häuser leer und zerfielen zu Ruinen.

Eines Morgens, es war noch früh, rief draußen eine helle Stimme: «Bettina, wohnst du hier? Wo kommt man denn herein?» Es war die Stimme meiner Freundin Elisabeth. Ich steckte den Kopf durch eine Luke im Giebel und sah sie von oben zwischen Weg und Haus stehen. Wie immer war sie elegant und ganz in Schwarz gekleidet, die hohen Absätze ihrer Schuhe steckten im nassen Gras. «Wie bist du denn so früh hierher gekommen?», fragte ich verwundert. Durch einen merkwürdigen Zufall, antwortete sie, unten am Bahnhof habe ein Bauer zu ihr gemeint, so in Schwarz sei sie sicher zur Beerdigung des alten Monsieur Aubin herbeigereist und wolle nach Roquecave. Der habe sie in seinem Deux-Chevaux hochgefahren und eben vor dem ersten Haus hier abgesetzt, von da sei sie schnell weitergegangen zum Erkennungszeichen «erster Taubenturm». Die

Freude über den Besuch meiner Freundin überwog den Schreck über den Tod des alten Pianisten. Bei neu angefachtem Kaminfeuer frühstückten wir gemütlich.

Ihr Kommen hatte Elisabeth vorher mit einer Postkarte angekündigt, wonach sie erst am Nachmittag am Bahnhof im Tal ankommen wollte, und Christian hatte versprochen, sie dort abzuholen. Sicher hatte er nun anderes zu tun, und so traf es sich gut, dass Elisabeth von dem Nachtzug aus Paris gleich in die Kleinbahn ins Tal eingestiegen war. Das feierliche Schwarz kam uns nun deplatziert vor, und wir lachten über die Stöckelschuhe, mit denen das Gehen auf den schiefen Eichendielen und den Steinen beschwerlich war. In Jeans und Gummistiefeln machten wir bei Nieselregen einen Spaziergang zur Quelle hinunter und noch weiter am Felsrand entlang bis zu einer runden Steinhütte. In dem alten Unterschlupf für Schäfer setzten wir uns auf eine Steinbank und sahen durch den Eingang auf weiß-grün aufgequollene Flechten an den Ästen dunkler Krüppeleichen.

Nach dem Abendessen richteten wir uns zur Nacht ein. Meine Freundin fand es ungerecht, wenn ich auf meinem sicheren Stück Fußboden oben unter dem neuen Dach bliebe und sie unten allein ließe. So zog ich wieder auf das Spaghettibett ins Wohnzimmer hinunter, und Elisabeth bekam die Luftmatratze in ihr Gästezimmer gelegt, gleich nebenan bei offen stehender Tür. Bei Nacht und Dunkelheit hatten wir beide Angst, wahrscheinlich, weil wir beide Flüchtlingskinder waren. Wir löschten das Petroleumlicht. Erst erzählten wir uns unsere mehr oder weniger verkrachten Liebesgeschichten. Dann führte Elisabeth das Spiel «Berufe erfinden» ein, zum Beispiel «Obstmesser», das sei einer, der auf Plantagen den Umfang aller Äpfel und Birnen ausmisst. «Zitronenfalter», wir lachten bei der Vorstellung, wie jemand Zitronen zusammenfaltet. «Vogelbauer», einer, der Vögel anbaut. «Maulwurf», einer der mit großen Worten um sich wirft. Die Vorschläge gingen hin und her, zwischendurch dachten wir über weitere zusammengesetzte Worte und Unsinnsberufe nach. In der Dunkelheit ließen sich absurde Tätigkeiten wie «Büstenhalter» gut vorstellen. Nach einer Weile flüsterte Elisabeth: «Hörst du was?» – «Wie wäre es mit ‹Kopfhörer›?» – «Pst, hör doch auf!» – «Ja, jetzt höre ich auch was, weiß aber nicht, was.» – «Über uns bewegt sich wirklich jemand.» – «Hast du Angst?» – «Ja.» – «Ich auch.» Wir lauschten. Auf dem Dachboden unter dem Steindach raschelten die Nagetiere, die wohl ihre Nüsse für den Winter horteten. Dann war aber wieder ein merkwürdiges Kratzen und Flattern zu hören, mal stärker, mal schwächer. Ich knipste eine Taschenlampe an und leuchtete an die Decke. Waagerecht zwischen zwei Balken hing eine vorher nie beachtete Ziehleiter. Wir sprachen uns Mut zu: Angst hätten wir vor dem Unbekannten, besser, wir guckten jetzt nach, wer oder was da oben wirklich sei. Gemeinsam zogen wir die Leiter herunter, gleichzeitig öffnete sich eine Holzklappe über eine Seilrolle zum Dachboden. «Geh du zuerst hoch, ich leuchte mit der Taschenlampe», sagte Elisabeth und fand es durchaus vernünftig, dass ich mit dem vorgehaltenen Beil die Leiter hochstieg. Oben flatterte ein großer, schwarzer Vogel verzweifelt umher. Kopf und Hals hatten sich in Lumpen verfangen. Es war ihm aber nicht zu helfen, vor Licht, Beil und Menschenkopf in der plötzlich geöffneten Klappe steigerte sich seine Angst zur Panik. Mit den Lumpen behängt, hüpfte er aus der Sichtweite der hochgehaltenen Taschenlampe in das Dunkel von Lumpen und Gerümpel. Am Morgen war der schwarze Vogel vom Dachboden verschwunden. Wahrscheinlich hatte er sich von den Lumpen befreit und war durch eine der Dachluken davongeflogen. In jedem der beiden Giebel, nach Osten und nach Westen, befand sich eine Öffnung und in den Zwischenwänden kleine Türrahmen. So zog die Luft durch den ganzen Dachstuhl, das Gebälk verfaulte nicht, und die Luftschicht isolierte vor Hitze und Kälte. Der Dachstuhl über dem Wohnzimmer hatte offenbar auch zum Trocknen von Tabak gedient. Das Gebälk war mit Drähten bespannt, an denen noch einige Tabakpflanzen wie Mumien im Luftzug schaukelten. Auch bei Tage fanden wir es unheimlich im Halbdunkel unter den Steinen. So zogen wir die Leiter wieder hoch, bis sich die Klappe schloss.

Die Sonne schien, lieber machten wir uns draußen zu schaffen. Tagelang bauten wir an einem närrischen Schaukelstuhl aus dem Halbrund einer kaputten Maisraspel und anderen bäuerlichen Geräten mehr. Wir befestigten Seitenstangen und schließlich einen großen Blechtrichter als Baldachin über dem Ganzen.

Der zusammengebastelte Thron stand neben der Sonnenuhr, die tatsächlich die Zeit angab. Lautlos, ohne Weckergeklingel, wanderten die Schattenlinien von Stein zu Stein. Nachmittags um vier Uhr kam der Postbote mit seinem Moped aus Cenevières, der Gemeinde unten im Lottal, zu der Roquecave gehörte. Brachte er keine Post, gaben wir ihm welche mit. Der Postbote, ein netter Mann um die dreißig, setzte sich auf unseren Thron, lachte und schaukelte, dass der Baldachin nur so schepperte. Wir wunderten uns, dass er für den Spaß so viel Zeit hatte. Roquecave sei der letzte Weiler, in den er Post auszutragen habe, sagte er und zeigte auf einen kleinen Rundturm, der immer wie ein heller I-Punkt in der Aussicht der Terrasse stand. Der alte Turm dort sei kein Taubenturm, sondern ein Wehrturm mit Pechnase, er stünde über dem steilen Felsabhang, der Grenze zum Kreis Limogne, als Sekretär des Bürgermeisters von Cenevières wisse er das. Wir fragten ihn nach der Bedeutung der Taubentürme. Er erklärte, dass man Taubentürme an den vorstehenden Steinsimsen mit den Einfluglöchern darüber erkenne. Für den Bau solcher Türme habe früher der Graf von Cenevières das Recht erteilt. Nur Bauern mit ausreichend Land, so dass die Tauben nicht etwa das Korn von den Feldern der Nachbarn wegfraßen, hätten sich Tauben in Türmen halten dürfen. Der Taubenmist sei als besonders guter Dünger auf den Äckern verteilt worden. Die Taubenhaltung im großen Stil sei schon lange – erst durch das Phosphat aus den Felsgruben bei Concots, dann durch billigen Kunstdünger aus Algerien – verdrängt worden. Wie die Tauben für ihren kostbaren Mist in den Türmen gehalten wurden, das wolle er uns ein andermal erklären, jetzt müsse er nach seinen eigenen Tauben gucken, sagte der Postbote und knatterte mit seinem Moped wieder den Weg hoch, vorbei an den Mallavelles und dem Espagnol, am Steinkreuz nach rechts, zurück nach Cenevières hinunter.

Es blieben noch drei schöne Septembertage mit Elisabeth zusammen. Abends hörten wir Musik bei den Freunden in der Bastide, die einen Plattenspieler hatten und inzwischen sogar Elektrizität. Nach einer Woche Ferien in Roquecave musste meine Freundin nach Frankfurt zu ihrem Chef im Verlag zurückreisen. Sie zitierte aus dem Herbstgedicht von Rilke: «Herr: es ist Zeit.

Der Sommer war sehr groß. Leg deinen Schatten auf die Sonnenuhren.»

Christian fuhr uns zum Bahnhof hinunter. Von der Flussbrücke, die das Dorf Cenevières mit dem Bahnhof «Saint-Martin-la-Bouvale» verband, zeigte er kurz nach rechts: Dort unten stünde die Mühle seiner Eltern. Die «Micheline», der Nahverkehrszug, fuhr ein, eine rot gestrichene Lokomotive mit einem Personenwagen. Elisabeth, wieder elegant in Schwarz gekleidet, stieg ein, und wir nahmen Abschied mit dem Versprechen auf ein Wiedersehen. *«Séparez-vous maintenant, et surtout pas de larmes!* Trennt euch jetzt, und bloß keine Tränen!», mahnte Christian.

Zwei Tage später packte auch ich meine Koffer. Alles, was unnütz schien, wurde im Kamin verbrannt, ganze fünfzig Zeichnungen. Die Hände sollten frei bleiben zum Tragen nützlicher Sachen. So für einen Korb voller Gläschen mit Marmelade, die Sylvie aus Kornelkirschen gekocht hatte, und für einen geschlossenen Korb mit einem Kater darin, den mir Christian für dessen Rückreise nach Paris anvertraute. Im Impasse du Rouet solle ich die Marmelade an die Concierge und andere mehr verteilen und den Kater in meinem Graumann-Atelier hüten, bis sie nach Paris nachkämen, sagte Sylvie. Sie wollten noch so lange wie möglich im «traumhaften Roquecave» bleiben und erst, wenn es in der großen Bastide zu kalt würde, kämen sie für einen letzten Winter in die Winzstube des Impasse zurück.

Vorüber war der erste Sommer in Roquecave. Nun hieß es Abschied nehmen vom Haus und den Türmen, Abschied von den Freunden und Nachbarn. Aubins brachten mich zum Bahnhof hinunter. Wieder fuhr die Micheline ein, und wieder sagte Christian: *«Et surtout pas de larmes!»* Immer kleiner und verlorener wirkten die beiden auf dem Bahnsteig beim Nachwinken aus dem Zugfenster. In Cahors hieß es Umsteigen von der kleinen Micheline in den großen Zug nach Paris. Mächtig brauste die Lokomotive aus Richtung Toulouse ein. *«Cahors, deux minutes d'arrêt!»*, rief der Schaffner. Nur zwei Minuten Halt, das Nervensystem musste sich umstellen auf Geschwindigkeit. Der Zug verband das Ende der Welt mit der großen Welt.

Einen Monat verbrachte ich im Impasse du Rouet mit Malen, eine Woche in Frankfurt zur Planung einer Ausstellung und nur einen Tag in Berlin, um mich zum Wintersemester zurückzumelden. Meine Großmutter in Berlin-Zehlendorf sagte verwundert: «Du hast keine Uhr. Du hast keine Schuhe, nur diese Sohlenträger, hast aber ein Haus!» Mit «Sohlenträgern» meinte sie meine indischen Sandalen, für die es Ende Oktober in Berlin schon zu kalt war. Doch gleich am nächsten Tag ergab sich die Möglichkeit, mit einer Gruppe der Kunsthochschule nach Paris zurückzukehren. Oğuz gab ein Fest in seinem Architektenatelier, zu dem er meine Freundinnen und Freunde aus der Friedlaender-Werkstatt und die vom Berliner Bus einlud. Danach musste ich zurück nach Berlin zum Studium, unterbrochen durch die erste Einzelausstellung in Frankfurt. Schließlich saß ich wieder in der Bahn zu den Weihnachtsferien in Paris.

Im Impasse du Rouet stand noch das Cembalo, und meine Nachbarn luden mich zum allabendlichen Musizieren ein. Christian wollte bald das Cembalo auseinander bauen, um es im Frühjahr endgültig nach Roquecave zu transportieren. Das Ende der Weihnachtsferien bedeutete auch den Abschied von Oğuz. Ich hatte den Mut nicht, ohne abgeschlossene Ausbildung bei ihm in Paris zu bleiben und für immer mit ihm zusammenzuleben. «Arbeit», sagte mein Freund auf Deutsch, so wie er Arwed beim Dachbau im Sommer genannt hatte. Nun lag vielleicht Schnee auf meiner Sonnenuhr im Südwesten, und es ruhte «die Nacht der Zeit» in langen Winternächten an erloschenen Kaminen.

Die Sonnenuhr zwischen Steinen vom Dach
(LUCEM DEMONSTRAT UMBRA).

Der Ritter von Cenevières

Lieber wäre ich nur zum Schlittschuhlaufen nach Berlin zurückgekehrt als für die Prüfungsvorbereitungen im späteren Lehrfach «Werken». Von den vier Werkfächern des Vorstudiums hieß es, sich für zwei davon zur Prüfung anzumelden. Das Fach «Holz» schien mir geeignet, um mehr für das Dachgebälk und die Fußbodenreparatur in meinem südlichen Haus zu lernen, das Fach «Papier und Pappe», um aus dem Leim gegangene Bücher von Pariser Bouquinisten neu zu binden. Mehrere Tage in der Woche wurde fleißig gewerkt, an der Kreissäge, der Drechselmaschine und an dem großen Schneidemesser, das einer Guillotine glich. Und zwischendurch liefen wir, einige Freunde von der Kunsthochschule, immer wieder Schlittschuh auf dem Schlachtensee.

Parallel zum Werken ging der Unterricht in den Mal- und Zeichenklassen weiter. Professor Kuhr hatte nichts dagegen, wenn wir nicht nur die von ihm bestellten Modelle porträtierten, sondern auch uns gegenseitig. Daraus entstand, mit zwei Studenten aus anderen Ateliers zusammen, das «Porträttrio». Zu dritt trafen wir uns regelmäßig in einem unserer Studentenzimmer und zeichneten uns wechselseitig ab, so jedenfalls hatten wir es vereinbart. Doch meine Freundin Heidi und ich fanden die Gesichtszüge vom Dritten im Bunde, unserem Freund Dieter, so interessant, dass meist nur er geduldig Modell saß, während wir ihn porträtierten. Dieter war fast zwei Meter groß, und auch sein schmales Gesicht, mit einer markanten Nase zwischen blauen Augen, hatte etwas Großzügiges. Manchmal saß er Modell mit dem Ausdruck eines nicht nur gutmütigen, sondern auch intelligenten und daher melancholischen Riesen, der den Blick in die Ferne richtete. Nach mehreren Zeichnungen porträtierten wir ihn sogar in Öl auf großem Hochformat. Für diese Sitzung hatte er sich extra einen roten Pullover angezogen und meinte, den Hintergrund dazu sollten wir in der Komplementärfarbe Grün malen, als Kontrast und Zeichen der Zerrissenheit. Als wir seine Mundpartie fertig gemalt hatten, sprach er von den Büchern und Collagen von Peter Weiss, den er bewunderte.

Das Eis der Berliner Seen war getaut, es begannen die Prüfungen in den zwei Werkfächern. Danach, gleich nach Bekanntgabe der Ergebnisse, Schluss mit Werken! Wir hatten frei für die Osterferien. Für uns, das Porträttrio, schien nichts naheliegender, als in das zweitausend Kilometer weit entfernte Roquecave zu fahren. Dieter hatte einen Führerschein, ich noch Geld von meiner Frankfurter Ausstellung und Heidi gastfreundliche Eltern in Seesen, ungefähr dem ersten Viertel der Strecke. Erst suchten wir bei Autohändlern, schließlich bei einem Schrotthändler nach einem Auto für 400 Mark. Ein weißer Ford wurde uns angeboten, ein Unfallwagen, der daher billig zu erstehen war. Er hatte vier bequeme Sitze, vier Türen, vier Räder, Motor und Getriebe waren intakt, und ich kaufte das Auto. Seine Karosserie war an der rechten Seite von einem Aufprall stark zerbeult. Um diesen Schönheitsfehler zu vertuschen, parkte Dieter in der Folge möglichst so, dass die kaputte Seite von einem Bauzaun oder Ähnlichem verdeckt wurde.

Die polizeiliche Anmeldung des Autos wäre problemlos verlaufen, hätte nicht eine gelangweilte alte Frau mit Kissen auf dem Fensterbrett die Polizei angerufen. Von ihrem Fenster aus hatte sie beobachtet, wie Dieter die Nummernschilder abschraubte und nach einer Weile mit anderen wiederkam. Sie glaubte, er habe das Auto geklaut, die Polizei glaubte es auch und nahm ihn fest. Mit der Quittung des Schrotthändlers konnte ich Dieter bei der Polizeistelle auslösen. Da wir nun schon einmal bei der Polizei waren, bat ich die Herren, Dieter als den Besitzer des Autos einzutragen, denn er habe einen Führerschein. Dieter besorgte die weiteren Autopapiere wie die «grüne Karte» für internationale Versicherung.

Nach der Fahrt durch die DDR und durch ihre Kontrollstellen trafen wir am späten Nachmittag in Seesen ein. Heidis Verheißungen, von ihren Eltern würden wir verwöhnt, trafen wirklich ein. Es gab ein reichhaltiges Abendessen, bei dem ich erzählen sollte, wohin unsere Reise ginge. Danach stellte Heidis Mutter Kochgeschirr, Schlafsäcke und allerhand Nützliches mehr für das alte Haus im Süden zusammen. Nach einem warmen Bad schliefen wir in weichen, bequemen Betten. Eines davon, vielmehr eine dreiteilige, breite Sprungfedermatratze bester Qualität, wurde am Morgen als «Geschenk an Roquecave» in unser Auto geschoben. Heidis Vater fuhr den zerbeulten Ford zu einer Tankstelle, ließ die Reifen prüfen, füllte Motoröl und Kühlwasser nach. Er habe voll getankt, sagte er bei seiner Rückkehr, «Kinder, damit kommt ihr bis nach Paris!» Ihre Mutter gab uns nach einem guten Frühstück Reiseproviant mit auf den Weg. «Kinder, das braucht ihr, vor allem euer lieber Fahrer, der lange Dieter!»

Unterwegs erzählte Heidi, warum sie tatsächlich nach dem Buch von Johanna Spyri «Heidi» hieße. Ihre Eltern seien auf der Flucht vor den Nazis gewesen, doch noch vor der belgischen Grenze, in Plön, sei sie aus dem Bauch ihrer Mutter «geplumpst». Bei all dem Schrecklichen ringsum habe ihre Mutter Sehnsucht nach ländlicher Idylle gehabt, nach heilender Milch von Ziegen, die auf friedlichen Bergwiesen Kräuter fraßen, und deshalb habe sie ihr den Namen von dem Naturkind Heidi gegeben.

In Paris kampierten wir drei Nächte in «meinem» Atelier im Impasse du Rouet. Alle Dinge waren noch da wie immer, die Staffelei, die Winzküche, der helle Holzfußboden, das schmale Bett. Doch Aubins wohnten nicht mehr im Impasse, und Oğuz war verreist.

Heidi und Dieter sahen sich Bilder in Galerien an, währenddessen besuchte ich Fritz Picard in der Librairie Calligrammes und Georges Hugnet bei seiner Frau Myrtille. Dabei vermittelte mir Georges eine Ausstellung in der Rue Vavin, die in zwei Monaten, also im Mai, stattfinden sollte.

Nach einer Tag-und-Nacht-Fahrt kamen wir in Roquecave an. Da war es warm, doch Regenwolken bedeckten den Himmel, die Bäume waren noch kahl, die Gemäuer nackt und grau. Alles sah anders aus als im ersten Sommer an diesem Ort, noch verlassener, noch abweisender, noch geheimnisvoller. Dieter parkte das Auto neben einer Pfütze vor der hohen Esche. Die zerbeulte Seite des weißen Ford versteckte er diesmal nicht, denn mit einem heilen Auto hätten wir in diesem armen Land wie reiche Deutsche ausgesehen.

Im Wohnzimmer machten wir es uns am Kamin gemütlich. Wir verbrannten Fußbodenbretter aus dem Nebenraum, denn das Holz von draußen, alte Dachsparren, die noch vom letzten Sommer an der Hauswand lehnten, waren nass. Für die erste Nacht zog Dieter mit den Seesener Matratzen in das kleine Gästezimmer, ich kletterte die Leiter in das «Anti-Angst-Refugium» hoch, und Heidi bekam das Spaghettibett neben dem Kamin. Prompt kippte sie damit um, zum Glück nicht ins Feuer.

In der Nacht weckte uns starker Regen. Von dem alten Steindach floss an mehreren Stellen Wasser durch Löcher in der Holzdecke. Wir stiegen auf den Dachboden und stellten Schüsseln und Töpfe auf die größten Löcher. Aber das ständige «Tick, tock, plick» in den Blechgefäßen ließ uns erst recht nicht zur Ruhe kommen. Am Morgen stieg ich noch einmal hoch und sah mir das Steindach genauer an. Über Winter waren noch mehr Steine in die Lumpen gefallen, mehrere Bretter, auf denen die Steinplatten geschichtet lagen, waren durchgefault und zerbrochen, Steine hingen schräg auf Drähten zwischen verschimmeltem Tabak. Der Zustand war bedrohlich. Noch ein Winter und die ganze Steinlast würde ins Haus stürzen, fürchtete ich und dachte, im Sommer würde dann schon irgendwie Hilfe kommen, um das Dach mit Ziegeln neu zu decken.

Frühjahr 1964: «Viel Steine gab's und wenig Brot.»
(Foto: Heidi Glöckl)

Dieter beschloss, vom Haus in den Dreiviertelturm umzuziehen. Diesen uralten, felsenartigen Turm fand er wunderbar. Von der überdachten Terrasse gegenüber sah man ihn durch eine kleine Türöffnung aus- und eingehen. Jedes Mal tropfte ihm Regen vom nassen Steindach in den gebückten Nacken, weil ein hervorstehender Stein über der hölzernen Türfassung fehlte. Nicht nur das Wohlbefinden unseres Chauffeurs in seiner urigen Unterkunft hatte ich im Sinn, sondern auch den Erhalt des Türsturzes, der an der Tropfstelle schon angefault war, als ich Dieter bat, einen flachen Stein in die Lücke zu schieben. Er versuchte es, meinte aber, das ginge nicht, er wolle den neuen Stein an den abgebrochenen alten ankleben. In einem Napf mischte er puren Zement mit etwas Wasser an und trug diesen mit bloßen Händen auf. «Mensch, nimm doch eine Kelle oder zieh dir Handschuhe an! – Wieso? – Zement brennt auf der Haut. – Ich wasch mir gleich die Hände.» Nach getaner Arbeit streckte er die Hände zum Waschen gen Himmel, aber inzwischen fiel kein Tropfen Regen mehr. Die Innenflächen seiner Hände wurden rot, die Haut der Fingerkuppen riss auf. Abends am Kamin musste er seine Wunden in einen Topf lauwarmen Wassers mit Kernseife legen, während Heidi ihm vorlas. Diese Art der Verarztung half, und kurz darauf konnte unser Freund wieder das Lenkrad halten.

Er fuhr nach Limogne zum Einkaufen. Er brachte mehr als das Notwendigste zurück, sogar eine Tafel Schokolade. Zu solcher Verschwendung käme es, wenn einer mit seinem Geld für alle einkaufe, meinte Heidi, weil dann jeder den beiden anderen eine besondere Freude machen wolle. Besser wäre es, wir zahlten in eine gemeinsame Haushaltskasse ein, mit dem Geld der anderen ginge man sparsamer um. Wir richteten drei Kassen ein: eine gemeinsame Haushaltskasse, eine mit der rationierten Schokolade und eine mit zusammengelegtem Benzingeld für die Rückreise in einem Monat.

An einem der ersten Abende ging ich zu Aubins in die Bastide hinüber. Bei geöffneten Fenstern saßen sie im Qualm ihres Kamins, der einfach nicht ziehen wollte. Hustend und in das Feuer blasend, überlegten sie, ob es am Wetter läge oder an der Konstruktion des Kaminschlotes. Trotz der Feuchtigkeit habe mein

Kamin gleich wieder gut den Rauch abgezogen, versuchte ich, zu den Überlegungen beizutragen. Daraufhin piekste Christian mit der Kaminzange auf den Bauch von Sylvie, das habe sie davon, den größten Taubenturm von Roquecave zu besitzen, diesen Kirchturm, höher als der Kaminschlot! Sylvie gab zu, seit Generationen sei der Kaminschlot neben dem Viereckturm fast bis zum Umkippen immer höher aufgestockt worden, die Vorfahren hätten das Problem wohl auch schon gehabt, nur wären sie von der Ackerarbeit und nach der Suppe direkt ins Bett gegangen, ohne noch am qualmenden Kamin zu lesen. Daran hätten «ihre Vorfahren» gut getan, ohne Bücher früh zu Bett zu gehen, sagte Christian auffordernd. Die beiden gingen «mit den Hühnern» zu Bett, und so zog ich mich wieder in mein Haus zwischen den beiden kleineren Türmen zurück.

Das Aprilwetter wechselte von kühlen Regenschauern zu warmer, klarer Sonne. Die Pfützen versickerten in dem porösen Felsgestein, die Eschen trieben zartgrüne Blätter, eine Allee Pflaumenbäume blühte aufs Schönste zwischen Taubenturm und Backhaus, und der Stab der Sonnenuhr warf seinen schmalen Schatten von Stein zu Stein am Fassreifen. Um zwölf Uhr mittags kam Sylvie herüber. Sie sagte, seit ihrem Umzug nach Roquecave richte sie sich nur nach der Sonnenuhr, alle mechanischen Uhren ihrer Mutter habe sie nicht mehr aufgezogen, sie wolle nun so leben wie die Menschen früher hier. Früher sei man ohne Geld und Maschinen hier ausgekommen. *«Viens!»*, sie wolle mir etwas zeigen. An einem Abhang oberhalb des Wegs zur Quelle lag ein riesiger Steinhaufen. Diese Steine seien jahrhundertelang von den Äckern gesammelt und an diesen Abhang gekippt worden, erklärte sie. Aber an diesem verwitterten Steinhaufen, der Spur mühseliger Arbeit armer Menschen auf kargem Boden, konnte ich nichts Nachahmenswertes finden, so beeindruckend die Menge gesammelter Steine auch war. Weiter oben, auf einem bewaldeten Hügel, zeigte sie mir ein rotbraunes Loch in der Erde, daraus sei der Ton für den Hausbau in Körben nach Roquecave hinuntergetragen worden.

Fast jeden Tag setzten wir drei Kunststudenten uns in die Landschaft. Mit Deckfarbe malten wir auf große Papierbögen knorrige Eichen, die wie arme, schwarz gekleidete Leute einen

Felsabhang hochzuklettern schienen. Anfang April trugen die Eichen noch rostrote Blätter vom Vorjahr, die Farbe für das Moos unter den Eichen war Olivgrün, aber die Farbe für die Flechten an den Ästen ließ sich in keinem Farbnapf finden, noch aus mehreren Farben anmischen. Für das rätselhafte Schimmern zwischen Zitrongelb und Hellblau fanden wir nur das Wort «Phosphor».

Bei hellem, klarem Frühlingslicht fotografierte Heidi Taubentürme, Gebälk und Türöffnungen. Vor dem kleinen Wehrturm am Felsabhang musste sich der lange Dieter auf die Knie begeben, damit die Yucca im Vordergrund wie eine Palme aussähe. Danach übergab sie ihm ihre Kamera, er solle sie doch bitte in ihrem Traumschlafraum ablichten, in dem Gewölbe des alten Backofens, den sie tagelang geputzt hatte. Sie kroch in ihrer ganzen Größe hinein und schaute nur mit dem Kopf aus der halbrunden Öffnung ihrer Höhle. «Stark unterbelichtet, völlig beknackt», sagte Dieter. Er fotografierte noch Heidi und mich mit Zigaretten im Schnabel auf einer Wiese stehend. Dann meinte Heidi, es sei nur noch ein Bild auf der Filmrolle, das wolle sie aufsparen.

Eines Tages machten wir mit unserem Auto einen Ausflug in die Nähe. Wir fuhren hinunter nach Cenevières, dann von der kleinen Kirche aus eine Anhöhe hoch und mitten in den Innenhof des mächtigen Schlosses von Cenevières hinein. Dieter ließ das Auto neben einem gepflegten Tulpenbeet stehen. Vögel zwitscherten, kein Mensch war zu sehen. Wir bewunderten die Renaissance-Giebel über den Hauptgebäuden der alten Schlossanlage, dann fanden wir einen Durchgang durch einen Torbogen zu einer breiten Terrasse. Zwischen Türmen und Mauern lag sie auf einem steil abfallenden Felsen hoch über dem Lot. Von da aus hatten wir einen weiten Blick über das Flusstal und seine Mäander. Leise gingen wir durch den Torbogen zurück. Darin standen, in Nischen zu beiden Seiten, bauchige alte Tonkrüge mit feinen Griffen und rostroter Glasur. «Den Schöngeformten da, den hätte ich all zu gern. Nimm ihn mit!», flüsterte Heidi. Dieter, der in Heidi verliebt war, tat alles für sie. Er sah sich um, ob keiner guckte, nahm den Krug aus seiner Nische und verbarg ihn halb unter seiner Jacke. Ich flüsterte den beiden zu, draußen vor dem Schloss ginge ich «Schmiere stehen». Im Grunde wollte ich von den Schlossherren, die mir vor Jahrhunderten das Recht auf meine Taubentürme verbrieft hatten, nicht mit ihrem Krug gesehen werden. Zwischen den Türmen der äußeren Toreinfahrt, unter einem eisengespickten Falltor hindurch, spazierte ich in die freie Landschaft hinaus.

Im Schlosshof knatterte der Ford, der Motor ging wieder aus, ein Hund bellte. Kurz darauf hoppelte das Auto unter dem Falltor hinaus und schlingerte von Baum zu Baum. Heidi saß am Steuer. Ich machte das Zeichen zum Autostop, die Bremsen quietschten. Dieter stieg aus, gab mir den Krug, den solle ich schnell zu mir auf den Rücksitz nehmen. Er setzte sich ans Lenkrad, fuhr und fuhr, bis wir uns aus dem Sichtkreis des Schlosses entfernt hatten. Heidi, wieder auf dem Beifahrersitz, erklärte, warum sie, obwohl sie nicht Auto fahren könne, Auto gefahren sei: Dieter, mit dem dicken Krug unter der Jacke, habe sich nicht hinter das Lenkrad quetschen können, deshalb sei er schnell rechts eingestiegen und sie links. Er habe die Gangschaltung bedient, vor Aufregung seien sie erst einmal im Rückwärtsgang in das Tulpenbeet gefahren. Im ersten Gang und bei Vollgas seien sie dann aus dem Schlosshof geprescht, in Angst, das Falltor würde vorher herunterrasseln.

Wieder zu Hause, setzten wir uns auf die Terrassenbank und stellten den Krug vor uns auf den Tisch. Heidi strich entzückt über seine ungleichmäßige Glasur. Da saßen wir nun mit unserer Beute. Aber wir wussten nicht recht, wohin mit diesem schönen Gefäß, das auf der schmalen Bauernterrasse viel größer wirkte als im Schloss. Christian kam die Steintreppe hoch, um irgendetwas zu bringen. Er fragte, woher wir denn diesen alten Tonkrug hätten. Wir erzählten ihm unsere Geschichte, die wir nach der überstandenen Aufregung sehr komisch fanden. Der Krug sei schlichtweg geklaut, sagte er keineswegs amüsiert, sofort sollten wir ihn wieder an seinen Platz zurückbringen! Uns verging die gute Laune. Kleinlaut versprachen wir, das so bald wie möglich zu tun.

Abends am Kaminfeuer überlegten wir, wie wir das Versprechen in die Tat umsetzen könnten. Hinter dem Falltor zu klingeln und zu sagen: «Pardon, hier bringen wir Ihnen Ihren Krug wieder, wir haben nur einmal Wasser damit schöpfen wollen», Unsinn, das angefahrene Tulpenbeet würde dann womöglich auch noch zur Sprache kommen. Heidi mochte den Krug auf einmal nicht mehr sehen, sie sperrte ihn in das Gästezimmer und sagte: «Wegzaubern müsste man ihn können!» «Oder hinzaubern! Ein Schlossgespenst könnte ihn hinbringen!» – «Oder eine schöne Fee!», meinte Dieter, «und ein Ritter würde sie begleiten.» Nur der Ritter als Schlossgespenst solle den Krug an seinen Platz zurückstellen, auf diese Idee einigten wir uns. Heidi, groß, kräftig und schön, zog eine dunkelrote Strumpfhose aus ihrem Koffer, die sei zwar aus Wolle, ließe sich aber in die Länge ziehen. Dieter nahm die Strumpfhose über den Arm, dazu habe er einen passenden Seidenschal, und ging in seinen Turm hinüber. Nach einer Weile trat er vor den Kamin: Dunkelrot die langen Ritterbeine, schwarze Shorts und seine weite, braune Jacke darüber, dunkelroter Seidenschal und als Krönung umrahmte ein breiter, brauner Schlapphut sein markantes Profil. An die allzu bekannte Jacke nähten wir bei Kerzenlicht Schnüre in Schnörkeln und Fransen auf. Ein Schlossgespenst erschiene um Mitternacht, sollten wir nicht gleich losfahren? Nein, es fehlten doch noch Federn auf dem Hut, Schnabelschuhe, eine Lanze, all das würde sich morgen früh finden. Außerdem ließe sich ein Gespenst, da unsichtbar, nicht fotografieren.

Frühmorgens, so früh, dass auf der Sonnenuhr noch keine klare Schattenlinie zu erkennen war, stand «der Ritter von Cenevières» vor seinem Turm. In der Rechten hielt er eine riesenlange, gezackte Eisenstange (das Teil einer Egge mit einer Dachstange als Griff), in der Linken den Krug. Ernst blickte er in die Ferne, denn vielleicht ging es um eine neue Form der Kunst, um den körperlichen Einsatz über das Farbe-zu-Papier-bringen hinaus. Still stand er da für Heidis letzte Aufnahme.

Alles, was unseren Ritter und Chauffeur beim Fahren störte, wie Schnabelschuhe, Federhut und das Corpus Delicti, kam zu mir auf den Rücksitz. Das lange Stück Ackergerät, die Lanze, hielten Heidi und ich bei heruntergekurbelten Fenstern auf dem Autodach fest. Neben einer Hecke, in einer Kurve unterhalb des Weges, der zum Schloss hinaufführte, stellte Dieter den zerbeulten Ford so hin, dass er nicht wie ein Berliner Verbrecherauto aussah. Dann machte er sich in voller Rittermontur auf den Weg.

Wir beiden Freundinnen hockten wie die Osterhasen im Gebüsch versteckt. Was wir sahen, war so unwahrscheinlich komisch, dass wir uns vor Lachen bogen. Aber pst! Die Sonne schien, blühende Pflaumenbäume säumten den Weg, der Ritter schritt dem Schloss entgegen, ein Bauer bestellte seinen Acker. Es war ein Frühlingsbild wie aus den *Très riches heures du Duc de Berry*, dieser feinen Malerei aus dem späten Mittelalter mit seinen tiefblauen Himmelsgewölben über Burgen und den menschlichen Tätigkeiten auf der Erde. Das Bild änderte sich: Der Bauer ließ erschrocken seine Hacke fallen, mit offenem Mund starrte er der baumlangen Erscheinung nach, als käme ein gespenstischer Bauernerpresser in das Schloss zurück. Unser Ritter wurde kleiner, dann sahen wir ihn nicht mehr.

Hunde bellten wie wahnsinnig, das wilde Geheul hallte im Schlosshof wider. «Mensch, jetzt zerfleischen sie den tapferen Ritter, der keine richtige Lanze hat, um sich gegen die Meute zu wehren», sagten wir uns in unserem Gebüsch. Wir bekamen Angst um unseren Freund und hatten ein schlechtes Gewissen, ihn nur zu unserem Spaß solchen Gefahren ausgesetzt zu haben.

Wir horchten angespannt. Das Hundegebell verstummte, der Bauer hackte seinen Acker. Ohne den Krug kam der Ritter den Weg hinunter, die Lanze, wieder nur ein altes Stück Egge, legte er an den Rand des Ackers. Mit weit ausholenden Schritten ging er auf unser Auto zu. Wir fragten ihn, ob er nicht Angst vor den vielen Hunden gehabt habe. Nein, es seien nur zwei gewesen, sagte er, und diesmal habe er ja nichts geklaut, sondern etwas zurückgebracht. Aber eine Frau, die aus der Tür eines Seitengebäudes geguckt habe, die habe Angst vor ihm bekommen.

Später erfuhren wir: Die Frau war die Haushälterin, die mit den zwei Hunden das Schloss hütete, während die Grafenfamilie ihre Osterferien in Paris verbrachte. Nochmals später, als eine «Roquecaver Bautruppe» gegen Eintritt das Schloss Cenevières besichtigte, standen die zwei schönen Tonkrüge nicht mehr in ihren Nischen. Zwei Buben, die Söhne des Schlossbesitzers, kassierten und führten mit Geschick durch die Räume des Schlosses. «*Ici, c'est la salle de la tasse!* Dies ist der Saal der Tasse!», rief der Zehnjährige mit heller Stimme in einem großen Saal, in dem nur noch eine blau bemalte Porzellantasse auf einem Eichentisch stand. Stück um Stück hatte der Graf das bewegliche Inventar an Pariser Antiquitätenhändler verkaufen müssen, um die Reparatur der enormen Dachflächen des Schlosses bezahlen zu können.

Im Schloss Cenevières gibt es noch heute nicht nur eine katholische Kapelle, sondern auch die Fassade eines protestantischen Tempels aus dem 16. Jahrhundert. Henri IV., König der Navarrer, bekannt nicht nur als ursprünglicher Protestant, sondern auch durch seinen Wunsch für das Volk: «Jedem sonntags ein Hühnchen in den Topf!», hatte während der Belagerung der Bischofsstadt Cahors im Schloss Cenevières gewohnt.

Eines Sonntags waren wir drei des 20. Jahrhunderts neugierig auf ein Täubchen im Topf. Wir fuhren nach Limogne. Statt zum Markt vor der Kirche gingen wir zum Hof des Händlers für Baumaterial. Der Vater des Händlers, ein untersetzter, alter Mann, erklärte uns seine Taubenzucht. Der vorkragende Steinrand an einem seiner Taubentürme verhindere, dass Ratten in die Nistlöcher hochkletterten und Eier und Brut wegfräßen. Ratten kämen zwar überall durch, aber mit dem Rücken nach unten am Steinrand, da fielen sie herab. Gesehen habe er das zwar noch nicht, denn diese schlauen Biester wüssten selbst, dass sie keine Flügel hätten. Ein anderer Taubenturm war mit Zinkblech umrandet. Ganz modern, sagte der Großvater, mit seinen gichtigen Beinen habe er noch dem Fortschritt nachlaufen wollen und die Steine durch Metall ersetzen lassen. An der glatten Fläche würden die Ratten abrutschen. Er schwärmte von gebratenen Tauben als Delikatesse, jeden Sonntag habe seine Familie mehrere Tauben im Topf, ob wir nicht drei Täubchen wollten? – Erst einmal nur eines. – Er streute Körner auf den Boden und rief *«Ven! Ven!»,* wie die Schäfer nach ihren Schafen. Von allen Dächern flatterten Tauben herbei, hübsche Tiere mit mehrfarbig schillerndem Gefieder, anders als die mattgrauen Berliner «Ratten der Lüfte». Dicht an dicht umherhüpfend, pickten sie die Körner auf. Der Großvater bückte sich, fix hatte er eine Taube im Griff. Nur der junge Monsieur dürfe jetzt zusehen, für feinfühlige Demoiselles sei der folgende Vorgang nicht geeignet. Er kehrte Heidi und mir den Rücken zu, wir hörten ein Knacken, ein kurzes Halsumdrehen. Dieter bezahlte drei Francs für den toten Vogel. Während unserer Rückfahrt hielt Heidi das Tier behutsam auf dem Schoß.

Zu Hause am Kamin überlegten wir, wie wir die Taube – unter Vermeidung des ekelhaften Rupfens an ihrem rohe Leibe – zubereiten könnten. Heidi schlug vor, sie komplett und ohne hinzusehen in kochendes Wasser in den Kaminkessel zu legen und sie danach zu rupfen. Ich erinnerte mich, früher habe meine Tante Tam die Hühner erst gerupft, dann ihren Flaum abgesengt und sie dann erst nackt in den Topf oder in den Backofen gesteckt. «Also, ihr feinfühligen Demoisellen, dann rupft mal schön!», sagte unser junger Monsieur. Heidi streichelte das Gefieder, statt es auszurupfen. Daraufhin entwickelte Dieter, ganz ritterlich, eine einleuchtende Methode, um uns Fräulein die widerliche Arbeit zu ersparen: Dick in Ton eingepackt, in ihrem ganzen Federkleid, sollten wir die Taube über dem Kaminfeuer braten. Der Ton würde sich im Feuer härten wie ein chinesischer Backtopf, dann würden wir den Ton zerschlagen und die festen Tonscherben würden wie von selbst die Federn aus dem weichen Braten ziehen.

Wir gingen zu dem Hügel hoch, aus dem früher die Tonerde in Körben zum Hausbau nach Roquecave hinuntergetragen worden war. Mit einem Eimer voll rostroter Erde kamen wir zurück, mischten sie mit etwas Wasser an und pappten die Taube vom Schnabel bis zum Schwanz damit zu. Auf dem Rost über der Glut bröselte die Erde ab – sie war eben nur Lehm und kein richtiger Ton zum Brennen –, das Gefieder fing Feuer, es stank widerwärtig. Unser Taubenbraten schrumpfte zu einem schwarz verkohlten, winzigen Knäuel zusammen. Nachdem uns die essbare Materie abhanden gekommen war, versuchten wir, uns mit einer Formel von Albert Einstein zu trösten, wonach im Universum die Summe aller Materie und die Summe aller Energie konstant sei, also nichts verloren ginge.

Mit dem Einkauf der Taube war unsere gemeinsame Haushaltskasse wie diese «verbraten», und von der letzten Ration Schokolade hatten sich Ameisen ihre Energie geholt. Brennnesseln zu rupfen, das kostenlos Grüne, war nicht so ekelig, wie Tieren ihr Gefieder oder gar das Fell vom Leib zu reißen. Von Brennnesseln, eisenhaltiger als Spinat, ernährten wir uns zehn Tage lang. – «Du Brenn-Esel, zieh dir doch einen Handschuh an und gib mir den anderen!» – Brennnesseltee gab es zum Frühstück, Brennnesselomelett garniert mit Gänseblümchen zu Mittag, Brennnesselsuppe am Abend, nichts als Brennnesseln in Variationen, angereichert nur durch sechs Hühnereier, das Geschenk der Nachbarin Marguerite Mallavelle. Weiterhin malten wir jeden Tag in der Landschaft, sahen aber überall nur noch Brennnesseln.

Später sollten diese Osterferien in Roquecave als die «Brennnesselzeit» glorifiziert werden, in der wir Brechstangen gefressen hätten und in der dem «Ritter von Cenevières» eine eiserne Rüstung an den Leib gewachsen wäre. Eisern hatten wir der Versuchung widerstanden, uns über die Benzinkasse für die Rückfahrt herzumachen. Eines Morgens fuhren wir mit voll getanktem Auto ab. Richtung Norden hieß zwar «nach oben», weil auf Landkarten der Norden oben liegt, oder wegen des Armutsgefälles nach Süden hin. Doch auf der Nationalstraße hinter Cahors ging es meist nach unten. Bergab fuhr Dieter im Leerlauf, um Benzin zu sparen, mit dem Ersparten wolle er uns in Paris zum Kaffee einladen.

Gegen Abend quetschten wir uns wie zu große Trampeltiere vom Lande auf geschnörkelte Stühlchen eines Straßencafés am Boulevard Saint-Germain. Nach mehreren Gläsern Coca-Cola, nach dem Genuss von Chemie an exquisitem Ort, fühlten wir uns aufgekratzt und betrunken. «Jetzt müssen wir uns aus dem Verkehr ziehen», meinte Heidi. Für die Nacht zogen wir uns in den Impasse du Rouet zurück. Einmal noch ein Besuch in dem geliebten Pariser Atelier, von dem ich mich innerlich schon verabschiedet hatte, gab es doch nun mein wirklich eigenes Haus im Südwesten. Wir drei verteilten uns in dem kleinen Atelier zum Schlafen, und ich schloss die Tür von innen ab.

Am Morgen drehte sich langsam ein anderer Schlüssel im Türschloss. Dieter zog sich seinen Schlafsack über den Kopf, Heidi erstarrte mit einem Fuß im Waschbecken, und ich sprang vom Bettrost auf. Erwin Graumann betrat sein Atelier. Er übersah den großen Männerfuß, der aus einem Loch des Schlafsacks herausguckte, und entschuldigte sich für die Störung, er habe nur nach seinen Malutensilien sehen wollen. Ich entschuldigte mich, noch einmal hierher gekommen zu sein, wir seien nur auf der Durchreise nach Berlin. Vor mehr als einem Jahr hatte mir der alte Maler sein Atelier geliehen, nun gab ich ihm den Zweitschlüssel zurück, und wir verabschiedeten uns. Er ging hinaus, höflich wartete er in einem Café auf unsere Abfahrt.

Eilig packten wir unsere Sachen in den Ford, der an der Place d'Alésia stand. Dann benutzten wir das Autodach als Tisch und sahen in den alten Stadtplan meines Großvaters. Demzufolge führte die Avenue du Maine nach Nordosten aus der Stadt hinaus.

Im Nordosten Frankreichs führten lange, gerade Straßen durch weite Flächen. Der Ritter fuhr zügig und gelassen. Nach mehreren Stunden Fahrt ging es eine Straße bergab. Von unten kam ein Lastwagen entgegen. Er habe ein ungutes Gefühl, sagte Dieter, hier wolle er mit der Motorbremse im dritten Gang hinunterfahren. Kaum hatte er das gesagt, knallte es links, sofort riss er das Steuer nach rechts. Fast im Straßengraben, brachte er das Auto zum Stehen. «Warum fährst du in den Graben?», fragte Heidi erschrocken. – «Wir wären sonst in den Laster gekracht!» – «Warum hast du nicht einfach gebremst?», fragte ich. – «Bremsen geht auf die Reifen.» Wir stiegen aus dem Auto, das links vorne schief lag, denn der linke Vorderreifen war geplatzt. Wir suchten nach einem Ersatzreifen. Schließlich fanden wir ihn mit einer Klammer unter dem Auto befestigt, einen Reifen ohne jegliches Profil. Für den Reifenwechsel ohne passenden Schraubenschlüssel brauchten wir Stunden. Darüber begann es zu regnen, und es wurde dunkel.

Wir fuhren in die nächste kleine Stadt und suchten nach einer Werkstatt, fanden aber keine. Eine Polizeistation war noch geöffnet. Dieter blieb im Auto, er sähe zu nordisch aus, uns beiden jungen Frauen würde eher geholfen werden. Wie einen verbrannten Riesenkuchen brachten wir den geplatzten Reifen vor den Bürotisch der Gendarmen und fragten, ob uns die Messieurs eine Werkstatt zur Reparatur dieses Reifens empfehlen könnten. Barsch wurden wir abgewiesen: Nein, hier in der Nähe von Verdun würde kein französischer Garagist ein deutsches Auto reparieren. Grobe Worte fielen, wovon wir nur *«putains»*, Huren, verstanden. Schleunigst rollten wir den Reifen wieder hinaus.

Bei strömendem Regen übernachteten wir auf den bequemen Sitzen des Fords. Im Morgengrauen, der Regen hatte nachgelassen, fuhren wir langsam weiter. Im Dunst tauchte eine Festung auf, flach und lang gestreckt. «Verdun geht an die Nieren», murmelte Dieter. Er machte einen weiten Bogen um die Festungsanlage, in der das Grauenvolle noch nicht so lange her war wie in alten Burgruinen.

Nach einer Zwischenstation zum gründlichen «Auftanken» in Seesen trafen wir schließlich am Ende der Ferien in Berlin ein. Den Ford mussten wir schnell loswerden, denn seinen weiteren Unterhalt konnten wir uns nicht leisten. Das Auto hatte seinen Dienst getan, nun musste es gehen. Der Schrotthändler nahm es zurück, die Sitze wolle er in seinen Schrebergarten stellen. Ohne das weiße Auto kam es uns vor, als hätten wir uns nach einem Schwebezustand die Schlittschuhstiefel ausgezogen und als liefen wir nun einige Zentimeter tiefer auf dunklem Asphalt umher, nicht mehr auf heller Erde.

Heidi sollte noch mehrmals nach Roquecave kommen. Dieter traf ich erst viele Jahre später in Bremen wieder, als Kultursenator der Hansestadt.

Vor dem großen Dachdecken

Nach nur zwei Wochen in Berlin ging es wieder nach Paris zurück. Die Ausstellungsvorbereitungen dort dauerten mehrere Tage. Ich freute mich, meinen Freund Oğuz wieder zu sehen. Er half beim Tragen der Gläser und dem Einrahmen der Bilder, die Galerie «La Galère» in der Rue Vavin verschickte Einladungskarten, einige davon brachte ich zu Hugnets, zu Johnny Friedlaender und natürlich in die Librairie Calligrammes. An einem Mittwochabend fand die Ausstellungseröffnung statt, die hinterher mit einem Dîner, die Einladung der Galeristen, gefeiert wurde. Am Nachmittag darauf schritt Fritz Picard mit Gefolge an der Statue von Balzac vorbei zu der Ausstellung. Er riet mir, noch diese und jene Bekannten zu treffen und Bilderverkäufe abzuwarten. Also ließ ich das Oberseminar in Kunstgeschichte «sausen», das für den Tag darauf in Berlin angesagt war. Nach zwei Wochen bei schönstem Maiwetter mit den Pariser Freunden – sogar ein Wiedersehen mit Enrique, meiner großen verflossenen Liebe, hatte es gegeben, – nahm ich den Nachtzug und kam am nächsten Abend auf dem tristen Berliner Bahnhof Zoo an.

Im Juni begann die Zeit zum Baden in den Berliner Seen. Doch vor allem bereitete ich ein Referat für das Oberseminar in Kunstgeschichte vor. Mein Thema lautete: «Raum und Komposition in Klassizismus und Romantik». Die Arbeit in der Kunstbibliothek am Steinplatz war interessant, der Lichtbildvortrag schriftlich genau ausgearbeitet, aber der Vortrag in der verdunkelten Aula, zwei Wochen nach der Pariser Ausstellung, sollte zum Desaster werden. Bilder konnten vor großem Publikum sprechen – ich nicht. Vor lauter Lampenfieber stolperte ich beim Hochsteigen hinter das Lesepult über den Zeigestab, der die kleine Leselampe vom Pult zu Boden riss. Beim Versuch, sie aufzuheben, flatterte das ausgearbeitete Referat zu Boden, ein Student hinten in der Aula schob dennoch die ausgewählten Bildbeispiele, ein Dia nach dem anderen, durch den Projektor. «Die Französische Revolutionsarchitektur, Philipp Otto Runge, Der Morgen», stotterte ich in den dunklen Raum, das Ende des langen Zeigestabs zitterte merklich auf den Kompositionen herum. Manche im Saal lachten, andere flüsterten: «Pst, lass mal, wenn du erst da oben stehen musst!» Zu den projizierten Bildern an der Wand ließ sich allmählich doch noch mehr und ruhiger sprechen. Aber danach wollte mir Professor Lossow kein Testat geben mit der Begründung, so jemand Nervöses mit solch leiser Stimme könne niemals vor einer Schulklasse stehen. Auf den Schreck hin sagte ich, Lehrerin wolle ich gar nicht werden, sondern Malerin. Daraufhin gab er doch noch das wichtige Testat, von dem die weitere Studienbeihilfe abhing.

Um nicht allein darauf angewiesen zu sein, restaurierte ich wieder Bilder für den Antiquar in der Bülowstraße. Einen weiteren Geldverdienst zum Sparen für Dachziegel vermittelte mir meine Kusine Guni. Ihre Untermieterin habe den «Job als Lesetante» nicht mehr nötig, den könne ich übernehmen. Vom Senator für Jugend und Sport sei die Vorlesestunde für «Schlüsselkinder» mit zehn Mark recht gut bezahlt. Eine Kindertagesstätte, passenderweise in der Zillestraße, wurde mir zugewiesen. Kinder, die nach Schulschluss am Mittag mit dem Wohnungsschlüssel allein auf der Straße standen, weil ihre beiden Eltern arbeiteten, konnten am Nachmittag in diese Häuser gehen.

An den Nachmittagen, einmal in der Woche, drängten sich ungefähr vierzig Kinder, kleine und größere, im Vorleseraum. Immer wieder las ich aus demselben Buch vor, in dem ein kleiner Prinz jeden Morgen ein Frühstücksei bekam, aber dann, als seine Eltern nicht mehr König und Königin waren und er ohne Frühstücksei allein auf der Straße stand, sich selbst zu helfen wusste. Die großen Jungen träumten von einer eigenen Hühnerfarm, die kleinen Kinder riefen: «Bitte, Tante, noch mal das Frühstücksei! Wir kriegen auch keins.»

Die meiste Zeit arbeitete ich in der Druckwerkstatt. Im Frühsommer 1964 stand sie noch unter der Leitung von Professor Mac Zimmermann, der durch seine feinen, surrealistischen Radierungen bekannt war. Nach seiner Emeritierung übernahm der taschistische Maler Fred Thieler die Leitung. Unsicher ahmte ich erst die eine Stilrichtung nach, dann die andere. Ausschlaggebend für eine großzügige Arbeitsweise waren jedoch die großen Zinkplatten für Dachdecker, die es billig in einem Metallgroßhandel gab. Auf ihnen ließ sich mit Kolophoniumstaub und Säure bedenkenloser experimentieren als auf den kleinen, teuren Kupferplatten bei Johnny Friedlaender. Mitbestimmend für einen eigenen Stil war also auch der Geldbeutel. Sogar Farbradierungen stellte ich nun her, denn der Metallgroßhandel machte es möglich. Mehrere gleich große Zinkplatten, für jede Farbe eine, wurden dort nach Maßangabe zugeschnitten. Danach mussten wir sie nur selbst polieren und ihre Kanten abflachen, um das Dachdeckerzink in Radierplatten zu verwandeln.

Eines Nachmittags kam Arnulf Spengler in die Druckwerkstatt, nicht um etwas zu drucken, sondern mit einem besonderen Anliegen. Arnulf war ein Ass in Werken. Zwei Semester über mir, hatte er seine Werkprüfung in Holz und Metall mit Eins bestanden. Nicht nur Prüfungen, fast jede Situation meisterte er mit seinen praktischen Erfindungen. So hatte er zum Schlittschuhlaufen, als der Schlachtensee zugeschneit war, fix einen Schneeschieber gebaut und, groß und sportlich wie er war, mit dem Schieber in Achten laufend eine Eisfläche geglättet, wie um freie Bahn für alle West-Berliner auf dem Eis zu schaffen.

Etwas zögernd trug Arnulf seinen Wunschtraum von einem eigenen Haus im Süden Frankreichs vor. Er habe gehört, ich hätte ein schönes, altes Haus mit Taubentürmen für verhältnismäßig wenig Geld erworben. Ich nickte, ja, es sei sehr schön da unten im Südwesten, nannte den Kaufpreis, dafür sei aber alles auch sehr entlegen und ziemlich kaputt. Gerade das schöne Kaputte zum Selberreparieren interessiere ihn, sagte Arnulf. Er könne aber kein Französisch, und wenn ich ihm ein Haus wie meines, möglichst zum gleichen Preis, vermitteln könne, so würde er mir dafür beim Dachdecken helfen. Während der drei bevorstehenden Sommermonate, den Semesterferien, würde sich schon eine schöne Ruine für Arnulf finden, dachte ich mir, nicht ahnend, wie schwierig das werden würde. In der Druckwerkstatt also: Französisch sprechende Hausvermittlung mit der Gegenleistung deutscher Handwerkerarbeit. Prima, abgemacht!

Ein anderer Freund an der Kunsthochschule und ein Freund von Arnulf war Ulrich Baehr, der mir Leid getan hatte, weil Pariser Studenten auf ihm im Teppich herumgetrampelt waren. Eines Mittags holte er mich von der Druckwerkstatt zum Baden im Schlachtensee ab. In seinem kleinen Klapperauto tuckerten wir die Potsdamer Straße und dann die Clayallee entlang. Stand eine der Ampeln auf Rot, bremste er, indem er links gegen den Mittelstreifen fuhr und einen Fuß zum weiteren Bremsen aus der Autotür hielt. Bei Grün zog er die Tür mit dem Gürtel seines Bademantels, der auch am Hebel der Gangschaltung angeknotet war, mit dem Ruf *«o popoi!»* wieder zu. Das sei Altgriechisch, erklärte er, nur Griechisch und Latein habe er auf einem katholischen Osnabrücker Gymnasium gelernt, aber weder Englisch noch Französisch. Ach was, katholisch sei er nicht, fügte er hinzu, sein Geburtsort sei Bad Kösen an der Saale. Als Flüchtlinge in Osnabrück gelandet, habe sein Vater ihn und seine drei Brüder auf die beste Schule der Stadt geschickt, damit sie es im Westen und in der Adenauerzeit zu etwas brächten. Einen guten Zeichenlehrer, einen Könner im Aquarellieren, habe er in Osnabrück gehabt, aber dass er nun so etwas Unsicheres wie Kunst studiere, sei seinen Eltern nicht ganz geheuer.

Beim Schwimmen in den See hinaus fragte ich Ulrich, warum er denn im Winter beim Schlittschuhlaufen nicht mit dabei gewesen sei. Er sei nicht so elegant wie Goethe, sich auf zwei Messern umherzubewegen, Elefanten wie er würden dabei nur ins Eis einbrechen und ins Wasser fallen.

Nach dem Baden dösten wir am Sandstrand in der Sonne. Bei geschlossenen Augen sahen wir den Himmel rosa wie barocke Kirchendecken, und Ulrich erzählte von seiner und Arnulfs Aquarellreise während der letzten Sommerferien. Auf Teufel komm raus hätten sie bayrische Barockkirchen aquarelliert, von außen, von innen, der eine sorgfältig, der andere flüchtig.

Während der Rückfahrt vom See zurück in die Stadt sang Ulrich in klarem Tenor Passagen aus der Johannes-Passion von Johann Sebastian Bach – fröhlich, musikalisch, wunderbar. Daraufhin erzählte ich ihm von Christians Cembalo in Roquecave. Er versprach, zusammen mit seinem Vetter Jörg, einem Seemann, der Querflöte spiele und der für seinen Landurlaub einen Volkswagen bekäme, im August dorthin zu kommen.

In der Grunewaldstraße, gleich gegenüber der Kunsthochschule, waren zerbombte Häuser abgerissen worden, um einem Autohandel Platz zu machen. Im Zeitalter der A's, der Autos und der Atombomben, schien das nur konsequent. Auf diesem Gelände entdeckte ein Freund, Bernd, einen englischen Combiwagen, formschön, olivgrün, eine Art Pullman-Car mit dem Namen «Hillman Husky». Allein schon der Name gefiel mir gut, der Name eines Schlittenhundes mit blauen Augen, der sogar im tiefen Schnee hohe Hügel überwinden könnte. Das Innere von «Husky» war wie in einem altenglischen Eisenbahnsalon mit echt Leder bezogenen Sesseln ausgestattet und seine Wände mit Holzintarsien vertäfelt. So ein schönes Auto! Wir kauften es als Kunstwerk und antike Maschine.

Der schöne Hillman-Husky war ebenso günstig zu haben wie zuvor der hässliche Ford, denn manche der West-Berliner Fahrzeuge waren die Hinterlassenschaft amerikanischer oder englischer Soldaten, die ihre Privatautos nicht wieder per Schiff in ihre Heimat zurückgehen ließen. Nach vier Monaten schon wieder ein altes Auto zu kaufen schien verrückt. Doch kamen wir zu mehreren viel billiger im Auto quer durch Europa als einzeln mit der Bahn. Auch ließ sich allerhand Nützliches zum Dachdecken darin mitnehmen, und in der Wildnis wollten wir nicht wie die Menschen früher dort unten nur zu Fuß gehen.

Huskys Probefahrt ging nach Ost-Berlin zu Freunden von Bernd. Knapp und mit knatterndem Auspuff – schießen die Grenzposten auf uns? – kehrten wir aus Ost-Berlin zurück. Hillman Husky musste in eine Reparaturwerkstatt. Nachdem wir unser letztes Geld in das Auto gesteckt hatten, meinten wir, es würde die weite Reise von Nordosten nach Südwesten gut schaffen. Doch sie sollte sich über sieben Tage hinziehen, denn der «Hügelmann Schneehund» war Berge und Hitze nicht gewohnt.

Zu Beginn der Sommerferien übergab Bernd das Steuer an Arnulf. Zusammen mit Heidi, die unter vielem anderen mehr einen Dompfaff im Käfig mitnahm, ging die Reise los. Die erste Station war wieder Seesen. Dort überließ Heidi den Vogel ihren Eltern, denn auf der nächsten Station wollte ich meine Dackelhündin, Grace, mitnehmen. Das hübsche, intelligente Tier hatte ich zur Konfirmation geschenkt bekommen, und am Tag der Hochzeit von Grace Kelly mit Rainier von Monaco war sie als Welpe vom Zwinger abgeholt worden, daher der Name der Langhaardackeline. Über Jahre, während ich in der Welt umherschwirrte oder in Studentenbuden wohnte, hatten Mutter und mein jüngster Bruder Wolf meinen Hund gehütet. Nun freute ich mich darauf, die kleine Grace – eine zehnjährige Mutter von zwölf Kindern – wenigstens die kommenden drei Monate wieder bei mir zu haben.

Die zweite Reisestation war Mutters Reihenhaus in Eschborn. Grace führte zur Begrüßung einen Freudentanz auf und machte es sich gleich auf einem Ledersessel des Autos bequem. Wolf, der wieder mit nach Roquecave kommen wollte, packte ein altes Zelt für vier Personen in den geräumigen Combiwagen.

Die Reise ging über Colmar und die Vogesen. Einige Kilometer hinter Besançon fanden wir einen Platz zum Übernachten in einem hohen, dunklen Wald. Wir bauten umständlich das Zelt auf, pusteten unsere Luftmatratzen stramm, banden den Dackel an die Leine und legten uns zum Schlafen hin. Nach einer Weile sagte Wolf: «Hier habe ich Angst.» – «Erinnerst du dich auch an die Flucht von Zernikow durch dunkle Wälder wegen der Tiefflieger über den Straßen?» – «Ja, wo du das sagst, erinnere ich mich noch schlimmer daran. Wir müssen gleich weg hier!» Heidi, immer leicht von Schönem wie von Schrecklichem angesteckt, flüsterte: «Hier habe ich auch dolle Angst.» Arnulf, ohne Angst, aber in der Minderheit, gab nach. Das Zelt wurde abgebaut, die Luft der Matratzen abgelassen, der Hund abgeleint, das Auto weitergefahren. Irgendwo auf freier Fläche schliefen wir im Sitzen auf den Ledersesseln des Hillman Husky.

In der Morgendämmerung fuhren wir weiter. Ein heißer Sommertag kündigte sich an. Hinter Autun kamen wir in das französische Zentralmassiv. Es war viel höher, viel wilder und grüner als wir es uns vorgestellt hatten. Gegen Mittag, es ging steil bergauf, stotterte unser Auto, das Kühlwasser kochte. Arnulf hielt, so weit dies ging, im Schatten. Wir stiegen aus, öffneten die Motorhaube und warteten, bis sich Husky abgekühlt hatte.

Vor der Weiterfahrt vereinbarten wir, den Hillman so wenig wie möglich zu belasten: Wenn es bergauf ginge, sollten alle, natürlich außer dem jeweiligen Fahrer, aussteigen und zu Fuß gehen. Bergab dürften die drei anderen dann wieder einsteigen. Meist jedoch ging es bergauf und das immer höher, und so begann die tagelange Fußwanderung durch die Auvergne.

Einmal bauten wir unser Zelt neben einem Bergbach auf. Mit dem klaren Wasser, klar wie das «Volvic», nur nicht in Plastikflaschen, wuschen wir uns, tranken literweise davon und versorgten auch Husky mit frischem Kühlwasser. Die Nacht im Zelt verging angenehm friedlich.

An einem heißen Nachmittag saß Wolf am Steuer. Wir Fußgänger waren vor einer besonders steilen Straße ausgestiegen und konnten den Vorgang von unten beobachten. Die Rücktür des Combiwagens, die nie gut schloss, öffnete sich, das schwere Zelt mit seinen Stangen und Heringen rutschte auf die Straße. Ein Lastwagenfahrer dahinter hielt kurz an und schnappte sich das Zelt. Sehr arm und unterbezahlt müsse dieser französische Lastwagenfahrer sein, dachten wir, sonst hätte er nicht so fix das alte Zelt wie einen Wertgegenstand aufgehoben. Wolf hatte von dem Verlust nichts gemerkt. Bei ihm oben angekommen, versuchten wir, ihn zu trösten, jetzt habe der Husky eben noch weniger zu transportieren. Er meinte gelassen, schwerer als ein Mensch sei sein Zelt nicht gewesen; aber die vielen Heringe, um die tat es ihm Leid.

Von weitem sahen wir den abgeflachten Kegel des Puy-de-Dôme. Hoch oben, zwischen den vulkanischen Bergen, schienen wir der Sonne besonders nah zu sein. Hundstage, das Sternbild Hund stand im Zenit. Unser Auto mit dem Hundenamen stotterte wieder einmal bedenklich. Dann ruckte es, von den drei Fußgängern geschoben, noch zwei Meter weiter in eine Einbuchtung neben Tannen. Da blieb es stehen. Wir untersuchten es von vorn bis hinten nach dem Defekt. Erst suchten wir am Objekt, dann erst im Gedächtnis.

Wir erinnerten uns an eine Tankstelle, schon viele Kilometer weit hinter uns, und an den Rat des Tankwarts, den angerosteten Benzintank zu reinigen, damit der Schmutz nicht immer wieder in den Motor käme. Vor dem Tanken hatte er die Reinigung selbst vorgenommen, indem er eine Kette in dem abmontierten Tank herumschwenkte. Er sei nur ein Bastler, hatte er gesagt, während er den Tank wieder anmontierte, und wahrscheinlich sei die Benzinpumpe schon *«malade»*.

Arnulf baute die kranke Benzinpumpe aus. Mit diesem Ding, wie mit einer metallischen Ersatzniere, stellte er sich mit mir an den Straßenrand, um per Anhalter zu dem Tankstellen-Bastler zurückzukehren. Heidi, Wolf und Grace blieben mit Husky oben auf dem Berg neben den Tannen.

Beim ersten Motorengeräusch hielt Arnulf die Benzinpumpe hoch und ich den Daumen. Ein Lastwagenfahrer, der Gasflaschen geladen hatte, hielt und ließ uns vorn neben sich einsteigen. Er wirkte wie Yves Montand in dem Film «Lohn der Angst», wie ein waghalsiger Fahrer mit gefährlicher Ladung. Nach zwei Drittel der Strecke hieß er uns aussteigen, er müsse nun in eine andere Richtung.

Nach einiger Zeit tuckerte ein «Deux-Chevaux» über die Berge. Wieder hielten wir Benzinpumpe und Daumen hoch, und wieder wurden wir mitgenommen. Der freundliche Fahrer sagte, vor einer Stunde habe er ein Auto mit offenem «Capot» auf einem Berg stehen sehen, und eine große Frau habe in den Motor geguckt. Damit konnte nur Heidi gemeint sein. Es war wie ein Gruß an uns, die immer noch zurückfuhren, in entgegengesetzter Richtung zu unserem Reiseziel.

Schließlich kamen wir bei dem Tankstellen-Bastler an. Er pustete durch den Filter der Benzinpumpe, der zerbrach, und ersetzte ihn durch eine Art Teesieb, das er mit einem Draht befestigte. Er riet uns *«de faire agiter ce truc»*, mit der Hand den kleinen Hebel an der Pumpe auf und ab zu bewegen, vor allem beim Starten, wenn es das Dings nicht von selbst tun wolle.

Mit der umgebastelten Benzinpumpe trampten wir zurück, glücklich, dass es in der Reiserichtung wieder vorwärts ging. Heidi freute sich, als wir wieder neben unserem Auto abgesetzt wurden. Wolf freute sich auch, war aber skeptisch, ob sich das Rückwärtstrampen denn gelohnt habe. Arnulf baute dem Husky seine reparierte Niere wieder ein. Dann setzte er sich ans Steuer und ließ den Motor an. Der sprang an, doch nach einem Ruck tat sich nichts mehr. Während eines zweiten Versuchs folgte ich dem Rat des Tankwarts: *«de faire agiter ce truc»*. Und tatsächlich, nach ein paar pickenden Handbewegungen schnurrte der Motor gleichmäßig. Motorhaube zu, alle einsteigen! Wir verließen den Tannenplatz, und das Auto fuhr, wie es sich für ein Auto gehört: autonom. Fröhlich fuhren wir in unserem Pullman-Car weiter nach Südwest.

Es war zu schön, um wahr zu sein. Die nächste Panne stand bevor.

Der Puy-de-Dôme lag hinter uns, doch der Puy-de-Sancy, fast zweitausend Meter hoch, ragte in der Nähe auf. Nach einigen Steigungen kochte wieder einmal das Kühlwasser. Husky verlangte dampfend nach «Volvic». Im nächsten Städtchen, nicht in dem eigentlichen Volvic, hielten wir an, kauften Mineralwasser und füllten damit den Wassertank auf. Wir sprachen uns ab, bevor es weiterging. Bei offener Motorhaube und offenen Türen ließ Arnulf den Motor an, Wolf und Heidi schoben, ich betätigte die Benzinpumpe. Sowie sich das Auto von selbst in Bewegung setzte, sprangen wir schnell hinein, im Nebenherlaufen klappte ich die Haube zu und sprang rechts vorne auf, Heidi und Wolf, schon im Hinterherrennen, durch die Flügeltür hinten. Das erste Manöver dieser Art war noch nicht so gut koordiniert wie die, welche noch folgen sollten.

Am Abend fanden wir eine schöne Stelle, die zum Übernachten geeignet schien. Am Rand einer weiten Wiese wurde Husky so hingestellt, dass er am Morgen von selbst den Hang herabrollen könne. Wir setzten uns auf unsere Luftmatratzen, stärkten uns mit Wein, Käse und Weißbrot und genossen den Anblick der Berge im Abendlicht. Doch bei Einbruch der Nacht wurde es kalt unter freiem Himmel. Uns fehlte das Zelt. Wir betrachteten Sternbilder, die Krone, den Delfin. Schreie wilder Tiere hallten durch die Berge. Grace stimmte ein Jagdgeheul an, eine Hyäne schien ihr zu antworten. Es wurde ungemütlich, und wir froren auf der weiten Höhe ohne Baum noch Strauch. So kühl, wie es sei, brauchte Husky kein Kühlwasser, sagten wir uns und beschlossen, die Nacht durchzufahren.

Wir packten unsere Sachen und verließen die Auvergne. Ohne Anhalten fuhren wir und fuhren, von Ussel nach Brive, von Brive nach Cahors, von Cahors nach Limogne. Um fünf Uhr früh kamen wir in Roquecave an. Nun hatten wir ein Dach über dem Kopf. Darunter schliefen wir uns erst einmal gründlich von der Reise aus.

Die Helden von Roquecave

Nach vielen Stunden Schlaf im Haus und im Dreivierteltnrm wachten wir auf. Nicht die Hitze am Nachmittag hatte uns geweckt – zwischen den dicken Mauern war es angenehm kühl –, sondern der Hunger. In Limogne ließen wir Husky an einer abschüssigen Straße stehen und kauften ein, Wolf beim Bäcker, Arnulf in der Quincaillerie, Heidi und ich in einem Lebensmittellädchen. Es hieß «Banania», und die Ladeninhaberin freute sich, uns wieder zu sehen, obwohl nicht wir während der Osterferien Schokolade bei ihr eingekauft hatten. In der Folgezeit nannten wir die freundliche Frau einfach nur «Madame Banania» und kauften bei ihr, und nicht in dem größeren «Epargne»-Laden daneben, ein.

Wieder unten in Roquecave, bog Wolf kurz entschlossen vom Weg ab und fuhr eine Wiese hoch. Dort oben, auf der steinigen Wiese, auf der mehr Golddisteln und Steinbrech als Gras wuchsen, sollte Husky den ganzen Sommer über seinen Parkplatz haben. Manchmal weideten Mallavelles Schafe um das Auto herum, manchmal schnupperte das dicke Pferd «Mignang» an seiner maschinellen Konkurrenz, und manchmal, wenn es auf der Baustelle beim Dachdecken zu laut zuging, zogen sich Ruhebedürftige zum Lesen auf die Ledersessel des Pullman-Car zurück.

Noch am Abend sah sich Arnulf zwischen Taubentürmen und Gestrüpp um. Er fand das Ganze wunderschön, doch so manches sehr rettungsbedürftig. Meine Sorge galt vor allem dem unteren Hauseingang, einem Monolithen, der nicht nur den Türsturz trug, sondern auch das ganze westliche Mauerwerk darüber. Dieser Riesenstein, die rechte Türeinfassung, war aus dem Lot gekommen, er neigte sich leicht zur Südseite hin. Wir überlegten, was wichtiger sei, dieser Eckstein oder das Dach, ob mit den Bauarbeiten unten oder oben angefangen werden sollte. Arnulf meinte, zuerst müsse das Efeu, das die hintere Hauswand bis zum Giebel überwachsen habe, an seinen Wurzeln abgeschlagen werden. Wolf wollte das gerne tun und schon mit dem Abnehmen der Steine an der hinteren Seite des Hauses beginnen. Heidi wollte das darunter liegende Gästezimmer räumen und sich einen anderen Schlafplatz einrichten. Zum

Schluss waren wir vier uns einig, das Dringendste sei die Einrichtung von einem Klo. Arnulf baute es auch gleich am nächsten Tag in einer Ruine hinter dem runden Taubenturm, von der nur noch drei efeubewachsene Mauern übrig waren. Ihre vierte Seite öffnete sich zu einer Wiese, die nicht mehr zu meinem Grundstück gehörte. Zwei Fenstersteine der Ruine schob er in eine Mauerecke und baute Treppenstufen davor. Dann suchte er im Gelände herum, fand einen umgefallenen Nussbaum, sägte seinen Stamm zurecht, ließ einen Ast als Geländer stehen und legte das Holz als «Donnerbalken» über die zwei erhöhten Steine. Am zweiten Abend nach unserer Ankunft durfte das neue Klo ausprobiert werden, nicht ohne Asche vom Kamin mitzunehmen und sie nach der Verrichtung in die Vertiefung zu streuen, so entstünde im Lauf der Zeit guter Kompost. Für den nächsten Tag war «Kompostproduzierpause» angesagt, denn der raue Donnerbalken sollte noch veredelt werden. Arnulf schmirgelte das Nussbaumholz immer feiner ab, schließlich rieb er es mit Bienenwachs ein und polierte es wie ein antikes Möbelstück. Danach gab er die efeuüberrankte Ecke zur ständigen Benutzung frei. Als Zeichen, sie sei gerade besetzt, wurde gesungen, meist aus «Orges Gesang» von Bertolt Brecht: «Orge sagte mir, der liebste Ort, den er auf Erden hab, sei nicht die Rasenbank am Elterngrab . . . Dies sei ein Ort, wo man zufrieden ist, dass drüber Sterne sind und drunter Mist.»

Auch weil wir von dem Nussbaumbalken aus die Landschaft oder den Sternenhimmel betrachteten, wurde fortan Arnulfs erstes Werk in Roquecave «das Sternenklo» genannt.

Der Monolith am Hauseingang schien immer mehr von der Senkrechten abzuweichen, je länger wir ihn ansahen. Links vom Eingang zog sich wirklich schon ein langer Riss durch den Verputz der Westwand. Ein gemauertes Fundament gab es nicht. Alle Gebäude des Weilers standen auf einem Felsplateau, das zum Norden hin anstieg und zum Süden hin abfiel, bis es abrupt an einer steilen Felswand endete, über welcher der kleine Wehrturm, als Außenposten der Gemeinde Cenevières, seine Pechnase auf Limogner Gebiet richtete. Ich fragte Christian, wie man den Eckstein von weiterer Schrägneigung nach Süden abhalten könne. Er meinte, alles hier stünde schief, das sei normal. In den

Riss sollten wir Gips streichen und wenn der nach einiger Zeit auch Risse bekäme, dann wäre es vielleicht doch nicht so normal. Arnulf und ich fertigten Bauzeichnungen an, als ginge es um die Rettung des Turms von Pisa.

Eine der Zeichnungen sah einen gotischen Stützbogen gegen das Abdriften des Monolithen vor. Dem Postboten, der mit seinem Moped vom Lot-Tal hochgekommen war, zeigten wir die Zeichnung. Hier könnten wir keine Kathedrale bauen, lachte er, das Problem sei so primitiv wie er, der keinen Fuß und keine Taube zeichnen könne. Wurzeln von Holunder hätten sich zwischen den Stein und den Felsen gefressen, die Vegetation zersetze im Lauf der Zeit das Gestein zu Erde, wir sollten die Wurzeln ausgraben und durch Zement ersetzen.

«Was hat er gesagt?», fragte Arnulf, «und sag ihm doch, dass ich auch so ein Haus hier suche!» Ich übersetzte, der Zahn der Zeit müsse gezogen und durch eine Zementplombe ersetzt werden, und fragte den Postboten nach einem alten Haus, das zum Verkauf stünde. Der, nun als Sekretär des Bürgermeisters von Cenevières, riet uns, den Sekretär von Lugagnac zu fragen, der wisse vielleicht etwas auf der Causse, bei ihm selbst, unten im Tal, sei die Erde reich und die Häuser entsprechend teuer.

Bevor wir den anderen Sekretär aufsuchten, machte sich Arnulf an die Arbeit. Zunächst sicherte er den Hauseingang mit mehreren Balken ab. Zwei verkeilte er unter dem Türsturz so, dass wir alle dennoch darunter ein- und ausgehen konnten, mit weiteren Balken stützte er den Monolithen ab. Dann begann er, unter dem Steinblock zu graben. Immer tiefer grub er Erde und Wurzeln aus, stundenlang hockte er gekrümmt in dem Loch. Er tat mir Leid, und ich trug Wassereimer aus der Zisterne des leer stehenden Nachbarhofs herbei, den Sand, den Zement. Zum Schluss zementierte er eine Steinplatte flach über das frisch ausgestopfte Loch und strich, Christians Rat folgend, Gips in den Riss in der Hauswand. Nach einigen Tagen entfernte er die Stützbalken wieder. Der Gips wurde nicht rissig, und Arnulfs zweites Werk in Roquecave hält noch heute dem Zahn der Zeit stand.

Oft fuhren wir alle vier zum Baden an den Lot hinunter. Die liebste Badestelle war uns die vor einem tosenden Wehr, gegenüber ragte das Schloss von Cenevières über dem Fluss auf. Zwischen Pappeln und Schlingpflanzen lagen Kieselsteine am Ufer, mitunter auch feiner Sand. Von diesem Sand hatten wir immer wieder nur ein bisschen zum Zementanmischen mitgenommen.

Einmal kam Wolf, der allein an den kleinen Strand hinuntergefahren war, mit zwei vollen Eimern zurück und sagte stolz, den Sand habe er unter den ausgebreiteten Handtüchern anderer Badender weggeschaufelt, als sie gerade – nur bis zu den Knien – im Wasser gestanden hätten. Er habe sich beeilen müssen, denn die Leute von hier könnten nicht schwimmen.

Eines Nachmittags um vier Uhr, nach der südlichen Mittagspause, fuhren Arnulf und ich nach Lugagnac, einem kleinen Dorf nur drei Kilometer von Roquecave entfernt. Das Rathaus war geschlossen, und so fragten wir eine Frau in ihrem Kramlädchen gegenüber nach dem Sekretär. Die hagere Frau mit den Gesichtszügen einer Indianerin zeigte auf ein Haus weiter unten, dort wohne der Edmond Mallavelle.

Der war dabei, sein großes, altes Haus von innen zu verputzen. Er begrüßte uns freundlich, dann erklärte er uns gleich die Mischung für den Verputz, er mache alles nach alter Weise. Wir bewunderten eine fertige Wand und ihren feinkörnigen Verputz, *«la sablette»*, woraufhin er uns sein ganzes Haus zeigte. Sein Dach habe er auf einem alten Steinrand mit Rundziegeln erneuert, die steilen Flächen darüber mit Flachziegeln. Dieses Dach sei zur Hälfte noch mit Steinplatten gedeckt gewesen, heutzutage könne kein Mensch mehr ein Steindach bauen, denn diese alte Technik sei in Vergessenheit geraten. Er schenkte uns einen dunklen, herben Rotwein ein und erzählte, die Weinbauern auf den Causses seien früher einmal wohlhabend gewesen durch den «Vin de Cahors», der schon im Mittelalter berühmt gewesen sei, weil ihn der erste Papst von Avignon von seiner Geburtsstadt Cahors als Messwein mitgenommen habe. Aber mit der Weinpest Philloxera sei die Katastrophe über das Land gekommen, viele Menschen seien damals in die Stadt geflüchtet. Doch einige Bauern hätten auf das Anpflanzen von Trüffeleichen umgestellt, manche wären durch die Trüffeln reich geworden und hätten ihre Dächer mit Schiefer gedeckt. Er erzählte so viel, dass ich Arnulf, der allmählich ungeduldig wurde, gar nicht alles übersetzen konnte. Als er zum dritten Mal die Weingläser füllte, fragte ich ihn, ob er für Arnulf ein altes Haus, das vielleicht zu verkaufen wäre, kenne. Er zögerte, sah uns in die Augen, dann sagte er: O ja, er selbst habe ein schönes, altes Haus zehn Kilometer von hier, das wolle er uns gerne zeigen. Er fragte «Monsieur Arnaud» nach seiner Preisvorstellung, der sagte: «Nicht über dreitausend Francs», was ich übersetzte. «*Alors, trente mille Francs!* Na, dann dreißigtausend Francs!», sagte Monsieur Edmond. Nun gut, dachte ich, der rechnet eben noch in alten Francs, und wir leerten die Gläster auf die gegenseitige Gesundheit.

Er lud uns ein, in seinem Deux-Chevaux mitzukommen. Erst fuhr er nach Limogne, dabei hupte er nur kräftig, wenn eine Schafherde im Weg stand, was wir nie wagten, sondern jedes Mal lange warteten, bis auch das letzte Schaf auf eine Weide davongetrippelt war. In Limogne bog er neben dem Kriegerdenkmal ab, fuhr auf einem Sträßchen hügelauf, hügelab, bis er unter einer Baumgruppe anhielt. Wir folgten ihm über eine Wiese, er ging auf ein zweistöckiges Haus zu, nahm einen Schlüsselbund aus einem Versteck und schloss die Haustür auf. Innen waren die Wände in hellem Ocker verputzt, also wieder *«la sablette»,* und die Fußböden mit hellem Holz verlegt. Da und dort öffnete der Hausbesitzer einen Fensterladen und sagte, «Monsieur Arnaud» möge sich alles anschauen, die Dinge sprächen für sich, da bedürfe es keiner Übersetzung. Kein Fußboden knarrte, auch die Holztreppe nicht, als wir unter das Dach hochstiegen. «Schön ist es ja, aber irgendetwas stimmt hier nicht», flüsterte Arnulf. «*Ca vous plait ici, n'est-ce pas?* Das gefällt euch hier, nicht wahr?», fragte der Sekretär, und wir antworteten mit *«Oui»*. Er öffnete einen kleinen Schrank unter dem Dachsparren, nahm eine Flasche heraus und füllte drei Gläschen mit Pflaumenschnaps. «*Allez! Il n'y a pas de mal!* Nur zu! Das schadet nichts!», ermunterte er uns. Wir tranken den starken, aromatischen Schnaps, dann jeder noch ein Gläschen auf die neue Freundschaft.

Als wir wieder aus dem Haus gingen, beleuchtete die Abendsonne die Baumkronen, zwischen den Stämmen wurde es schon dunkel. Monsieur Edmond zeigte auf einen Eichenhain hinter dem Haus und sagte, der gehöre auch dazu. Die Eichen standen in regelmäßigen Abständen zueinander, sie waren also vor Jahrzehnten einmal angepflanzt worden. Da erst dämmerte mir: Das waren wertvolle Trüffeleichen, und der Edmond von Lugagnac rechnete durchaus in neuen Francs.

Er amüsierte sich über das Missverständnis und brachte uns nach Lugagnac zurück. Vom Alkohol umnebelt, kamen wir zu Hause am Kamin an, wo Heidi alles genau von uns wissen wollte. Sie malte sich aus, wie Arnulf in einem schönen hellen Haus durch Trüffeln reich werden könne, wenn er doch nur das Zehnfache an Geld dafür hätte.

Nach dieser gescheiterten Hausvermittlung fuhren wir vier mit Hund wieder zum Baden an den Lot hinunter. Über Mais- und Tabakpflanzen schwenkte ein künstlicher Sprühregen hin und her, mit Pumpwasser aus dem Lot wurden die Felder bewässert. Nach den Regenbogenfarben im Sprühregen sah ich mich um, da glaubte ich, ein kaputtes Haus für Arnulf entdeckt zu haben. Hoch über der Flussschleife, auf der anderen Seite des schroffen Schlossfelsens, schimmerte in graugrünem Wildwuchs etwas Geometrisches, zwei helle Dreiecke, die Mauergiebel eines Hauses. Ja, das sei sicher schön gelegen, mit weitem Blick über das Tal, sagte Arnulf. Morgen wolle er es sich von nahem ansehen und sich den Husky dafür ausleihen. Am nächsten Abend kam er erschöpft nach Roquecave zurück. Eine Zufahrtsstraße habe es nicht gegeben, zu Fuß sei er weitergewandert, immer höher durch Gestrüpp, bei der Hitze und dem weißen Licht sei es ihm vorgekommen, als liefe er einer Fata Morgana nach. Nein, ein so einsam gelegenes Haus ohne Zufahrt, das wolle er nicht haben.

Während unserer ersten zehn Tage in Roquecave hatte Wolf die Steinplatten vom hinteren Dach, am entgegengesetzten Ende des «Dachs von Oğuz», abgenommen. Im Kaputtmachen sei er gut, hatte er einmal gesagt, und Arnulf hatte ihn gebeten, die Platten nicht einfach in den kleinen Pflaumengarten hinunterzuschmeißen, sondern sie oben, an die Mauern gelehnt, zu stapeln. Auch solle er den Dachstuhl nicht aus seiner Halterung reißen und nur die morschen Bretter davon abnehmen. Die Bretter hatte Wolf im Kamin verbrannt. Er liebte das Feuer. Mitte August musste er wieder nach Frankfurt zurück.

Grace wird statt Zement zum Dach hochgezogen.

Nun begannen die eigentlichen Bauarbeiten am hinteren Dach. Nur noch Mauerstümpfe und ein schwarzes Gebälk standen davon unter freiem Himmel. Die größten Steinplatten sortierte Arnulf aus und zementierte sie auf die bloßgelegten Hausmauern. Von dem steilen Außengiebel entfernte er das Efeu, dessen armdicke Ranken die Giebelspitze zerstört hatten. Währenddessen kletterte ich im Gebälk herum und schlug mit einem Beil wurmzerfressenes Holz von den dicken Eichenbalken. Das Beil, der «Tomahawk» genannt, traf manchmal lebende Würmer, fett wie Engerlinge und grünlich-weiß wie Flechten. Nichts wie weg mit diesen ekelhaften Hauszerstörern! Das harte Kernholz hatte kein Wurm angefressen. Ein paar Tage lang arbeiteten wir von den Brettern über dem Gästezimmer aus, dann ging es noch zwei Meter höher. Auf die beiden Querbalken, die den inneren und den äußeren Giebel verbanden, legten wir weitere Bretter, um an den First zu reichen. Arnulf mauerte die Giebelspitze wieder auf, und ich bearbeitete den oberen Teil des Gebälks. Das Arbeiten hoch oben bei strahlender Sonne mit dem Blick über die anderen Dächer und über die Hochebene, welch ein Gefühl von Freiheit! Manchmal kam Heidi nach oben auf die Baustelle. Sie fand uns geradezu heldenhaft. Sie fotografierte Arnulf, wie er in schwindelnder Höhe Steine befestigte, und mich im Gebälk, einen Fuß neben der Zementschüssel, in der Hand den Tomahawk.

Heidi kam nicht oft nach oben, unten hatte sie genug zu tun, wo sie kochte, verschönerte und die Wäsche wusch. Nein, das

Die gewölbte Küche, Roquecave 1964

habe nichts mit der altmodischen Rollenverteilung unter den Geschlechtern zu tun, nichts mit: «die Frauen an den Herd!», sie bliebe nun einmal lieber unten, sagte sie entschieden. Das Kaminfeuer zündeten wir nur noch selten an, denn ein Gasherd mit zwei Flammen erleichterte das Kochen. Auch holten wir den Sand zum Bauen nicht mehr heimlich in Eimerchen von der Badestelle. Sylvie hatte drei Kubikmeter Sand in Limogne bestellt und mit mir vereinbart, wir teilten uns den Preis, dafür könne jeder zum Reparieren unserer beiden Häuser davon nehmen. Ein Laster konnte vor Aubins Bastide nicht wenden, und so wurde der Sand gleich neben den Weg vor unsere Hauswand geschaufelt. Die drei Kubikmeter kamen uns wie ein Hügel vor, als hätte sich ein Sandstrand auf die Hochebene verirrt.

Das Wasser schöpften wir weiterhin aus der Zisterne des leer stehenden Hofs gegenüber. In einem Steintrog daneben wusch Heidi die Wäsche und hängte sie auf einer Wiese auf, die sie schön fand. Einmal ging Arnulf kontrollieren, ob seine Wäsche auch sauber sei. Heidi lachte darüber, worauf er sich in den Steintrog legte, in den er nur halb hineinpasste, und sich von uns begießen ließ. Ein andermal, Arnulf hatte eine Gießkanne mit Brause zum Duschen über der Zisterne aufgehängt, und wir tanzten in Bikinis darunter herum, sagte er: «Mädels, in zwei Jahren ist auch für euch Schluss mit der Freiheit! Für mich schon nächstes Jahr.» Er berichtete Erschreckendes von der Referendarzeit, dem Schuldienst nach der Abschlussprüfung an der Kunsthochschule, sprach von Ordnung, Pünktlichkeit, Vorgesetzten und Dienstwegen, dass uns «Mädels» Angst und Bange wurde vor solcher Zukunft.

Am Mittag eines sonnigen Augusttages trafen Ulrich und sein Vetter Jörg in Roquecave ein. Wir begrüßten uns auf der Terrasse, wo wir zum Mittagessen und zu Gesprächen im Schatten auch erst einmal sitzen blieben. Nach einer Weile stieg Arnulf wieder auf das Dach, denn am Morgen hatte er Zement angemischt, dessen Rest auf Verwendung wartete. Jörg, der Seemann, sagte, auf dem Schiff habe er keinen Auslauf gehabt, er wolle sich im Gelände umsehen. Als er wiederkam, fragte er, ob er sich da unten, in dem runden Turm über der Felswand, einrichten dürfe. Der kleine Wehrturm war aber nicht geräumig genug, um sich zum Schlafen darin auszustrecken, anders als der Dreiviertelturm, in dem Arnulf wohnte, außerdem gehörte dieser Turm nicht zu meinem Grundstück. Doch das machte nichts, denn er wollte sich eine Hängematte vor dem Turm aufhängen. Mitgebracht habe er keine, doch könne er sich eine knüpfen, das habe er noch als Matrose gelernt, sagte er und fuhr nach Limogne. Er kam mit Schnur zurück, mit allem, was die Quincaillerie an Schnüren vorrätig hatte. Von da an stand Jörg auf der Steintreppe vor der Terrasse und knüpfte an seiner Hängematte.

Er erzählte, als Jugendlicher habe er, mit nicht viel mehr als seiner Querflöte, die DDR verlassen und sei als Matrose zur See gefahren. Inzwischen, als Schiffsingenieur, stünde er meist unten im Maschinenraum, doch manchmal ginge er nachts aufs Deck und bliese auf seiner Flöte gegen die Einsamkeit an über das dunkle, weite Meer.

Dann ging es zwischen den beiden Vettern darum, wie die Kuppel des kleinen Wehrturms gebaut sei. Nur über einer Holzverschalung sei der Kuppelbau überhaupt möglich, meinte Ulrich, denn erst durch den abschließenden Keilstein könne sich ein Gewölbe selbst tragen. Er habe sich den kleinen Turm da unten mit Verwunderung angesehen, sagte Jörg, die Kuppel sei wahrscheinlich ohne Innengerüst gebaut worden, denn der Schlussstein sei flach. Angeregt durch Jörgs Überlegungen, untersuchten wir in den kommenden Tagen die Kuppeln der Taubentürme und der *«Gariottes»*, den Steinhütten der Schäfer. Aber das Geheimnis ihrer Bauweise blieb uns verschlossen.

Am Abend nach ihrer Ankunft begleitete ich die beiden Vettern zu Aubins nach nebenan, um sie dort vorzustellen. Neben dem zierlichen Südländer Christian wirkten sie besonders groß und breitschultrig. Unser Nachbar begrüßte sie freundlich, doch nach seinem Cembalo gefragt, geriet er in Verlegenheit, es sei nicht gestimmt, es stünde eine Treppe höher auf löchrigem Fußboden, er habe nicht mehr darauf gespielt, wie denn auch, in der rechten Hand die Maurerkelle und in der linken Steine. Ulrich durfte sich dennoch das Cembalo ansehen. Er spielte ein paar Takte, schnell daneben, doch offenbar die Richtigen ganz nach Christians Geschmack: Nach dem großen Bachinterpreten, dem blinden Organisten Helmut Walcha, habe er sein Cembalo

«Helmüt» getauft, sagte Christian und versprach, es zu stimmen und Partituren herauszusuchen. Wir verabredeten uns für den kommenden Abend zum gemeinsamen Musizieren.

«Dans la baraque des Allemands, in der Baracke der Deutschen», wie Sylvie mein Haus nannte, verging der folgende Tag auf dem Dach und damit, Unterkünfte außerhalb derselben herzurichten. Jörg knüpfte seine Hängematte fertig und befestigte ein Ende im Turm, das andere an einem Baum.

Der erste Musikabend in Roquecave geriet reichlich improvisiert, obwohl Christian einige Vorbereitungen dafür getroffen hatte. Das Cembalo war gestimmt, seine Tasten glänzten unter einer Glühbirne. Ulrich und Jörg spielten gut aufeinander eingestimmt, und Jörgs Querflöte, aus Ebenholz mit Silberklappen, hatte einen schönen, warmen Klang. Aber Sylvie und ich verpassten die Einsätze. Christian, dem das peinlich war, eilte zwischen uns hin und her und zeigte mit einem Schraubenschlüssel auf die Noten. Vor dem nächsten Stück riet er, auf die Bassstimme des Cembalos zu achten, in ihr höre man gleichmäßig durchgehend den Takt. Zum Schluss sagte er, für das erste Mal sei es *«pas mal bricolé»*, nicht schlecht gebastelt, und am Sonntagabend in einer Woche sollten wir wieder zusammenkommen. Bis dahin übte Jörg mit mir, und wir spielten zweistimmig.

Eines Vormittags seilte sich Arnulf am Dachgebälk an und zwängte sich durch eine kleine Öffnung in der Giebelspitze nach außen. In acht Meter Höhe hantierte er mit Kelle und Mörtel. Jörg balancierte frei auf dem Firstgiebel und schob ihm breite Steinplatten zu, die Arnulf auf der Giebelmauer befestigte. Heidi fotografierte die beiden Akrobaten. Danach war das Mauerwerk nicht nur geschützt, es sah auch schön aus mit den Reihen von Steinplatten, die im gleichen Abstand vorkragten. Nun konnte das Dachdecken mit Ziegeln beginnen.

Der Vater des Limogner Notars, ein würdiger alter Herr, verkaufte mir zu günstigem Preis alte, handgebackene Ziegel, 2000 flache Ziegel und 600 Rundziegel. Einen Tag lang fuhren wir mit Husky und Jörgs Volkswagen als Ziegeltransporter zwischen Limogne und Roquecave hin und her. Zum Entladen bildeten wir eine Kette vom Weg bis oben zum hinteren Dach. Jörg, der mir die Ziegel von unten in ein Fenster zuwarf, machte sich einen Spaß daraus, immer dickere Packen zu werfen, aber fünf Ziegel auf einmal konnte ich nicht mehr auffangen. Was wir für den hinteren Dachteil nicht brauchten, stapelten wir an der Hauswand als Vorrat für das mittlere Dach.

So, wie Arnulf und ich es bei Edmond Mallavelle gesehen hatten, befestigten wir zwei Reihen Rundziegel schräg übereinander auf den Mauern. Diese Methode glich den Knick zwischen Mauer und Gebälk aus, der durch das Fehlen des alten Steindachs entstanden war. Als wir nicht mehr weiterwussten, fuhren wir schnell nach Lugagnac und fragten unseren Freund Edmond. Er erklärte, *«les liteaux»*, die Dachstangen, an welchen dann die Flachziegel aufgehängt würden, müssten genau waagerecht aufgenagelt werden. Natürlich bräuchten wir nicht alle Stangen von unten bis oben mit der Wasserwaage nachprüfen, nur die erste. Von der an ginge es dann im Abstand von zehn Zentimetern zwischen jeder Stange weiter bis an den First. Er schenkte uns ein Klötzchen als Maßeinheit, damit hätten dann auch die Ziegel den richtigen Abstand. Wir fuhren über Limogne zurück, aber die einzige Wasserwaage, die es in der Quincaillerie gab, war für uns unerschwinglich.

Auf unsere Terrasse zurückgekehrt, fragte mich Jörg, wie hoch Roquecave über dem Meeresspiegel läge. Ungefähr dreihundert Meter, antwortete ich und stellte mir den Meeresspiegel nicht nur als Grundlage aller Höhenangaben auf der Erde vor, sondern auch aller Waagerechten. Den einzigen «Meeresspiegel», den wir hatten, war das Wasser im Steintrog im Hof gegenüber. Eine schlanke Flasche füllten wir mit Wasser, so dass noch etwas Luft blieb, und verschlossen sie mit einem Korken. Die Luftblase war beim Hin- und Herschwenken gut zu sehen, wie in dem gläsernen Teil einer Wasserwaage. Ulrich bemerkte im Vorbeigehen, da würde nie etwas Brauchbares daraus, die Flasche müsse «geeicht» werden. «Kommt noch!», sagte Jörg. Wir schnürten die Flasche auf ein Brett, dann ließen wir sie im Steintrog schwimmen. Etwas schwierig wurde es, zwei Striche neben der Luftblase anzubringen, ohne dass Flasche und Brett durch die Berührung ins Schwanken gerieten. Mit zwei Farbtupfern, «an Land» mit einem feinen Pinsel verlängert, gelang es dann doch. Eine recht urtümliche, überdimensionierte Wasserwaage war entstanden, doch tat sie, was sie sollte: Stand die Luftblase zwischen den zwei Strichen, der Eichung, zeigte sie die Waagerechte an. Die ersten Dachstangen, gekaufte Stangen aus weichem Holz, konnten aufgenagelt werden.

Zwischen den Arbeiten am Dach unternahmen wir fünf mit Dackel die so genannten «Betriebsausflüge». Der weiteste Ausflug führte nach Moissac, siebzig Kilometer nach Südwesten. Um die romanische Klosteranlage machte eine Eisenbahnlinie einen engen Bogen. Uns wurde gesagt, ein Lehrer habe sich für die Kunstschätze eingesetzt und verhindert, dass die Eisenbahn mitten durch den Kreuzgang hindurchführe. Wir sahen uns das Tympanon an, die Darstellung einer Vision des Apostels Johannes. Aber die Besichtigung des ebenso berühmten Kreuzgangs kostete Eintritt, für fünf Personen viel Geld. Während Heidi die Kassiererin ablenkte, warf ich ein Zuckerstück in den Kreuzgang, Grace sprang hinterher, und unter dem Vorwand, den Hund einzufangen, warfen wir alle einen kurzen Blick auf die Kapitelle.

Einmal waren wir in Calvignac, einem befestigten Dorf auf einem Felsmassiv über einer Lotschleife. Von der einen Seite unter schroffem Felsen sahen wir den Fluss dunkel unter uns, von der anderen, wie er zwischen Pappeln hell aufblitzte. Das Dorf war noch bewohnt, Blechverschläge für Hühner und romanische Rundbögen, ein weißes Schulhaus und eine zerfallene Burg bildeten ein lebendiges Durcheinander. Neben einem Felsvorsprung entdeckten wir eine Ruine. Sie stand einzeln, nicht so eng verschachtelt wie die Häuser des alten Wehrdorfs. Die Aussicht war schön, die Ruine schien für Arnulf geeignet. Doch beim näheren Hinsehen ließ sich aus der Steinkiste mit nur einem Giebel kein Haus wieder herstellen, bei aller Fantasie nicht.

Mit dem Vorhaben zu aquarellieren fuhren wir ein andermal in das nahe gelegene Lugagnac. Es war ein heißer Nachmittag, am Dorfrand setzten wir uns in den Schatten. Von da aus sahen wir weit über die Hochebene, über bewaldete Hügel, die in der Ferne, hinter dem Einschnitt des Lottals, bläulich schimmerten, bis sie am Horizont in weißem Licht verschwammen. Hier sei vor Jahrmillionen Jahren einmal ein Meer gewesen, sagte der Seemann, und die Kalkfelsen seien die Ablagerungen von Billionen Meerestieren. In dem weißen Licht über den Kalkfelsen wäre die Zeit darunter noch wie ein Nachhall zu spüren, sagte Arnulf. Das erinnerte an «Die Nacht der Zeiten» in dem Buch über das romanische Quercy und daran, dass Roquecave eigentlich «Felsenkeller» hieß.

Nur Ulrich hatte ein Aquarell hingetuscht, das Graugrün der Hügel zerfloss zu Blau und das helle Blau in farblosem Wasser zum Weiß des Papiers. In die Mitte des getrockneten Blatts setzte er mit dunklem Grün die Silhouette einer Zeder, eines Dachs und eines spitzen Türmchens. Erst durch diese Hervorhebung wurden wir alle darauf aufmerksam, dass in der Nähe ein kleines Schloss liegen musste. Wir fuhren in die Richtung, dann ließen wir Husky vor einem abschüssigen Sträßchen stehen. Ich nahm Grace an die Leine, damit sie im Wald nicht auf die Jagd ginge, was sie gerne tat: da ein Vogel, dort ein Hase, nichts wie hinterher!, und für Stunden war sie verschwunden.

Knorrige Eichen am Beginn eines Weges ließen uns vermuten, dass dieser zu dem Schlösschen führe. Zwischen bemoosten Mauern gingen wir durch den Wald. Der Weg öffnete sich zu einer Wiese vor einer großen Scheune. Im Schatten der hohen Zeder lag das Schlösschen hinter einem verwilderten, ummauerten Garten. Ein schmiedeeisernes Portal, von Brombeeren überwuchert, stand halb offen. Der Haupteingang war verschlossen, durch einen Seiteneingang betraten wir einen dunklen Raum. Efeu überdeckte zerbrochene Fensterscheiben, den Fußböden fehlten Bretter. Wir gewöhnten uns an das Halbdunkel und bewegten uns auf tragenden Balken von Raum zu Raum. Schranktüren standen offen, über zerfetzten Hosen waren Zeichen in die Wand geritzt. Vor einem schlossartig großen Kamin lagen leere Weinflaschen umher wie von einem gespenstischen Gelage. Über dem Kamin wieder das Zeichen, diesmal in blutigem Rot auf die rußige Wand gemalt: Das Lothringer Kreuz, zwei Querstriche über der Senkrechten, das Symbol der Résistance gegen die deutsche Besatzung während des Zweiten Weltkriegs. Wir fühlten uns fehl am Platz und schlichen durch die Hintertür wieder hinaus in das blendend helle Tageslicht.

Draußen auf der Wiese wartete ein Schäfer, seine Truppe Schafe hinter sich versammelt. Stumm und verlegen standen wir ihm gegenüber, drei deutsche Schrankmänner, hinter denen sich Heidi versteckte, und ich, die nun auf Französisch peinliche Fragen beantworten sollte. Warum wir unerlaubt Privatbesitz betreten hätten, fragte der ältere, kleine Mann streng. Um unseren entlaufenen Hund wieder einzufangen, gab ich als erprobte Ausrede zur Antwort. Wie zur Bestätigung zerrte Grace an der Leine dem Hündchen des Schäfers entgegen. *«Le problème n'est pas là»*, da läge das Problem nicht, nicht bei den Tieren, sondern bei den Menschen, sagte der Schäfer nachdenklich. Dann fragte er, ob wir denn die Zeichen an den Wänden nicht gesehen hätten. Er deutete das Kreuz in der Luft an, wir fünf nickten. Daraufhin trat der Mann vor uns hin und fragte jeden einzeln nach dem Geburtsjahr. Die Jahreszeiten lagen zwischen 1937 und 1941. Der Schäfer reichte jedem von uns feierlich die Hand: *«Vous n'êtes pas coupable»*, Sie sind nicht schuldig; *«vous non plus»*, Sie auch nicht. Ihr alle wart damals noch Kinder.

Nach dieser Begegnung fragte ich meinen Nachbarn Zozie Mallavelle nach dem Schäfer. Der sei der Besitzer des Schlösschens, antwortete er, sein Familienname sei auch Mallavelle, *«mais nous, on l'appelle le Lunatique»*, aber wir nennen ihn den Mondsüchtigen. Denn nachts ginge er unruhig auf den Causses umher.

Seit Wochen hatte es nicht mehr geregnet, «unsere» Zisterne war leer. Anfang September bewölkte sich der Himmel. Wir beeilten uns, das hintere Dach fertig zu decken. Die letzten Rundziegel wurden auf dem First befestigt. Danach räumten wir Tisch und Stühle von der Terrasse ins Wohnzimmer. Wind fegte durch die Bäume, dann fiel heftiger Regen, der von den Bauern lang ersehnte Regen.

Durch das mittlere Dach, das Steindach über dem Wohnzimmer, tropfte es in Blechdosen, «Plick, Plock, Tock», wie vorher in den Osterferien. Das Steindach wollten wir jedoch in den nächsten Tagen sowieso neu decken. Aber plötzlich strömte Wasser aus einer Mauer, und das direkt über dem vorstehenden Stein, der die Kaminhaube trug. Immer mehr Wasser floss herab und spülte Tonerde aus der Mauer. Ich fürchtete um den Kamin, den Mittelpunkt des Hauses, starrte auf diesen rostroten Bach und weinte. Jörg öffnete die Tür daneben und sagte: «Komm! Guck da nicht mehr hin! Jetzt lässt sich sowieso nichts daran machen.» Hinter uns schloss er die Tür wieder, auch hinhören sollte ich nicht mehr.

In dem trockenen Raum unter dem Dach von Oğuz lagen noch unsere Querflöten vom letzten Mal. Jörg schlug das Notenheft auf und spielte seine Stimme. Ich bewunderte den warmen Klang seiner Ebenholzflöte. «Komm, wir tauschen unsere Flöten!» Mit ausgetauschten Flöten spielten wir zusammen dasselbe Stück. Jörg gefiel meine Flöte so gut wie mir seine, die «Zeiss-Jena» sei ja ebenfalls Qualitätsarbeit aus dem Osten Deutschlands. Damit galt unser Flötentausch für immer.

Am Abend zündeten wir ein Kaminfeuer an und feierten die Fertigstellung des hinteren Dachs. Es regnete immer noch. Die Blechdosen unter dem Steindach flossen über, der rostrote Bach neben dem Kamin rieselte weiter, doch dafür erwies sich das gerade fertige Dach als vollkommen dicht.

Es klopfte an die Tür, ein triefend nasser Kapuzenmann trat ein. Es war Bernd, der mit seiner Lambretta von Berlin bis Roquecave gerollert war. Unter seinem Regenumhang zog er eine vergitterte Petroleumlampe hervor und sagte lachend, die habe er nachts von der Absicherung einer Berliner Baustelle geklaut, diese eine von vielen wäre sicher auf der Baustelle hier noch brauchbarer. Zu sechst feierten wir weiter. Der billige Rotwein, ein Tischwein aus Algerien mit Sternchen im Glas der Pfandflaschen, floss reichlich. Bernds Regenumhang und seine Schuhe trockneten am Feuer. Als Hausbesitzerin war ich froh, dass er das Gästezimmer unter dem fertigen Dachteil beziehen konnte. Doch sorgte ich mich um Jörgs nächtliche Unterkunft in der Hängematte. Er lachte nur und meinte, bislang habe er mit dem Kopf draußen gelegen und in den Himmel geschaut, heute Nacht würde er mit dem Kopf unter der Kuppel schlafen und draußen seine Füße nass werden lassen.

Am Morgen lag Jörgs Turm im Nebel, und auf einmal roch es nach Herbst. Mit Arnulf fuhr ich zu einem Weiler zwischen Limogne und Roquecave, wo wir ein kleines Haus mit einem großen Taubenturm gesehen hatten. Aber die Bauern wollten um keinen Preis ihr Familienerbe verkaufen, schon gar nicht jetzt nach dem Regen.

Als wir zurückkamen, waren Micha, ein weiterer Studienfreund aus Berlin, und seine Freundin Marlies in der «Baracke der Deutschen» eingetroffen. Nun waren wir acht junge Leute. Der einzige Raum, der als Unterkunft für die beiden blieb, war die Baustelle direkt unter dem neu gedeckten Dach. Der schöne runde Taubenturm kam nicht in Frage, denn mit seinen meterdicken Mauern war er innen enger, als es von außen den Anschein hatte. Micha und Marlies erklärten sich einverstanden, unter dem Dach aufzuräumen. Sie stiegen Leiter auf und Leiter ab, fegten, putzten und richteten sich eine Dachstube ein. Währenddessen begannen Arnulf, Jörg und Ulrich die Steine vom mittleren Dach abzudecken. Die einen putzten, die anderen machten wieder Dreck.

Aubins hatten Besuch von einem jungen Schauspieler-Ehepaar. Sie war eine Schulfreundin von Sylvie, und er war als Heldendarsteller in der Fernsehserie «Tierry la Fronde», als eine Art Robin Hood, in Frankreich berühmt. Beide, Claire und Jean-Claude, wollten den leer stehenden Hof meinem Haus gegenüber erwerben. Bald konnte es also für uns vorbei damit sein, die Zisterne in dem Hof zu benutzen.

Im Grunde hatte mein Haus eine eigene Zisterne. Aber es war kein Wasser darin, obwohl Arnulf noch vor dem starken Regen die Dachrinne repariert hatte, die in eine Steinkiste am Ende der Terrasse führte.

Wieder fragte ich Edmond Mallavelle in Lugagnac um Rat. Er sagte, das sei nicht allzu schwierig, eine alte Zisterne wieder dicht zu machen. Risse solle ich mit einer Mischung aus Sand und Zement schließen, aber wahrscheinlich seien die Innenwände von unten bis oben porös. Sikalit mache den Zement erst wasserdicht, erklärte er, und in drei Portionen Zementpulver solle ich eine Portion Sikalit mischen und mit Wasser verrühren, bis eine Suppe entstünde. Die Suppe müsse dann mit einem Quast auf die vorher geputzten Wände gestrichen werden, am besten zweimal.

Bernd half mir beim Reparieren der Zisterne. Durch die Öffnung des Steinkastens ließen wir eine Leiter hinunter. Die Leiter von drei Meter Länge lehnte nur knapp an der unteren Kante des Steinkastens, so tief war also die Zisterne. Der Hohlraum hatte die Form einer Birne, unten breit und nach oben eng. Auf dem Grund war die Erde feucht, Bernd zog Eimer um Eimer davon an einem Seil nach oben. Schließlich bürstete ich die Wände ab, Risse hatten sie nicht. Dann begann der erste Anstrich mit der Sikalitsuppe, eine mühsame Arbeit, weil bei ausgestrecktem Arm für die oberen Einbuchtungen die brennende Suppe vom Quast über den Handschuh troff. Einmal bekam ich Angst, als die Leiter oben auf dem Dach gebraucht wurde. Bernd zog sie aus der Zisterne und versprach, sie bald wiederzubringen.

Die Zeit in dem Felsenkeller wurde lang, wie in einem Verlies. Alle meine Freundinnen und Freunde waren oben, ich hörte sie nicht. In Erwartung der Leiter sah ich auf das helle Viereck der Steinkiste über mir und bemerkte, dass wir vergessen hatten, die Regenrinne während der Arbeit abzunehmen. Die Vorstellung, ein plötzlicher Gewitterregen würde die Zisterne füllen, die ich gerade selbst wasserdicht gemacht hatte, war unheimlich. Nach einiger Zeit ließ Bernd die Leiter wieder herunter, dann noch mal einen Eimer voll Sikalitsuppe. Damit strich ich den Boden der Zisterne ein zweites Mal ein. Aber die Wände bis oben hin zweimal zu streichen, dazu hatte ich keine Lust mehr.

Am Abend, als die Sikalitsuppe getrocknet war, sollte die Zisterne mit Wein eingeweiht werden, eine Schnapsidee. Wir alle acht zwängten uns der Reihe nach in den Bauch der Zisterne hinunter. Dicht gedrängt tranken wir den algerischen «Sternchenwein» und rauchten Gauloise-Zigaretten. Die Kippen durften aber nicht auf dem Boden der Zisterne ausgedrückt werden, da war ich pingelig. Und weil es da unten so schön hallte, sangen wir deutsche Heimatlieder, Lieder, die in Berlin verpönt waren, wie allein schon das Wort «Heimat». Unser Repertoire erwies sich als reichhaltig, vom «Jäger aus Kurpfalz» über «Lieb Heimatland, ade!» bis zu «Üb immer Treu und Redlichkeit».

Inzwischen war es Sonntag geworden, der zweite Musikabend in der Bastide stand bevor. Wir fuhren an die Badestelle zum Lot hinunter, unsere Seife vom Waschtrog im Hof gegenüber nahmen wir mit. Zwischen den Steinbrocken des halb zerfallenen Wehrs ließen wir uns von dem starken Strudel überspülen, ein großer Spaß. Wieder oben auf den Causses tauschten wir unsere Arbeitskleidung mit dem Feinsten, das in unseren Koffern zu finden war, als ginge es zu einem feierlichen Konzert.

Nicht umsonst, bei Aubins nebenan herrschte wirklich eine feierliche Stimmung. Das Cembalo stand nicht mehr oben auf durchlöchertem Holzboden, sondern unten im Hauptraum der Bastide auf dem glatt getretenen Steinboden, und Sitzplätze für Zuhörer waren bereitgestellt. Christian machte uns mit Claire und Jean-Claude bekannt, mit seiner Ex-Schwägerin und anderen mehr, obwohl wir uns alle schon vor dem Sandhaufen am Erdweg begegnet waren. Den Kamin habe er nicht angezündet, entschuldigte er sich, der Qualm würde sonst die Flötisten ersticken. Diese – Sylvie, Jörg und ich – stellten sich vor die Notenständer, und Ulrich setzte sich ans Cembalo. Zu unserer Überraschung setzte sich Christian mit einem Cello neben ihn und sagte, das Cello habe er im Haus seiner Mutter gefunden, mehr als die Noten der Bassstimme des Cembalos könne er aber nicht darauf spielen. Dieses Mal dirigierte er nicht mehr mit einem Schraubenschlüssel, sondern mit dem Cellobogen: *«Un, deux, trois, et on y va!»* Mit der ruhigen Bassstimme war das Kammerorchester erst so richtig komplett, und der Takt ließ sich gut heraushören. Die deutsch-französischen Zuhörer klatschten, riefen *«Bis!»*, und noch einmal ging es los.

Nach der Musik begann der gesellige Teil des Abends. Christian und Arnulf radebrechten miteinander, dann bat mich Arnulf zu übersetzen. Christian sagte, während eines Spaziergangs habe er ein schönes, altes Haus entdeckt, nicht weit von hier. Oberhalb der Behausung des Espagnol und unterhalb der Straße am Steinkreuz führe ein Weg unter Buchsbäumen auf das Haus zu. Die Besitzer seien wahrscheinlich die Mallavelles aus Mas-de-Bassoul, denen auch der Taubenturm mit dem Riss gehöre. Das Haus stünde verlassen und sei ziemlich kaputt, dennoch glaube er nicht, dass es die Besitzer verkaufen wollten, meinte Christian, aber versuchen könnten wir es trotzdem. Arnulf dankte ihm für den Hinweis. Nach einer Weile verließen wir die Bastide und beschlossen, gleich am nächsten Morgen die Besitzer in Bassoul aufzusuchen, natürlich nicht wir alle acht als deutsche Mannschaft auf einmal.

Am Morgen ging Arnulf allein den Weg zum Steinkreuz hoch, um sich das Haus in Mas-de-Rastouillet anzusehen. Als er zurückkam, sagte er, das Haus gefiele ihm sehr gut, es sei zwar kein Taubenturm dabei wie hier, doch habe man von da aus einen weiten Blick über Roquecave hinweg und weiter über die Hochebene. Den höchsten Giebel des Hauses sähe man von der «Husky-Wiese» aus, merkwürdig, dass wir bislang nicht selbst auf das Naheliegendste gekommen wären. Alle drückten ihm die Daumen, dass ihm das Haus auch verkauft würde, als er mit mir zusammen losging.

Auf einem Feldweg Richtung Cenevières kamen wir nach einer halben Stunde zu dem Weiler Bassoul. Der große Hof der Mallavelles war leicht zu finden. Das Bauernehepaar kannte ich schon vom Jahr zuvor, als sie mir die Geschichte des Espagnol erzählte hatten. Er zeigte uns sein Trüffelschwein, eine riesige Sau mit langer Nase und kleinen Augen. Sie forderte uns auf, in den Keller mitzukommen, sie wolle eine Flasche Pflaumenschnaps vom Fass abfüllen. Ihr jüngster Sohn, ein niedlicher Bub, schleckte den Schnaps, der vom Hahn neben die Flasche tropfte. Die Bassoul-Mallavelles luden uns ein, uns mit ihnen auf die Terrasse vor dem Hauseingang zu setzen und ein Glas Pflaumenschnaps zu trinken. Der Opa, sein Vater, setzte sich dazu. Das schien mir der richtige Moment, Arnulfs Anliegen, das Haus in Rastouillet zu kaufen, vorzutragen. Die Mallavelles, vorher so freundlich, sahen verlegen drein. Nein, so einfach ginge das nicht, sagte der junge Bauer, das Haus gehöre seinem Vater. Er sprach mit ihm auf Patois, dem Dialekt des Quercy. Der Opa schüttelte den Kopf, und sein Sohn sagte, sein Vater wolle kein Land verkaufen. *«Que la ruine, sans terrain»*, nur die Ruine ohne Land wolle mein Freund haben, sagte ich und fragte Arnulf zwischendurch auf Deutsch, ob es ihm ohne Land recht sei, sonst würde wahrscheinlich gar nichts daraus. Er nickte zustimmend und sagte: «La Maison.» Der Opa sagte zu uns: *«Vous avez l'air gentils, mais . . .»*, Ihr scheint nett zu sein, aber . . ., aber das Haus sei alter Familienbesitz, und er müsse an seine beiden Enkel denken. Bis die groß wären, stünde von dem Haus gar nichts mehr, meinte der junge Bauer, und an uns gerichtet: Beim Mittagessen wolle er noch einmal mit seinem Vater sprechen. Er verabredete sich mit uns auf fünf Uhr nachmittags vor dem Haus in Mas-de-Rastouillet.

Um fünf Uhr standen Vater und Sohn auf einer großen Wiese vor der Längsseite des Hauses. Eine Trockenmauer trennte die Wiese vom Haus, zwischen Mauer und Haus war alles von Efeu und Dornen überwuchert. Der mittlere Teil des Hauses sah dennoch einladend aus mit seiner Haustür, von hellem Kalkstein umrahmt, und seinem Dach, unten mit Steinplatten und oben mit flachen Ziegeln gedeckt. Aber rechts, hinter der hohen Giebelmauer nach Roquecave hin, war das Dach eingestürzt. Die Dornen zwischen Mauer und Haus gehörten dazu, sagte der Pépé Mallavelle, aber kein Meter von dieser Wiese, die sei für seine Schafe. Dann folgten wir ihm unter der hohen Giebelmauer entlang zur Rückseite des Hauses. Ein Weinberg grenzte direkt daran an, keinen Zentimeter davon wollte der Opa dazugeben, das Haus höre da auf, wo seine Mauern stünden. Arnulf war besorgt, wo er denn beim Dachbau Leitern anstellen könne, was ich übersetzte. Es gäbe das Leiterrecht von drei Metern, beschwichtigte der Sohn, sein Vater meinte, früher wären es nur zwei gewesen. Auf dem Buchsbaumweg blieben beide nachdenklich stehen. Soweit ich verstand, ging es um eine Grenzlinie zwischen den Gemeinden Cenevières und Limogne, zwischen dem Haus und den darüber gelegenen Scheunen. Ein langer, schmaler Streifen zwischen Weg und Wiese, zwischen zwei Trockenmauern, sollte schließlich doch noch zum Haus dazugehören. Nach zwei Stunden reichte der Pépé Mallavelle Arnulf feierlich die Hand. Damit war die Vorverhandlung abgeschlossen.

Erst jetzt, bei nachlassender Anspannung, merkten wir, wie schön das Sonnenwetter an diesem Spätsommertag war. Am Hof von Zozie Mallavelle vorbei gingen wir nach Roquecave hinunter. Dort wurde auf der Husky-Wiese ein Fußballspiel «France-Allemagne» ausgetragen. Jean-Claude, Bernd und Heidi spielten auf französischer Seite, Jörg, Ulrich und Micha auf deutscher. Auf die frohe Nachricht hin, Arnulf bekäme tatsächlich das Haus da oben ganz in der Nähe, wurde die Stimmung noch ausgelassener: «Hurra! Eins zu null für Arnulf!»

Später am Abend, Roquecave lag schon im Schatten, gingen wir acht von der «Barraque des Allemands» der untergehenden Sonne entgegen nach Rastouillet hoch. Da oben, auf der Wiese vor dem Haus mit dem Blick über die Hochebene, feierten wir Arnulfs baldigen Hausbesitz. Wieder sangen wir deutsche Lieder, diesmal nichts von «Redlichkeit bis an dein kühles Grab» wie in der Zisterne, am liebsten sangen wir:

Kein schöner Land in dieser Zeit,
als hier das uns're weit und breit,
wo wir uns finden, wohl unter Linden zur A-bend-zeit.

Im Morgengrauen trotteten wir wieder nach Roquecave hinunter. Der Tag war der letzte dort für Heidi, Ulrich und Jörg. Noch einmal baden im Lot und ein letzter Musikabend in der Bastide. Morgens um sechs fuhren die drei in Jörgs Volkswagen ab.

Einige Tage darauf traf Post von Heidi ein. Auf der Rückseite eines Fotos vom Dachdecken stand: «Den Helden von Roquecave, viele Grüße, ihr und Husky seid großartig! Bis bald in Berlin – Alors et Allez!»

«Bis bald in Berlin», das rief ins Gedächtnis, dass uns fünf nur noch zwei Wochen bis zur Abreise blieben. Das mittlere Dach stand offen, der Kaufvertrag von Arnulfs Haus war noch nicht unterschrieben, und Micha wurde krank.

Erst humpelte er ein bisschen, dann konnte er die Leiter zur Dachstube nicht mehr hochsteigen. Marlies mietete das Amselhaus von dem Bauern Merle und versorgte ihn dort. Tagsüber lag er auf dem Spaghettibett im Hof. Zwischen den Dacharbeiten und den Preisverhandlungen für Arnulfs Haus besuchte ich ihn. Er sagte, am Tag der Kaufverhandlungen mit dem Opa habe er sich mit dem Tomahawk einen Stock zugeschnitten und sich dabei am Fußgelenk verletzt. Das wäre nur eine kleine offene Wunde gewesen, in hochgeschlossenen Stiefeln habe er dann Fußball gespielt, wahrscheinlich hätte der Stiefelschaft zu sehr an der Wunde gescheuert. Marlies sagte, sie habe eine Heilsalbe darauf geschmiert, die sie in ihrem Koffer gefunden habe. Sie zeigte mir die Tube. Ich hielt die zähe Paste für das Falsche, denn ich erinnerte mich an den Rat eines jungen Arztes in Berlin, eine Wunde offen bluten zu lassen, sie aber niemals mit einer Salbe zu verkleben, die würde nur die Bakterien in den Blutbahnen einschließen. Marlies war bestürzt, ihrem Freund diese «saublöde Salbe» aufgepastet zu haben. Zu spät für das Ausbluten der Wunde – sie war geschlossen und das Bein darüber rot angeschwollen. Micha sagte, es täte immer mehr weh und es wäre gut, wenn wir nach Limogne führen, um den Arzt unten im Lottal anzurufen.

Marlies konnte Auto fahren, mit Husky fuhren wir dorthin. In Limogne gab es drei Telefone, mit jeweils nur einer Zahl. Der Notar hatte die Nummer 3, der Bürgermeister die Nummer 1 und die Frau im Café am Platz die Nummer 2. Die Frau kurbelte und drehte an ihrem Telefon, um von ihrer 2 eine Verbindung aus dem Ort heraus zu schaffen. Sie schrie in den Hörer, drehte wieder an der Scheibe und rief: *«Allo? Oh pardon, Monsieur le Maire!»* Sie hatte den Bürgermeister angerufen. Uns wurde die Zeit zu lang, wir beschlossen, direkt zum Arzt nach Latoulzanie hinunterzufahren.

Unterwegs machte sich Marlies Sorgen um Micha. Als wir die steile Straße nach Cenevières hinunterfuhren, klapperten und quietschten die hinteren Türen des Husky. Ich fand, das quietsche, als würde zwischen den Flügeltüren ein Vogel zerrieben. «Ja, so verrückt, der Arme!», sagte Marlies, und uns überkam ein Lachanfall. Der Arzt war nicht da. Seine Frau versprach, er käme morgen Nachmittag nach Roquecave hoch, solange sollten wir kalte Wickel auf das Bein legen.

Am nächsten Nachmittag kam der Arzt zu uns Dachdeckern, und ich führte ihn zu dem Krankenbett im Merle-Hof hinüber. Der befühlte kurz das rot geschwollene Bein, richtete sich wieder auf und sagte zu Micha von oben herab: Das Bein müsse er ruhig halten, er solle sich eine Küchenschürze anziehen und die Frauen auf dem Dach arbeiten lassen. Das war alles, und er schritt zu dem Haus gegenüber, um nach der Mutter Aubin zu sehen.

Bernd fuhr mit seiner Lambretta nach Limogne. Etwas später kam er wieder und sagte, sein Roller sei kaputt, er habe ihn zurückgeschoben. Er gab Micha eine Schachtel Aspirin, die habe er dort in der Apotheke besorgt.

Am Morgen, am sechsten Tag nach der Verletzung, sagte Micha fiebernd, ohne das Aspirin hätte er die Nacht nicht so gut durchgestanden. Vom Amselhaus schwankte er über grünes Gras auf sein Lager im Hof. Sein Bein war nicht mehr rot geschwollen, sondern gelblich dünn. Er meinte, hier draußen unter dem Baum zu liegen sei schön, wir sollten ruhig auf dem Dach weitermachen.

Am Mittag zeigte er auf eine Delle im Schienbein, die sei doch merkwürdig. Marlies und ich fanden die eiternde Delle sehr beunruhigend, so könne Micha nicht mehr einfach hier liegen bleiben, er müsse schnell in ein Krankenhaus. Ich ging zur Bastide hinüber und sagte Christian Bescheid, wir führen gleich zum Krankenhaus nach Cahors. Er meinte, ohne Einweisung des Hausarztes würde Micha dort nicht aufgenommen, außerdem sei es Sonnabend und nur die Notaufnahme geöffnet. Doch den Doktor kenne er von seinen Eltern her gut, einen Einweisungszettel würde der ihm sicher unterschreiben. Er fuhr nach Latoulzanie hinunter. Nach drei Stunden kam er mit der Einweisung wieder. Micha, schwach und fiebernd, wurde auf den Rücksitz von Husky gebettet. Marlies saß am Steuer und bat mich mitzukommen. Gegen Abend kamen wir vor dem Krankenhaus an. Auf einer Trage wurde Micha zum Notdienst gebracht. Die Diagnose: Knochenvereiterung. Ein Chirurg, der gerade weggehen wollte, sagte, noch zwölf Stunden Wartezeit und das Bein hätte amputiert werden müssen, gleich in dieser Nacht wolle er die Operation vornehmen und versuchen, das Bein zu retten. Stumm fuhren wir nach Roquecave zurück.

Am Sonntagnachmittag besuchten wir Micha im Krankenhaus. Er war erschöpft, aber glücklich, sein Bein noch zu haben. Es sei vom Knöchel bis zum Knie aufgeschnitten worden, vom Schienbein habe der Chirurg alles weich Vereiterte vom Knochen abgeschabt, sagte er, und es würde noch lange dauern, bis er wieder aufstehen könne. Dann schlief er ein, und die Besuchszeit war zu Ende. Obwohl keine Kirchgängerinnen, zündeten Marlies und ich eine Dankeskerze in der Kathedrale von Cahors an.

Am Montag fuhr Marlies mit Michas Auto nach Cahors, wo sie ein kleines Zimmer mietete. Nach zehn Tagen, nach Michas Entlassung aus dem Krankenhaus, fuhr sie mit ihm nach Berlin zurück.

Vom Montag an arbeiteten wir drei, Arnulf, Bernd und ich, von früh bis spät am mittleren Dach. Die Fläche zwischen den beiden Innengiebeln, zwischen dem hinteren Dach und dem Dach von Oğuz, war die größte des ganzen Hauses. Auf Steinplatten mauerten wir Rundziegel auf. Das ging wie in Fließbandarbeit: eine «Nonne», ein Stein dazwischen, ein Klacks Mörtel darauf, so von Giebel zu Giebel, dann «Mönche» mit der Wölbung nach oben, Steine für die Neigung dazwischen und so weiter. Schwierig wurde es, auf der Nordseite einen Übergang zwischen dem Steindach des Küchengewölbes und dem Gebälk herzustellen. Arnulf schaffte das mit Rundziegeln, während Bernd und ich die erste Dachstange auf der Südseite aufnagelten. Dabei leistete unsere archaische Wasserwaage wieder gute Dienste. Eines Nachts regnete es, aber das machte nichts, der Bauschutt auf dem Dachboden staubte nicht mehr und ein bisschen, aber immerhin, füllte sich die eigene Zisterne.

Am Tag nach dem Regen nagelten wir Stangen auf der Südseite des Daches auf, kamen aber nicht weit, weil immer wieder Unterlagen zwischen altem Gebälk und neuen Stangen, zwischen krumm und gerade, mit dem Stechbeitel zugeschnitzt werden mussten. Am Abend kam uns Christian auf dem Dach besuchen und fragte, warum wir immer noch am Hämmern seien. Nur noch zehn Tage blieben uns vor der Abreise nach Berlin, antwortete ich, und das Dach solle den Winter über nicht offen stehen. Er sagte, den Turm der Bastide habe er gestern Nacht mit Jean-Claude zusammen fertig gedeckt, das elektrische Kabel von seinem Dachbau bräuchte er nicht mehr, Arnulf solle mit ihm herüberkommen. Die beiden legten ein langes Kabel durch ein Fensterchen der Bastide über die Terrasse zum Dach hoch. Am Firstbalken hängte Bernd dessen Ende auf, und Arnulf schraubte eine starke Birne ein. Bei elektrischem Licht arbeiteten wir weiter.

Um drei Uhr nachts – ich holte gerade etwas von unten – oben ein Fluch, dann kam Bernd die Leiter herunter, von seiner linken Hand tropfte Blut. Der Stechbeitel sei ihm in den Handballen abgerutscht, doch so schlimm, wie es aussähe, sei es nicht, meinte er und sah sich die blutbekleckerte Leiter an. Wenigstens habe sich jetzt die Wunde von selbst gereinigt, sagten wir uns.

Damit war die Arbeit am Dach vorläufig beendet. Nach einer letzten Verhandlung wurde der Kaufvertrag für Arnulfs Haus beim Notar abgeschlossen. Gleich am Tag darauf wollte Arnulf das Dringendste an seinem Haus vor dem Einsturz retten. Dafür blieb ihm nur noch eine Woche bis zu unserer Abreise. Er packte den Husky voller Schaufeln, Kellen und Eimer, womit ich einverstanden war, zumal er mein zusammengespartes Bauwerkzeug stets in einen besseren Zustand brachte, als es vorher gewesen war. Dennoch überkam mich ein Gefühl der Verlorenheit, als ich Husky mit meiner sechs Meter langen Leiter oben aufgeschnürt langsam von Roquecave nach Rastouillet hochfahren sah.

Im Sommer waren wir acht auf dem Dach gewesen, jetzt im Herbst waren wir nur noch zwei. «Komm, das decken wir beide in vier Tagen!», sagte Bernd aufmunternd. Seine Hand war fast wieder verheilt. Zu zweit nagelten wir Dachstangen auf der Südseite auf. Das Zehnzentimeterklötzchen von Edmond Mallavelle bekam einen Zwilling. Klötzchen für den Abstand anzulegen – deins, meins, stimmt – die nächste Stange darüber aufzunageln, es machte Spaß. Bald war die Südseite von hellen Holzsprossen überzogen. Auf der Nordseite machten wir tags darauf weiter, aber allmählich gingen uns die Stangen aus. Erst gaben wir elf Zentimeter Abstand zwischen ihnen dazu, zum Giebel hin sogar zwölf. (Die Folgen dieses Mangels an Material und Zeit sollten sich einige Jahre später zeigen.)

Danach trugen wir 1200 Flachziegel hoch und stapelten sie in Paketen schräg von unten nach oben auf den Stangen. In ebensolcher Regelmäßigkeit legten wir Ziegel um Ziegel auf. Am vierten Tag war die Südseite gedeckt. «Alles dauert länger, als man denkt», sagten wir uns und mauerten die Firstziegel auf. Am sechsten Tag hatten wir auch die Nordseite gedeckt. Fast ganz, denn Bernd, der von außen die letzten Ziegel auflegte, konnte ohne die große Leiter nicht mehr vom Dach herunterkommen. Wir sägten einen Durchschlupf in die Stangen, im Schrägschnitt, um sie wieder einsetzen zu können. Am Abend seilte

Auch das mittlere Dach hinter dem Küchengiebel ist fertig gedeckt!
(Foto des Malers Bernd Damke)

sich Bernd nach innen ins Haus hinein ab und schob den allerletzten Ziegel ein. Damit war auch das mittlere Dach für den Winter gedeckt. Mein Haus war nun geschützt und keine Ruine mehr.

Am Abend holten wir Arnulf, der noch die Zementkellen putzte, und Husky von Rastouillet ab. Das Auto stand eine letzte Nacht auf seiner gewohnten Wiese über Roquecave, diesmal bei halb offenen Flügeltüren und mit Bernds Lambretta auf seine Ladefläche geschnürt.

Frühmorgens um fünf fuhren wir los Richtung Norden, natürlich nicht, ohne meine Grace mitzunehmen. Am Vormittag kamen wir nach Brive, in die erste große Stadt, die eine Ampel hatte. Als wir die Hauptstraße bergab fuhren, stand die Ampel auf Rot, gleich dahinter ging es bergauf. Bernd fuhr im Tempo bei Rot durch, denn mit der Lambretta hinten auf der Ladefläche hätten wir den Husky nicht anschieben können. Arnulf und Bernd wechselten sich am Steuer ab und fuhren Tag und Nacht durch. In Frankfurt wurde Husky eine neue Benzinpumpe eingesetzt. Dort trennten sich erst einmal unsere Wege bis zum baldigen Semesterbeginn in Berlin.

In Berlin fuhr Bernd noch zwei Wochen lang mit Husky durch die Gegend. Dann meinte er, das Auto wäre nicht mehr zu reparieren, kein Schrotthändler wolle es nehmen, er müsse es wegbringen. Das sei zwar verboten, ein Auto irgendwo abzustellen, aber er wolle nicht nur die Nummernschilder abnehmen, sondern auch die Motornummer wegkratzen. Er fuhr unseren Orient-Express in eine West-Berliner Enklave, in einen Winkel der Mauer am Glienicker See. Als er mit der S-Bahn zurückkam, sagte er, Husky habe einen friedlichen Platz im Wald gefunden.

IV

Nordost-Südwest
und zurück

Viel Examen, wenig Taubenturm

Noch vor den Sommerferien, im Juli 1964, hatte eine Gruppe befreundeter Kunststudenten und Meisterschüler eine Selbsthilfe-Galerie gegründet. Sie lag in der Großgörschenstraße 35, daher dann auch ihr Name «Großgörschen-Galerie». Die ungefähr zehn Maler und Grafiker, darunter Arnulf mit größtem Einsatz, hatten eine alte Glaserei zu der Galerie hergerichtet. Die erste Aussstellung war von dem Maler Wolfgang Petrick und dem Zeichner Ben Sorge gewesen. Mein Freund Rudolf, mit dem mich unsere Fluchthilfe im Winter 1961 verband, war auf eine Leiter gestiegen und hatte die Eröffnungsrede gehalten. Der Presseerfolg stellte sich schon zu Beginn durch den Kunstkritiker Heinz Ohff im «Tagesspiegel» ein.

Das Programm und die Reihenfolge der Ausstellungen war nicht festgelegt. Nun, im Herbst, fragte ich Rudolf, ob ich nicht auch einmal in der Galerie ausstellen könne. «For men only» war seine Antwort. Als selbstverständlich galt, dass die festen Freundinnen der jeweiligen Künstler deren Ausstellungen hüteten. Im November stellte dann Ulrich Baehr aus, und die Tage nach der Eröffnungsfeier saß ich in einem kleinen, ungeheizten Büro. Professor Mac Zimmermann, der renommierte, alte Grafiker, kam herein und fragte erstaunt: «Was machst du denn hier? Zeig mal, was du da an Blättern unter dem Tisch liegen hast!» Er sah sich meine Radierungen von Rittern und Reiterschlachten an und sagte, damit solle ich mich an der Großen Münchner Kunstausstellung beteiligen, dort sei er in der Jury. Eine solche Beteiligung sollte dann auch mehrmals gelingen.

Seit einem Jahr, seit der Rückkehr aus Paris, wohnte ich Zimmer an Zimmer bei einer über achtzigjährigen Frau in der Zietenstraße. Sie hieß Auguste Bohnstengl und erzählte mir einmal, dass sie als achtjähriges Kind Sandsäcke zum Bau der Mietskasernen habe schleppen müssen, bis sie es als Dienstmädchen in einer jüdischen Familie besser gehabt habe, wo ihr die Töchter das Stricken beigebracht hätten. Von der Zietenstraße war es nur ein paar Schritte zu dem Antiquar in der Bülowstraße, für den ich weiterhin Bilder restaurierte. In meinem Zimmer, in dem ich auch zeichnete und malte, hörte ich viel Radio. Heiligabend wurde das Weihnachtsoratorium von Bach übertragen, und ich stellte das Radio auf volle Lautstärke. Am Morgen entschuldigte ich mich bei meiner Zimmerwirtin wegen der lauten Musik. Sie sagte: «So eine schöne Musike hab ik mein janzes Leben noch nie jehört. Die janze Nacht hab ik in Bette jelegen und jeweint.»

Im März kam Arnulf aus Rastouillet zurück, wo er den Winter über an seinem Haus gebaut hatte. Er erzählte, Sylvie habe im Herbst ein kleines Mädchen zur Welt gebracht, aber sie habe ihm Leid getan, wenn sie unten an der Quelle die dünne Eisdecke aufgebrochen habe, um dann in der Steinwanne Windeln zu waschen. Das Landleben im Winter dort sei keineswegs idyllisch.

Ebenfalls im März 1965 begannen die Prüfungen für Schrift und Architektur. Für eine Aufgabe in Architektur, nicht nur geradlinige Gebäude im Aufriss und in Perspektive wiederzugeben, sondern auch Rundformen, zeichnete ich meinen Taubenturm, den ebenmäßigen aus dem 17. Jahrhundert.

Nach Ostern kam ein Brief von Sylvie: Roquecave sei ein Traum, aber sie bestünde nicht darauf, denn das wisse ich ja. Sie habe 1500 Flachziegel für mein vorderes Dach bestellt und 3000 für Arnulf. Jeder Ziegel sei um 3 Centimes teurer geworden, das hieße, die Lieferung an mich im Juni werde 270 Francs kosten und die an Arnulf im Juli 600. *«C'est dur la vie d'artiste!»* Christian habe ein Cembalo fertig gestellt, eine Bestellung und ein Erfolg. Sie hoffe, dass es für den Sommer ein Cembalo in funktionstüchtigem Zustand geben werde. – Ein Postskriptum ließ mich Ungutes ahnen, denn ich wusste, dass Wolf über Ostern in Roquecave gewesen war. – Es habe einen kleinen Krieg *«avec le petit frère»*, mit dem kleinen Bruder, gegeben, dem es, so könnte man sagen, völlig an Humor fehle. Ich solle ihm Unterricht geben oder Ulrich bitten, ihn für seinen nächsten Frankreichfeldzug auszubilden.

An der Kunsthochschule folgten Mappenabgaben auf Klausuren. Natürlich gingen wir Studenten weiterhin ins Kino, ins Theater und in Kneipen, genauer gesagt, wir Studentinnen und Studienreferendare, denn Ulrich, Bernd und Arnulf hatten den Schuldienst angetreten. Schließlich, Ende Juni, wurden die Zeugnisse über die «Erste (künstlerische) Staatsprüfung für das Amt des Studienrats» ausgehändigt. Trotz dieses Abschlussexamens meldete ich mich noch nicht von der Kunsthochschule ab, denn so konnte ich weiterhin in der Druckwerkstatt arbeiten und Radierungen herstellen.

Es waren großformatige Radierungen, in denen ich die Heraldik aus meiner Kindheit ironisierend wieder aufgriff. Über Jahre hinweg hatte ich die Tischkarten für Familienfeste gezeichnet, immer wieder mit dem Motiv des Arnim'schen Wappens: einem Schild, darüber ein geschlossener Helm mit wallendem Tuch, gekrönt von Hörnern. Ich empfand diese Motive als hohle Zeichen traditioneller Normen, an denen man festhielt, obwohl sie schon lange nicht mehr bestanden. In den farbigen Radierungen wurden die Helmziere und Orden zwar prächtiger, aber die Menschen waren aus diesen Rüstungen verschwunden.

Mitte Juli begannen die Schulferien an den Berliner Gymnasien. Arnulf fuhr mit seiner Freundin Christiane, einer Studentin der Kunsthochschule, als Erster los, dies mit dem Versprechen an sie, er besitze in Südwestfrankreich ein Schloss. Ich musste erst wieder einmal ein Auto kaufen, um mit Ulrich zusammen nach Roquecave zu gelangen. Diesmal war es ein roter Volkswagen mit aufklappbarem Verdeck, weniger originell als seine Vorgänger Ford und Husky, doch dafür sollten wir noch mehrere Jahre lang mit dem «Décapotable» die Strecke quer durch Europa zurücklegen.

Das Hauptgepäck bestand aus zwei Koffern voller Partituren, die mir bei einer Wohnungsauflösung geschenkt worden waren. Mit einer bescheidenen Aktentasche war ich hingegangen, zwei große Koffer waren mir voll gepackt worden mit Concerti Grossi von Händel, Oratorien von Bach, Flötenkonzerten von Vivaldi und anderen Kostbarkeiten mehr. Einen dritten Koffer für Romantisches hatte ich abgelehnt, zwei Koffer voll Barockmusik, das reichte üppig!

Etwas weit Banaleres sollten wir bei jeder Fahrt in den Süden mitnehmen, und zwar einen Karton voller «Senatsfleisch». Das war Rindfleisch in Dosen, welches der West-Berliner Senat, wie Berge von Kohlen auch, gestapelt hatte, damit die Inselstadt bei einer Krise im Kalten Krieg Vorräte hätte und nicht wie 1949 allein über die Luftbrücke der USA versorgt werden müsse. Die Vorräte des so genannten «Senatsfleischs» wurden immer wieder zu Schleuderpreisen an die Bevölkerung abgegeben und erneuert.

So bepackt fuhren wir los, erst nach Braunschweig zu Ulrichs zweitältestem Bruder, zu Reinhart und seiner Frau. Er war Ingenieur und spielte Geige, in zwei Tagen wollten die beiden mit ihrem kleinen Sohn auch nach Roquecave kommen. Unsere nächste Station war Eschborn. Dort holte ich wieder meine Dackeline Grace ab und meine Alt-Blockflöte, die ich Sylvie schenken wollte. Meine Mutter wollte nun auch das legendäre Roquecave kennen lernen. Ihr Führerschein stammte aus dem Jahr 1933, Wolf hatte ihr das Autofahren neu beigebracht in einem eigens für diese Reise angeschafften Volkswagen. Mutters Reisebegleiterin sollte Guni sein. Natürlich hätten wir Guni gerne schon von Berlin aus in unserem Auto mitgenommen, aber sie und Karl-Heinz konnten West-Berlin aus politischen Gründen nur im Flugzeug verlassen. Am nächsten Tag, sowie Guni im Frankfurter Flughafen gelandet wäre, wollte Mutter mit ihr zusammen starten.

Nach zweitägiger Fahrt über Dijon und Brive trafen wir in Roquecave ein. Ich ging gleich zu Aubins hinüber, um ihr Baby zu sehen. Es war ein niedliches Dickerchen mit großen, braunen Augen. Sylvie erzählte, der Doktor R. sei erst in letzter Minute zur Entbindung gekommen, die Wartezeit ohne Christian, der ihn geholt habe, sei etwas ungemütlich gewesen. Oben in ihrem Turmzimmer habe er dann über Zementsäcke zu ihrem Bett steigen müssen, amüsierte sie sich im Nachhinein, denn Christian sei gerade dabei gewesen, ein Badezimmer zu bauen, als die Wehen eingesetzt hätten.

Christian erzählte, Arnulf habe im Winter wie ein hoch gewachsener Tartar ausgesehen, in einer spitzen Pelzmütze mit Ohrenklappen habe er den eingestürzten Teil seines Hauses wieder aufgebaut. Drei Wochen lang sei hier Frost gewesen, in der Zeit habe er draußen ein Feuer brennen lassen und auf die Frage, ob er sich beim Bauen daran wärme, habe er auf einen Haufen von angemischtem Zement gezeigt, der solle nicht einfrieren. «*Très allemand, très serieux,* sehr deutsch, sehr ernsthaft», sagte Christian anerkennend. Sylvie mokierte sich, seinen Zeichnungen nach würde Arnulf sein Haus nicht im Stil des Quercy wieder aufbauen, sondern im Stil eines bayrischen Schlösschens.

Ich fragte sie, ob ihre Zisterne hinter dem Küchengewölbe kaputt sei und ob sie deshalb an der Quelle die Wäsche wüsche. Das müsse sie mir doch nicht erklären, dass es an der Quelle einfach schöner sei als hier in der Küche, antwortete sie. Auf das Wort Quelle hin kam Christian auf *«le petit frère»* zu sprechen. Der «kleine Bruder» habe zu Ostern mit seinem Freund zusammen die schöne, alte Steinwanne, die bekanntlich vor der Quelle stünde, in mein Haus hochtransportieren wollen. Das sei erstens idiotisch, denn dieser große Hohlblock ließe sich nicht von der Stelle wegbewegen, und zweitens kriminell, denn diese archaische Skulptur gehöre seit Urzeiten den Einwohnern des Landes und nicht diesem deutschen Grünschnabel, ereiferte sich Christian, und das alles habe er meinem Bruder bei seiner Attacke mit der Brechstange auch gesagt. Sylvie lachte, wo *«le petit frère»* daraufhin eine andere Badewanne installiert habe, das würde ich schon noch entdecken.

Am nächsten Tag kamen Mutter und Guni im Lot an, am vereinbarten Treffpunkt bei «Madame Banania» holten Ulrich und ich sie ab. Mutter hatte ihre Nähmaschine, eine aus Zernikow gerettete Pfaff, mitgebracht. Die alte Tretmaschine sei für hier das Richtige, sie habe schon lange eine elektrische Nähmaschine, sagte sie, und Ulrich als «kräftiger, junger Mann» solle sie die Steintreppe hochtragen. Vorhangstoffe hatte sie auch mitgebracht, und kaum hatte sie sich etwas umgesehen, begann sie zu nähen. Die «hässliche Küche», deren Rundbogen ich besonders schön fand, wurde mit Stoff verhängt. Guni, die dabei helfen musste, meinte belustigt, es ginge Clärchen als ehemaliger Gutsfrau nicht um die Schönheit, sondern darum, Küche und Wohnzimmer zu trennen, das Personal von der Herrschaft im Esssalon.

Während der nächsten Tage hantierten Guni und ich als «Personal» hinter dem Vorhang. Doch einmal, Mutter und ich kamen von draußen, saß Ulrich auf der Terrasse und schnitt Petersilie. «Das spricht für ihn, dass er in der Küche hilft!», sagte Mutter. Ein andermal war sie nicht so zufrieden mit meinem Partner, zu der Befehlsverweigerung jedoch hatte ich ihn ermuntert. Wir wollten gerade nach Rastouillet hochgehen, da rief sie, wir sollten jetzt sofort ihr Auto putzen. Das habe doch Zeit, sagte ich zu ihr und leise zu Ulrich, der zögerte: «Komm, wir gehen einfach weiter!» Als wir zurückkamen, putzte Guni das Auto, und Mutter blickte streng und vorwurfsvoll. Nur ihrem Jüngsten ließ sie alles durchgehen. Der war zwar gerade selbst nicht anwesend, aber doch in Form meines verrußten Kellers und einer zerstörten Steintreppe. Aus den Treppenstufen des hinteren Kellereingangs hatte er eine Badewanne gebaut, ein Loch in die Mauer geschlagen, ein Ofenrohr für einen Heißwasserkessel durchgeschoben, Feuer gemacht, beim Materialhändler zwei Säcke Zement auf seine Schwester anschreiben lassen, kurzum, ich war wütend über sein «Badezimmer» und wollte, dass er in Roquecave keinen Unsinn mehr machte. «Aber mein Wölfchen muss doch eine Heimat haben», sagte Mutter weinerlich. Da erst verstand ich, warum sie inzwischen doch für meinen Hausbesitz war. Sie und Guni fuhren nach einer Woche wieder ab. Mutter sollte noch oft wiederkommen.

Während der Woche waren auch Reinhart und seine Frau in Roquecave eingetroffen. Am Abend nach ihrer Ankunft trugen wir die zwei Koffer voller Noten zu Aubins hinüber und sahen sie durch. Das Cembalo «Helmüt» war für «Ülrisch» wieder in Gang gesetzt worden, und zu fünft machten wir mehrere Abende lang Musik. Christian hatte den Winter über nicht nur eine Werkstatt eingerichtet und ein Cembalo gebaut, sondern auch Cello geübt. Sylvie stellte sich erstaunlich schnell von ihrer Sopranblockflöte auf meine Altblockflöte um und freute sich über das Geschenk. Reinhart spielte gut und ruhig auf seiner Geige, und manchmal, während einer Pause, bremste er seinen Bruder, der aus dem großen Notenvorrat dies und das schnell auch noch vom Blatt spielte.

Tagsüber bauten die Brüder an einer Terrasse vor dem Haus um das Rund der Sonnenuhr herum. Den Grundriss hierzu hatte ich als großes Halbrund neben dem Hauseingang vorgezeichnet, das zum Dreiviertelturm in eine Gerade überging. Aus dem Schutthaufen und dem abschüssigen Gelände sollte eine ebene Fläche werden, waagerecht wie der Meeresspiegel. Steine für den Außenring gab es in einer abgerissenen Scheune, nur zehn Meter entfernt, jede Menge, doch viel interessanter für die beiden war es, Steine von einer alten Burg zu holen, in die der Blitz eingeschlagen hatte. Mit dem roten «Décapotable» fuhren sie über eine Wiese dorthin und beluden das Auto mit immer größeren und immer besser zubehauenen Steinblöcken. Auch sie, wie alle, die das Quercy liebten, waren zu Steinfanatikern geworden. Sylvie, angetan von dem entstehenden Bauwerk, sagte: «*Terrassement Baehr et Frère,* Terrassenbau Gebrüder Baehr.»

Eines Tages streikte das Auto als Steintransporter. Reinhart stellte fest, der «Baudenzug» sei gerissen. Eine Volkswagenwerkstatt gab es weit und breit nicht, Mutter und Guni mussten inzwischen in Eschborn angekommen sein. Ich gab in Limogne ein Telegramm auf: «Bitte schickt VW-Baudenzug. Eilt. Danke!» Ungefähr eine Woche später traf ein flaches Päckchen aus Berlin ein. Um einen gelben Plastikdeckel war ein schwarzes Kabel gewickelt, darauf lag ein Zettel: «Das hat gedauert, aber jetzt weiß ich für immer, was ein Baudenzug ist! Liebe Grüße, Guni.» Sowie der Baudenzug eingesetzt war, fuhren Ulrich und Reinhart mit seiner Familie ab. Arnulf, der sein mittleres Dach gedeckt hatte, und Christiane, der das Haus sehr gefiel, obwohl es kein Schloss war, verließen Rastouillet Richtung Berlin.

Mitte August war ich mit Grace als Wachhund allein im Haus. Nach der Abfahrt der deutschen Besucher fühlte ich mich unter meinen französischen Nachbarn zu Hause. Der Schauspieler Jean-Claude, seine Frau Claire und ihre beiden kleinen Kinder waren inzwischen zu meinen Nachbarn im Hof gegenüber geworden.

An einem sonnigen Nachmittag kamen Claire und Sylvie lachend über das Steintreppchen von der Bastide herüber und legten Holzbeine vor den Terrassenbau der Brüder Baehr. Die Beine hätten sie beim Aufräumen des Dachbodens der Bastide gefunden und noch einiges mehr, sogar pornografische Fotos. Am Abend erzählte Christian, was er von der Vorgeschichte der Bastide wusste. Der letzte Bewohner habe im Ersten Weltkrieg ein Bein verloren, deprimiert habe er sich dem Suff ergeben. Seine Frau habe versucht, den Hof zu bewirtschaften, sei aber damit gescheitert. In der Not habe sie daraufhin als Puffmutter das Geld für den Wein und die Prothesen ihres Mannes verdient. Das schien die Erklärung dafür zu sein, warum der Sekretär von Cenevières im Jahr zuvor gesagt hatte, Roquecave sei nicht nur ein so genannter, sondern auch ein verrufener Ort.

Mein Haus schien eine bessere Vorgeschichte zu haben. Die Frau mit dem Indianergesicht in dem Kramlädchen von Lugagnac war die älteste von drei Schwestern, die um die Jahrhundertwende in meinem Haus geboren waren. Sie sagte mir, seit Jahrzehnten sei sie nicht mehr dort gewesen, die Herkunft aus einer Ruine sei ihr peinlich, doch jetzt, wo das alte Steindach neu gedeckt sei, wolle sie gerne kommen.

Die drei Schwestern Euphrasie, Clothilde und Bernadette kamen der Reihe nach ihr Geburtshaus besuchen. Euphrasie kam als Erste. Sie zeigte auf die Zisterne, aus der sie als Mädchen Wasser geschöpft habe, auf ein Loch in der Terrassenbalustrade, durch das sie den Dreck hinausgefegt habe, auf den Kamin, die Küche. In Erinnerungen verloren, betastete sie die Steine. Dann kam Clothilde. Sie kam mit ihrem Ehemann aus Mas-de-Couderc, einem Weiler vor Limogne, auf einem halb zugewachsenen Weg in einem eigens für diese Fahrt in Gang gesetzten Uraltauto. Beide hatten sich ein Glas mitgebracht, damit gingen sie zur Quelle hinunter – das frische Quellwasser zu trinken sei ihre schönste Kindheitserinnerung. Dann kam Bernadette, eine Nonne. Sie bekreuzigte sich unter dem Türsturz mit dem eingemeißelten Datum 1717 und wandelte in ihrer Nonnentracht zur Quelle hinunter, als pilgere sie nach Lourdes.

Im September traf nochmals deutscher Besuch ein. Es waren Heidi mit ihrem Freund Male, dazu Erhard, ein junger Komponist, den ich aus Heidis Berliner Wohngemeinschaft kannte. Erhard komponierte im Handumdrehen einen Kanon, den er mit uns einstudierte. Er war einfach, doch vierstimmig und mit versetzten Einsätzen kam sein Klang voll zur Wirkung. «Ave Roquecave, schlafe, schlafe, schlafe . . .», dieser Kanon, theoretisch ohne Ende, wurde von einem ständigen *«Pourquoi? Pourquoi?»* begleitet. Dies laute «Warum?» war das Gackern eines Perlhuhns, das Jean-Claude nach Roquecave mitgebracht hatte und das frei umherlief. Einmal fragte Heidi Christian, wozu das Perlhuhn denn gut sei. Für sein «Pourquoi», antwortete er, um zu fragen, wozu die Menschen denn gut seien.

Das Haus – nun keine Ruine mehr – und der Dreivierteltturm in seinem Winkel zur Rückseite der Bastide.

Wie jeden Herbst hieß es, von den Nachbarn und vom Haus Abschied nehmen. Eigentlich hätte ich monatelang bleiben können, denn ich stand nur auf der Warteliste für die Einstellung in den Referendardienst. Aber ich hätte keinen Pfennig zum Leben gehabt, anders als Sylvie, die etwas Lebensunterhalt aus dem Erbe ihres Vaters bezog, welches ihre Mutter für sie angelegt hatte. Sie verschwieg das natürlich, denn das hätte nicht in das Bild vom «alternativen Landleben» gepasst, wie es später von enttäuschten und politikverdrossenen Berlinern genannt und praktiziert werden sollte.

In Berlin trug ich mich zum Französischstudium an der FU ein, denn neuerdings wurde für Kunsterzieher ein «Wissenschaftliches Beifach» verlangt. Vor allem stellte ich jedoch Radierungen her. Im Winter ergab sich die Möglichkeit, nach Zusendung eines Probedrucks ganze Auflagen an eine Frankfurter Galerie zu verkaufen. Eduard und Sabine Franoszek, ein befreundetes Künstlerehepaar, hatten in ihrer Wohnung eine Radierwerkstatt eingerichtet, bei ihnen durfte ich meine Auflagen drucken. Einmal half mir Ulrich dabei, und Eduard meinte: «Ihr müsst ja Geld verdienen für euren südfranzösischen Gartenzaun!» Es schien mir unnötig zu erklären, dass die Gärten im Lot mit Natursteinmauern eingefasst wurden, insgeheim wünschte ich, so viel Geld zu verdienen, dass ich mir eine eigene Radierpresse kaufen könnte.

Monate später, nachdem eine Reihe Radierungen verkauft worden war, bestellte ich die Radierpresse bei derselben Firma, bei der ich in der Pariser Zeit für den Friedlaender-Schüler Tuvia Bery nach Neckartenzlingen telefoniert hatte, um für ihn eine «Neckarpresse» zu bestellen. Die Firma Breisch & Rau antwortete, leider hätten sie inzwischen auf den Bau von Traktoren umstellen müssen, doch eine Neckarpresse sei noch im Lager. Auf Biegen und Brechen wollte ich die haben, und sei's in dem Zimmer bei meiner Wirtin Auguste Bohnstengl.

Im Sommer ging ich mit Ulrich auf Wohnungssuche. Wir fanden eine große, helle Wohnung in der Kantstraße 47, in der wir uns jeder ein Atelier beziehungsweise eine Druckwerkstatt einrichten wollten. Ich schrieb nach Neckartenzlingen, die Presse solle bitte im September an diese Adresse geliefert werden.

Zwischendurch besuchte ich meinen Onkel in Frankfurt, der mir drei Jahre zuvor das Geld für den Hauskauf in Südfrankreich geliehen hatte. Jetzt könne ich ihm die zweitausend Mark zurückgeben, sagte ich und verschwieg, dass ich die Summe für eine Radierpresse gespart hatte. Schmunzelnd und mit großzügiger Geste meinte er, das habe er schon längst vergessen, doch würden er und Tante Elisabeth gern ein Bild haben, am liebsten von dem Haus mit den Taubentürmen.

Ende August fand der Umzug in die Kantstraße 47 statt. Zwei Wochen danach traf die Radierpresse aus Neckartenzlingen ein. Ein Mann mit einer Lederschürze auf dem Rücken bückte sich vor dem Laster, ein anderer lud ihm den Stahltisch auf. Die Treppenstufen knarrten unter dem Gewicht. Dann trugen beide Männer die Presse mit ihren Walzen an sich gegurtet nach oben. Eine Unterschrift, zwei Flaschen Bier, 160 Mark für den Transport, und sie verabschiedeten sich wieder.

Am Tag darauf begann die «Heiratswelle»: Hajo Diehl, ein Maler aus der Gruppe der Großgörschen-Galerie, heiratete Margrit, dann wir, etwas später heirateten Arnulf und Christiane, und schließlich heiratete Heidi ihren Male. Noch verkatert von dem Hochzeitsfest bei Diehls, starteten Ulrich und ich zu unserer standesamtlichen Trauung. Sie fand am Vormittag im Rathaus Schöneberg statt mit meiner Kusine Guni von Köhler und mit Professor Fritz Kuhr als Trauzeugen. Als wir zu viert durch den Flur zum Standesamt schritten, sah Fritz Kuhr verächtlich auf die Kunstdrucke an den Wänden und meinte, die Verwaltung solle doch wenigstens hier Originale anbringen, denn eine Eheschließung wäre immerhin als etwas Echtes gedacht. Nach dem Jawort hieß ich Bettina Baehr und war froh, einen bürgerlichen Namen zu tragen und nicht mehr meinen ach so anspruchsvollen Geburtsnamen. Den behielt ich als Künstlernamen bei, wozu Guni und Fritz Kuhr rieten, denn unter dem Namen hätte ich ja schon mehrmals ausgestellt. In der Kantstraße gab es ein rauschendes Fest mit Kuhrs, Köhlers, Diehls, Petricks, Ben Sorge und anderen Gästen mehr. Guni fand die große Wohnung etwas hochstaplerisch, doch sei sie zentral gelegen, für Künstlerfeste wie dieses sehr geeignet und zöge hoffentlich auch betuchte Kunstinteressenten an.

Dem Künstlerfest ein Familienfest in einem heruntergekommenen hessischen Gutshaus folgen zu lassen schien überflüssig, doch da hatte Mutter, die so gerne Feste organisierte, ihren Willen gegen den meinen durchgesetzt. Es war das Festhalten an traditionellen Normen, obwohl diese schon lange nicht mehr bestanden, genau das, was ich in meinen Radierungen als hohle Zeichen angeprangert hatte. Die Feierlichkeiten der kirchlichen Trauung sind mir in unangenehmer Erinnerung, schlimmer als ein Examen. Die Arnims waren in Überzahl zu den Baehrs, und Wolf, enttäuscht, nicht mehr «le patron» meines Hauses zu sein, wie ihn der Espagnol doch immer genannt habe, drohte, es anzuzünden. Mein Bruder Peter-Anton widersetzte sich Mutters Befehl zum gemeinsamen Abmarsch in die Kirche. Recht hatte er, denn der Pfarrer sprach die Worte: «Und die Frau sei dem Manne untertan, . . . bis dass der Tod euch scheide.» Das leise «Nein» aus weißem Brautkleid hörte nur Ulrich in seinem geliehenen Frack, eine Zaghaftigkeit, die ich mir noch lange vorwerfen sollte wie überhaupt, das ganze falsche Theater mitgemacht zu haben. Das Festessen bestand mehr aus Silberbesteck denn aus Essen, einige Gäste gingen danach ins Restaurant. Neben liebevoll ausgesuchten Geschenken gab es drei Toaster und einen Staubsauger. Wohin denn unsere Hochzeitsreise ginge, wurden wir gefragt, und wir antworteten: «Natürlich nach Roquecave!», obwohl wir nicht das geringste Geld für diese Reise hatten. Ich pumpte meinen Bruder Clemens an, der mir auch gleich einen Scheck auf meinen neuen Namen ausschrieb. Aber er hatte vergessen, ihn zu unterschreiben, worauf mich die Bank aufmerksam machte, als ich den Scheck einlösen wollte. Damit war unsere Hochzeitsreise zu den Taubentürmen ins Wasser gefallen.

Ich machte mir Sorgen um Grace, die ich bei unserem letzten Besuch bei Aubins gelassen hatte, und darum, bei Aubins als unzuverlässig zu gelten, weil ich mein Versprechen nicht einhalten konnte, sie nach vier Wochen wieder abzuholen. Meine Hoffnung setzte ich in Arnulf und Christiane, die im Herbst zu ihrer Hochzeitsreise nach Rastouillet gefahren waren. Wochenlang kam keine Nachricht aus Frankreich. Schließlich, Anfang November, stand ein Freund von Arnulf vor der Kantstraßenwohnung, Grace im Arm. Er berichtete, bei Aubins habe sie die

Nächte über herzzerreißend gejault, kein Futter habe sie beruhigen können. Und dann – es sei erstaunlich, dass sie das auf den einen Kilometer Entfernung habe hören können – sei sie bei Ankunft von Arnulf und Christiane nach Rastouillet hoch gekommen. Arnulf habe sie aber nicht in sein Haus gelassen, aus Angst, der Hund brächte Flöhe mit. Auf einer Matte vor der Haustür habe sie dann ganz still gelegen und jeden Abend der ihr vertrauten deutschen Sprache zugehört. Ich dankte dem Überbringer und versprach Grace, sie nie mehr allein zu lassen. Hier in der Kantstraße sollte sie nun ein Zuhause haben und in Roquecave auch.

Hell-Dunkel

Von unserer Kunst konnten wir die hohe Miete der Kantstraßenwohnung kaum bezahlen, und so war die Tage vor jedem Monatsende Fastenzeit angesagt. Die niedliche, schlaue Grace trug zu unserer Ernährung bei, das im wörtlichen Sinne, denn der kleine Hund hatte schwer an den großen Kalbsknochen zu tragen. Der hintere Teil der Wohnung lag zur Wielandstraße hin, und am Ende der Straße gab es eine Metzgerei. Vor dem Tresen machte sie ihr putziges «Männchen und Bittebitte», ein Knochen wurde ihr gegeben, zwischen anderen Kunden kam sie damit wieder heraus, und wenn sie aus dem Blickfeld der Metzgerei war, nahm ich ihr den Knochen aus dem Maul. Die von ihr erbettelten Knochen kochte ich zu Kraftsuppen aus, danach bekam sie Grace zum Abnagen wieder.

Über Winter kam viel Besuch, meine Schwiegereltern und meine Mutter, Sitzungen der Großgörschen-Galerie wurden in der großen Wohnung abgehalten, Tischtennis gespielt, und es kamen Besucher, die sich für die Arbeiten junger Berliner Künstler interessierten. Anregende Gespräche wurden geführt und Verbindungen hergestellt. Es lohnte sich also, die Wohnung mit Malatelier und Radierwerkstatt an zentraler Lage zu haben. Ein Besuch ist mir sogar als beflügelndes Ereignis in Erinnerung. Schon vor diesem Besuch hatte ich eine Romantrilogie von Italo Calvino mit Begeisterung gelesen und mich davon zu weiteren meiner Ritter-Radierungen anregen lassen. Die Titel der Bücher lauteten: *Der Baron in den Bäumen*, *Der Ritter, den es nicht gab* und *Der geteilte Visconte.* Gerade hatte ich einen zweifarbigen Probedruck eines geteilten Visiers, geteilt in Hell und Dunkel, aus der Presse genommen, da kam der Lektor des Einaudi-Verlags aus Turin zu Besuch. Erstaunt über diese Berliner Version des geteilten Visconte, sagte er, davon wolle er dem Autor berichten. Daraufhin schrieb ich *«Hommage à Italo Calvino»* unter die Radierung, ließ sie trocknen und gab sie ihm. Bald danach kam eine Buchsendung aus Italien mit einer Widmung von Italo Calvino und einem Brief von ihm: Die Radierung sei eine *«grandissima sorpresa»* für ihn gewesen und in ihr habe er eine kongeniale Leserin seiner Bücher erkannt; das Buch *I Racconti* sei noch nicht ins Deutsche übersetzt, somit schicke er mir die französische Übersetzung davon. Ich freute mich sehr über die Sendung und war mächtig stolz auf das *«congeniale»*.

Manchmal half mir Guni beim Drucken von Radierungen in Auflagen, und das konnte bis in die Nacht hinein dauern. Ulrichs provokante Hitlerbilder ließen sich nicht verkaufen, was er nur recht fand, denn Kunst, die nach Brot ginge, sei keine. Im Dezember nahm er bei einer Firma die Stelle als Schneefeger an und fuhr mit einem Kleinlaster und einer Maschine von Adresse zu Adresse, um die Gehwege schneefrei zu halten. Es war ein harter, mäßig bezahlter Job, doch schneite es nicht jeden Tag und jede Nacht. Sein Vertrag galt bis zum 15. März. In der Nacht des 15. März, als ich Guni nach dem Drucken zur Kantstraße hinunterbegleitete, wurde Grace von einem Taxi überfahren und verletzt. Am Morgen brachte ich sie zum Tierarzt. Gleich darauf fuhren wir mit dem kranken Tier in die Osterferien. Während der Fahrt aus Berlin hinaus begann es zu schneien, auf den Tag genau nach Ablauf des Schneefegervertrags. Doch dann, in Roquecave angekommen, empfing uns die warme Frühlingssonne des Südens.

Sylvie zeigte uns ihren neu angelegten Gemüsegarten und ihren Esel. Christian hatte anstelle von Resonanzkästen Bienenkästen gebaut. Er zeigte uns diese Kästen und sagte, Sylvie habe sie für das autarke Landleben gewollt, aber die Bienen müsse er erst einmal mit eingekauftem Zucker bestechen, bis sie da drinnen kostenlosen Honig fabrizierten. Etwas für die Musik hatte er den Winter über doch gebaut, nämlich einen doppelten Notenständer, schön bemalt, für Sylvie und mich. Aber gleich bei seiner ersten Benutzung erwies er sich für uns zwei Flötistinnen als ungeeignet, denn wir standen uns vor ihm gegenüber, und kaum sahen wir uns und nicht die Noten an, verpuffte unsere Puste in einem Lachanfall. Grace erholte sich von ihrem Autounfall in der Großstadt, und wir Baehrs erholten uns von dem Anspruch, große Kunst herzustellen. Für Aubins und ihre kleine Tochter bemalten wir Ostereier. Ulrich zeichnete den heiligen Johann Sebastian Bach und stattete das Ei mit einer Watteperücke aus, ich malte das traumhafte Roquecave *en miniature,* rahmte das Oval und setzte es auf eine Staffelei. Beide bastelten wir ein Boot, in dem zwei bemalte Eier mit streichhölzernen Rudern den Lotfluss überquerten. Fundstücke regten zu weiteren Ideen an, zeitverloren bastelten wir die halbe Nacht hindurch. Am Ostermorgen, vor dem Eiersuchen, erklärten wir Aubins den nordischen Brauch vom Osterhasen. Der hieß von da an *«le lapin boche»* und sollte alle Jahre wiederkommen.

Wieder zurück in Berlin, begann für mich der Schuldienst als Referendarin. In einem Senatsgebäude hinter dem Theodor-Heuss-Platz wurden die Referendare aus allen Fachbereichen als «Beamte auf Widerruf» vereidigt. Bei dem verlesenen Schlusssatz, dem Staat zu dienen, «so wahr mir Gott helfe», senkten ein Referendar und ich die Hand zum Schwur. Danach tauschten wir uns darüber aus, und Schorsch, ein Germanist, begründete das Weglassen von Gottes Hilfe damit, dass er in der «Apo» (der außerparlamentarischen Opposition) engagiert sei, und ich damit, dass ich für das Laizistische wie in Frankreich wäre, für die strikte Trennung von Kirche und Staat. Wir befreundeten uns, und in der Kantstraßenwohnung bei Köhlers sollte es mit Schorsch, der verheiratet war und zwei Kinder hatte, noch heiße Diskussionen geben. In dem Senatsgebäude hinter dem Theodor-Heuss-Platz fand jeden Dienstag das Hauptseminar für alle Referendare statt. Einmal, es war am 13. Juni 1967, stand auf dem Platz eine Menschenmenge zu einer Demonstration versammelt. Ulrike Meinhof wurde die «Flüstertüte», der Lautsprecher, gereicht. Sie sprach klug und traurig über alle Ungerechtigkeiten in der Welt. In ihrer verhaltenen Art war sie mir sympathisch und auch, weil eine ihrer kleinen Zwillingstöchter Bettina hieß. Schorsch und ich mussten zum Hauptseminar weitergehen. Dabei erzählte er, Gudrun Ensslin sei in Süddeutschland in dieselbe Schule wie er gegangen, und er beschrieb sie als streng erzogene, prüde Pfarrerstochter. Ein andermal sagte er, als Deutschlehrer sei er bei einer Versammlung der Apo um eine Wortfindung gebeten worden, in der das Wort «Gewalt» nicht vorkäme, etwas anderes als «Gegengewalt» sei ihm aber auch nicht eingefallen. Monate später, als die Autos vor dem Hochhaus der Springerpresse brannten, sollte sich Schorsch entsetzt von dieser «Gegengewalt» abwenden.

In der Kantstraße sollten wir im Lauf der Zeit mehrere Untermieter haben. Der erste von ihnen war Martin, Ulrichs jüngster Bruder. Er studierte Germanistik an der FU in Berlin-Dahlem, spielte Geige und interessierte sich nicht für aktuelle, politische Probleme. Das sollte sich für ihn am 1. Juli 1967 schlagartig ändern. Am Samstagnachmittag berichtete Schorsch, der als Demonstrant dabei gewesen war, der Schah Reza Pahlevi, eine Marionette der USA, sei im Rathaus Schöneberg empfangen worden, plötzlich hätten «Prügelperser» auf die Demonstranten, die gegen das Gewaltregime im Iran protestierten, eingeschlagen. Am Abend ginge der Schah mit den West-Berliner Repräsentanten in die Oper, da braue sich etwas zusammen. Bevor zwischen dem U-Bahnhof der neuen Oper und hier, der Kantstraße, alles abgesperrt sei, ginge er, Schorsch, lieber zu seiner Frau nach Hause. Am Abend kam Martin weinend und von Schlagstöcken blau geprügelt in unserer Wohnung an. Er berichtete, wie gewohnt habe er von der FU aus die U-Bahn genommen und sei vor der Oper ausgestiegen. Verblüfft habe er sich inmitten einer Menschenmenge zwischen Absperrungen zusammengequetscht befunden, Polizisten hätten gerufen: «Vor dem Anstechen muss die Wurst zusammengedrückt werden!», da sei er mit anderen zusammen in die Krumme Straße gelaufen, seinen üblichen Weg hierher, Polizisten hätten die fliehenden Studenten mit Schlagstöcken verfolgt, einige junge Leute hätten in einem Hinterhof Zuflucht gesucht, dann habe er Schüsse gehört, da sei etwas Furchtbares passiert.

Das Bild des Studenten Benno Ohnesorg, in dem Hinterhof der Krummen Straße von der Polizei erschossen, seine schwangere Frau über ihn gebeugt, dieses Bild ging tags darauf um die Welt. Eine Woche danach verfolgten wir – Ulrich, Martin und ich auf dem Weg in die Sommerferien nach Roquecave – den Trauerzug für Benno Ohnesorg. Tausende junger Menschen geleiteten den Sarg aus der Stadt hinaus bis zur Grenze der DDR, wo der Sarg in einen Eisenbahnwaggon gehoben wurde, adressiert an seine Mutter in Westdeutschland. An der Grenze kehrten alle die jungen Menschen wieder in das verstörte Berlin um, und ich bedauerte, nicht wirklich mit ihnen zu sein, sondern nur am Fernsehen.

Dort, wo ich es am wenigsten erwartet hätte, sogar in dem verwunschenen, kleinen Roquecave war es aus mit der friedlichen Ruhe. Zunächst erschrak ich über ein Hakenkreuz an meiner Kellertür, die Geräte dahinter waren geklaut. Sylvie sagte, es sei Manuel gewesen, der 17-jährige Sohn von Christian aus seiner ersten Ehe. Der sei ein fauler Tunichtgut, ich solle das nicht so ernst nehmen, sie müsse sogar mit dem unter einem Dach leben und ihm auch das Essen vorsetzen. In den Eichenwäldern über Roquecave spielten die Männer mit Tonfiguren den Zweiten Weltkrieg nach. Es waren Christian und sein Sohn, die auch diese martialischen Figuren detailgenau herstellten, und zwei Pariser, die von «Stülpnagel» als von ihrem Erzfeind redeten.

Ulrich und Martin durften als «Boches» an den Kriegsspielen nicht teilnehmen. Ulrich ärgerte das, und so erklärte er *«la grève»*, seinen Streik als Cembalist. Solidarisch mit ihm und meinem Schwager, dem Violonisten, ließ ich Grace die Streikbotschaft überbringen. Leere Dosen von Aubins Katzenfutter – warum lag der Müll auch bei uns Deutschen – band ich an eine Schnur und diese mit dem Streikzettel an das Halsband der Dackeline. Mit den Dosen klapperte sie im Hof der Bastide herum und kam schließlich ohne die Dosen wieder. Aber nach einer Weile – Gunis zwölfjähriger Sohn Kai war bei uns – öffnete sich eine Klappe hinter dem Dreivierteltùrm. Christian ließ einen zugebundenen Kochtopf herab und flüsterte: *«Kai, donne-ça à Ülrisch!»* Kai, lieb, wie er war, nahm den Topf entgegen. Aus dem Topf qualmte es, und ich rief Kai zu, ihn schnell stehen zu lassen. Kurz darauf explodierte der Topf. Sein abgerissener Deckel war vom Druck verbogen, eine Lunte hatte ein Paket Knallkörper zur Explosion gebracht. Ich fand es unverantwortlich, einem Kind diesen teuflischen Topf zu übergeben, er hätte Kais Hand zerfetzen können. Wir dachten uns eine Antwort darauf aus. Der streikende Cembalist legte seinen rechten Arm auf ein Brett, um den «Bruch» zu schienen, und ich umwickelte ihm Arm und Hand mit einem Gipsverband. Gegen Abend kam Christian auf unsere Terrasse, alles sei nicht so ernst gemeint, ob wir nicht doch zum Musizieren herüberkommen wollten – dann erschrak er vor dem vergipsten Arm. Beunruhigt zog er sich zurück, die simulierte Verletzung in Lebensgröße schien ihn doch mehr zu beeindrucken als die Kriegsspiele im Wald, seine Panzer im Moos.

Dann sah es in dem Weiler wie in einer Blindenanstalt aus. Die Männer, diesmal durfte meiner auch mitmachen, gingen mit weißen Stöcken umher, mit Gardinenstangen, mit allem, was als *«sarbacane»*, als Blasrohr, geeignet war. Papiertrichter, fix gefaltet, wurden auf alle abgeschossen, die sich zwischen den Gemäuern bewegten. Wenigstens machte das keinen Krach. Aber dann kam Jean-Claude mit seiner Frau Claire und ihren Kindern. Ohne Anlass, einfach nur zum Spaß und als Spektakel, begann der Schauspieler mit dem Knallkörperkrieg. Nun krachte es an allen Ecken und Enden. Wer es wagte, seinen Fuß vor die Tür zu setzen, bekam einen Knallkörper auf die Fersen geworfen. Meine Nachbarinnen waren solchen Verfolgungen nicht ausgesetzt, denn sie bewegten sich kaum. Sie lagen in Liegestühlen, bepasteten sich die Beine mit einem Gel und zupften sich den Haarwuchs aus. Weiblicher als Weibchen fand ich die beiden in ihrer langweiligen Betätigung. Nun gut, sie hatten Zeit und keinen Beruf, sie hatten ihre Kinder, um die sie sich ohne Geldnot kümmern konnten. Halb beneidete ich sie um ihren Müßiggang, halb verachtete ich ihre Unselbständigkeit. Jean-Claude habe sämtliche verfügbaren Knallkörper bei Madame Goffre in Limogne aufgekauft, sagte Sylvie in Bewunderung für den berühmten Mann.

Nach den kriegerischen Tagen gab es auch Abende des friedlichen Beisammenseins. Einmal kam Elisa Breton nach Roquecave, um Musik zu hören. Wir wagten aber nur ein Stück zu spielen, das wir vorher gut geübt hatten, denn sie war Pianistin und die Witwe von André Breton, bekannt vor allem durch sein surrealistisches Manifest. Aus der Emigration in den USA nach Frankreich zurückgekehrt, hatte André Breton mit seiner Frau in Saint-Cirq-Lapopie, einem mittelalterlichen Dorf auf schroffen Felsen über dem Lot, ein altes Haus als Ferienrefugium erworben. Das pittoreske Saint-Cirq war in den fünfziger Jahren zu einem Treffpunkt surrealistischer Künstler geworden. Elisa Breton sprach schüchtern und leise, sie fragte Jean-Claude, ob er sich mit seinen Rollen identifiziere oder ob er sie darstelle. Er sah da keinen Unterschied, in jeder Rolle ginge er auf. Wir Berliner glaubten zu wissen, was mit der Frage gemeint war, und erklärten hochnäsig, die Schauspieler des Brecht-Theaters stellten die Personen in Distanz dar, anders als im verstaubten Illusionstheater. Jean-Claude reckte sich: Nie mehr wolle er in Filmen spielen, das führe zwangsläufig zu Illusionen, fortan wolle er auf den Brettern des Theaters stehen, das sei der Wirklichkeit so nah, wie hier sein Haus zu reparieren. Als er gegangen war, sagte Sylvie, vom Filmschauspieler habe er deshalb genug, weil es von seinem Gesicht Faschingsmasken als «Thierry la Fronde» gäbe, am liebsten würde er sich diese Maske aufsetzen, wenn er einkaufen ginge.

An einem anderen Abend trafen wir uns in der Bastide, um *«eau de vie de prune»* zu trinken, ein Lebenswasser, aber auch ein Todeswasser mit seinen 60 Prozent Alkoholgehalt. Auf den Rat von Sylvie hatte ich ein Fässchen gekauft und die vielen reifen Pflaumen von meinem Grundstück aufgesammelt. Sylvie hatte das Fässchen zu einem alten Bauern gebracht, der noch das Recht hatte, selbst Schnaps zu brennen. Das tat er mit einem *«alembic»*, einem fahrbaren Dampfkessel, der wie eine kleine Lokomotive aus einem Museum aussah. Christian und Sylvie gingen früh zu Bett. Jean-Claude und Claire, Ulrich und ich, dazu Manuel, zu fünft kosteten wir nicht nur von dem Pflaumenschnaps, im Lauf des Abends tranken wir das ganze Fünfliterfässchen aus. Irgendwann sagte Jean-Claude, was wir Künstler bräuchten, das sei *«de l'envergure»*, er schenkte mir kräftig nach, und um den Sinn zu verdeutlichen, breitete er seine Arme wie die Flügel eines Adlers aus. Meine Flügel schienen mir aber gerade wie abgeschnitten, denn seit Wochen hatte ich nichts mehr gemalt oder gezeichnet. Durch das Problem der Konkurrenz in einer Künstlerehe war es dazu gekommen: Seine Bilder waren zu einer Ausstellungsbeteiligung abgelehnt worden, ihre angenommen; er sprach nicht mehr mit ihr, sie reagierte mit Demut, versorgte nur noch den Haushalt und verdiente Geld. Es war eine selbst auferlegte Demütigung gewesen, um wenigstens als «Weibchen», wenn schon nicht als «Malweib», Beachtung zu finden. Wie gut hatten es doch meine Roquecaver Nachbarinnen, *«à ta santé, Claire!»* Gegen Mitternacht ließ sich Manuel sturzbetrunken aus dem Fenster fallen, seine Beine wackelten in der Luft, sein Kopf steckte in Sylvies Salbeistaude. Ich wankte durch die

Dunkelheit zu dem kleinen Wehrturm hinunter mit dem Vorhaben, fliegend von der steilen Felswand abzuheben. Ulrich kam hinterher, kurz vor der Kante hielt er mich zurück. Arm in Arm stolperten wir in unseren Dreiviertelturm und schliefen uns von dem Besäufnis aus.

«Terrassenbau Gebrüder Baehr», diesmal baute Martin mit, und zwischen Backhaus und rundem Taubenturm entstand aus wüst herumliegenden Steinblöcken eine ebenmäßige Rundung. Ausflüge in die Umgebung, Baden im Lot – wir mussten nach Berlin zurück, denn die Schulferien für mich als Referendarin waren zu Ende.

Für meinen Schulweg von der Kantstraße 47 zum Schiller-Gymnasium am Ernst-Reuter-Platz brauchte ich zehn Minuten, wenn ich eine Abkürzung quer durch ein Brachland nahm. Vor einem Bären, der angekettet unter einem Baum wohnte, blieb ich morgens stehen und unterhielt mich mit seinem Besitzer, der aus seinem Wohnwagen kam. Um fünf Minuten vor acht schrillte das erste Klingelzeichen der Schillerschule herüber, der Bär kletterte mit rasselnder Kette auf seinen Baum, und ich rannte zur Schule. Als Lehrerin musste ich natürlich pünktlicher als alle Schüler sein. Die Nächte verbrachten wir im «Zwiebelfisch» am Savignyplatz oder sonst einem Künstlertreffpunkt. «Komm doch mit, deine Lehrprobe kannst du auch in der Kneipe vorbereiten!», forderte mich Ulrich auf, und so zogen wir abends los. Oft blieben mir nur vier Stunden Schlaf, den Wecker hörte ich nicht mehr, der telefonische Weckdienst insistierte so lange, bis ich aufstand und den Hörer abnahm. Meinen Freundinnen, den Künstlerehefrauen, die in Büros Geld verdienten, ging es nicht viel anders. Unsere Ehemänner waren nicht einfach Paschas, sie waren Genies, deren Erfolg uns eines Tages zugute kommen sollte. Vormittags Schuldienst, auf dem Rückweg Essen einkaufen, dann es zubereiten, vom Nachmittag bis zum Abend Radierungen herstellen, nachts Diskussionen in der Kneipe, das war viel auf einmal. «Ihr Frauen habt es ja so gewollt», sagte Ulrich, und mit dieser Ansicht zur Frauenemanzipation stand er nicht allein. Und einmal sagte er: «Die Küchenschürze anziehen und abwaschen? Dann wachsen mir ja Brüste!»

Seit einiger Zeit hatte ich wieder Radierungen angefertigt, nicht nur wegen der *«envergure»*, der freien, künstlerischen Entfaltung. Die Monatsmiete für die Wohnung, das untervermietete Zimmer abgezogen, kostete 450 Mark, der «Unterhaltszuschuss für Studienreferendare» betrug 480 Mark im Monat. In der Radierwerkstatt herrschte manchmal Hochbetrieb. Wolfgang Petrick, dessen skurrile, zeitkritische Bilder ich bewunderte, kam, um seine Platten ins Säurebad zu legen und zu drucken, Hajo Diehl druckte eine zerschnittene Frau mit großem Hut, und Ulrich Embleme von Marx-Lenin-Stalin, womit er ein weiteres Tabu verletzte. Als Radierkursus in Kürzeln hatte ich einen Bogen Packpapier an die Wand geheftet und neben Anweisungen wie: «Erst Wasser, dann Salpetersäure!» oder «Hand unter der Druckwalze wegziehen!» Totenköpfe gezeichnet.

Die Ritterrüstungen der abhanden gekommenen Menschen verwandelten sich zu Raumanzügen von Astronauten. Ein Fotoband über die Raumfahrt hatte mich dazu angeregt. Mich faszinierten die glitzernden Skafander, die bizarren Spinnen und die gruseligen Simulatoren. «Der Traum der Menschheit» – nicht etwa Friede auf Erden – sondern die Landung eines Menschen auf dem Mond, sollte sich eineinhalb Jahre später erfüllen.

Die Radiertechnik, eine Vervielfältigungstechnik aus Gutenbergs Zeiten, schien mir zur Darstellung des Tempos der jetzigen Zeit nicht mehr angemessen. Durch einen Zufall ergab sich eine neue Möglichkeit. Über Ostern half mir Guni wieder einmal beim Drucken einer Auflage, die schnell abgeschickt werden sollte. Sie kurbelte das Schwungrad, und ich legte die eingefärbten Platten und das feuchte Papier in die Presse. Die dreißig Farbradierungen hatten wir fast alle gedruckt, aber darüber war es Nacht geworden, und wir beide waren so müde, dass mir die Platten verrutschten und Guni mit letzter Kraft darüber kurbelte. Ich war entsetzt über den misslungenen Abzug, doch Guni meinte, so schlecht sei das nicht, da ließe sich was draus machen. Nach einigem Experimentieren entstanden danach die überdruckten Radierungen in Abläufen von Hell-Dunkel, das heißt in verschiedenen Graustufen. Eine Platte von sich selbst zur Hälfte überdruckt, ihre zweite Hälfte wieder von der ersten, theoretisch endlos so weiter versetzt, das hatte etwas von

Filmablauf und Fließbandarbeit. Fünf Astronautenhandschuhe verfehlten zehn Notbremsen, Reisende lagen eingeschnürt, während über ihnen Sauerstoffschläuche vorüberzogen, eine «Count-Down-Mappe» zu dem Stakkato-Text von Walter Aue entstand.

Angefangen bei der Zahl Fünf, war ich mit der Count-Down-Mappe erst im Winter bei eins angelangt. Noch war es Sommer. Wir fuhren zum Baden an den Wannsee oder bekamen eine kalte Dusche von Wasserwerfern vor dem Schöneberger Rathaus ab, wobei ich vergeblich die Blumenrabatten zu retten versuchte. Eines Tages kam Riki Kalbe, eine junge Fotografin, in Ulrichs Malatelier und in meine Radierwerkstatt.

Sie machte Aufnahmen von uns als West-Berliner Künstler für den Fotoband *Einblicke*. Ihre witzige und einfühlsame Art, Porträts und Bilder zu eigenen Kompositionen zusammenzustellen, war sympathisch.

Ich lud Riki ein, uns bald in Roquecave zu besuchen. Der Weg dorthin gehörte zum Ziel, jedes Mal fuhren wir eine andere Strecke. Diesmal besichtigten wir die Kasseler Documenta. In Eschborn packte uns meine Schwägerin einen fünf Meter langen Flickenteppich ins Auto, einen Läufer in grellem Rot und Grün. Wir fuhren nach Basel, und vom Genfer See aus folgten wir dem hellen Lauf der jungen Rhône. In Lyon war die Rhône zu einem dunklen Stadtfluss geworden, wir folgten ihrem Lauf bis Valence, und als das Flusstal von Zementfabriken weiß verschneit aussah, bogen wir nach Westen ab in wildes Grün. Vor Sonnenaufgang fuhren wir durch die Schluchten des Tarntals und kamen frühmorgens in Roquecave an.

Bald darauf weckte uns ein mehrstimmiges: «Ho-ho-ho-Chi-Minh!» Mit diesem Ruf trafen Schorsch und seine Frau Katja mit ihren beiden Buben ein. Schorsch sagte, mit Kindern von Berlin bis hierher zu fahren, das sei so langsam vorwärts gegangen wie mit einer Straßenwalze. Während der ersten Woche deckten wir zu dritt das vordere Dach, das ehemalige «Dach von Oğuz», mit flachen Ziegeln. Monsieur Merle, der Vermieter des Amselhauses, in dem die Schorsch-Familie wohnte, kaufte mir die runden, mechanischen Ziegel ab, denn er war für das Moderne. Die antiken, flachen Ziegel lagen noch von Sylvies Bestellung vor zwei

Jahren im Keller gestapelt. Bevor wir sie auflegten, baute Ulrich Schutzdächer aus Steinplatten über die Kaminschlote und krönte sie mit senkrecht gestellten Steinen. Sie entsprachen den Kegelköpfen auf den Taubentürmen, deren magische Bedeutung wir nicht kannten.

Ein Telegramm traf ein: «17h45 Ankunft Cahors Mutti». Ulrich wollte seiner Schwiegermutter einen würdigen Empfang bereiten, einen roten Teppich wollte er zu ihrer Ankunft ausbreiten! Der rot-grüne Läufer meiner Schwägerin war dafür geeignet. Wir lösten zwei Bahnsteigkarten und fragten den Beamten, der sie mit seiner Knipszange entwertete, ob wir auf dem Bahnsteig diesen Teppich ausrollen dürften, gleich träfe eine hohe Dame aus Paris ein. Selbstverständlich, sagte er in freundlicher Neugier, der Wagen erster Klasse hielte vorne, der Postwagen hinten. Der Zug fuhr ein, Mutter öffnete eine Tür in der Mitte, wir rollten den Teppich aus. Lächelnd und in der Haltung einer Königin betrat sie ihn und schritt bis zu dem Beamten, der ihr zuvor den Koffer abgenommen hatte. Einer von uns grüßte sie von vorne, während der andere von hinten den Teppich wieder einrollte, um ihn dann vorne um weitere fünf Meter durch die Bahnhofshalle zu verlängern. Von vorne, von hinten, gebückt über den Teppich bogen wir uns vor Lachen, aufrecht taten wir wieder ernst. Mutter wandelte über zwanzig Meter Teppich bis zum Auto, dann erst begrüßten wir sie richtig, und wir lachten alle drei.

Mutters Schönstes war es, romanische Kirchen zu besichtigen. Wir sahen uns in Marcillac das älteste Tympanon Europas an. Ein andermal besichtigten wir die Kathedrale von Cahors. Am meisten beeindruckte uns das Kirchenschiff mit seinen zwei monumentalen Kuppeln vom Beginn des 12. Jahrhunderts, zumal, nachdem wir in dem Buch über das romanische Quercy gelesen hatten: «Mit seiner Breite von über 20 Metern wurde dieses Schiff, das 18 Meter Lichtweite aufweist und eine Höhe von 32 Metern über dem Boden, nur von der Hagia Sophia in Konstantinopel an Größe übertroffen. Einige wollen die Art der Wölbung durch einen einheimischen Typ der ‹*gariottes*›, der Steinhütten auf den Causses, erklären. Es ist hier eher ein byzantinischer Einfluss zu sehen.» Wir bevorzugten die nahe liegende Erklärung, denn wie die Kalksteine in den Hütten und Taubentürmen zu Ringformen aufgeschichtet waren, das konnten wir sogar befühlen. Schon vier Sommer zuvor hatte es den Schiffsingenieur Jörg interessiert, in welcher Art der Wölbung alle diese Kuppeln erbaut worden waren. Es mussten Kragsteinkuppeln sein, denn das Lehrgerüst aus Holz, welches Keilsteinkuppeln benötigen, hätte in dem karstigen Land mehr gekostet als das Steingebäude selbst. Von seinen Urformen, den zusammengepackten Steinhütten – mehr Steine als Hohlraum –, über die schlanken Taubentürme bis zu den mächtigen Kirchenkuppeln, war der Kragkuppelbau zu meinem Steckenpferd geworden. Im Winter wurden dann winzige Kragkuppeln im Berliner Kunstunterricht gebaut, doch davon später.

Nach Mutters Abreise musste ich endlich mit meiner schriftlichen Referendararbeit über das Thema «Hell-Dunkel» anfangen. Schorsch hatte schon vor zwei Wochen mit seiner Examensarbeit begonnen. Er saß vor dem kleinen Wehrturm – Kragkuppelbau – und hatte sich ein Belohnungssystem an seine Schreibmaschine gebastelt: Nach fünf Zeilen rückte ein Schnapsglas näher. Ich richtete mir einen Schreibplatz in einer schattigen Mauerecke hinter dem Dreiviertelturm ein, harkte den Kies, stellte einen Stuhl und ein Tischchen darauf, womit vor lauter Einrichten ein schreibloser Tag vergangen war. Nach den ersten, mehr bekritzelten als beschriebenen Seiten kam Schorsch, der Deutschlehrer, um mir zu helfen. Er bemängelte den Satzbeginn: «Die Frage stellt sich», eine Frage könne das nicht, eine Frau Frage gäbe es nicht, so ein Krampf käme dabei heraus, wenn man es nicht wage, «ich» zu sagen. Nun gut, ich also stellte mir die Frage, wusste aber nicht, welche genau. Ich grübelte, nagte am Kugelschreiber, scharrte mit den Füßen, schrieb etwas und strich das meiste wieder durch. Nach einigen Stunden war ein breites Loch im Kies entstanden. Meine Füße hatten nach der Reihenfolge – erst Schwarz-Weiß, dann die Graustufen, oder umgekehrt? – zur Definition von Hell-Dunkel gesucht. Wenigstens stand nun der erste Satz fest: «Unter Hell-Dunkel verstehe ich die Abwandlung eines Tons in seinem Helligkeitsgrad.»

Eine angenehme Überraschung unterbrach die Schreibarbeit. Harriet, eine neue Bekannte aus Berlin, und ihr französischer Freund kamen in Roquecave an. Wir saßen in der Sonne und diskutierten über den «Pariser Mai», die Studentenrevolte, den Arbeiteraufstand, über den «Prager Frühling» und seine Niederwälzung durch sowjetische Panzer. Kurz danach kamen Riki und Rainer aus Berlin dazu.

Ulrich und Rainer beschlossen, das Backhausdach abzudecken und dann, wenn das Gewicht nicht mehr auf den Balken lastete, sie mit einem Wagenheber hochzudrücken. Die beiden nahmen die Steinplatten ab und befestigten die größten davon

Türme, Weinblätter und der Versuch, einen Garten anzulegen – im Sommer 1968 von der oberen Terrasse aus gesehen.
(Foto: Riki Kalbe)

auf den Mauern. Riki fotografierte währenddessen die markantesten Szenen. Eine «Ablichtung», wie sie sagte, zeigte ihren und meinen Mann als Maurer von hinten, eine andere von vorne. Da guckten sie enttäuscht auf eine Wasserkaraffe, die ich ihnen statt Wein gebracht hatte. Das schöne Gelände solle sie doch bitte auch ablichten, diesmal ohne Menschen, nur die Taubentürme und das Licht im Weinlaub. Nein, ich solle mich nicht aus dem Bild entfernen, sondern wie immer geschäftig mit Erdeimern zur Verschönerung des Geländes umhereilen. Riki schaffte es wieder einmal, die Menschen in ihrer Umgebung zu porträtieren.

Am elften August wurde wie jedes Jahr Sylvies und Manuels Geburtstag mit einer *«grosse bouffe»*, einem großen Fressen, gefeiert. Für den Auftritt der «boches», der deutschen Dickköpfe in der Bastide, bastelten wir eine große Kuh. Ein Fundstück hatte die Idee dazu gegeben, ein hölzerner Trichter, aus dem bei kräftigem Hineinblasen ein Muh-Ton herauskam. Riki lichtete bei weiter Blende die Vorbereitungen zum Fest im Halbdunkel ab. Ihr Foto erinnert noch daran, wie wir zu siebt hinter der Pappkuh im Wohnzimmer aufgebaut standen. Wie es vor der Abreise von allen weiterging, daran erinnert keine Ablichtung mehr.

Über Berg und Tal fuhren wir nach Berlin zurück. Ulrich malte, und ich ging zur Schule. Inzwischen war die Abkürzung durch Brachland von Bauzäunen verstellt. Der Bär und sein Baum, sein Herrchen und dessen Wohnwagen waren verschwunden. Für den Schulweg brauchte ich jetzt zwanzig Minuten.

Der Abgabetermin für die Examensarbeit «Bildnerische Versuche mit dem Ausdrucksmittel Hell-Dunkel im Kunstunterricht des Gymnasiums» rückte näher. Die Tage wurden kürzer, die Nächte länger, alles stand unter dem Zeichen des Hell-Dunkel. Eine befreundete Malerin verdiente sich durch Schreibarbeiten Geld, sie tippte mir die letzten Seiten ab, während ihr Malersmann im LSD-Rausch im Bett lag. Riki fotografierte die Schülerarbeiten, entwickelte die Negative und stellte mehrere Abzüge in ihrem Labor her. Am elften November, dem Stichtag, band ich zwei Exemplare der Examensarbeit, die so schön wie

Kunstbücher werden sollten. Großfotos auf den kartonierten Einbänden, weitere Fotos im Schuber hinter den ebenfalls gebundenen Textseiten, der Leim musste trocknen, erst kurz vor Mitternacht waren die Bücher fertig und für die Post verpackt. Ulrich fuhr mit mir bei frostiger Kälte zum Nachtschalter im Bahnhof Zoo. Eine Minute vor zwölf Uhr wurde noch der Tagesstempel auf die Sendung gesetzt, dann ging die Klappe des Schalters herunter. Erst in diesem Moment verriet ich meinem Mann, dass der Abgabetermin um eine Woche verlängert worden war. Warum dann die Eile, warum alle auf Hochtrab bringen?, fragte er verblüfft. Um den Druck loszuwerden, um eine Woche freie Zeit zu gewinnen, antwortete ich, und wir gingen das losgewordene Hell-Dunkel im Zwiebelfisch feiern.

Wahrscheinlich war es während dieser freien Woche, dass ich in einer Berliner Buchhandlung fand, was ich zur Erklärung des Kragkuppelbaus im Quercy suchte. «Urformen der abendländischen Baukunst» lautete der Titel des Buchs, auf dessen Umschlag steingedeckte Rundhäuser abgebildet waren. Diese süditalienischen Trulli sahen den Steinhütten und Taubentürmen des Quercy erstaunlich ähnlich. Die Trulli wurden als Kragkuppel-Häuser beschrieben, die aus den Kalksteinen der Umgebung in ringförmigen Schichten gebaut wurden. «Beim Verengen der Ringschichten, so dass jeder Stein über den nächstunteren nach innen vorkragt, entsteht die Kragkuppel, die meist am Scheitel mit einer größeren Steinplatte geschlossen wird. Solche Bauten wurden völlig nach Augenmaß ausgeführt, ohne Mörtel und ohne Lehrgerüst, also ohne Innenverschalung aus Holz. Keilgewölbe hingegen bedürfen bis zur Einfügung des Schlusssteins einer Unterstützung.» Da keiner glauben wollte, dass die Kirchen von Cahors und Souillac von Kragkuppeln überwölbt sind, las ich mit Genugtuung: «Ganz unzutreffend hat man die Kragkuppel oft als ‹falsches Gewölbe› bezeichnet. Sie ist sicherlich weit älter als die ‹Keilstein-Wölbung›, die uns aus der Architekturgeschichte vertrauter sein mag, und stellt unzweifelhaft eine echte, den Raum frei überspannende Wölbart dar.» Über den Dom von Florenz stand zu lesen, die stärkere Innenschale aus waagerecht verlegten, mit Ankern umspannten Steinringen sei eine technisch verbesserte Kragwölbung und von diesen Treppenstufen aus sei dann die fast bis zu 90 Meter Höhe aufsteigende Kuppel gebaut worden.

Es traf sich gut, dass mir eine elfte Klasse mit nur 16 Schülerinnen und Schülern zugeteilt wurde, die ich bis zur Abschlussprüfung im März in Kunstgeschichte unterrichten sollte. In einer Unterrichtsreihe über Kuppelbauten versuchte ich, die Jugendlichen für das zu interessieren, was mich begeisterte. Fotos meiner Roquecaver Taubentürme, die im Winter als Sehnsuchtsbilder in unserer Wohnung eingerahmt an der Wand hingen, trug ich als Anschauungsmaterial zur Schule.

An einem Mittwoch im März 1969 fand die entscheidende Lehrprobe vor einer Prüfungskommission statt. Für alle Lehrproben waren vorher immer Schriftstücke anzufertigen gewesen, und während der Unterrichtsstunde wurde auf Gruppenarbeit und Schülergespräch geachtet. Für meine vier Schülerinnen und zwölf Schüler brachte ich zehn Packungen Würfelzucker mit. Was Kragkuppeln sind, das wussten sie schon aus dem Effeff. Ein Junge – vor der Stunde hatte er mir zugeflüstert: «Frau Baehr, wir helfen Ihnen!» – erklärte diese Bauweise für die Prüfungskommission. Ein anderer Junge verteilte die Packungen an Zweiergruppen auf die Tische. Mit den Zuckerwürfeln als Bausteine entstanden hübsche Kragkuppel-Häuschen in verschiedenen Formen. Zwischendurch sprachen die Schüler über Statik und Raumwirkung des Kuppelbaus.

Manche der Kragkuppeln standen noch offen, es klingelte, die Stunde war zu Ende. Die Schüler und ich verließen den Zeichensaal, währenddessen steckten sich die Herren Prüfer Zucker von den Häuschen in den Mund. Im Flur sagten die Jungen zu mir: «Die Lehrprobe haben Sie prima bestanden. Andere Referendare haben wir schon durchfallen lassen, da ist jetzt ein Kasten Bier fällig!»

Der Kasten Bier wurde dann am Sonnabend darauf in der Kantstraßenwohnung mit meinen Lieblingsschülerinnen und -schülern ausgetrunken. Sie sprachen über ihre Zukunftsvorstellungen nach dem Abitur, darüber, was sie müssten, und über das, was sie sich wünschten. Es war wie ein Abschiedsfest, doch zwei von ihnen sollte ich etwas später wieder begegnen.

Veränderungen

Schluss mit den Dienstwegen! Das Dokument der staatlich geprüften Referendarin kam vorläufig in die Schublade. Osterferien, Zeit für Roquecave!

Aber zur Transitreise von West-Berlin durch die DDR war an der Kontrollstelle Dreilinden eine neue Hürde eingerichtet. Tiere durften nicht durch das volkseigene Gebiet reisen, ohne vorher ihre Pfoten auf einer «Seuchenmatte» desinfiziert zu haben. Eine grünliche Plastematte lag im Eingang einer Baracke, in der ein Mann in einem weißen Kittel hinter einem Schreibtisch saß. Grace schaffte es dreimal, einfach über die Matte hinwegzuspringen. Der «Tierarzt» verweigerte seinen Stempel auf dem Transitvisum. Langsamer als mein Hund begriff ich, dass es mit der Seuchenmatte nur um die Beschaffung weiterer Devisen ging, und legte einige West-Mark auf den Bürotisch. Stempel, nächster Hund.

In Paris traf ich meine amerikanische Schwester Mimi wieder, in deren Familie ich als Schülerin ein Jahr gelebt hatte. Sie studierte einige Monate in Paris, mit ihr und ihrem Mann Charles zusammen diskutierten wir die halbe Nacht hindurch. Dabei ging es vor allem darum, wie die Menschen im Einklang mit der Natur leben könnten, statt sie durch das *can do*, den Wahn der technischen Machbarkeit, zu zerstören. In Roquecave begrüßten wir unsere Nachbarn. Am Karfreitag kamen Mimi und Charles am Bahnhof Cahors an. Beide spielten ausgezeichnet Bratsche und Geige, doch weil bei Sylvie die Wehen einsetzten, gingen wir nicht in die Bastide hinüber zum Musizieren. Am nächsten Morgen brachte Sylvie ein kleines Mädchen zur Welt. Sie gab ihm den Namen «Genièvre», Wacholder, nicht zu verwechseln mit der alten Genoveva – dies Kind sei eine Pflanze der Causse.

Für die kleine Totime kam der «lapin boche» mit seinen bemalten Ostereiern wieder. Die Pflaumenbäume blühten, und die Wiesen waren weiß von Gänseblümchen. Unsere amerikanischen Freunde fanden die Welt so heil wie im Paradies. Obwohl wir inzwischen elektrisches Licht im Haus hatten, zündeten sie abends Kerzen an. Von dem vorindustriellen Zustand des ländlichen Quercy waren sie begeistert, aber für mich hatte das seine zwei Seiten. Fünf Tage zuvor war mir in Cahors ein Zahn gezogen worden, und ich war froh, dass der Zahnarzt in der Stadt mit feinen elektrischen Geräten umgegangen war. Unsere Bauersnachbarin Marguerite Mallavelle hingegen hatte sich im Herbst beim Holzhacken ein Bein verletzt. Sie hatte einen *rabouteux*, einen Gesundbeter in der Nähe aufgesucht, aber die Wunde war immer noch nicht geheilt.

Bei heller Frühlingssonne und offenem Verdeck fuhren wir mit Mimi und Charles von Roquecave ab. Sie mussten nach New York zurück.

Ulrich nahm eine halbe Stelle an der Braunschweiger Hochschule an und pendelte von da an jede Woche zwischen Berlin und Braunschweig.

Als wir im Sommer 1969 wieder in den Lot kamen, hatte sich in kurzer Zeit viel verändert. Das bis dahin unbekannte, verlassene Land war vom Mittelalter an die Moderne angeschlossen worden.

Ausschlaggebend für diesen Umbruch war Georges Pompidous Amtsantritt im Juni 1969 als Präsident der Republik. Er gab der beschleunigten Industrialisierung Frankreichs den Vorrang. Bald sollten die Militärflugzeuge, die «Mirages», wenn sie die Schallgrenze durchbrachen, lose aufgelegte Ziegel von den Dächern rutschen lassen. Georges Pompidou besaß eine Residenz auf der Hochebene über dem Städtchen Cajarc, womit der vorher unbekannte Lot plötzlich nationale Aufmerksamkeit erlangte. Das vorher so verschlafene Städtchen am Lotfluss glänzte mit Souvenirläden und Restaurants. Nicht nur dort, auch in Limogne und Umgebung waren die Schotterwege begradigt und geteert. An allen Straßenecken standen neben den alten Steinkreuzen neue Wegweiser mit den Ortsnamen, nur an der Abbiegung nach Roquecave nicht. Doch eine frische Teerstraße führte auch in diesen entlegenen Ort hinunter.

Christian hatte den Wegweiser entfernt, denn das ginge keinen etwas an, wohin er aus der Stadt geflüchtet sei. Dann berichtete er, tagelang hätten Arbeiter mit dem Presslufthammer die Felsen gesprengt, um am Weg von Rastouillet bis hier eine Wasserleitung zu verlegen, eine Leitung für teures Stadtwasser, das keiner hier gewollt habe. Als Wahlgeschenke habe es dafür an die Gemeinden Zuschüsse gegeben. Dem Bauunternehmen mit dem niedrigsten Kostenvoranschlag habe der Bürgermeister den Auftrag erteilt, aber das Unternehmen sei jetzt bankrott, denn mit nichts als Felsen hätten die aus dem Norden nicht gerechnet. Wo nun die Wasserleitung schon einmal nach Roquecave verlegt sei, hätte er einen Anschluss mit Wasserzähler anbringen lassen müssen, wir würden auch noch sehen, was das koste. Außerdem hätten sich die Grundsteuern in den letzten Jahren verzehnfacht. Am liebsten würde er auf eine einsame Insel ziehen, wo ihn kein Bürokrat behellige.

Die tiefste Provinz Frankreichs schien auch noch auf andere Weise an den nationalen Ruhm angeschlossen zu sein. In dem Laden für Baumaterial in Limogne sagte die Frau des Händlers, dies und das sei jetzt teurer geworden, sie hätten den Laden renovieren lassen: *Si Brigitte Bardot viens.* Die Frau mit dem Indianergesicht in ihrem Kramlädchen in Lugagnac sagte, wenn Brigitte Bardot käme, dann würde sie vielleicht diese prächtige Vase kaufen. Brigitte Bardot war der Inbegriff einer französischen Filmschauspielerin, aber was hatte das mit der Causse-de-Limogne zu tun? Bald erfuhren wir, dass der Filmregisseur Louis Malle das Schlösschen des Mondsüchtigen in der Nähe von Lugagnac gekauft hatte. – Siebzehn Jahre später sah ich mit meiner Freundin Riki, einer Verehrerin von Louis Malle, seinen Film «Black Moon» mit Therese Giehse in der Hauptrolle. Der Film war im Lot und in seinem Schlösschen gedreht worden. Wir saßen im Kino im Wedding, und ich flüsterte: «Guck, Riki, die Straße nach Saint-Jean-de-Laur! Und da, die alte Zeder! Aber den Feuerdorn hat er neu anpflanzen lassen, so was Knallrotes wächst sonst nicht auf den Causses.»

In der Bastide stand jetzt ein zweites Cembalo. Größer und nicht so zierlich wie das Cembalo «Helmüt» mit seinem Resonanzkasten aus hellem Holz, hieß das neue, dunkelbraune Cembalo «Brütüs». Schon öfter war ein älteres deutsches Musikerehepaar aus Saint-Cirq-Lapopie gekommen, wo sie den Sommer verbrachten. Sie waren mit Christians Vater, dem Pianisten, befreundet gewesen und, wie wir den Gesprächen hatten entnehmen können, hatten sie mit ihm zusammen in der Nazi-Organisation «Kraft durch Freude» zur Aufmunterung der deutschen Wehrmacht musiziert. Ohne uns weitere Gedanken darüber zu machen, wie schwierig es für sie gewesen sein musste, während des Krieges ihren Lebensunterhalt zu sichern, fanden wir Berliner diese Art der Kollaboration einfach verwerflich. Herr S., Pianist und Cembalist, hatte Ulrich einmal korrigiert, als er auf «Helmüt» spielte. Der überließ ihm das Cembalo ganz, dieser pingelige Oberlehrer machte ihn nervös. Doch nun gab es ja zwei Cembali. Die beiden Männer setzten sich an «Helmüt» und «Brütüs» und spielten das Doppelkonzert von Johann Sebastian Bach.

Nach diesem feierlichen Ernst hatten wir die folgenden Tage einen Heidenspaß beim Spielen französischer Barockmusik. *Les Sauvages*, «Die Wilden», von Jean Philippe Rameau schien auch besser zu uns und der Umgebung zu passen. Ulrich musste zu jeder Satzbezeichnung eine Einleitung in altem Französisch vorlesen, zum Beispiel *Les rumeurs souterrains*, was mit seinem deutschen Akzent und einer Andeutung des unterirdischen Stimmengewirrs auf dem Cembalo sehr komisch wirkte. Manuel, Christians Sohn, spielte auf «Brütüs». Dabei klang noch durch, dass er als Junge, statt normal zu üben, sich in den Kopf gesetzt hatte, mit Fausthandschuhen Akkorde zu greifen. Wir spielten Gravitätisches, dann wieder Menuette und Gavotten im Tanzrhythmus. Sylvie bedauerte, dass sie die Stimme, die für Oboe gesetzt war, nur auf der Blockflöte spielen konnte. Sie wünschte sich eine Oboe, aber Christian wehrte gleich ab, Oboe zu spielen, das sei viel zu schwer für sie. Dennoch wurde überlegt, wie das Instrument zu finanzieren wäre, und schließlich bat sie Ulrich, ihr in Berlin eine Oboe zu besorgen.

Unter den Zuhörern saß Dorothee, die Frau meines Bruders Clemens. Sie wohnte mit ihren drei Kindern im Amselhaus, und über das Haus erzählte sie gruselige Geschichten. Nachts ginge wie von Geisterhand das Licht an. Nächte darauf habe sie gesehen, wie eine Ratte an dem wackeligen Schalter entlanghuschte. Seitdem habe sie das elektrische Licht abgestellt, und sie schliefen bei angeknipsten Taschenlampen. Dann habe sie gesehen, wie die Höschen der Kinder in den Löchern des Fußbodens verschwanden. Und dann, in der letzten Nacht, sie hätte ihren Augen kaum getraut, wären viele Ratten aufgetaucht, im Kreis aufgereiht hätten sie langsam auf ihren Hinterpfoten getanzt. Es klang wie im Märchen, und ich dachte mir, Dorothee hat eben Phantasie und kann gut erzählen. Aber dann, in einer wirklich aufregenden Situation, verließ sie das Haus.

An einem heißen Spätnachmittag brach ein Sommergewitter los, der Abstand zwischen Blitzen und Donnern verringerte sich, es krachte in der Nähe, dann fiel heftiger Regen. Aus dem Haus flüchteten Dorothee und die Kinder unter ein Tuch geduckt. Jean-Claude, der gerade im Regen duschte, nahm die zitternde Beate auf den Arm und trug sie zu uns ins Haus. Dorothee folgte mit Christof und ihrer Jüngsten. Nachdem sie sich von dem Schreck erholt hatte, berichtete sie, sie habe ihre Älteste gebeten, vor dem Regen das Fenster zu schließen. Aber gerade in dem Moment, als das brave Kind das tat, schlug der Blitz in den langen Metallriegel des Fensters ein und schleuderte das Mädchen durch das Zimmer. Von da an blieben sie bei uns im Haus, von wo Braunschweiger Freunde abgereist waren. Als Clemens kam, zog die ganze Familie wieder in das Amselhaus.

Mit Clemens ging ich einmal zu Arnulf und Christiane nach Rastouillet. Mit Christiane, die gut und gern fotografierte, überlegte ich, ob wir nicht einen Fotoband über die Taubentürme des Quercy machen könnten. Währenddessen zeigte Arnulf sein restauriertes Haus, und von Clemens hörten wir aus allen Ecken und Etagen immer wieder ein lautes: «Fabelhaft! Einfach fabelhaft!» Mein Bruder präparierte Ziegel für das neue Backhausdach, und am Abend beteiligte er sich beim Musizieren. Wir spielten ein Concerto Grosso von Händel aus dem Berliner Notenkoffer. Dafür sollte bald eine leise Verstärkung kommen.

Cornelia, eine entfernte Kusine, meinte, sie könne nicht mehr Cello spielen, man habe ihr das mies gemacht. Wir munterten sie auf, trotzdem mitzuspielen. Sie ging mit ihrem Cello zu Christian hinüber und bat ihn, einen Dämpfer darauf zu setzen. Dadurch war er gleich für sie eingenommen, denn seine Mutter hatte auch nur mit einer *sourdine* auf ihrer Geige zu spielen gewagt. Cornelia war jedoch aus anderen Gründen verunsichert als die inzwischen verstorbene Mutter Aubin. Sie berichtete von dem Berliner Studentenheim, in dem sie wohnte. Dort hatten Studenten ihr zugesetzt, Cellospielen sei ein bürgerliches Relikt, das führe nicht zur Revolution! Aber auf dem Weg dorthin dürfe sie vielleicht noch spielen, habe sie gefragt. Doch die antworteten: Der Weg sei Zeitverschwendung, nur das Ziel zähle! Noch ein Ton und raus hier!

Cornelia spielte immer fröhlicher bei den Concerti Grossi mit. Eines Abends legten wir beide den letzten Ziegel auf das Backhaus. Dorothee fotografierte diese Akrobatik. In das neu gedeckte Backhaus luden wir zu seiner Einweihung als «Restaurant Restauré» zu einem großen Essen ein, zu einem Abschiedsfest.

Die Clemente-Familie fuhr ab, dann Ulrich. Als er sich von Christian verabschiedete, schenkte er ihm das Cembalo «Helmüt». Er solle mit einem *«belle auto»*, wie er es jetzt habe, bald wiederkommen, um «Helmüt» abzuholen. Einige Tage später fuhr ich mit Cornelia ab. Sie raste durch die Kurven, dass mir schlecht wurde. Sie blieb in Basel, und ich fuhr mit Grace, die ich in einer Handtasche versteckt hatte, mit der Eisenbahn nach Berlin.

Ausstellungen beschicken, zu Geld kommen, die Oboe kaufen, das alte Auto verkaufen – nicht lange, und wir fuhren in einem großen Kombiwagen wieder nach Roquecave. Aquarellieren, Pilze sammeln, Trauben essen, wir verbrachten eine geruhsame Herbstwoche. Sylvie freute sich über die Oboe, aber aus dem schmalen Mundstück brachte sie keinen Ton heraus. Dem Cembalo «Helmüt» wurden die Beine abgeschraubt, es passte knapp in Ulrichs *«belle auto»*. Für den kommenden Winter wünschten wir uns gegenseitig alles Gute, im Süden wie im Norden.

Eine Veränderung fand in mir selbst statt, ich war schwanger. Statt nur im Sessel zu sitzen und zu stricken, richtete ich mit Guni zusammen neben der Radierwerkstatt eine Siebdruckwerkstatt ein, stellte Farbstiftzeichnungen und Radierungen her, und nicht genug damit, nach langer Zeit begann ich wieder zu malen. Angeregt durch eine Ausstellung des deutsch-amerikanischen Malers Richard Lindner und seiner stark farbigen ironischen Bilder mit Frauenfiguren in technischem Geglitzer, malte ich in Öl auf Leinwand Astronauten, halb Mensch, halb Maschine. Einem der Bilder gab ich den Titel «Optiman» aus Empörung über einen Text mit dem gleichen Titel: Der Mensch sei nicht für den Weltraum geeignet, allenfalls sein Kopf, der restliche Körper, dieser irdische Ballast, solle von Maschinen ersetzt werden. Der optimale Mensch, eine grausige Vorstellung, Köpfe ohne Körper, Maschinen anstelle von Organen, Männerfantasien von Homunkulus und Frankenstein. Unbewusst malte ich das, wovor mir graute, das Unmenschliche. Es war ein Bezeichnen des Unbekannten, eine Art Bannen der Angst, ähnlich den Dämonen an mittelalterlichen Kirchen, die, wenn sie sich sozusagen im Spiegel sähen, vor sich selbst erschreckten und zurückwichen.

Karl-Heinz meinte, die erstaunliche Produktivität sei durch Todesangst zu erklären, viele Frauen, so auch die Mutter des Dichters Achim von Arnim, wären früher im Kindbett gestorben. Guni gab eine praktischere Erklärung: Wenn ich erst rund um die Uhr für ein Baby sorgen müsse, sei Schluss mit der Malerei. Die eigentliche Erklärung war wohl in der Malerei selbst zu suchen, denn die Bildvorstellungen gaben den Antrieb, so die Vorstellung von einem ganz hellen Bild mit wenig farbigen Akzenten, oder die von einem dunklen Bild, in dem die Helligkeiten umso geheimnisvoller aufleuchteten. Zudem machte das Malen immer mehr Spaß. Zum Beispiel war es ein Vergnügen, die unzähligen silbrigen Falten eines Raumanzugs mit zwei Pinseln zu malen, mit dem einen die Schatten in Rot, mit dem anderen die Übergänge in Graublau, so über die ganze Leinwand, und zum Schluss mit einem feinen Pinsel die Glanzlichter aufzusetzen. Der Faltenwurf eines musizierenden Engels in Grünewalds Isenheimer Altar hatte für diese merkwürdige Farbgebung Pate gestanden.

Eine Schwangere, die so viel großformatige Bilder malte, das widersprach den immer noch gängigen Vorstellungen, die Schöpferkraft von Frauen erschöpfe sich mit ihrer Fruchtbarkeit, ihrer eigentlichen schöpferischen Aufgabe. Warum sonst hätte Nannerl Mozart, die als Mädchen ihren Bruder Wolferl am Klavier begleitet hatte, dann als verheiratete Frau keinen Ton mehr von sich gegeben? Wenn Radio- und Fernsehteams in die

Kantstraßenwohnung kamen, um das Künstlerehepaar Baehr zu interviewen, und wir beide, nach Worten ringend, gleichzeitig eine streichelnde Hand auf Grace zwischen uns legten, half mir Nannerl Mozart aus der Verlegenheit. Ulrich konnte zwar gut sprechen, aber wie die meisten Künstler nicht über das eigene Werk.

Die Großgörschen-Galerie, vor vier Jahren gegründet, hatte sich vor lauter Abspaltungen und Sezessionen aufgelöst. Lothar C. Poll, ein junger Rechtsanwalt und Notar, und seine Frau Eva gründeten in deren Nachfolge die Galerie Poll in der Niebuhrstraße. Eine Ausstellungseröffnung mit Bildern von Hermann Albert fand am 9. Januar statt, und eine Ausstellung von Peter Sorge sollte am 23. März eröffnet werden. Nach der Albert-Eröffnung kam der Galerist in unsere Wohnung, sah sich Bilder und Radierungen an und fragte mich, auf welches Datum der Geburtstermin festgelegt sei. Auf den 23. April, antwortete ich, woraufhin er den 4. Mai als Ausstellungstermin festlegte. So standen also für das Frühjahr gleich zwei wichtige Termine bevor.

Januar und Februar vergingen geradezu euphorisch mit Malen und nochmals Malen. Auf den 1. März hatten wir unserer Untermieterin gekündigt, und in den folgenden Tagen fand der Umzug innerhalb der Wohnung statt. Ulrichs Atelier am Ende der Wohnung über der verhältnismäßig ruhigen Wielandstraße sollte zum Kinderzimmer werden und das bisherige Mieterzimmer sein Malatelier. Nachdem wir das vorherige Atelier in ein hübsches, sauberes Kinderzimmer umgewandelt hatten, fertigte ich eine kleine Radierung als Geburtsanzeige an. Auf der Platte waren Bäreneltern mit ihrem Bärchen auf einem Sofa sitzend dargestellt und über dem Sofa ein leerer Bilderrahmen, daneben zwei Kalenderblätter. In den Bilderrahmen wollte ich gleich nach der Geburt den Namen eintragen und in das linke Kalenderblatt das Datum. Wenigstens die Jahreszahl 1970 stand schon fest. Karl-Heinz meinte, wenn das Geburtsdatum der 20. April sein sollte, dann sollte ich das Kind Adolf oder Adolfine nennen. Daraufhin nahm ich mir vor, das Datum von Hitlers Geburtstag auf jeden Fall zu umschiffen.

Vom März bis in den April hatte wieder der Ausstellungstermin Vorrang. Für die Galerie Poll druckte ich am Siebdrucktisch dreißig farbige Plakate von einem dieser schrecklichen Optimans. Niemand war in der Wohnung, alle Drucke konnte ich zum Trocknen darin ausbreiten, bis es mir gruselte vor diesem Maschinenkerl in Serie. Tröstlich und verheißungsvoll war es dabei, das lebendige Wesen im Bauch zu spüren. Der werdende Vater war mehr als die halbe Woche in Braunschweig, bis er am 13. April eine halbe Stelle in einem Steglitzer Gymnasium bekam. Am 15. April druckten Guni und ich einen Sonderdruck, «timing», am 18. April eine Radierung, «Sauerstoffzufuhr». Am 19. April setzten frühmorgens die Wehen ein. Um 7 Uhr brachte mich mein Mann zur Klinik in Neukölln und fuhr weiter. In der Klinik hörten die Wehen auf. Nach allerhand Untersuchungen durch eine Hebamme machte ich Gymnastik, dabei strampelte das Kind heftig, wollte aber nicht kommen. Am nächsten Morgen um 10 Uhr, also doch am 20. April, kam ein gesundes kleines Mädchen zur Welt. Am Mittag kam sein Vater im weißen Kittel und mit rosa Rosen. In den leeren Bilderrahmen ritzte ich die Namen Agnes Antonia ein. Ulrich nahm die Radierplatte mit, um die Geburtsanzeige zu drucken. Und weil Antonia so helle Töne von sich gab, nannten wir sie von ihrem dritten Lebenstag an «Töni».

Meine Mutter war für eine Woche in die Kantstraße gekommen. Sie wog den Säugling vor dem Stillen, nach dem Stillen, über jede Minute und jedes Gramm führte sie Buch. So wenig sinnvoll mir das vorkam, spürte ich doch, wie Töni genussvoll nuckelte und zunahm, für umso hilfreicher hielt ich Mutters Anwesenheit bei der Eröffnung meiner Ausstellung fünfzehn Tage nach Tönis Geburt. Es war noch ungewöhnlich genug, dass Malerinnen überhaupt eine größere Einzelausstellung ausgerichtet wurde, aber zudem noch ein Kind zu haben, das musste tunlichst geheim gehalten werden. Am Abend, kurz bevor die Ausstellungsbesuchser eintrafen, kamen wir als kleine Familie in einer merkwürdigen Rollenverteilung in der Galerie an. Mutter brachte Töni in einer Tragetasche, Ulrich Grace an der Leine und ich noch irgendeine Radierung. Mutter fragte Eva Poll, wo sie denn die Tasche abstellen könne. Eva führte uns in ein Hinterzimmer, neben dem ihre eigene kleine Tochter schlief.

Die Ausstellung war gut besucht, ich unterhielt mich gerade mit einem eventuellen Bildkäufer, da zupfte mich Mutter am Ärmel und flüsterte: «Komm stillen, bevor es schreit!» Ulrich, der sich lebhaft unterhielt, hatte Grace längst abgeleint und vergessen. Grace folgte mir in das Hinterzimmer, vor dessen Tür Mutter während des Stillens Wache hielt. Ob die Ausstellung ein Erfolg war oder nicht, in Erinnerung bleibt mir vor allem die Pinkel-Zickzack-Spur der alten Grace auf Evas neuem Parkett.

Sommerferien und heraus aus West-Berlin, das bedeutete langes Warten in Autoschlangen vor den Abfertigungsstellen zur Transitreise. Vor Helmstedt hatten wir das Pech, beiseite gewunken zu werden. Sonst hielten die Vopos kurz einen Spiegel unter die Autos, um zu prüfen, ob sich ein Flüchtling darunter versteckt hielte, aber wir mussten in einen Schuppen über ein Betonloch fahren. Der Schuppen wurde geschlossen, wir Eltern mussten aussteigen, das Kind musste auf dem Rücksitz liegen bleiben. Tönchen schrie fürchterlich.

Tage danach hielten wir in den Monts-d'Aubrac, hinter der Ursprungsquelle des Lot. Nach dem ersten Bad in «unserem» Fluss fuhren wir über die Hochebene des Larsac. Im Dreivierteltaubenturm begrüßte uns Christian, mit dem neuen Fußboden sei er noch nicht ganz fertig geworden, mit der Wiege für «ma nièce Agnès» aber doch. Sylvie begrüßte Töni mit «Antönelli Vivaldi» und Totime mit «Hundeplatz», dem einzigen deutschen Wort, das die Fünfjährige sagen konnte.

Bevor meine Mutter kam, erneuerte Ulrich auch den Fußboden des Gästezimmers. Nachdem sie wieder abgereist war, wohnte ein junger Oboist in dem Zimmer. Ulrich hatte den Primaner in seiner Schule angeworben, um Sylvie Oboenunterricht zu geben. Aber eine ausgelassene Stimmung wie noch im Jahr zuvor wollte in der Bastide nicht mehr aufkommen. Sylvie erwartete ihr drittes Kind, und Christian kam nicht zu ihrer Geburtstagsfeier. Für unsere beiden letzten Ferienabende lud sie uns zum Essen ein. Dabei kam es zu einer Diskussion, welche die Laune ihres Mannes nur noch verschlechterte. Es ging um die damals gängige Auffassung, alles müsse verändert werden, das System, die Gesellschaft, die Familie. Ulrich fing an, statt Blau könne man auch Rot sagen, Wortbezeichnungen seien nur eine

Konvention. Sylvie stimmte ihm zu, alle Konventionen müssten weggefegt werden. Ich meinte, ohne vereinbarte Begriffe könnten sich die Menschen nicht mehr verständigen. Die Farben selbst veränderten sich nicht, auch wenn sie die Welt auf den Kopf stellen wollten, empörte sich Christian, wahrscheinlich, weil er seine Ehe durch das Wegfegen der Konventionen bedroht sah. – Im November sollte dann ein Brief von Sylvie in Berlin eintreffen. Sie schrieb uns, sie sei glücklich, einen kleinen Sohn geboren zu haben, und Christian sähe die Welt nicht mehr so schwarz, seitdem er damit angefangen habe, ein besonders großes und schönes Cembalo zu bauen.

Im Herbst herrschte auf den West-Berliner Straßen eine Stimmung von Fröhlichkeit und Freiheit. Das lag zum Teil an der politischen Veränderung. Seit einem Jahr war zum ersten Mal die SPD in Bonn an der Regierung mit Willy Brandt als Bundeskanzler und Gustav Heinemann als Bundespräsidenten. Das Versprechen Willy Brandts, mehr Demokratie zu wagen, wurde in Bürgerinitiativen, mehr Mitbestimmung in Schulen und Betrieben und im Abbau erstarrter Hierarchien wahrgenommen. Das Freiheitliche lag in der Luft, das Fröhliche auf der Straße. Zu Monatsbeginn durften die Berliner ihren Sperrmüll auf den Bürgersteig stellen. Kinder, mit Klobrillen umkränzt, tanzten singend umher, Arbeiter stellten Plüschsofas zu Biergelagen zusammen, Frauen suchten nach Brauchbarem für ihren Haushalt und tauschten ein paar Straßenzüge weiter eine Stehlampe oder eine Hutschachtel gegen ein Bügelbrett. Junge Männer in schwarzen Handschuhen schlugen mit Stöcken in die Rückseiten von Fernsehkästen, silbrig hell spritzten die zerschlagenen Glasröhren heraus. Dahinter steckten aber dunkle Machenschaften des Kapitalismus, denn die Männer waren von Firmen zur Zerstörung alter Geräte bezahlt worden, damit neue gekauft würden. Ich zog mit meinem Doppeldeck-Kinderwagen los, oben saß Töni und unten Grace in einer gepolsterten Kiste. Die Kantstraße Richtung Zoo entlang fand ich brauchbare und unnütze Schätze, da einen emaillierten Topf mit Deckel, dort einen Goldrahmen, einen Hocker, ein antikes Telefon. Von meinem Kind war vor lauter aufgeladenen Dingen nur noch der Kopf im Goldrahmen zu sehen, da entdeckte ich eine alte Nähmaschine.

Sie war noch schöner als die aus Zernikow gerettete Pfaff, denn in ihren Tisch über dem gusseisernen Tretpedal war ein Maßband in feiner Holzintarsie eingelassen. Gern hätte ich sie mitgenommen, aber leider passte sie nicht auch noch auf den Kinderwagen.

Schon länger war die Tischtennisplatte in unserer Wohnung dem Cembalo Helmut gewichen. Eines Tages kam uns, zusammen mit meiner Mutter, die Schriftstellerin Ingeborg Drewitz besuchen. Sie hatte unter anderem in Wiepersdorf für ihr Buch *Bettine von Arnim, Romantik – Revolution – Utopie* recherchiert – die erste Biographie, welche die Urahnin nicht nur als koboldhaftes Goethe-Kind darstellte, sondern auch als die sozial engagierte ältere Frau. Ingeborg Drewitz schenkte mir das Buch und eine aktuelle Schrift von ihr: «Die halb vollendete Emanzipation der Frau». Zwischen den Gesprächen gaben Ulrich und ich eine kleine musikalische Darbietung. Nach ihrem Besuch schickte sie folgenden Brief:

> *Liebe Bettina von Arnim, Sie können sich vorstellen, wie seltsam mir zu Mute ist, Sie so anzureden, nachdem ich eine Weile mit dem Namen oder nein, mit der anderen des Namens auf du und du verkehrt habe – aber ich möchte Ihnen und Ulrich Baehr sehr herzlich für das Zusammensein danken und nicht zuletzt Ihrer Mutter, die es eingefädelt hat. Ich hoffe, es bleibt nicht beim Einfädeln, denn es ist ja noch eine ganze Menge zu sagen übrig geblieben. Was Sie und Ihr Mann arbeiten, sagte mir längst zu, ehe ich Sie kannte. Ich glaube, Sie leben aus einem guten Dialog, oder doch gestützt durch ihn. So viel nur heut. Es klingt verbal, ist aber nicht so gemeint. Grüßen Sie das kleine strahlende Mädchen. Und bewahren Sie sich die bedrängende Kraft Ihrer Intention – auch wenn's manchmal schief geht.*

Kinder und Karriere

Heiligabend kochten wir gemeinsam Rotkohl und Hasenrücken in dem Schmortopf vom Sperrmüll. Dann zündeten wir die Kerzen am Weihnachtsbaum an. Tönchen staunte. Zu Silvester waren wir zu einem befreundeten Malerehepaar eingeladen. Wir dichteten die Fenster des Kinderzimmers mit Matratzen ab – warum nur hatten die Berliner, deren Stadt doch im Zweiten Weltkrieg dermaßen zerbombt worden war, solchen Spaß an Knallkörpern, dass die Fensterscheiben zerbrachen? Nach den Böllerschüssen warteten wir, bis Töni schlief. Eine halbe Stunde nach Mitternacht machten wir uns auf den Weg durch Frost und Schnee zu dem Fest in Richtung Potsdamer Platz. Die städtische Winternacht war merkwürdig hell. Der Schnee reflektierte das Neonlicht der Peitschenlampen, dann das Flutlicht über dem Todesstreifen der Mauer. In einem zur Hälfte stehen gebliebenen Haus, in einer geheizten Wohnung, fanden wir uns zwischen Freunden und Bekannten wieder. Reden, trinken, rauchen, nur kurz machte ich mit. Der Gedanke an unser Kind, das so allein und so weit weg in seinem Bettchen lag, war zu beunruhigend. Solche Feste dauerten bis zum Morgen. Ohne mich weiter zu verabschieden, suchte ich in dem Mantelberg nach meinem Mantel, einem umgeänderten Pelzmantel meines Vaters, in dem ich mich, halb aus Aberglauben, halb weil er wirklich vor Kälte schützte, geborgen fühlte. Während des weiten Wegs durch menschenleere, verschneite Straßen wurde mir unheimlich zu Mute. Doch der viele Schnee rief anheimelnde Erinnerungen hervor, und um meine Angst zu verscheuchen, erzählte ich mir eine Fantasie meines Ururgroßvaters, die er aus Berlin an seine Töchter in Frankfurt geschrieben hatte. Natürlich war sie mir etwas anders im Gedächtnis als hier zitiert:

Ebenso vergnügt war ich, als ich über das Brandenburger Tor glücklich in die Stadt gekommen, denn das Tor war unten völlig zugeschneit. Da oben tauschte ich meinen Schlitten und Pferde mit dem Wagen und den Rossen der Victoria, die auf dem Tore steht, und kam nun in rechter Pracht zu den Unseren, wo noch die Wachsstöcke am Christbaum vom Abend vorher rauchten.

Zu Festen oder ins Theater zu gehen war nicht die einzige Schwierigkeit. Eine weitere war die, Berufstätigkeit und Muttersein zu verbinden. Anders als Mütter, die außer Hauses arbeiteten, hatte ich es gut, solange Töni in einem großen Laufstall direkt neben der Radierwerkstatt bei der Arbeit zuguckte und spielte. Doch später, als sie laufen konnte, interessierten sie ihre Bauklötze weniger, als Radiernadeln ins Parkett zu pieken oder mit bloßen Füßchen auf einer frisch grundierten Leinwand herumzutapsen. Bei einem Bild ließen sich unter dem längst durchgetrockneten Farbauftrag noch kleine Fußabdrücke erkennen, und als eine Galeristin dies als wertmindernd monierte, antwortete ich, das sei eben ein Zeichen von Authentizität, die Entdeckung von Rembrandts Barthaar in einem seiner Bilder hätte dessen Wert nur noch höher steigen lassen.

Außerhalb der Wohnung arbeitete ich nur einen Nachmittag in der Woche. Ilse, eine künstlerisch begabte junge Frau aus der Klasse meiner Lieblingsschülerinnen und -schüler aus der Referendarzeit, hatte mich gebeten, Kunstunterricht an einer Privatschule zu geben. Wegen der wissenschaftlichen Fächer habe sie das Abitur an der Schillerschule nicht geschafft, doch nun gäbe es eine neue Bestimmung, wonach mit Kunst als Wahlfach das Abitur auf dem zweiten Bildungsweg nachgeholt werden könne. In der Gabbeschule unterrichtete ich junge Erwachsene, beispielsweise einen Maurer, der mit dieser Arbeit aufgehört hatte, weil er Architektur studieren wollte. Eine staatliche Prüfungskommission nahm das Abitur ab. Damit die Schüchternen wie Ilse nicht wegen Lampenfiebers versagten, wurde die Prüfungssituation geprobt, als ginge es um die Simulation der Schwerelosigkeit bei Astronauten. Zwei der jungen Männer erschienen im schwarzen Anzug und Krawatte und prüften mit ernster Miene, dann wurden die Rollen vertauscht. Nach diesem Vorspiel verlief das wirkliche Abitur sehr ordentlich. Ilse bekam eine Eins in Kunst, aber was sie in ihrem weiteren Leben damit anfangen konnte, weiß ich nicht. Nach fast zwei Jahren gab ich die Stelle wieder auf, denn vor der Geburt unserer zweiten Tochter kam es mir vor, als wäre ich fünf Personen zugleich. Aus der Reihenfolge «Malerin, Mutter, Gattin, Lehrerin, Putzfrau» konnte dann die vierte Person gestrichen werden.

Grace war alt geworden. Sie kam die zwei Treppen nicht mehr hinunter, um am Straßenbaum ihr Geschäftchen zu erledigen. Wenn es zu dringend wurde, hielt ich sie einfach zum Kinderzimmerfenster hinaus, von wo einmal ihr Würstchen vor der Nase eines Passanten herunterfiel. Auf Töni war sie eifersüchtig, sie fletschte dem Krabbelkind die Zähne. Wir beschlossen, noch einmal solle sie die freie Natur erleben und dann in Roquecave beerdigt werden. Gegen Ende der Osterferien brachten wir sie zum Tierarzt nach Villefranche und ließen sie einschläfern. Meine liebe Grace, noch lange machte ich mir Vorwürfe, sie umgebracht zu haben, weil ich dem Kind den Vorzug gab. Wir beerdigten sie neben dem kleinen Wehrturm.

Als wir im Sommer wieder in den Lot kamen, stand in der Bastide das fertige neue Cembalo. Die Innenseite des Deckels, über dem Instrument hochgeklappt, war bemalt und zeigte ein paradiesisches Bild. In strahlend blauem Himmel schwebten weiße Wolken, die ockerfarbene Hochebene mit Taubentürmen im Hintergrund ging zur Schmalseite des Deckels in das saftige Grün des Lottals über. Im Bild stand das Cembalo auf den Causses. Neben ihm saß sein Hersteller mit dem Cello, sein Freund griff in die Tasten, die beiden Flötistinnen hielten ihre Flöten, Totime streichelte eine Katze, die kleine Genièvre eine andere, ihr winziger Bruder spielte mit einer rosafarbenen Töni. Aus dunklem Wacholdergebüsch sah die Füchsin Bicou hervor, und neben einem Stein schlief Grace. Der Deckel des gemalten Cembalos war wiederum bemalt, das Bild verschwand im Bild.

Jean-Claude, der Schauspieler, wünschte, dass in seinem Hof ein Konzert stattfände. Erst gegen Abend, als es kühler wurde, stellten die Männer das Cembalo vor der Hauswand von Drouots auf. Im Backofen neben Steinwanne und Zisterne loderte ein Feuer, über dem Claire Brote mit Tomaten, Knoblauch und Olivenöl röstete. Nach dem Essen zündete Jean-Claude überall Kerzen an, über dem Scheunentor, auf Mauerrändern, an den Notenständern. Wir vier, wie auf dem Bild des Cembalos zu sehen, musizierten. Die Töne waren kaum zu hören, sie verflüchtigten sich im Laub der Bäume und über den Gemäuern. Doch als Bühnenbild hatte unser Schauspielerfreund das Konzert sehr stimmungsvoll inszeniert.

Bald darauf trafen Freunde von uns mit ihren drei Kindern aus Berlin ein, womit der Wind der antiautoritären Erziehung über die Causses wehte. Der Achtjährige raste mit einem Fahrrad der Drouot-Kinder in Brombeerdornen, weil er Fahrräder ohne Rücktrittbremse nicht kannte. Der Sechsjährige fiel vom Baum. Die Dreijährige schluckte sieben Schlaftabletten ihrer Mutter, woraufhin sie nach Cahors ins Krankenhaus gebracht wurde. Ihre Brüder legten sich zwischen Rastouillet und Limogne quer auf die Straße, Bauern beschwerten sich. Die Jungen sagten, die Straßensperre hätten sie gemacht, damit sie einen Kettcar bekämen. In Cahors wurde der Kettcar gekauft. Dann war der Sechsjährige verschwunden, in der Mittagshitze machte sich ganz Roquecave auf die Suche. Am Abend kam er mit dem Kettcar wieder und meinte, er habe ja nicht wissen können, wie lange er unterwegs gewesen sei. Er würde morgen eine Uhr bekommen, versprachen ihm seine Eltern. Und so bekamen die Kinder immer mehr Sachen, nur nicht das Wort Nein. Der Weiler war wie ein Taubenschlag. Einmal wurden 19 Kinder gegen neun Erwachsene gezählt.

Ein anderes Berliner Ehepaar kam uns besuchen, ohne Kinder, er dafür mit stalinistischer Ideologie befrachtet. Wir saßen auf der Terrasse und unterhielten uns, erst über Monumentalarchitektur, die Stalinallee im Osten und das Olympiastadion im Westen Berlins. In Letzterem hatte der Journalist mit Ulrich und von seinen Bildobjekten einen Film gedreht. Dann kam die Rede auf die Bodenreform und die Enteignungen zwischen 1945 und 1946. Er sagte, die Sowjets hätten richtig getan, die Junker umzubringen. Richtig, meinen Vater umzubringen?

In Berlin zurück, häuften sich im Herbst die Ausstellungstermine. Eine Bilderkiste musste nach Hamburg verschickt werden, eine andere nach Bremen. Zum zweiten Mal sandte ich drei große Bilder an den Deutschen Künstlerbund ein, in dem Ulrich schon Mitglied war. Ich sollte es im folgenden Jahr werden. Die meisten der Astronautenbilder waren verkauft, darunter ein helles Bild an das Landesmuseum Bonn. Die Zeit von acht Uhr abends an, wenn Tönchen schlief, reichte nicht aus, um all die neuen Bilder zu malen. Der Bezirkskindergarten wies mich ab mit der Begründung, das Kind hätte ich schon vor zwei Jahren anmelden müssen, also noch vor seiner Geburt. In einem Kinderladen in der Nähe hieß es, der sei gegründet worden, damit die Frauen Zeit hätten, an Demonstrationen teilzunehmen, also nicht zum Arbeiten. In beiden Bewahranstalten ging es lieblos zu. In der einen herrschte eine abgezirkelt kühle Ordnung, in der anderen eine abstoßend hässliche Unordnung.

Liebend gern war ich mit Tönchen zusammen, die so originell sprach oder die, gerade 21 Monate alt, intensiv mit Pinsel und Deckfarben malte. Das war es ja nicht. Aber eine Mutter für nur Kind, das schien mir eine Verschwendung an Zeit und Energie zu sein.

Wie so oft war ich eines Nachmittags mit ihr im Kinderwagen unterwegs. Auf dem Bürgersteig einer Charlottenburger Straße standen zwei sympathisch aussehende Frauen im Gespräch, ihre Kinderwagen hatten sie nebeneinander gestellt. Ich schob meinen dazu und fragte die beiden Frauen, ob wir denn nicht unsere Kinder abwechselnd hüten könnten, jeweils zwei oder drei zugleich während zwei oder drei Stunden. Beide waren von der Idee als solcher angetan. Aber die eine meinte, sie müsse erst ihren Mann fragen, und weg war sie mit ihrem Kinderwagen. Die andere wollte mit dem wechselseitigen Kinderhüten gleich beginnen.

Sie hieß Jutta, und ihr kleiner Sohn, fast gleichaltrig mit Töni, hieß Oliver und wurde «Olle» genannt. Erst gingen wir zusammen spazieren, damit sich unsere Kinder kennen lernten. Dann betreute Jutta Töni zuerst in ihrer Wohnung. Die brüllte fürchterlich, als ich aus der Wohnung ging, und wollte sich kaum von ihrem Spielkameraden trennen, als ich nach zwei Stunden wiederkam. In der Umkehrung war es schon einfacher, und die Kinder gewöhnten sich daran, dass die eine Mutter ging, während die andere bei ihnen blieb. Einige Wochen später trennte sich Jutta von ihrem Mann. Sie zog bei uns in der Kantstraßenwohnung ein. Töni und Olle sollten wie Geschwister aufwachsen, so die Wunschvorstellung von uns Müttern.

Seitdem Jutta bei uns wohnte, konnten wir abends beruhigt ausgehen, und das Gleiche galt für sie, nachdem sie Olle zu Bett gebracht hatte. Wahrscheinlich war sie am Abend des 23. Oktober unterwegs, denn Picassos 90. Geburtstag wurde in unserer Wohnung gefeiert. Danach waren wir öfters bei Petricks, Eltern einer Tochter, eingeladen, zusammen mit Diehls, Eltern eines Sohnes. In der großen Wohnung der Malerin Maina Munsky und ihrem Mann, dem Zeichner Ben Sorge, die auch ein Kind hatten, trafen wir uns alle wieder, einmal zu einem Fest mit sehr viel Menschen und sehr viel Bier, das bis drei Uhr morgens dauerte. Manchmal ging es in den Gesprächen um «Kinder, Kunst, Karriere», diese widersprüchlichen K's, manchmal um die politischen Beweggründe zu unseren Bildern, wie die Kritik an den Napalmbomben und Entlaubungsmitteln des Vietnamkriegs. Ein andermal sprachen wir uns ab, Graphiken für eine Verkaufsausstellung von Amnesty International zu spenden.

Aus diesem Freundeskreis bildete sich im Frühjahr 1972 die Gruppe «Aspekt». Dazu kam es zunächst durch eine Absprache, für die Freie Berliner Kunstausstellung große Bilder gleichen Formats zu malen, um so als Gruppe repräsentativer zu wirken als mit verzettelten Einzelwerken. Unter dem Namen «Kritischer Realismus» nahm die Gruppe dann feste Formen an. Der alphabetischen Reihenfolge nach gehörten ihr folgende Mitglieder an: Albert, Arnim, Baehr, Diehl, Gorella, Munsky, Petrick, Schmettau, Sorge, Vogelgesang, Waller. In der Galerie Poll trafen wir elf uns immer häufiger zu Sitzungen. Ein umfangreicher Katalog wurde geplant mit dem DAAD, dem Goethe-Institut München, der Galerie Poll und den beteiligten Künstlern als Herausgebern. Diese Publikation sollte zum Anlass mehrerer Ausstellungen der Gruppe erscheinen, die von 1972 bis 1974 in verschiedenen Städten gezeigt werden sollten, in Amsterdam, Athen, Mailand, Stockholm und anderen mehr. Für den Januar 1973 war eine dieser wichtigen Gruppenausstellungen in der Akademie der Künste in West-Berlin vorgesehen.

Ausgerechnet für den 14. Januar! Der Frauenarzt in Neukölln stellte im Juni eine zweite Schwangerschaft fest und notierte als Geburtstermin den 10. Januar. Wandern und frische Luft täten gut und natürlich wieder das Rauchen auf nur drei Zigaretten am Tag zu beschränken. Für diese Umstellung schien die Ruhe auf dem Lande im Südwesten besser geeignet, als noch länger in der Hektik der Stadt zu bleiben. Und für Töni wäre es sicher auch besser, mit Kieseln am Lotfluss zu spielen als im städtischen Sandkasten mit Hundewürstchen. Ulrich bekam erst im Juli Ferien von seiner halben Lehrerstelle. Jedenfalls beschloss ich, erst mit dem Flugzeug bis Frankfurt zu reisen, dann weiter mit der Bahn. Die Reise konnte ich mir leisten, denn zuvor hatten Polls ein großes Ölbild von mir verkauft und das, obwohl noch die Ausstellung von Wolfgang Petrick in der Galerie hing. Vor Freude hatte ich gleich eine Gouache von Wolfgang gekauft, mit der ich schon in seinem Atelier geliebäugelt hatte. Diese Gouache sollte drei Jahre später noch einmal wichtig werden.

Meine Mutter und Tönis geliebter «Oke Doni», mein Bruder Peter-Anton, holten uns vom Flughafen in Frankfurt ab. Am nächsten Morgen ging es mit der Bahn Richtung Paris weiter. Am Nachmittag, als der Zug in Bar-le-Duc hielt, beschloss Töni: «Jetz denuch Reise! Jetz annetommen!» und stieg aus, wobei man der Kleinen behilflich war. Auf dem Bahnsteig fing ich sie wieder ein, und während der Weiterfahrt überlegte ich, ob es nicht in Bar-le-Duc gewesen war, wo Ludwig XVI. und Marie Antoinette auf ihrer Flucht vom Louvre nach Braunschweig festgenommen worden waren. Jedoch las ich, so weit mich Töni zum Lesen kommen ließ, Orwells Zukunftsvision *1984* und nicht Stefan Zweigs historisches Porträt der Marie Antoinette. In Paris wurde ich mit Kind und Gepäck von einer Bekannten der Roquecaver Musikabende abgeholt, die dann bei sich ein Nachtquartier improvisierte. Mit dem «Capitole du Midi», dem Frühzug nach Toulouse, ging es weiter. Der Zug war überfüllt, nur noch an der Einstiegstür fand ich Platz und legte Tönis Schaumstoffmatratze davor. Der Schaffner schloss die Tür einfach ab. Danach kam er immer wieder vorbei und sah zu, wie ich für Töni, die auf der Matratze saß, eine Bärchengeschichte zeichnete. In Cahors war die Geschichte zu Ende, eine andere begann. Sylvie und Totime holten uns vom Bahnhof ab! Die Mütterfreundinnen und die Kinderfreundinnen umarmten sich, dann ging es die vertraute Fahrt – Kurven, Felsen, Wälder – nach Roquecave. Die Taubentürme sahen winzig aus, am Morgen war der Zug noch durch die hohen Wohnsilos Pariser Vorstädte gefahren.

Totime ging noch einige Tage in Limogne zur Schule, wo wir sie nachmittags abholten. Das nette junge Lehrerehepaar Andrée und Jacques Huart zeigte uns die Schule und den Schulkindergarten, die «Ecole Maternelle», in dem die Kleinkinder betreut wurden. Am besten von allem gefiel mir die Kantine, in der noch die Menükarten von dem feinen Mittagessen der Kinder auslagen. Sylvie lud Huarts zu einem Musikabend nach Roquecave ein. Sie kamen dann auch und hörten zu, wie meine Freundin zum ersten Mal auf ihrer Oboe mitspielte. Huarts sollten noch zu wichtigen Helfern in unserem Leben werden.

Aus Berlin kam und kam kein Brief von meinem Mann. Nach einer Woche kam dann doch noch ein Brief, dann war er selbst da. Er baute das Zimmer mit dem schönen Steinkamin aus, Töni und der kleine Nachbarsjunge saßen auf Stühlchen davor und guckten zu. Ein anderes Schauspiel ganz großen Stils stand bevor. In Sarlat, einer mittelalterlichen Stadt in der Dordogne, sollte auf einer Freilichtbühne «Le Capitaine Fracasse» aufgeführt werden, dies mit unserem Nachbarn und Freund Jean-Claude Drouot in der Hauptrolle. Claire meinte, sie kenne das schon, Sylvie und Ulrich mit den größeren Nachbarskindern fuhren dort hin. Monate später kam «Le Capitaine Fracasse» und die ganze Schauspieltruppe zu einem Gastspiel nach Berlin.

Von dem Hügel hinter dem kleinen Wehrturm wurde von einem Bulldozer aller Wacholder mit Stumpf und Stil ausgerissen. Drouots Tochter erfand in ihrem Entsetzen das Wort *ratiboisé*, in etwa «radikal entwaldet». Im Backhaus malte ich eine Gouache mit einem Maschinenkerl, der in den Kuben seiner von ihm entwaldeten Landschaft halb begraben lag. Diese Gouache diente dann in Berlin als Vorlage für ein großformatiges Ölbild mit dem Titel «Paysage ratiboisé».

Im November rückten der Geburtstermin und der Ausstellungstermin immer näher. Jutta, die wieder in ihrem Beruf als Kindergärtnerin arbeitete, nahm ihren Olle tagsüber mit. Ulrich vermittelte mir eine seiner Schülerinnen, Ellen, als Babysitterin.

Am 29. Dezember fragte ich den Frauenarzt Dr. Jung zaghaft, ob er die Geburt nicht etwas beschleunigen könne – wegen der Ausstellungseröffnung. Er hatte das kaum abgelehnt, da setzten am 30. Dezember in der Frühe die Wehen ein, um sieben Uhr wurde die Entbindung vorbereitet, um halb neun kam Dr. Jung und sagte schmunzelnd, die Natur habe eben doch ihren eigenen Willen durchgesetzt. Um neun Uhr kam ein gesundes kleines Mädchen zur Welt. Am Mittag bedauerten die Schwestern, dass alles so schnell gegangen sei, den einen Tag bis Silvester hätte ich doch warten sollen, dann wären sie nämlich mit dem Neugeborenen auf dem Arm in die «Bild»-Zeitung gekommen. Sie nahmen mir das Kind wieder weg und brachten es nur zu geregelten Stillzeiten wieder. In die vorbereitete Radierplatte für die Geburtsanzeige gravierte ich über einer Bärenfamilie den Vornamen Juliane ein. Am Silvestertag um 18 Uhr, die Säuglinge wurden gerade von einem Wägelchen zum Stillen ausgeteilt, kamen meine Mutter mit Töni und der nunmehr zweifache Vater mit einer Flasche Sekt. Als er den Korken über dem Klinikbett knallen ließ, sprudelte Sekt auf mein Kindchen. Zu dieser Sekttaufe wie von einem Schiff sagte Töni begeistert: «Ja, die schäumt!», und so wurde ihre kleine Schwester von da an «Jani» genannt.

Gleich nach der Entlassung aus dem Krankenhaus holten Spediteure die Arbeiten für die Akademie der Künste ab. Bald danach wurde die Ausstellung aufgebaut, wobei der ehrgeizige Wirbel um die besten Wände zunahm, als Bilder von einem Maler hereingetragen wurden, der gar nicht zu unserer Gruppe gehörte. Der Direktor der Akademie ließ sie wieder herausschaffen. An einem Sonntag, Jani war zwei Wochen alt, fand die feierliche Eröffnung statt. Viele Besucher und die Presse waren da, die Ausstellung und die Künstlergruppe wurden für das Fernsehen aufgenommen. Mutter und Guni trugen solange die Babytasche, und Töni wuselte mit anderen Kindern umher. Für die Gouache «paysage ratiboisé» fand sich noch während der Ausstellung eine Liebhaberin. Das Ölbild mit dem gleichen Titel stand in meinem Werkstattatelier, da kam Eva Poll mit einem Herrn Dr. K., der es erwerben wollte. Ich freute mich schon sehr, aber es gab ein Problem. Der Herr war deutscher Botschafter in Afghanistan und wollte das Bild in zwei Tagen im Flugzeug dorthin mitnehmen. Ich versprach, bis zum nächsten Tag die Leinwand abzuspannen und sie mit der bemalten Seite nach außen um die Keilrahmen zu rollen. Er meinte, eine Rolle von 150 cm Länge würde er schon irgendwie als Gepäck mitnehmen können. Als er wiederkam, ließ er sich erklären, wie das Bild wieder aufgespannt werden müsse und wie gefirnisst, dann flog er mit der eingerollten, entwurzelten Landschaft nach Afghanistan. Jahre später flog ich von Paris zu einer Ausstellung der Realisten-Gruppe nach London. Eva Poll, die mit allen anderen aus Berlin gekommen war, fuhr mit mir in einen Villenvorort, um den Botschafter zu besuchen. Er zeigte uns seine Kunstschätze aus Ungarn, sein englisches Cembalo, seine Schallplattensammlung, dann öffnete er die Tür zu einem Speisesaal. An der Stirnwand dominierte über dem langen Tisch der silbrige Maschinenkerl in seiner Wüstenlandschaft. Das Bild, mehrmals abgespannt und wieder aufgespannt, hatte einen ehrenvollen Platz gefunden.

Der Tag der Akademieausstellung war von einem Kontrastprogramm bestimmt: Vormittags mit den Kindern zur Impfstelle gehen, dann Ellen anrufen, sie solle sie hüten, dann sich in Schale werfen, dann zum Empfang der Kunstmesse in das Schloss Charlottenburg eilen. Egon Bahr, den ich ebenso wie Willy Brandt verehrte, kam auf mich zu. Irritiert, als träte er aus dem Fernsehbildschirm, wich ich ihm aus – schade. Die Ostverträge, 1973 von Brandt und Bahr verhandelt, nahm ich dann doch als eine reale Möglichkeit wahr, zunächst zu einer Reise nach Wiepersdorf.

Vorher konnte man von West-Berlin aus in die DDR reisen, wenn man von Verwandten dort eingeladen war. So hatten wir einmal Ulrichs Tante in Bad Kösen besucht, ein andermal seinen Vetter in Dresden. Aber ich hatte ja keine Familienangehörigen im Osten. Jetzt jedoch konnte man sich einen Tagesschein ausstellen lassen, der zu einer solchen Reise auch ohne die vorweisliche Einladung berechtigte. Mit unseren Kindern fuhren wir also nach Wiepersdorf. Inkognito als Frau Baehr sagte ich zu einer Verwalterin, wir hätten den eindrucksvollen DDR-Film über die Dichterin, die hier gelebt habe, im Fernsehen gesehen, und fragte sie, ob wir uns etwas umschauen dürften. Sie schien unsicher und sagte, wir könnten einen Blick in den Park werfen, aber den Hausschlüssel müsse sie erst aus dem Dorf holen. Zauberhaft verwunschen war der Park. Italienische Götterstatuen dämmerten unter hohen Bäumen, steinerne Gnome lächelten geheimnisvoll neben Treppenstufen. Töni, in ähnlicher Zwerggengröße, ahmte die Gesten der Groteskzwerge nach. Innen im

Gutshaus erlaubte mir die Verwalterin zu fotografieren. Aber alles, wovon mir meine Malertante Bettina und meine Kusinen Guni und Orti erzählt hatten, war verschwunden. Da hing nur noch ein venezianischer Spiegel, und es mag auch an den Lichtverhältnissen in dem dunklen, ausgeplünderten Schlösschen gelegen haben, dass nur dieser Spiegel sein fernes Licht in der Kamera reflektierte.

Nach diesem Wiepersdorf-Besuch sagte meine Mutter, es sei gar nicht nötig gewesen, mich inkognito zu geben, die Leute vom Dorf hätten hinter den Gardinen gestanden und mich erkannt. Das schien kaum möglich, denn nur zu Familienfesten war ich mit ihr und den Brüdern als kleines Kind in Wiepersdorf gewesen. Mein Vater jedoch war alle zwei Wochen von Zernikow mit seinem Motorrad dorthin gefahren, um sich um die Verwaltung des Guts zu kümmern.

Im Juni fuhren wir nach Zernikow. Diesmal nicht inkognito, mit Herrn Erich Sommerfeld, dem früheren Forstmeister meines Vaters, hatte ich vorher ein Treffen vereinbart. Er zeigte uns Bäume, die sie gemeinsam gepflanzt hatten, den zugewachsenen Fußballplatz, dann das Gutshaus, dessen hohes Mansardendach schon von weitem zu sehen war. Doch von nahem gesehen blätterte der Putz ab, und in dem Dach fehlten Ziegel. An bewohnten Zimmern vorbei stiegen wir zum Dachboden hoch, um zu prüfen, ob er wegen der fehlenden Ziegel morsch geworden sei. Das war er schon an manchen Stellen, doch was mich beeindruckte, war das mächtige Gebälk, um dessen Hauptbalken sich ein Kaminschlot verzweigte und neben dem First wieder zusammenfand. Ich staunte wie ein Kind, obwohl dieser Dachstuhl in französischer Bauweise «à la Mansard» nicht zu meinen Kindheitserinnerungen gehören konnte. Zu ihnen gehörte das Blattgefieder der Kastanienbäume und ein kleiner Engel aus Stein. Die beiden Kastanien standen noch auf der Parkseite des Hauses, aber nur noch mit Blattwerk an ihren Spitzen, abgesägte Äste lagen als Brennholz zwischen den Stämmen gestapelt. Das Engelchen, um dessen Rondell meine Brüder mit ihrer kleinen Schwester früher herumgelaufen waren, fand ich nicht gleich. Mit viel zu großen Schritten suchte ich es in dem abgeholzten Park. Dann, in die Hocke gegangen, um in Kinderperspektive die Erinnerung wachzurufen, fand ich es nur vier Meter vom Haus entfernt.

Bei diesem Ausflug in die Zernikower Kindheitsvergangenheit waren unsere Kinder nicht mit dabei. Töni hätte sonst das Engelchen gleich gefunden, und Jani hätte sich beim Treppensteigen an den bauchigen Sprossen des Geländers festgehalten und durch jede ihrer runden Öffnungen geguckt. Während der kurzen Reise – geografisch lag Zernikow ja so nah bei Berlin – war wahrscheinlich Ellen als Kinderbetreuerin wieder im Einsatz gewesen. Sicher war sie es dann im September.

«Ellen da – gemalt.» Im September wurde meine zweite Ausstellung in der Galerie Poll eröffnet, zu deren Anlass ein Katalog erschien. Natürlich beanspruchte ich Ellens Hilfe nicht ständig, nicht etwa, um Malmaterial am Fehrbelliner Platz zu besorgen. Nach der Eröffnung sagte Eva Poll belustigt, sie habe mich neulich an der Bushaltestelle an der Kantstraße beobachtet: erst ein Kind raus aus dem Bus, dann Stapel von Keilrahmen und schließlich noch ein Kind im Kinderwagen.

Im November fand in der Akademie der Künste ein Empfang statt. Wir kamen zu spät, was mein Mann damit entschuldigte, seine Frau hätte zu lange vor dem Spiegel gestanden. Über diese ungerechte Bemerkung hätte ich fast geweint, da stellte mich Dr. Roters, der Leiter der Akademie, Günter Grass vor. Der sagte: «Mit Ihren Bildern haben Sie sich ja einen Namen gemacht.» – «Den Namen hatte ich schon», entrutschte es mir, woraufhin er sich abwandte. Unter vielen anderen Schriftstellern mehr war Ingeborg Drewitz anwesend und, aus London gekommen, Elias Canetti. Klein, lebhaft, mit abstehendem weißen Haar saß er mit Werner Düttmann, dem Architekten des Akademiegebäudes, und einer jungen Frau, die mich dazubat, an einem Tisch. Der spätere Nobelpreisträger für Literatur war damals noch kaum bekannt. Mein Bruder Peter-Anton, der in der Frankfurter Universitäts-Buchhandlung arbeitete, hatte mir das Buch *Masse und Macht* geschenkt, den dicken «Ladenhüter» habe er fast umsonst bekommen. Die anthropologische und psychologische Untersuchung, eine Reihe brillanter Essays, hatte ich mit großem Interesse gelesen. Elias Canetti war erstaunt, dass überhaupt jemand dieses Werk von ihm gelesen habe, und so kamen wir ins Gespräch. Er erzählte von der Herkunft seiner Familie, ursprünglich Sepharden, und aus seiner Kindheit. Zwischendurch fragte er mich nach meiner Familie und meinen Kindheitserinnerungen. Seine Art zu fragen war so freundlich und aufmunternd, dass ich zum ersten Mal von Zernikow und der Flucht erzählte, von Schönem und Schrecklichem. Interessiert hörte er zu, dann erzählte er wieder, geistreich und humorvoll. An unseren Tisch wurde ständig Bier gebracht, immer angeregter unterhielten wir uns. Nach Stunden waren wir nur noch zu viert, alle anderen Gäste waren gegangen. Zur Ermahnung, es sei jetzt spät, knipste Dr. Roters das Licht aus und an und scherzte: «Man kann nicht immer netti sein.»

Die Eröffnung der Ausstellung des Deutschen Künstlerbunds Anfang Dezember ist mir durch das spontane Verhalten Willy Brandts in Erinnerung. Es war nach dem Militärputsch in Chile und der Ermordung des Präsidenten Salvador Allende. Vor dem Eingang der Akademie standen junge Demonstranten mit Schildern für die Freiheit Chiles, daneben viel Polizei. Wir mit unseren Mitgliedsausweisen des Deutschen Künstlerbunds wurden an den Demonstranten vorbei eingelassen. Es kam mir schrecklich elitär vor, drinnen bei der Prominenz im Warmen zu sein, während sie, denen ich innerlich zustimmte, in der Kälte standen und mit ihren Schildern gegen die Glastüren rappelten. Nach der Eröffnungsansprache durch Werner Düttmann hielt Willy Brandt die Einführungsrede. Die Stimmung im Saal war gespannt, es war so still, dass man von draußen die Chile-Rufe hörte. Willy Brandt unterbrach kurz seine Rede und gab die Anweisung, die Demonstranten sollten in den Vorraum eingelassen werden, eine Diskussion mit ihnen könne nachher stattfinden, aber nicht jetzt hier im Saal. Die Diskussion fand dann auch statt, doch währenddessen begrüßte ich alte Bekannte und Freunde, wie den Maler Martin Schmid, der mit seiner Frau aus Tübingen gekommen war.

Es folgten Sitzungen der Gruppe «Aspekt – kritischer Realismus» bei Sorges, die Abgabe von Grafik für eine Chile-Flüchtlingshilfe in der Galerie Poll sowie Bildertransporte für die Gruppenausstellung in Schweden. Manchmal, wie am Tag der Künstlerbund-Eröffnung, betreuten Ellen und ihre Freundin

Lisa die Kinder mehrere Stunden hintereinander, und manchmal wechselten sie sich für drei Stunden am Tag ab. Heiligabend bekamen Töni und Jani ein Puppenhaus, das ihr Vater für sie gebastelt hatte. Und auch für Ellen und Lisa gab es Geschenke, dazu eine Extrazulage Weihnachtsgeld.

Auflösung

Die West-Berliner Wochenzeitung «Der Extra-Dienst» konnte ich nicht einfach lesen, ich musste daraus vorsingen, damit sich Töni nicht vernachlässigt fühlte. In dem Blatt fand ich das Angebot für einen Platz im Kinderladen für sie, die bald vier Jahre alt wurde. Anfangs kam Ellen, um Jani zu hüten, damit ich Töni zum Kinderladen bringen konnte. Die Busfahrt dorthin dauerte eine Stunde. «Rathaus Wannsee!», rief der Schaffner die Haltestelle aus, und Töni rief: «Ein Haus hat aba keine Räder!» Das kleine Haus, in dem zwei Kinderläden betrieben wurden, hatte zwar keine Räder wie ein Wohnwagen, war aber auch nicht wohnlich. Niemand fühlte sich für die gemieteten Quadratmeter mit einem verwahrlosten Stück Garten zuständig, und so versank alles im Dreck. Ein Elternteil – meist war das die Mutter – hatte einmal in der Woche Elterndienst, was für die Kinder täglich eine andere Betreuungsperson bedeutete. Von einer sinnvollen Beschäftigung mit den Kindern konnte bei diesem Dienst keine Rede sein, denn erst hieß es den Kohleofen heizen, dann putzen, dann kochen – ständig Spaghetti mit Tomatensoße –, dann abwaschen, dann die Legosteine wieder einräumen, den Ofen löschen und schließlich die Kinder zur Rückfahrt anziehen. Bei den Elternabenden waren auch Väter dabei, dies führte zu endlosen Diskussionen über Neuregelungen, die in der praktischen Umsetzung im Sande verliefen. Auch erzogen sich die Eltern gegenseitig zur antiautoritären Erziehung, indem sie O'Neils «Summerhill» als Vorbild priesen.

Im Frühjahr wurde es besser mit dem Kinderladen, weil es wärmer wurde und die Kinder draußen sein konnten. Als Töni zwei Jahre später in Frankreich von einer holländischen Kunstpädagogin nach den berühmt-berüchtigten antiautoritären Kinderläden gefragt wurde, war ihre bezeichnende Antwort: «Da mussten wir im Dreck spielen.»

Besser wurde es für uns Mütter, denn manche gingen und andere kamen dazu. Mara, von einem Maler geschieden, kam mit ihrer kleinen Tochter aus München, die Kostümbildnerin der Schaubühne und andere, die am Theater unter der Leitung von Peter Stein arbeiteten, brachten einen sensibleren Ton in den

Kinderladen. Wir befreundeten uns und hofften, dass unsere Kinder auch im Kinderladen gefördert würden, indem sie dort basteln und malen könnten. Dafür wäre es gut gewesen, eine ausgebildete Kindergärtnerin einzustellen. Jutta, die mit Olle noch bei uns in der Kantstraße wohnte, kam aber nur einen Tag mit mir zum Elterndienst. Danach meinte sie, sie wolle ihre Stelle mit festem, wenn auch geringem Gehalt nicht aufgeben. Außerdem bezahle die Stadt ihre Sozialversicherung, was sie von uns als Privatpersonen nicht verlangen wolle. Doch bald darauf mussten die Kinderladeneltern selbst ihre Angestellten versichern. Damit sollte sich Ulrich, der sich bereit erklärt hatte, den Kassendienst dieses prominenter gewordenen Kinderladens zu übernehmen, mehrmals herumschlagen. Die ungelernten Kinderbetreuerinnen, darunter ein Betreuer, wechselten. Längere Zeit kam eine Frau mit ihren zwei Kindern, bis sich herausstellte, dass sie uns mit der Sozialhilfe und der Angestelltenversicherung betrogen hatte. Danach wollte ein junger Mann mit den Kindern zu Ostern Weihnachten feiern oder umgekehrt, wenn nur das System es zuließe und wenn doch nur sein Freund Holger Meins von der Zwangsernährung befreit würde. Ein weiteres Elternpaar – er war der einzige Arbeiter unter den Intellektuellen – trennte sich. Sie färbte sich ihr Haar mit Henna, um künstlerischer auszusehen, und um ihren Lebensunterhalt zu sichern, wurde sie als Betreuerin angestellt. Neben dem weiter bestehenden Elterndienst kam sie fast jeden Tag mit ihrem kleinen Sohn in den Kinderladen. Sie war zuverlässig und machte ihre Arbeit gut, sodass gegen Ende eines Jahres, während anderes in die Brüche ging, wenigstens der Kinderladen nicht ganz im Chaos versank.

Zu Beginn der Kinderladenzeit fuhren wir Baehrs mit unseren beiden Kindern in die Osterferien nach Roquecave. Ellen und Lisa kamen mit der Bahn hinterher. Es war gut, dass die beiden heiteren Freundinnen für Töni und Jani gekommen waren, denn wir Eltern und vor allem unser Nachbar waren traurig und verstört. Sylvie war nicht da. Das überraschte uns nicht weiter, denn im Winter hatte sie uns mit ihrem Jüngsten zwei Wochen in Berlin besucht und ihre beiden Mädchen bei der Lehrerfamilie Huart in Limogne gelassen. Aber Roquecave ohne sie und die

Nachbarskinder war trostlos grau. Christian, allein und verzweifelt, suchte Trost bei uns in der Hoffnung, sie käme wieder. Einmal sagte er, sie sei verrückt, und sein Freund Ulrich, der nicht wissen konnte, dass für Christian auch seine bewunderte Mutter eine Verrückte gewesen war, fragte, wie er denn so etwas sagen könne, wenn er sie doch liebe. Sagen, was sich gehört – es ging um Verrücktheit, um Leidenschaft! Von meiner Freundin Sylvie wusste ich, sie hatte diese ländliche Passion nicht mehr ausgehalten. Ich wiederum sehnte mich zumindest nach Zuneigung; Zärtlichkeit wäre in dem rauen Klima Berlins schon zu viel an Erwartung gewesen. Was wir Frauen uns mitgeteilt hatten, verschwieg ich natürlich. Die Gespräche zu dritt führten zu nichts, sie machten nur die Unwiederbringlichkeit der früheren Aufbruchsstimmung deutlich. In der menschenleeren Bastide stand das Cembalo auf feuchtem Steinfußboden, seine Bemalung erinnerte noch an das traumhafte Roquecave. Die beiden Freunde spielten die Gambensonate von Bach, eine melancholische Musik.

Im Sommer waren alle wieder in Roquecave, unsere Nachbarn Drouots und auch Sylvie mit den Kindern. Aber die Stimmung im Weiler war bedrückend, keine Gespräche bei uns, keine Musik in der Bastide mehr. Meine Berliner Freundin Riki kam mit ihrem fünfjährigen Sohn. Wir beiden zeigten unseren Kindern den klaren Sternenhimmel, den man in Berlin nicht sehen konnte. Eines Abends vertieften wir uns in ein Puzzlespiel, statt unseren Kindern das Abendbrot zuzubereiten. In der Nacht stand Ulrich auf und schlich aus dem Haus. Ich ahnte, dass der Ruf, der zu hören war, nicht der einer Zikade, sondern Sylvies Zeichen zu einer nächtlichen Verabredung war. Riki tröstete mich, und wieder beugten wir uns über das Puzzlespiel. Stück um Stück setzten wir ein Blumenstillleben von Bruegel zusammen, dabei ignorierten wir, was draußen in der lauen Sommernacht vor sich ging. Für jede zusammengesetzte Blüte belohnten wir uns mit einem Schluck Rotwein.

Nach Berlin zurückgekehrt, nahm ich meine kleine Jani zu Riki mit und nähte auf ihrer Nähmaschine einen Bildteppich. Er war für meine Kinder gedacht – «du hast sie doch gewollt». Damit sie nicht immer auf die frischen Ölbilder fassten, sollten sie ein Bild aus Stoff zum Betasten haben. Unbewusst wurde das genähte Bild zu einer Verklärung von Roquecave. Unten, im Wasser zwischen Schilf und Blumen, schwammen Fische und Enten, darüber, auf gelbem Grund, spielten Bäreneltern mit ihren Bärenkindern aus echtem Fell, über der gelben Wiese standen Bäume, Häuser und Taubentürme, hinter welchen sich ein dunkler Wald erhob, ein Blitz in Wolken wurde von einem Regenbogen überspannt.

Im Lauf der Jahre hatten wir die Kantstraßenwohnung mit Sesseln, Bücherwänden und vielem mehr schön eingerichtet. Im Herbst sollte sie noch einmal als Ort der Geselligkeit zur Geltung kommen. «Le Capitaine Fracasse» wurde als Gastspiel im Theatersaal der Berliner Schaubühne gegeben. Jean-Claude Drouot, der Kapitän und unser Roquecaver Nachbar, wohnte währenddessen bei uns. Einmal nahm er Jani huckepack in den Zoo mit, was lustig aussah, wie sich das kleine weißblonde Kind an dem schwarzen Haar des kräftigen Mannes festhielt. Als sie zurückkamen, sagte unser Freund, er habe Jani Elefanten gezeigt, Giraffen, keine Reaktion, doch plötzlich habe sie hell aufgejauchzt – ein simpler Spatz auf dem Weg hätte sie entzückt. Die Aufführung des «Capitaine Fracasse» unter der Regie von Marcel Maréchal war großartig. Danach gab es ein Fest in der Kantstraßenwohnung. Die französischen Theaterleute trafen sich mit den deutschen von der Schaubühne. Dreißig Menschen waren versammelt, und das Fest dauerte bis fünf Uhr morgens.

Später im Jahr luden uns Jean-Claude und seine Frau Claire ein, mit ihnen und den Kindern zusammen in ihrem Haus in der Nähe von Paris Weihnachten zu feiern. Am späten Nachmittag des 24. Dezember kamen wir dort an. Nach der Begrüßung sagte Claire geheimnisvoll, die erste Bescherung gäbe es gleich als eine besondere Überraschung für uns. Im Schein der Kerzen war zunächst ein zeltartiges Tuch zu sehen, unter dem sich etwas bewegte. Dann piepste darunter eine Blockflöte den Anfang eines Weihnachtslieds. Dann kroch Sylvie mit allen ihren drei Kindern unter dem Tuch hervor. Sie begrüßte mich mit Tränen in den Augen und sagte, sie habe Totime von den Lehrern Huarts abgeholt, ihrem Vater ginge es zu schlecht, er habe sich nicht mehr um sie gekümmert. Roquecave sei wie ein Grab, sagte sie zu Ulrich und verschwand schnell in der Küche, um mit Claire das Festessen vorzubereiten. Seit Monaten wohnte sie nun schon mit ihren beiden jüngeren Kindern bei ihr im Haus. Am Abend kam Jean-Claude, ganz Chef des Hauses. Bei Putenbraten und Sekt wurde die Stimmung doch noch heiter und festlich.

Nach der eigentlichen Bescherung am Weihnachtsmorgen mit Geschenken für alle neun Kinder im Haus gingen Sylvie, Ulrich und ich spazieren. Dabei spürte ich, sie hatten mich nur als Anstandswauwau mitgenommen. In einem Gespräch mit Sylvie allein legte sie mir Christian ans Herz, der sei todunglücklich, aber sie könne ihm nicht helfen, die Lage sei auswegslos. Sie fuhr mit Ulrich und mit unseren und ihren Kindern in das Ferienhaus ihrer Mutter in die Bretagne. Frei von Verpflichtungen, aber unglücklich versuchte ich, eine alte Pariser Liebe wieder aufzufrischen. Am zweiten Tag sagte ich meinen Gastgebern, ich bliebe über Nacht weg. Am dritten Abend in Paris, während eines fröhlichen Gesprächs, läutete das Telefon. Der alte neue Freund nahm den Hörer ab, seine Miene verfinsterte sich, dann legte er auf. Seine Tochter und ihr Freund seien im Auto verunglückt und verletzt. Er eilte durch die Stadt, ich lief ihm hinterher, bis ich begriff, dass ich in dieser Situation nichts zu suchen hatte. Zerknirscht kehrte ich zu Drouots zurück. Die Kinder schliefen, die Eltern waren ausgegangen. Eine Flasche Calvados stand auf dem Tisch, damit schluckte ich Trauer und Frustration herunter. Als Drouots um Mitternacht nach Hause kamen, war die Flasche leer und ich betrunken. Beide hatten herzliches Verständnis dafür. Am nächsten Abend stand wieder eine volle Flasche Calvados auf dem Tisch, die Schachtel Alka-Seltzer gleich daneben. Claire lachte über diesen Scherz. Es war Silvesterabend, um acht Uhr wurde es feierlich ernst. Alle im Haus versammelten sich vor dem Fernseher und hörten die Neujahrsansprache des französischen Präsidenten. Um Mitternacht läuteten die Glocken der Dorfkirche das neue Jahr ein, das Jahr 1975.

Am Neujahrstag flog ich nach Berlin zurück und nahm ein Taxi zur Kantstraße, denn ich wollte Ulrich nicht zu lange mit den Kindern allein lassen. Die Eile war nicht nötig gewesen, Sylvie war auch da und kümmerte sich um sie, vor allem um Jani, die ja noch so klein war. Mit Berliner Freunden zusammen feierten wir ihren zweiten Geburtstag nach. Ulrich und Sylvie gaben sich alle Mühe, damit ich Zeit zum Malen hatte. Sie übernahmen den Elterndienst und den Putzdienst im Kinderladen, sie kochten und führten die Kinder spazieren. Aber eines Abends rissen die Saiten des Cembalos Helmut, obwohl niemand daran gerührt hatte. Beunruhigt, als sei das ein böses Zeichen, eilte Sylvie zu ihren Kindern nach Paris zurück. Ein Experte für Musikinstrumente stellte fest, der Stimmblock des Cembalos habe sich stark verzogen, dieses Herzstück des empfindlichen Instruments ließe sich nicht ersetzen.

Das Krankenhaus Bethanien, für dessen Erhalt ein Jahr zuvor noch viele Kinderladengruppen demonstriert hatten, war zum Künstlerhaus umgebaut worden. Ulrich als bekannter Berliner Maler bekam dort ein großes Atelier zur Verfügung gestellt. Er quittierte den Schuldienst und zog aus dem Atelier in der Kantstraße aus. Manchmal holte er Töni zu sich in sein neues Atelier, und manchmal lud er mich zum Essen ein, er gab sich Mühe – zu spät. Gemeinsam sorgten wir uns um das Schicksal unserer Roquecaver Freunde, deren Trennung voneinander endgültig war. Ich fand es richtig, dass er für Sylvie und deren Kinder die Verantwortung übernahm und mit ihr, die wie auf der Flucht lebte, ein Haus im Süden suchte.

Bevor es dazu kam, ergab sich im Februar für mich die Möglichkeit zu einer Flugreise nach Toulouse. Die Realisten-Gruppe stellte im Kulturzentrum der Stadt aus, und zur Eröffnungsfeier waren die Galeristin Eva Poll eingeladen sowie zwei der teilnehmenden Künstler, die am besten Französisch sprachen. Am Morgen flogen Eva, Jürgen Waller und ich ab, und am frühen Nachmittag landeten wir in Toulouse. Am späten Nachmittag fand die Eröffnung in Anwesenheit des Bürgermeisters statt, und für die «Dépèche du Midi» schrieb ein älterer Journalist die Ausstellungsbesprechung. Dieser hatte noch mit Heinrich Mann während dessen Emigrantenzeit in Toulouse für die Zeitung gearbeitet. Er erinnerte sich an Heinrich Mann nur als strengen und verschlossenen Menschen. Am Abend wurden wir drei aus Berlin von dem Direktor des Goethe-Instituts in ein Restaurant eingeladen. Nach einer Nacht in einem vornehmen Hotel sahen wir uns eine Kirche an, da fiel mir ein, dass Cahors ja nur eine Zugstunde von Toulouse entfernt war – ein Abstecher nach Roquecave müsste doch möglich sein. Eva meinte, die Zugfahrt müsse ich natürlich selbst bezahlen, und um die Flugkarte nach Berlin zurück nicht verfallen zu lassen, solle ich am nächsten Mittag wieder in Toulouse sein. Ich gab ein Telegramm an Christian auf. Am späten Nachmittag stand er am Bahnhof, elend und traurig. Während der Fahrt freute er sich zu sprechen, aber in Roquecave angekommen, wurde er zornig: Die Bastide sei hermetisch geschlossen, für alle! Die Mauern und Türme sahen schwarz aus. Ich ging in mein Haus hinüber, in dem es dunkel war und kalt. Nach einer Weile kam er mit Holz und zündete ein Kaminfeuer an. Nein, Hunger habe er auch nicht. Er fragte, wie es seinen Kindern gehe, weinte und kehrte in die Bastide zurück. Frühmorgens stand er neben seinem Auto vor meinem Haus. Schweigend fuhren wir zum Bahnhof St-Martin hinunter. Beim Abschied, als die Micheline einfuhr, umarmten wir uns mit dem Versprechen, uns von nun an zu schreiben.

Nach diesen drei kontrastreichen Reisetagen nahm der Berliner Alltag wieder seinen Lauf. Im März fuhr Ulrich nach Paris, und bald darauf kam ein Brief von ihm aus der Provence, Sylvie habe ein Haus gefunden, lange nicht so groß wie die Bastide, aber landschaftlich auch schön gelegen. Darüber freute ich mich und noch mehr über einen zweiten Brief von Christian, obwohl nichts Besonderes darin stand. Auf den Causses blühten die Pflaumenbäume, stand dann in seinem nächsten Brief. Dort unten im Südwesten war also schon Frühling. Im Berliner Nieselregen standen eines Abends fröstelnde Menschen vor einer Kinokasse Schlange. Im Maison de France wurde der Film «Szenen einer Ehe» von Ingmar Bergmann gezeigt. Zusammen mit einer Freundin, die gerade von ihrem Ehemann verlassen worden war, erkannte ich andere verweinte Frauen unter Hüten wieder und Männer mit hochgeschlagenen Mantelkragen, darunter den meiner Freundin und den meinigen. In dem Film selbst waren zwei kleine blonde Mädchen nur im Vorspann zu sehen, ansonsten war das Problem der Kinder bei der Trennung ihrer Eltern ausgespart. Wie dann die Frau litt, wie sie langsam darauf kam, dass sie hintergangen worden war, da musste ich so weinen, dass ich nur noch ihr blaurosa geringeltes Nachthemd sah. Sie lernte einen anderen Mann kennen, sexuelle Turnereien wurden als Befreiung dargestellt, und schließlich – Nahaufnahme der vertrauten Fahrräder in der Ferienhütte am See – fand sich das Ehepaar nach Jahren der Irrungen und Wirrungen wieder. Nun, das war eben Kino mit Happy End. Wenigstens fand ich am nächsten Tag im KadeWe genau so ein blaurosa geringeltes Nachthemd, wie es die Schauspielerin Liv Ullmann während der Dreharbeiten getragen hatte.

Eines Nachts Ende April eine dramatische Situation: Fast wäre das große Haus Kantstraße 47/Ecke Wielandstraße in die Luft gegangen. Das ehemals prächtige Eckhaus aus den Gründerjahren war sowieso in seinen Grundfesten erschüttert, das Haus «Kantstraße 46», von Bomben zerstört, gab es nicht mehr. Die Busse, die durch die Kantstraße fuhren, ließen jedes Mal das stehen gebliebene Haus erzittern. Nun war auch noch seine ruhigere Seite an der Wielandstraße bedroht. Der Bürgersteig war tagelang aufgerissen worden, Baggerschaufeln hatten eine Fensterscheibe des Kinderzimmers zerbrochen, elektrische Kabel und Gasleitungen waren freigelegt worden. Fußgänger überquerten den Graben über den offen liegenden alten Leitungen auf einem Brettersteg. Töni und Jani schliefen während dieser Bauarbeiten in der Küche, die zum Hinterhof lag. Jutta und Olle waren verreist, mich gruselte allein in der Wohnung, und so blieb ich noch lange wach. In dem großen Wohnzimmer, dem der vergangenen Feste, las ich noch einmal in dem Buch *Die Unwirtlichkeit unserer Städte* von Alexander Mitscherlich, um mich davon zu Bildideen und Titeln anregen zu lassen. Plötzlich ein Knall, ein Blitz leuchtete durch die Eckfenster, die Leselampe flackerte. Ich stürzte ans Telefon, wählte 11, die Feuerwehr: «Hier Kantstraße, Ecke Wielandstraße, Explosion!» – «Gas oder elektrisch?» Knack, die Telefonverbindung brach ab. Kurz darauf heulten Sirenen, die Straßenlampen gingen aus. Vier Feuerwehrwagen fuhren vor, Blaulicht erleuchtete die Kantstraße. Die Wielandstraße wurde unter Wasser gesetzt. Von oben sah ich zu, irrwitzig flog mir Goethes Satz nach der Schlacht von Valmy durch den Kopf: «Und ich bin dabei gewesen.» Die großen Feuerwehrwagen fuhren wieder ab. Ein kleiner machte Blinkzeichen an die Fensterfront. Mit Schlüsselbund und Taschenlampe ging ich hinunter. Zwei Feuerwehrmänner standen vor der Tür. Sie bedankten sich für den knappen Anruf, die Ortsangabe zuerst, das sei richtig gewesen. Als das Telefon geknackt habe, hätten sie gewusst, die elektrische Leitung sei in Brand, aber gleich danach hätte er auf die Gasleitung überspringen können, dann wäre der ganze Häuserblock explodiert. Da habe wahrscheinlich jemand seine brennende Zigarette in den Graben geworfen, sagten sie und wünschten mir einen guten Morgen. Es war drei Uhr nachts.

Bei Kerzenlicht überlegte ich, wie nur Schluss sein könnte mit dieser Unwirtlichkeit der Städte, vor allem für die Kinder. Zum Glück schliefen sie ruhig und hatten von der Explosion vor dem Vorderhaus nichts gemerkt. Die Vorstellung, nur der Küchentrakt wäre stehen geblieben, wenn – nein, besser war es, sich den behäbigen alten Wäscheschrank vorzustellen, wie ihn Alexander Mitscherlich aus seiner Kindheit beschrieb. In dem Schrank hatte er sich oft versteckt und sich geborgen gefühlt in dem Geruch von Nussbaumholz und Leinen. Solche Eindrücke von heimeligen Gerüchen und Geborgenheit bräuchten Kinder, ein festes inneres Sprungbrett, von dem aus sie dann später umso selbstbewusster und freier ihren Weg in die Welt hinaus gingen. Der alte Dreiviertelturm, in dem noch Tönis Wiege stand, könnte eine Art Nussbaumschrank sein und überhaupt mein Haus im Südwesten ein Zuhause für beide Kinder. Aber nur in der Großstadt war es doch möglich, mit der Malerei meinen und ihren Lebensunterhalt zu verdienen. Andererseits, mein eigenes inneres Sprungbrett war angesägt, die Bilder wollten nicht mehr gelingen. Und war nicht die Kantstraßenwohnung das Zuhause meiner in Berlin geborenen Kinder? Irgendetwas musste ich mir einfallen lassen, damit ich wieder die nächste Monatsmiete dafür bezahlen konnte. Die Lage schien ausweglos.

Unter der Wohnung lag eine Arztpraxis, und einmal begegnete ich dem Arzt im Treppenhaus. «Frau Nachbarin, Sie sehen ja so bleich aus!», sagte er, bat mich in die Praxis und gab mir Antibiotika. Ein andermal sammelte mich Eva Poll mit Kindern und Keilrahmen von der Straße auf. Sie nahm mich in ihre Wohnung mit und briet mir ein kräftiges Stück Fleisch. Der Auftrag, Bühnenbilder für das Forum-Theater zu entwerfen, gab noch einmal künstlerischen Antrieb. Der Titel des Theaterstücks von Gerlind Reinshagen lautete «Himmel und Erde» nach dem Gericht Apfelmus mit Kartoffelbrei. Für die Krankengeschichte in drei Akten zeichnete ich drei Bühnenbilder und besorgte die Requisiten. Es machte Spaß, bei den Proben dabei zu sein und gemeinsam für die bevorstehende Uraufführung von «Himmel und Erde» zu arbeiten. Aber zu der Uraufführung sollte es nicht kommen, denn das Forum-Theater ging vorher in Konkurs.

Ich sah mich nach einer kleinen Wohnung zu niedrigem Mietzins um. Aber die Vorstellung, mit den Kindern allein in einer Dachwohnung leben zu müssen, machte mir Angst. Erfreulicher schien die Aussicht, Mara, eine der Freundinnen vom Kinderladen, zöge mit in die Kantstraße ein. Zusammen mit Jutta malten wir uns eine solche Wohngemeinschaft mit Kindern aus. Um ein regelmäßiges Einkommen zu haben und auch um meine Staatsexamen als Kunsterzieherin nicht verjähren zu lassen, bewarb ich mich um eine Stelle als Lehrerin am Gymnasium. Und für die Zeit nach den Sommerferien, wenn ich dann zur Schule gehen müsste, wurde für Jani ein Kinderladen neben dem von Töni geplant.

Mehr ließ sich nicht vorausplanen. Ulrich war schon in die Provence abgereist. Es war Ende Juni, Zeit, um mit Töni und Jani in den Lot zu fahren. Aber dem stand der Geldmangel entgegen. Überraschend half das Forum-Theater diesem ab. Für die Bühnenbilder sollte ich vom Senat 1000 Mark bekommen, nur müsse ich eine Lohnsteuerkarte vorlegen. Diese im Rathaus Charlottenburg abzuholen war nicht einfach, denn den Paternoster mit den beiden kleinen Kindern zu benutzen, geriet zur Angstpartie. Die offene Kabine mit Töni darin entfernte sich vom Boden, mit Jani auf dem Arm sprang ich hinterher. Im vierten Stock verpassten wir den Absprung. Erst im letzten Stock, auf ein «Jetzt!», landeten wir auf Fliesen, ehe sich die Kabine im Dach umdrehte, wie ich glaubte.

Guni und Karl-Heinz kamen in die Wohnung, um Abschied zu nehmen. «Ich fahre doch nur in die Sommerferien», sagte ich, worauf Guni meinte: «Na, mal sehen.» Mit Sorges und Petricks traf ich mich noch einmal und auch mit Riki und den Kinderladenfrauen. Meine Freundin Heidi aus der Roquecaver Pionierzeit zog überstürzt mit ihrer Katrinchen in die Kantstraßenwohnung ein. Ebenso überstürzt zog Jutta mit ihrem Olle aus. Heidi wollte in wenigen Tagen nach Roquecave hinterherkommen, dafür kaufte sie sich ein Auto. Das traf sich gut, im Auto ließ sich unbemerkt vom Zoll ein Bild mitnehmen. Jean-Claude hatte es sich vor Monaten in Berlin ausgesucht, ein großes Format, denn er liebte das Große. Ich rief Drouots an, und sie luden Heidi, mich und die Kinder ein, auf dem Weg in den Lot bei ihnen Station zu machen. Heidi half mir, das Bild abzuspannen, um seine Keilrahmen zu rollen und mit einer Bettdecke als Reisegepäck zu verkleiden. Wir verabredeten uns auf ein Treffen drei Tage später bei Drouots. Heidi fuhr mit Katrinchen zunächst nach Gummersbach zu ihren Eltern, und ich flog mit Töni und Jani nach Frankfurt.

Dort holte uns meine Mutter ab. Bei ihr in Eschborn angekommen, sollten wir uns erst einmal ausruhen, vor allem Jani, die Fieber hatte. Am Abend sagte Mutter, wir seien in einem elenden Zustand, das erinnere sie an früher, als sie mit ihren vier Jüngsten auf der Flucht gewesen sei. In dem gleichen Alter sei sie damals auch gewesen, nachdem sie Zernikow habe verlassen müssen und allein ihren Mann stehen, damit wir wieder ein Dach über dem Kopf hatten. Ihre damalige Situation war aber nicht mit meiner jetzigen zu vergleichen, denn ich hatte ja das Haus, zu dem ich gerade unterwegs war. Am Morgen begleitete sie uns zum Zug nach Paris. Beim Abschied sagte sie, gerne würde sie nach Roquecave kommen, wenn sie gebraucht würde. In Paris holte uns Jean-Claude ab, und bei Claire wurden wir herzlich aufgenommen. Heidi kam dazu mit Auto, Kind und Bild. Sie meinte, es sei ein Wunder, dass sie schon so weit gefahren sei, denn obwohl sie den Führerschein habe, könne sie immer noch nicht Auto fahren. Am nächsten Tag wollte sie langsam hinterherkommen, auf kleinen Straßen. Drouots sagten, sie kämen erst im Herbst nach Roquecave. Schade, dachte ich, dann würden wir uns dort nicht wieder sehen. Ich nahm den Mittagszug Richtung Toulouse, und weil beide Kinder kränkelten, stieg ich mit ihnen in einen Wagen erster Klasse ein, in dem sie sich auf den Polstersesseln hinlegen konnten. Sechs Stunden später hieß es: *Cahors, deux minutes d'arrêt!* Christian holte uns vom Zug ab, freudig und aufgeregt. Ich freute mich auch, ihn wiederzusehen. Er trug Jani und das Gepäck in sein Auto, und ich nahm Töni an die Hand. Dann fuhren wir aus Cahors hinaus und hinter Arcambal auf die Causses. Alles war anders als während der düsteren Fahrt im Februar, es war Sommer. Noch am Abend leuchteten die Kalkfelsen, um welche sich die Straße schlängelte. Auch die Taubentürme sahen freundlich aus, ihre Steine waren von der Sonne durchwärmt. In der Bastide brannte elektrisches Licht, Christian hatte ein Abendessen zu unserem Empfang vorbereitet, aufgeräumt und geputzt. Trotzdem roch es noch nach winterlicher Feuchtigkeit, der Raum war kahl, das Cembalo zugedeckt. Auf dem früher überfüllten Kaminsims standen nichts als zwei Tonkrüge. Ich bemerkte, die sähen wir Urnen aus. Das sei ihm gar nicht aufgefallen, sagte Christian, die stünden da noch aus seiner finsteren Zeit, jetzt würde es sicher heller werden. Wir gingen in mein Haus hinüber, in dem keine dunklen Geister des Gewesenen spukten.

Töni und Jani waren zufrieden, in ihrem vertrauten Ferienhaus angekommen zu sein, und diesmal war es Jani, die sagte: «Jetz genug Reise, jetz anetommen.» Tage später fragte Töni: «Warum bleiben wir nicht einfach hier?» Ja, warum eigentlich nicht? Es hing aber noch von vielem ab, von der Frage, wovon hier leben, und von der wechselhaften Stimmung meines Nachbarn, der sich immer wieder in die Bastide verkroch. Beide Kinder wurden schnell gesund und spielten mit Katrinchen. Heidi holte Mara mit ihrer Katja vom Bahnhof ab, und so waren es nun vier Kinder. Viel Spaß hatten sie, als Mara und ich Löcher im Wohnzimmer mit Gips verspachtelten. Zeitungspapier vermanschten sie mit Gips und formten Tunnels und Türme, eine schöne Schweinerei. Heidi fuhr nach einigen Tagen wieder ab, damit saßen Mara und ich ohne Auto da. Von einem Mann und seinem Auto abhängig sein, das wollte ich bei aller Liebe nicht. Eine holländische Kunstpädagogin, die eine Geige bei Christian reparieren ließ, verkaufte mir ihr Moped, ein gelbes Velosolex. Damit knatterte ich nach Limogne und kaufte Wein, Zigaretten und gegen Hitze verpacktes Eis. Mara lachte, als ich zurückkam: Da hätte ich ja das Allernotwendigste mitgebracht, Gifte für die Erwachsenen und Eis für die Kinder. Sie schlich sich davon und kam mit Kräutern und Salat wieder. Hinter dem Amselhaus sei ein kleiner Garten angelegt, erklärte sie das Woher. Merkwürdig, nie hatten wir einen Menschen oder ein Auto in dem Hof gesehen, trotzdem musste doch jemand den Salat gepflanzt und gegossen haben. Wir forschten nicht weiter nach. Die Sonne schien, und alle, auch mein Nachbar, waren bester Laune.

Am Abend setzen wir uns auf einen Hügel und hielten Rat. Nur ein Ferienabenteuer, das sei nicht das Wahre, ich solle doch ganz nach Roquecave ziehen, versuchte mich mein Freund zu überzeugen. Ja, aber wovon nur leben, hier in der Provinz könne doch keiner Bilder kaufen, und er halte sich mit dem Möbelrestaurieren nur sehr knapp über Wasser. Das könnte sich vielleicht ändern, der Leiter des «Peyri», der neulich hier gewesen sei, habe ihm eine Stelle angeboten. Er erklärte, «Le Peyri» sei ein einsam gelegenes Haus, in dem drogenabhängige Jugendliche zur Entziehung untergebracht seien, durch handwerkliche Anleitung solle er die von schlechten Gedanken abbringen. Viel erhoffe er sich nicht davon, doch er wolle es versuchen und die Stelle annehmen. Damit war an dem Abend wenigstens ein Entschluss gefasst.

Aber ich konnte mich nicht entschließen, Berlin und die kulturellen Möglichkeiten der Großstadt endgültig aufzugeben. Andererseits brauchte ich für mein Haus keine Miete zu zahlen, aber eine Heizung würde ich im Winter wahrscheinlich doch brauchen. Mit dem «einfachen Hierbleiben» stand es «so, so und mal sehn». Noch war es Juli, und in den folgenden Tagen fabrizierten wir ein Halmaspiel mit gedrechselten Figuren, malten in der Landschaft und hörten Musik. Wir besuchten Arnulf und Christiane, die in ihrem Haus in Rastouillet die Sommerferien verbrachten. Ihre Kinder Jan und Isi, gleichaltrig mit Töni und Jani, alle vier hob Arnulf in eine Hängematte, worin sie im Schatten der Bäume schaukelten. Wenn doch nur immer Sommer wäre, dann wäre es einfach, für immer auf dem Lande zu bleiben.

Ausschlaggebend für den Entschluss wurde ein Gespräch mit Andrée und Jacques Huart, den Lehrern aus Limogne. Beide waren der Meinung, für einen Umzug nach Frankreich sei Töni im richtigen Alter, bevor sie ein Jahr später zur Grundschule, also dann zu Jacques, ginge. Andrée wollte sie gern in ihre Ecole Maternelle aufnehmen, es interessiere sie, wie ein Kind, das seine Muttersprache sehr gut spräche, in der Vorschule Französisch lernen würde. Und Jani mit ihren zweieinhalb Jahren, die noch keine Sprache richtig spreche? Spielend würde sie es lernen, die Kleinen verständigten sich mit den Worten, die sie gerade bräuchten, und allmählich würde ihr Wortschatz reicher. Dabei wären sie sich nicht allein überlassen, sie würde ihnen vorlesen und mit ihnen singen. Natürlich würden alle, die Großen wie die Kleinen, auch malen, und sie freue sich schon darauf, von einer Malerin dafür Anregungen zu erhalten. Nach der geistigen Förderung für Kinder unter sechs Jahren sprach Andrée noch von der Sozialisierung. Bei dem gemeinsamen Mittagessen in der Kantine lege sie Wert auf gute Tischmanieren, denn das gleiche für später den Unterschied zwischen der sozialen Herkunft aus. Auf Chancengleichheit wurden also schon die französischen Kleinkinder eingestimmt. Ganz anders als die deutschen Kinder, die entweder dem Hausfrauen-Sauberkeitswahn unterlagen oder als Extrem in der Gegenrichtung «im Dreck spielen mussten». Auch Tönis Frage im Kinderladen: «Müssen wir heute wieder machen, was wir wollen?», würde sich durch die Anleitungen einer ausgebildeten Erzieherin erübrigen.

Jacques mit seinem südlichen Akzent bekräftigte, den Umzug solle ich ruhig wagen, ich würde schon schon sehen, dass ich hier nicht unter die Wilden geriete. Wir vereinbarten, zwei Wochen vor Schulbeginn, also am 1. September, solle der Umzug stattgefunden haben.

Anfang August reiste Mara, die den Großstadttrubel liebte, nach Berlin zurück. Ich schrieb einen Brief an meine Mutter, in dem ich sie dazu einlud, ihren Geburtstag am 14. August in Roquecave zu feiern. Die Einladung umschmückte die Bitte, ihre Enkelinnen zu hüten, während ich in Berlin den Umzug und die Ehescheidung in die Wege leiten wollte. Auf ihr Telegramm hin traf sie am Abend des 13. August tatsächlich am Bahnhof Cahors ein. Christian begrüßte sie mit erlesener Höflichkeit, obwohl sich beide ja nicht zum ersten Mal begegneten. Merkwürdigerweise trug Mutter noch am Abend eine Sonnenbrille, wahrscheinlich, um sich erst einmal ein Bild von der neuen Situation zu machen, ohne dass ich ihr ihren Eindruck von den Augen ablesen konnte. Für einen positiven Eindruck hatte ich vorher alles so gut wie möglich geputzt und schön gemacht. Sie sagte, das sei ein lebensentscheidender Entschluss, den ich da gefasst habe, sie wolle erst einmal darüber schlafen, ehe sie sich dazu äußere.

Beim Geburtstagsmittagessen kippten die Kinder ihren Sprudel um. *«Pardon, Madame»,* sagte Christian und wischte den Tisch ab, «*Merci, Monsieur le voisin*», sagte Mutter, die gut Französisch sprach. Die beiden verstanden sich und meinten, gemeinsam würden sie das schon schaffen, *les petites filles mal elevées,* die schlecht erzogenen kleinen Mädchen, zu bändigen. Am Nachmittag kamen Huarts zu Kaffee und Kuchen, und mit Querflöte und Cello wurde ein Geburtstagsständchen geboten. Danach sagte Mutter zu mir, bei der reizenden jungen Lehrerin seien die Kinder sicher gut aufgehoben. Und dazu, dass sich «voisin» und «voisine» gefunden hatten, meinte sie: «Das macht die Macht der Musik.»

Cahors – Paris – Berlin, unterbrochen durch das Umsteigen in Paris, im Ganzen standen 26 Stunden Bahnfahrt bevor. Es wurden Stunden, während derer die Dinge der Kantstraßenwohnung vor meinem inneren Auge vorüberzogen. Erst listete ich sie alle auf, die Druckerpresse, die Sessel, das Puppenhaus, über sechzig Sachen auf einer dicht gefüllten Briefseite. Es fiel schwer, die Kantstraßenwohnung aufzulösen und die Dinge eines früheren Zusammenlebens – wenn auch erst nur theoretisch – auseinander zu reißen. Nach der Auflistung erhielten die Dinge, welche in den Südwesten transportiert werden sollten, ein Kreuzchen, alle, die in Berlin bleiben sollten, einen Punkt. Doch es waren zu viele Sachen angekreuzt, also noch einmal: einen Teppich dalassen, einen mitnehmen, Fernsehgerät und Sessel dalassen, Radierpresse und Mappenschrank mitnehmen. Ein Sternchen bezeichnete das Wichtigste zum Mitnehmen für die Kinder, doch manches sollte auch bei ihrem Vater bleiben, damit sie Vertrautes wieder fänden, wenn sie ihn besuchten. Gegen die Liste schien nichts mehr einzuwenden zu sein. Nach ihr zu packen müsste schnell gehen, dachte ich mir, denn die Zeit für die praktische Durchführung des Umzugs war knapp bemessen.

Eine zweite Liste sah die wichtigsten Telefonanrufe gleich nach der Ankunft in Berlin vor: Speditionsfirma, Zollamt, Rechtsanwalt, polizeiliche Meldestelle, Unangenehmes.

Die 26 Stunden waren abgesessen, am Bahnhof Zoo holte mich meine Freundin Riki ab. Bei ihr zu Hause, wo ich die folgende Zeit aufgenommen war, erledigte ich einige der Anrufe. Danach vertieften wir uns in ein Puzzlespiel, diesmal ein Landschaftsbild aus 6000 Teilen. Auf dem Fußboden liegend, sortierten wir erst alle blauen und alle braunen Teilchen aus. Dann fingen wir von den Rändern an, Riki fügte den Himmel zusammen und ich die Erde. «Passt!» – «Hast du ein Erfolgserlebnis?», darauf gab es einen Schluck Rotwein. Alles Bunte für die Mitte schütteten wir in eine Tüte für die nächsten Abende.

Am Morgen wählte ich die Nummer der Baehrs, dabei kam es mir vor, als riefe ich in der Kantstraße 46 an, in dem verschwundenen Haus. Ulrich meldete sich überrascht, wir verabredeten uns zu einem Gespräch in der Wohnung. Mit der Möbelliste war er einverstanden, aber nicht mit einer Ehescheidung, wir sollten doch weiterhin verheiratet bleiben. Den bürgerlichen Schein bewahren, nein, das wollte ich nicht, besser, wir gäben uns gegenseitig die Freiheit für einen aufrichtigen Neubeginn. Nach quälerischem Hin und Her einigten wir uns darauf, uns im Gütlichen zu trennen. Ulrich beauftragte eine junge Rechtsanwältin, seine Interessen zu vertreten, und ich einen älteren Rechtsanwalt für meine Belange und die der Kinder.

Am Abend beim Puzzlespiel stellten Riki und ich fest: Das Bedürfnis nach Sicherheit und das nach Freiheit passten nicht zusammen. Wir suchten in der Tüte mit den bunten Teilchen – mit mäßigem Erfolgserlebnis. Eines anderen Tages kam ein Beauftragter der Speditionsfirma in die Kantstraße, um das Umzugsgut zu schätzen. Mit Schrecken erfuhr ich, der Transport in den Lot koste 3000 Mark. Am Abend gründeten wir eine Tüte mit Grünem, grün wie Hundertmarkscheine. Nasen und Einbuchtungen fügten sich zu einem Baum zusammen, und dafür gab es wieder Rotwein. Aber woher das Geld für den Umzug nehmen? Lothar Poll fragen.

Ich bot ihm die Gouache von Wolfgang Petrick, die ich vor drei Jahren in der Galerie erworben hatte, zum Kauf an. Er sagte, gut, dass ich das Bild als Leihgabe zu einer Wanderausstellung der Gruppe gegeben hätte, in der Wohnung hätte ich es sonst in zwei Hälften teilen müssen. Inzwischen sei es im Wert gestiegen, damit stellte er mir einen Scheck aus, der mehr als die Transportkosten deckte. Aber wieso hätte das Bild halbiert werden müssen, und das Haus im Lot, mein Haus? Er fragte, ob wir in Gütertrennung gelebt hätten, was ich bestätigte. Dann bräuchte ich mir um das Haus keine Sorgen machen, das habe ich doch noch vor der Ehe von meinem Onkel geschenkt bekommen, sagte der Galerist, Rechtsanwalt und Freund. Wir unterhielten uns noch lange, und ich dankte ihm für Rat und Hilfe. Monate später sollte ich sie noch einmal dringend brauchen.

Nach dem Besuch in der Galerie unterschrieb ich bei der Speditionsfirma den Vertrag für den Umzugstransport. Obwohl das teurer kam, sollten zwei professionelle Packer den Lastwagen laden. Das war mir wegen der Radierpresse wichtig und auch wegen einer Schreckgeschichte, die mir Mara beim Bücherpacken erzählt hatte. Eine junge Frau, die mit Kind und Hausrat von Hamburg in die Provence umziehen wollte, habe sich beim Packen des Lasters von falschen Freunden helfen lassen. An der französischen Grenze seien darin versteckte Drogen gefunden worden. Kehrt an der Grenze, aus der Traum. Mara half mir auch beim Packen in der Radierwerkstatt. Stapel von Radierungen und alten Skizzen sortierte ich aus, um nur das Wichtigste, die Radierplatten, mitzunehmen. Gleichzeitig tagte die Elternversammlung des Kinderladens im Wohnzimmer, Ulrich hielt in der Wohnung noch einmal Hof. Mir bot sich die Gelegenheit, Töni vom Kinderladen abzumelden und den Müttern meine Topfpflanzen zu schenken.

Bei anderer Gelegenheit und an neutralem Ort setzten Ulrich und ich einen Scheidungsvertrag unter uns auf. Von unseren Anwälten wussten wir inzwischen, dass sich der offizielle Vertragsabschluss noch über Wochen hinziehen würde. Nach dem, was er mit seiner Anwältin besprochen hatte, wurde das Sorgerecht für die Kinder auf die Mutter übertragen, das Besuchsrecht des Vaters von Wochentagen auf Ferienwochen zusammengelegt und sein Einverständnis notiert, dass die Kinder in Frankreich aufwüchsen. Nach dem, was mein Anwalt gesagt hatte, war der Vater vom In-Kraft-Treten der Ehescheidung an verpflichtet, für die Kinder Unterhalt zu zahlen. Bevor ich mit unserem Vorvertrag zu meinem Anwalt ging, um ihm eine Vollmacht für alles Weitere zu erteilen, besprachen wir die Auflösung der Wohnung. Ulrich wollte mit den restlichen Sachen ganz ausziehen und das Auto, das ich vergessen hatte, behalten. Wir verabschiedeten uns und wünschten uns gegenseitig alles Gute.

In der Wohnung standen die Umzugsgüter verpackt und nummeriert zur Abholung bereit, die Nummern mussten mit der Zollerklärung übereinstimmen. Nachmieter sahen sich die Wohnung an, sie wollten sie übernehmen. Heidi, die aus ihrem Zimmer auszog, ging es schlecht. Sie weinte, sie wisse nicht mehr aus noch ein, am liebsten würde sie mit nach Frankreich kommen. Eine andere Freundin, bei der ich mich verabschiedete, sagte, zu gerne würde sie in den Südwesten hinterherziehen, aber wegen der Sicherheit wage sie es nicht, sie beneide mich um die Freiheit. Am letzten Abend luden Eva und Lothar zu einem Umtrunk zum Abschied ein. Riki und Mara, Maina und Ben, Margrit und Hajo waren bei Lutter-und-Wegner mit dabei. Andere von der «Gruppe Aspekt – kritischer Realismus», so Klaus Vogelgesang, kamen später dazu. Wir versprachen uns, Kontakt zu halten für weitere Gruppenprojekte und für den Deutschen Künstlerbund. Halb in Angst, die Nestwärme der Gruppe zu verlassen, halb im Übermut durch das freundschaftliche Beisammensein beteuerte ich, der Umzug bedeute keinen Abschied von der Gruppe, im Gegenteil, mit einem ihrer Berliner Mitglieder in Frankreich bekäme sie einen europäischen Aspekt.

Riki meinte, ich könne sie doch nicht mit dem ungelösten Puzzle allein in Berlin sitzen lassen. Nein, das konnte ich nicht, ich war noch zu aufgekratzt vom Abend und zu aufgeregt für den Morgen, an dem der Lastwagen kommen sollte. Wir legten uns wieder auf den Boden und vertieften uns für eine letzte Nacht in das Puzzlespiel. Himmel und Erde hatten noch Löcher, wir tauschten die Plätze und legten zwei Schachteln «Gütertrennung» an. Braune Überbleibsel von der Erde passten in den Stamm des Geldbaums, und blaue Teile gehörten nicht in den

Himmel, sondern in eine Schürze. Ein roter Streifen an der Schürze gab den Hinweis auf ein rotes Kleid. «Ein neuer Aspekt für alles Bunte!» – «Hast du ein Erfolgserlebnis?» – «Ja, aber der Frau fehlt noch der Kopf.» Unsere Köpfe nickten über dem Puzzle ein.

Am 27. August um acht Uhr morgens fuhr der Lastwagen der Speditionsfirma in der Kantstraße vor. Die Packer trugen erst einmal normales Umzugsgut wie Schrank und Schreibtisch auf die Straße hinunter. Der Fahrer verglich die Liste für den Zoll mit den nummerierten Sachen. Die Radierpresse könne nicht als Umzugsgut deklariert werden, sagte er, die müsse zuerst eingeladen werden. Und die Bilder? Andere Leute hätten auch Bilder an ihren Wänden hängen. Ein Wertgegenstand mit beigelegter Quittung sollte anstelle der Presse dem Zoll deklariert werden. Vieles hatte ich von Versteigerungen oder vom Sperrmüll, aber was nur mit Quittung? Meine Schreibmaschine hielt der Fahrer für geeignet, die würde das Zollamt versiegeln, damit ich sie in Frankreich nicht weiterverkaufe. Mit Tragegurten trugen die Packer die Radierpresse die Treppen hinunter. Es war, als liefe ein alter Film rückwärts. Sie setzten die Presse im Fond des Lasters ab und schoben meinen Kleiderschrank davor, in den sie Tönis Schaukelpferdchen einsperrten. Sie hoben die verpackten Radierplatten an: «Sagen Se mal, was is'n dette für 'n Jewicht?» Im Laster stellten sie das Puppenhaus darauf. Den stabilen schwarzen Malhocker, das Vermächtnis meiner Malertante, trug ich selbst hinunter. Die Wohnung war halb leer, der Lastwagen voll.

Auf der Straße breitete der Fahrer eine Landkarte Frankreichs aus. Cahors war darauf eingezeichnet, aber wie sollte sein französischer Kollege den Weiler Roquecave finden? Ich zeichnete die Weggabelungen auf und als Kennzeichen für die Ankunft einen Taubenturm. In drei Tagen, am 1. September, träfe der Transport dort ein, versprach der Fahrer. Mit den Packern stieg er vorne ein. Langsam verließ der Laster die Ecke Kantstraße/Wielandstraße. «Alles Gute in Savoyen!», wünschten mir die Apothekerinnen unten in dem Eckhaus. Wieso Savoyen? Hoffentlich führe der Lastwagen in den Lot! «Savoyen-Transport» stand in Schönschrift hellgelb auf dunkelblauem Grund.

Wie um zu beweisen, dass es von Berlin bis in den Lot doch nicht so weit sei, flog ich am Nachmittag in Tegel ab, landete am Abend in Paris-Orly, nahm den Nachtzug nach Cahors und am Morgen die Micheline nach St-Martin-la-Bouvale. Der Flug über 900 Kilometer dauerte kaum länger als die Bahnfahrt von 30 Kilometern in der Micheline. Es war eine Reise vom Schnellen zum Langsamen und vom Großen zum Kleinen.

V

Das Leben mit Kindern von Bildern

«Geht zur Schule, da ist es heiter, trocken und warm.»

Mutter war erleichtert über meine Rückkehr. Im Hof des Amselhauses habe Töni nackt im Regen getanzt, und Jani habe viel geweint. «Die hat mein Tuchi gewaschen», murmelte Jani vorwurfsvoll und nuckelte an einem weichen hellroten Gardinenstoff. Ihre Baumwollwindel sei «dunkelweiß» gewesen, erklärte Mutter die Waschbedürftigkeit von Janis «Tuchi», ohne dessen wohligen Sabbergeruch sie nicht einschlafen konnte. Ich ging mit den Kindern in den Hof hinüber, wobei Jani ihre Gardine, ein Stoff, der mir unbekannt war, wie eine Schleppe nach sich zog. Im Hof standen zwei Autosessel im Gras, aber niemand war zu sehen. Töni klopfte an die Haustür, *«Entrez, les petites!»*, rief eine freundliche Stimme, Töni trat zuerst ein und kuschelte sich sogleich zu einer jungen Frau und ihrem Baby ins Bett. Die junge Frau stellte sich mit Winnie vor und ich mich als Nachbarin und Mutter der Kinder. Die beiden seien besonders höflich, sagte Winnie und erzählte, eines Nachmittags hätten sie still auf den Autosesseln gewartet, und auf die Frage, warum sie nicht gleich hereingekommen wären, habe Töni zu verstehen gegeben, sie wollten bei der Siesta nicht stören. Von da an hätten sie öfters zusammen Mittagsschlaf gehalten, während die Großmutti nebenan desgleichen tat. Von Winnie kam also Janis weicher Gardinenstoff, und sie hatte auch den Garten angelegt, aus dem Mara Salat geholt hatte. Seit Wochen lebe sie hier versteckt, sagte sie, nachts käme ihr Freund zu Pferde von seinem Hof herüber und besuche sie.

Meine Mutter, die so gern einrichtete, wollte noch bleiben, bis der Umzugstransport quer durch Europa ankäme. Abends saßen wir auf der Terrasse und planten schon einmal in Gedanken, wohin mit den Büchern und wohin nur mit der Radierpresse. Christian hatte noch im Sommer versprochen, mir eine Radierwerkstatt im Erdgeschoss der Bastide einzurichten. Er, der seit Jahren in seiner Holzwerkstatt am anderen Ende des Hofs arbeitete, war überzeugt, dass das Haus, das Sylvie verlassen hatte, ihm gehöre. Wie auch immer das Gespräch am Abend ausging, am nächsten Morgen machten wir uns an die Arbeit. Christian öffnete eine Mauer der Bastide neben dem Dreiviertelturm als direkten Durchgang von Hof zu Hof. Mutter und ich bauten lieber auf klare Besitzverhältnisse, und so misteten wir meinen Keller aus. Die archaische Wasserwaage aus der ersten Pionierzeit – jetzt schien die zweite angebrochen –, die Wasserwaage kam zum Einsatz, um auf der Schräge des Felsenkellers einen waagerechten Sockel für die Presse zu bauen.

Nach dieser Arbeit konnten meine Kinder natürlich nur bei Winnie im Amselhaus zu finden sein. Ein Pferd graste neben den Autosesseln, Winnie und ihr Freund kamen mit den Kindern aus dem Haus. Im vergangenen Winter habe er meinem verzweifelten Nachbarn prophezeit, im Sommer käme neues Leben nach Roquecave, sagte Jean-Marie. Er und Winnie sollten zu meinen Freunden und Helfern für die kommenden Roquecaver Winter werden. So verworren ihre Situation noch war, so übersichtlich schien die meine durch das Eintreffen des Transporters zu sein.

Der breite Lastwagen «aus Savoyen» polterte die engen Kurven von Rastouillet herunter. Der Chauffeur überprüfte die Zollpapiere, dann halfen alle beim Ausladen. Stück um Stück setzten sie die nummerierten Sachen zwischen Haus und Taubentürmen ab. Die Sonne schien, eigenartig sahen Schreibtisch, Puppenhaus und Spiegel im Freien aus, am merkwürdigsten die stark farbigen Bilder vor grauem Gemäuer. Die Radierpresse fehlte noch. Der Kleiderschrank wurde ausgeladen, dahinter stand sie ohne Zollnummer unter einem Teppich versteckt. Mit Hilfe von Sackkarre, Seilen und Rollen wurde sie auf ihren Sockel im Keller gesetzt. Christian, der die Radierplatten allein weitertragen wollte, meinte, die wären so schwer, dass sie an der Erde festklebten. Am Abend ließen wir uns zur Feier des Umzugs mit Rotwein auf Steinen und Möbeln nieder. Winnie meinte, mit den Nummern an den Sachen würde ich noch lange leben, Filzstift ginge nicht ab. Jean-Marie hielt es für zweckmäßig, eine Zeltplane zwischen den Türmen aufzuspannen, denn die großen Bilder passten nicht in das kleine Haus. Mutter erriet, dass ich zwei Steinguttöpfe aus Berlin mitgenommen hatte, um sie symmetrisch-schlossartig vor dem Eingang aufzubauen, «mit Fuchsien darin wie in Wiepersdorf». Dafür erwies sich das Gelände aber als zu uneben.

Mutter war abgereist. Nicht mehr das «alles schön machen» war mein Hauptanliegen, sondern wie nur für einen Auftrag Radierungen herstellen und was nur Salpetersäure auf Französisch hieß. Als Kalk lösendes Putzmittel gab es *acide nitrique* in der Limogner Quincaillerie. In den Abdecklack von zwei Zinkplatten ritzte ich Zeichnungen ein, dann baute ich meine Ätzwannen auf Steinplatten auf. Improvisation musste mit Präzision Hand in Hand gehen. Die Strichätzungen waren gelungen, es fehlte noch das Aquatintakorn. In die Bastide kam Besuch, Christian stimmte sein Cello. Töni zog sich einen Strumpf aus, steckte den Kolophoniumblock zum Glätten des Cellobogens hinein und schlug kräftig mit dem Hammer drauf. Christian war entsetzt, und ich musste lachen. Töni wusste eben, wie man Kolophoniumstaub für Aquatinta-Radierungen herstellt.

In der Nacht hörte ich die Kinder flüstern, dann rumpelte es im Wohnzimmer. Christian murmelte, ich solle ihnen verbieten, nachts Fußball zu spielen, er wolle schlafen. Das wollte ich auch und murmelte, aufräumen würde ich morgen früh. Am Morgen standen alle Stühle an ihren Beinen zusammengeschnürt im Zimmer. Jani hatte gerade gelernt, sich die Schnürsenkel zu binden. Allen Schuhen fehlten die Senkel, zum Glück nicht Christians Stiefeln, sodass er zur Arbeit in das «Peiry» abfahren konnte. Nachdem die Kinder ausgeschlafen hatten, sollten sie das Wiederaufknüpfen lernen. Ich hatte anderes zu tun, das Aufknüpfen dauerte zu lange, mir riss der Geduldsfaden, und ich reichte ihnen eine Schere. Das war der Beginn von Janis Schnipselphase nach der Knüpfphase.

Die Radierpresse wartete auf die Vervielfältigung zeitgenössischer Kunst im Felsenkeller. Probedrucke, Auflagendrucke, Pakete zur Post, und wieder einmal hieß es: Zollformulare ausfüllen. Und weil ich befürchtete, am Ende der Welt in Vergessenheit zu geraten, verschickte ich noch Radierungen mit Türmen, Haus und neuer Adresse in alle Welt.

Neuerdings kam Jean-Marie nicht mehr zu Pferde über den Feldweg von Saint-Clair nach Roquecave geritten. In einem klapprigen Deux-Chevaux transportierte er eine Ziege. Jeden Tag brachte er eine andere Ziege aus seiner Herde mit und band sie im Hof vom Amselhaus an. Die Tiere sollten sich der Reihe nach satt fressen, sagte er, seine Ehefrau habe sich im Manoir eingeschlossen und würde sich um nichts mehr kümmern. Es muss eine stattliche Herde gewesen sein, denn bald war im Hof vom Amselhaus alles abgefressen, dann in meinem, dann bei Drouots. Auch bei diesen Nachbarn fraßen die Ziegen nicht ohne Erlaubnis, denn Claire und Jean-Claude waren, wie versprochen, im Herbst gekommen. Zu einem festlichen Abend luden sie Winnie, Jean-Marie, Christian und mich in ihr Haus ein. Mein Umzug über eine Strecke von 2000 Kilometern wurde gefeiert, und Jean-Marie meinte, bevor er die zwei Kilometer vollständig umzöge, sollten erst seine zwei besten Pferde nach Roquecave ziehen.

Vor dem Umzug der Pferde, vielleicht auch schon bevor die Ziegen alles abgefressen hatten, fing für Töni und Jani die *Ecole Maternelle* an. Die Lehrer Huart kamen zum Abendessen in mein Haus, damit sich die Kinder am ersten Schultag nicht allzu fremd fühlten. Am Morgen begleitete ich sie zum Steinkreuz hoch, wo sie um kurz vor neun von einem Schulauto abgeholt wurden. Am Nachmittag um halb fünf wurden sie wieder gebracht. Einen vollen Tag lang hatte ich Zeit zum Arbeiten! Aber bei dem schönen Herbstwetter draußen zu aquarellieren wäre wie Ferien gewesen, das Aquarellieren keine ernst zu nehmende Arbeit. So blieb ich im Haus und zeichnete geometrische Landschaften. Jani, zumal sie ihre Nuckelgardine zum Mittagsschlaf mitnehmen durfte, schien sich in der Ecole Maternelle wohl zu fühlen. Töni war verwirrt, sie verstand nicht, dass man sie nicht verstand. Sie habe Madame Huart etwas erzählt, die habe auch zugehört, aber nichts verstanden.

Umso intensiver verständigten sich die beiden Kinder in ihrer gewohnten Sprache. Abends, wenn sie in den Betten lagen und ich ihnen als Inbegriff der schönen deutschen Sprache ein lautmalerisches Brentano-Gedicht vorsagte, hörten sie nicht mehr auf zu reden. Vielmehr sollte Jani, die halb einschlief, den Geschichten ihrer großen Schwester verständnisvoll zuhören. «Pst! Die Nachtigall singt wieder vor eurem Fenster», flüsterte ich. Die beiden lauschten still und schliefen ein. Im Frühherbst schlugen wirklich noch die Nachtigallen in dem Pflaumengarten vor dem Kinderzimmerfenster. Später, als die Vögel verstummten, schlich ich mich aus dem Haus, rannte an sein anderes Ende und imitierte pfeifend eine Nachtigall. Die Pflaumenbäume waren kahl, die Nachtigall sang immer noch ihr Einschlaflied unter dem Fenster. Frierend kehrte ich ins Haus zurück, und Töni flüsterte mir ins Ohr: «Mama, verrate der Jani nicht, dass ich nicht mehr an den Weihnachtsmann glaube.»

«Hör, es klagt die Flöte wieder . . . stille, stille, lasst uns lauschen.» Statt des «Murmeln, Flüstern, Rieseln» aus Brentanos Abendständchen hörte ich städtisches Nachrauschen. Es war so still, es dröhnte in den Ohren. Doppeldeckerbusse erschütterten die Kantstraßenwohnung, Taxis überfuhren Tiere, Fensterscheiben klirrten, Feuerwehrsirenen heulten durch die Nacht.

Eines Tages heulte der Sturm. Im Backhaus riss er mir das Zeichenpapier unter der Hand weg. Plötzlich stand Sylvie vor mir. Ihr langes Haar war vom Wind zersaust. Sie liebe dieses Wetter, lachte sie, sie wolle sich ein Fahrrad kaufen und sich vom Sturm über die Causses tragen lassen. Wir redeten, und wir redeten aneinander vorbei. Es war, als wolle sie ganz Roquecave noch einmal wie im Sturm einnehmen. Der Dreivierteltrum gehöre seit Urzeiten zu ihrer Bastide, mein Haus sei nur das Knechtshaus der Bastide gewesen, Christian solle den Mauerdurchbruch wieder zumauern und endgültig aus ihrem Haus ausziehen. Nach einem Tag reiste sie in der Nacht wieder ab. Der Spuk war vorbei, der Sturm legte sich.

Auf die Wiese zwischen dem runden Taubenturm und dem kleinen Wehrturm zogen die Pferde ein. Sie brauchten keine Einzäunung, denn am Wehrturm brach der Felsen steil ab, nach rechts wucherten Brombeeren über einer Mauer und links trennten zwei Scheunen den Hof der Bastide von der Wiese. Die

Fuchsstute und der Hengst versuchten auch gar nicht auszubrechen, sie suchten menschliche Nähe. Oft standen sie vor dem Hauseingang, und wenn wir in der Dunkelheit noch einmal zum Nussbaumbalken hinausgingen, traf das Gesicht in einen warmen Pferdebauch. Morgens lagen die Türme noch im Nebel, die braunen Pferdekörper hoben sich davor ab. Nachts war es kalt, tagsüber wärmte klare Herbstsonne. Nun aquarellierte ich doch im Freien, malte die Pferdewiese, Schleier von Geißblatt zwischen dunklem Holz, dahinter blauviolette Hügel, spätherbstliche Stimmungen, die ich vorher nie erlebt hatte.

Kühler Novemberregen beendete das Aquarellieren im Freien. Durch das Dach über dem Wohnzimmer regnete es herein. Ach ja, beim Dachdecken vor Jahren mit Bernd zusammen waren die Dachlatten knapp geworden, und so hatten wir ihre Abstände zu sehr gestreckt. Zwischen die Ziegel schob ich mehrere Radierplatten. Unter dem Nordfenster zu Drouots Hof hin drang Wasser ein. Ach ja, anstelle eines Musikinstruments hatte Christian einmal dieses Fenster gebaut. Ich halbierte einen radierten Astronauten und nagelte die Zinkplatte als Abfluss nach außen auf. Über dem Kinderzimmer, dem früheren Gästezimmer, regnete es am Firstbalken herein. Ach ja, im Sommer vor langer Zeit hatten Ulrich und Jörg die Firstziegel vom hinteren Dach mit Zement statt mit Kalkmörtel aufgemauert. An den Nahtstellen zum Zement war der Ton zerbrochen. Ich bog Radierplatten rund und schob sie der Reihe nach über den Firstbalken.

Trotz der eingeschobenen Radierplatten drang Feuchtigkeit und Kälte in das alte Bauernhaus. Es zog durch die Türen, massive Stalltüren, die nur ungefähr in ihre steinernen Rahmen passten. Der geputzte Dachboden, vorher voller Lumpen und Geröll, isolierte nicht mehr, das bisschen Wärme vom Kaminfeuer verflüchtigte sich nach oben. Das Waschwasser, kaum mit dem Kaminkessel in eine Plastikwanne gekippt, kühlte zu lauwarm ab. Die Anziehsachen in den Schränken waren feucht und klamm. Aber Wäscheständer im Wohnzimmer, das erinnerte an Flüchtlingszeiten. So trocknete ich die Sachen der Kinder mit dem Bügeleisen und sagte: «Geht zur Schule, da ist es heiter, trocken und warm!»

Im Kampf gegen Schmutz und Kälte war meine Stimmung nicht immer heiter. Christian opferte sich für *les petits drogués,* wie er die jungen Drogenabhängigen nannte, auf. Manchmal brachte er einige von ihnen zum Essen mit, manchmal blieb er tagelang im «Peyri» und reparierte dort das Haus. Nach dem Motto «Selbst ist die Frau» baute ich für Töni ein eigenes Zimmer aus. Ich legte einen neuen Fußboden, vergipste die Mauern und isolierte das Dach mit Styropor. Eine Öffnung im Fußboden diente über eine Leiter als Zugang von Janis Zimmer und dazu, dass die Wärme von einem kleinen Gasofen auch nach oben stieg. Nach einigen Tagen waren die beiden Kinderzimmer sauber, trocken und warm. In dem Schlaf- und Bücherzimmer mit dem steingefassten Kamin versuchte ich zu zeichnen. Sein Dach hatte Ulrich eines Sommers isoliert, als Töni noch ein Baby gewesen war. Aber Nagetiere hatten sich in der Glaswolle eingenistet und sie auf der Holzverschalung nach unten gezogen, die Isolierung isolierte nicht mehr. Ein banales Temperaturproblem führte zu einer neuen bildnerischen Idee. Weißes Zeichenpapier ließ die Hand klamm werden, schwarzes wärmte. Mit heller Tusche auf dunklem Grund entstand eine Reihe imaginärer Felslandschaften, Formationen wie vom Mond beleuchtet. Gelang ein Bild, stieg auch das Stimmungsbarometer wieder an.

Richtig warm war es bei Winnie im Amselhaus, nachdem Jean-Marie mit einem riesenhaften Ofen ganz zu ihr gezogen war. Oft luden sie mich und meine Kinder zum Abendessen ein, und manchmal unterhielten wir uns bis tief in die Nacht über Kunst und Architektur. Morgens brachte Jean-Marie die Kinder bis zum Steinkreuz, manchmal auch direkt zur *Ecole Maternelle.* Für einige Tage kam der Schauspieler Jean-Claude in sein Haus, um in der Einsamkeit neue Rollen auswendig zu lernen. Die beiden Jeans ritten auf den beiden edlen Pferden aus – ein schönes Bild. Nicht so schön fand das der Bauer Monsieur Merle. Reiter wären für ihn noch Ritter, also Bauernunterdrücker, sagte Jean-Marie, als er von einem anderen Ausritt zurückkehrte. Am Ende einer Wiese sei diesmal Stacheldraht gespannt gewesen, er habe das nicht gleich gesehen, doch seine Stute habe sich hoch davor aufgebäumt, statt im Galopp hineinzupreschen.

Ein andermal schenkten mir Winnie und Jean-Marie einen

schmalen Kachelofen. Wir installierten ihn im Wohnzimmerkamin und bauten ein Blech um das Ofenrohr. Der Ofen strahlte eine gleichmäßige Wärme aus und verbrauchte auch nicht so viel Holz wie der Kamin. Kurz bevor die beiden verreisten, trugen sie einen Stapel gespaltenes Holz auf meine Terrasse. Auf die *bûches,* die Holzscheite, legten sie für Töni und Jani *une bûche de Noël,* den französischen Weihnachtskuchen, eine Bisquitrolle, deren Schokoladenguss wie Borke aussah. Erfreut dankte ich für den Vorrat an Ofenholz, und Winnie rief mir nach: «*Tu peux chauffer ton poêle aussi avec du charbon au cas où!*» Einige Tage danach bestellte ich in der Limogner Quincaillerie *du charbon au cas où,* im Glauben, Winnie habe mir geraten, den Ofen, wenn nicht mit Holz, dann mit Kohlen der Marke «Ocasoù» (in dem Fall, dass) zu heizen.

Ein Brief von Monsieur und Madame Grégory, die mir vor zwölf Jahren das Haus verkauft hatten, überraschte mich. Sie bedankten sich für die Radierung von dem Haus, meine neue Adressangabe und teilten mit, sie wollten die Scheunen und das Grundstück zum Felsabhang hin verkaufen, über Genaueres solle ich mich beim Notar in Limogne erkundigen. Meinem Nachbarn Jean-Claude berichtete ich die Neuigkeit. Wir sahen uns die Pferdewiese und die beiden Scheunen an. Die obere Scheune, mit Öffnungen zum Hof der Bastide hin, schien in recht gutem Zustand zu sein, die untere, halb mit Steinplatten gedeckt, war völlig von Efeu überwuchert. Vor allem der kleine Wehrturm hatte es meinem Nachbarn angetan, da er keinen Taubenturm besaß. Er wollte sich die Sache überlegen und am nächsten Morgen mit mir zum Notar fahren. Am Abend teilte ich Christian, der müde vom Peyri zurückkam, die Neuigkeit mit. Er meinte, Sylvie habe schon immer die beiden Scheunen kaufen wollen, und das würde ihr, wie er sie kenne, auch gelingen. Warum ihr und nicht mir, dachte ich mir, und jetzt extra nicht ihr.

Am Morgen nannte der Notar einen enorm hohen Kaufpreis, doch meinte er gleich, der Landwirt Grégory habe übertriebene Vorstellungen, er wolle mit ihm den Preis herunterhandeln. Daraufhin entschloss sich Jean-Claude zum Kauf, und der Notar setzte einen Vorvertrag auf seinen Namen auf. Am Nachmittag waren Winnie und Jean-Marie zu ihren Pferden zurückgekehrt. Zu viert standen wir auf der Pferdewiese und dachten über die Verteilung des Geländes nach. Jean-Claude meinte, Jean-Marie solle doch die Wiese kaufen, er selbst sei eigentlich mehr an dem Grundstück direkt hinter seinem Haus interessiert, darauf könne er sich eines Tages selber einen Taubenturm bauen. Der Pferdebesitzer meinte, erst müsse er sein Manoir mit den Ländereien verkaufen und sich scheiden lassen, ehe er an einen Neuerwerb auch nur denken könne. Schließlich waren alle der Meinung, mir stünden Wiese und Scheunen zu, sie lägen direkt vor meinem Haus, außerdem ließen sich eine Radierwerkstatt und ein Malatelier sehr gut in der oberen Scheune einrichten. Natürlich, das sei auch meine Wunschvorstellung, aber ich wüsste nicht, woher das viele Geld dafür nehmen. Auf mein Haus und die Taubentürme könne ich eine Hypothek aufnehmen, rieten die beiden Nachbarn. Aber mit meiner Aufenthaltsgenehmigung, gerade nur um fünf Monate verlängert, schien mir das zu gewagt. Doch gleich nach Weihnachten wolle ich nach Frankfurt und Berlin reisen, vielleicht würde sich da eine Lösung finden.

Noch vor der Verhandlung beim Notar ging ich mit den Kindern Zweige für Adventskränze suchen. Aus Buchsbaum, Hagebutten und dunkelroten Zweigen von Kornellkirschen flochten wir einen Kranz für uns zu Hause und einen besonders schönen für die Ecole Maternelle. Madame Huart übernahm gerne diese deutsche Sitte, jede Adventswoche eine Kerze mehr auf dem Kranz anzuzünden. Sonntags buken wir Plätzchen, und abends lief die Nähmaschine aus Zernikow auf Hochtouren. Auf ihr nähte ich so ziemlich alles, nur nicht Schuhe. Für Weihnachten entstand ein Kapuzenmäntelchen für Winnies kleinen Jungen, eine Puppe für Töni und ein Bärchen für Jani. Die Vorbereitungen wurden durch einen Handwerker gestört, obwohl ich froh war, dass er überhaupt kam. Christian hatte ihn vermittelt, und nur er verstand seine von Flüchen zerhackte Sprache. «*Oh grand con, ça ne marche pas, oh putain.* O großer Depp, das funktioniert nicht, Hure», rief er beim Installieren eines Warmwassergeräts für die Dusche im gewölbten Keller. «*Oh grand con, ça marche!*», rief er, als die Waschmaschine aus Berlin endlich lief.

Christian holte seine drei Kinder aus der Provence ab. Müde und verfroren kamen sie von der langen Autofahrt zurück, dennoch bestand er darauf, sie in der kalten, kahlen Bastide zu versorgen. Zum Weihnachtsessen luden uns die Lehrer Huart mit allen fünf Kindern zu sich und ihren beiden Kindern in ihr gemütliches Haus ein. Ulrich holte Töni und Jani zu den Weihnachtsferien in die Provence ab, dafür begleitete ich sie bis zum Bahnhof Montauban. Sie zeigten ihrem Vater, was sie in der Ecole Maternelle angefertigt hatten, Jani ein Heft mit ihren Malereien, sorgfältig von Madame Huart beschriftet, und Töni ein ganzes Buch voll fantasievoller Zeichnungen und selbst geschriebener französischer Worte. Ihr Vater war beeindruckt, wie viel Lustiges und Ernsthaftes zugleich sie in den Kinderklassen lernten. Wir verabredeten, vor Schulbeginn in zwei Wochen werde ich sie am Bahnhof von Avignon wieder von ihm entgegennehmen.

Über Paris, mit einer Zwischenstation bei Drouots, fuhr ich mit der Bahn nach Frankfurt. Nach der Silvesterfeier bei Clemens und Dorothee in ihrem neuen Haus berichtete ich meiner Mutter von den Scheunen und der Wiese, die zum Verkauf stünden. Sie fand die Scheune als Atelier und Werkstatt, also als meine Arbeitsgrundlage, wichtig. Wegen der Geldangelegenheiten schlug sie vor, meinen Onkel Dieter zu besuchen. Der gab guten Rat. Für den Lastenausgleich, der mir von Mutter noch zustünde, wolle er einen Kredit aufnehmen und die Summe auf mein Berliner Konto überweisen. Auf den Kurswechsel solle ich achten, fügte er hinzu, erst wenn der Kurs zwischen DM und Francs günstig stünde, solle ich die ganze Summe an den Notar nach Frankreich überweisen lassen. Vor der Grenze zur DDR blieb der Bus wegen Glatteis lange stehen. In Berlin holte mich Riki vom verschneiten Busbahnhof ab, und wir redeten viel, diesmal ohne Puzzlespiel. Mara lud Freundinnen vom Kinderladen und Jutta mit Olle zum Kaffee ein, Ellen und Lisa traf ich wieder und selbstverständlich die Galeristen Eva und Lothar Poll. Meine Großmutter besuchte ich in Zehlendorf, es war das letzte Wiedersehen. Am selben Tag eilte ich erst zu Maina und Ben Sorge, dann mit ihnen zum Treffen der Gruppe Aspekt, dem eigentlichen Anlass der Reise, um ja nicht, trotz des räumlichen

Abstands, als Gruppenmitglied von den künstlerischen Aktivitäten ausgeschlossen zu sein. Alle elf Mitglieder waren anwesend, überraschenderweise auch Ulrich. Ausstellungsprojekte zum Thema Großstadt wurden besprochen und sachlich darüber abgestimmt. Freundschaftlich saßen wir alle im wohligen Dunst bis spät in die Nacht in einer Berliner Kneipe zusammen. Tags darauf flog ich nach Frankfurt, noch einmal mit Mutter rechnen und reden, bei ihr ausschlafen und in der Badewanne liegen vor der Nachtfahrt im Zug bis nach Avignon. Am Morgen stand Sylvie mit Töni und Jani am Bahnhof. Wir Frauen sahen uns nicht an, wir beugten uns über die Kinder. Ich freute mich sehr, meine Lieben wohlbehalten wiederzuhaben. Mit ihnen fuhr ich in der Eisenbahn am Mittelmeer entlang und am Canal-du-Midi bis zum Lot in Cahors.

Zu Hause lag ein Brief vom Notar, ich solle in sein Büro kommen. Der Verkäufer, Monsieur Grégory, habe zwar den Preis für Scheunen und Wiese um ein Drittel gesenkt, aber dafür andere Grundstücke zum Verkauf angeboten. Der Notar zeigte mir die Parzellen auf dem Katasterplan und einen Brief von Sylvie, wonach sie eine Reihe Grundstücke von der Bastide bis zur Quelle hinunter erwerben wollte. Das war mir nur recht, denn dadurch kostete, was mich interessierte, nicht mehr ganz so viel. Um den Kauf festzumachen, zahlte ich zehn Prozent der Summe sofort an. Der Vorvertrag war abgeschlossen, gleichzeitig kam der Direktor des Toulouser Goethe-Instituts mit seiner Frau nach Roquecave. Die Sonne schien, und es war so warm, dass wir im Januar auf der Terrasse sitzen konnten. Nach dem Abendessen stiegen die Toulouser, Christian, die Kinder und ich ein Steintreppchen in den oberen Teil der Scheune hoch. Mit Sekt weihten wir das zukünftige, große Atelier ein.

Ende Februar regnete und schneite es, ein abscheuliches Wetter, ausgerechnet an dem Tag, für den sich eine Angestellte des Emigrantenbüros von Toulouse angemeldet hatte. Emigranten, damit verband ich Heinrich Mann und andere, die vor dem Nationalsozialismus nach Südwestfrankreich geflohen waren. Im Glauben, als Emigrantin solle mir geholfen werden, freute ich mich auf den Besuch. Die Frau ließ ihr Auto auf dem Weg stehen, mit Aktenkoffer und Stöckelschuhen trippelte sie über ein

Brett, über eine Wasserlache vor der Steintreppe. Im Wohnzimmer, aufgeräumt und geheizt, bot ich ihr Tee an, sie lehnte ab, den Tisch bräuchte sie für ihre Formulare. Vorsichtshalber nahm ich Jani auf den Schoß, damit sie sich nicht mit der Schere an die Akten mache oder gar ein Karo aus dem Rock der Frau ausschneide – unbemerkt unter dem Tisch hatte sie vorher einmal Blumen aus dem Kleid der Arztfrau ausgeschnitten. Töni, enttäuscht, nicht wie gewohnt im Mittelpunkt des Gesprächs zu stehen, schmollte in einer Schrankecke und nuckelte zum ersten Mal seit Jahren am Daumen. *Fortement regressive* trug die Angestellte in ein Formular ein. Nach meinem Beruf gefragt, antwortete ich mit *artiste peintre* – das sei kein Beruf – doch, von der Malerei würde ich leben – nein, damit könne man kein Geld verdienen. Sie blätterte in einem Nachschlagewerk, nannte ein Kunstauktionshaus, fragte, ob ich darin vertreten sei, was ich verneinte. In meiner Langsamkeit fiel mir nicht ein zu sagen, dass ich im Kulturzentrum der Stadt Toulose schon ausgestellt habe und dass für denselben Ort eine Einzelausstellung in Vorbereitung sei. Vielleicht war es auch gleichgültig, dies zu erwähnen, die Sozialbeauftragte hätte es als Angeberei oder mit Unverständnis aufgenommen. Sie sah sich um, als suche sie etwas, sie schrieb und schrieb, mir wurde gleichgültig, was. In der Küche zeigte ich ihr Kühlschrank und Herd, schon draußen, wieder unten auf dem Brett, die Waschmaschine im Badezimmer. Sie verabschiedete sich spitz, ihr Bericht würde von hoher Stelle erwartet.

Erleichtert, dass sie weg war, und enttäuscht, dass das Emigrantenbüro nichts mit Kultur zu tun hatte, durfte Jani schnipseln und Töni reden. Christian wagte sich von seiner Holzwerkstatt ins Haus zurück, und wir sahen uns ein Buch über Orgeln an. Sein Wunschtraum war, nach den Gitarren und den Cembali eine Orgel zu bauen. So wie auf dieser Abbildung würde ich dann die Paneele bemalen, so wie auf der nächsten Seite wollte Töni die spanischen Trompeten anordnen und Jani dem Organisten die Hosenbeine über den Pedalen abschneiden. Als menschliche Wärmflaschen kuschelten wir uns mit dem Orgelbuch zusammen, nichts Böses ahnend.

Tage später überreichte mir der Postbote einen Brief, der

schon von außen verdächtig schien. Das Amtsgericht Berlin-Schöneberg teilte mit, laut Scheidungsurkunde vom Oktober 1975 sei die elterliche Gewalt der Mutter übertragen, dies vorbehaltlich der Genehmigung des Vormundschaftsgerichts. Nach Eingang des Berichts der französischen Emigrantenstelle, wonach die Lebensverhältnisse der Mutter für das Wohl der Kinder ungeeignet seien, solle in einer Gerichtsverhandlung entschieden werden, die in Berlin geborenen Geschwister einem Heim zu übergeben. In ein Waisenhaus, wie entsetzlich!

Mit dem Velosolex fuhr ich nach Limogne zur Post, Lothar Poll anrufen. Die Verbindung vom Ort bis Berlin dauerte. Lothar meldete sich, und ich las ihm das Schreiben vor. Er höhnte, zwei gebärfähige Mädchen aus dem überalterten West-Berlin nach Frankreich zu entführen sei ja auch unerhört, Kinder wären schließlich Nationaleigentum. Ich bat ihn, mich bei der Gerichtsverhandlung zu vertreten und das Schlimmste abzuwenden. Während eines anderen Telefongesprächs sagte er, die Touloser Sozialfrau habe fünf Seiten lang über die scheinbar miserablen Roquecaver Verhältnisse berichtet, vor allem habe sie ein Fernsehgerät vermisst. Er wolle tun, was er könne, damit mir wegen dieser Lächerlichkeit meine Kinder nicht weggenommen würden. Doch auch von des Vaters Äußerungen vor Gericht hinge der Ausgang des Beschlusses ab.

Wie alles Bürokratische zog sich die Angelegenheit hin. Papiere auf Französisch, Formulare auf Deutsch gingen hin und her. Schließlich erfuhr ich, wieder durch Lothar am Telefon, mit dem Beschluss habe es auf Messers Schneide gestanden. Nach Verlesen des Berichts und der Androhung mit einem Heim sei Ulrich gefragt worden, ob er die Kinder zu sich nach Berlin nehmen wolle, worauf er mit Nein geantwortet habe. Nach einer Pause hätte er dann gesagt, bei ihrer Mutter in Frankreich seien sie sehr gut aufgehoben. Nach einiger Zeit, es war schon April, bekam ich den Beschluss in der Familienrechtssache zugeschickt. Demnach wurde mir «die elterliche Gewalt» endgültig übertragen, «weil diese Regelung, mit der die Eltern einverstanden sind, unter Berücksichtigung der gesamten Verhältnisse dem Wohl der Kinder am besten entspricht». Andrée und Jacques Huart luden uns ein, diese Regelung mit ihnen zu feiern. Andrée meinte, abgesehen von einem guten Anwalt hätte ich auch das Glück gehabt, in mehreren Sprachen hin und her korrespondieren zu können. Frauen aus dem Maghreb würden ihre Töchter weggenommen, in Heime gesteckt, verkauft, ohne dass sich die sprachlosen Mütter dagegen wehren könnten.

Christians Wunschtraum, eine Orgel zu bauen, sollte sich erfüllen. Ein Musik liebender Arzt aus Cahors erteilte ihm den Auftrag, mit Orgelpfeifen, die er von einer deutschen Firma schon hatte, eine Hausorgel zu bauen. Hunderte von Orgelpfeifen, große Basspfeifen aus Holz, kleine Flöten aus Metall, wurden in die Bastide gebracht. Vom Frühjahr bis in den Herbst, wann immer er Zeit hatte, baute mein Nachbar an der Orgel, der Königin aller Instrumente. Als Anleitung dazu benutzte er den *Dom Bedos*, das Werk eines Mönchs aus dem 17. Jahrhundert. Er baute einen Spieltisch, ein Monstrum an Gehäuse, und Pedale. Dreimal baute er eine Hebelmechanik. Die erste, genau nach *Dom Bedos*, bestand aus Bleistäben, die sich als zu schwer erwiesen. So bekam ich die Stäbe und band meine Tomatenpflanzen daran fest. Für die Windkanäle wich mein Freund von den mönchischen Anleitungen ab. Er besorgte meterweise Plastikschläuche, die sich wie schwarze Schlangen über die Treppen des Nachbarhauses wanden. Die Luftzufuhr, durch einen Blasebalg mit Muskelkraft betrieben oder durch einen Föhn elektrisch, stellte den Orgelbauer vor weitere Probleme. Nach der Methode Versuch und Irrtum baute er eine Art Propeller, gefächerte Holzplatten auf einer Scheibe, die wie Lamellen auf einem Riesenpilz aussahen.

Von der Orgel erklang noch kein Ton, da wurde die Arbeit daran jäh abgebrochen. Sylvie kam nach Roquecave. Aus der Bastide ertönte Gezeter und Geschrei. Nach einer Weile, es war wieder still, kam Christian bestürzt zu mir ins Haus herüber. Er bat mich, ihn zu beherbergen, sie habe ihn endgültig aus ihrem Haus und ihrem Hof herausgeworfen. Ihre Mutter habe das eingefädelt, dass nichts von der Bastide ihm gehöre. Er wollte nichts auf seine vor Wochen von ihm geschiedene Frau kommen lassen. Ihre Mutter habe sie beredet, das Haus vor der Eheschließung zu kaufen, dabei habe er doch damals einen Teil mit dem Geld einer Gitarre dafür gegeben. Solches weiter zu erörtern blieb keine Zeit, er musste noch am gleichen Tag mit Orgel, Holzwerkstatt und Katzen ausziehen. Am Abend kam er mit zwei jungen Helfern aus dem Peyri wieder. Das Scheunentor unter meinem neuen Atelier wurde geöffnet und die Kreissäge und die Werkbank und die Celli und noch dies und noch das in den ehemaligen Stall getragen, bis er voll gestellt war. In die untere Scheune warfen die drei Männer wahllos ein paar große Orgelpfeifen und Notenpakete in den Dreck. In den runden Taubenturm stellten sie die meisten Orgelpfeifen. Christian schob noch einen Hundekorb voll kleiner Silberflöten hinterher. Bei Dunkelheit kam Manuel, sein Sohn aus erster Ehe, dazu. Er wohnte inzwischen mit Frau und Kind im früheren Hof der Aubin-Eltern. Das große, bemalte Cembalo wurde dort in einem halb offenen Schuppen abgestellt, in dem es von da an, nur von einer Decke geschützt, Winter und Sommer zu überstehen hatte.

Die Laune meines Freundes – nun nicht mehr *mon cher Monsieur le voisin* – stand auf dem Tiefpunkt. Um ihn zu trösten und auch aus praktischen Gründen, zeichnete ich einen Plan für den weiteren Ausbau der oberen Scheune. Unter meinem Atelier und der Radierwerkstatt, die im Sommer isoliert und eingerichtet worden war, sollte seine neue Holzwerkstatt entstehen. Diese Aussicht munterte ihn auf. Gemeinsam zeichneten wir Kreissäge und Werkbank in den Plan, öffneten die Stallluken zu Fenstern und Türen zur Pferdewiese hin und schlossen das große Tor zum Hof der Bastide mit einem Fenster. Die untere Scheune könnte sogar zu einem Musiksaal werden, malten wir uns aus. Aber bald darauf zürnte er, auch die Scheunen gehörten nicht ihm, alles gehöre den Frauen, er wolle auf die Salomoninseln ziehen, in die Wildnis, zu niemandem. Das trübte auch meine Laune, und wieder einmal sagte ich zu den Kindern: «Geht zur Schule, da ist es heiter und warm.»

Sie liebten Andrée Huart, und Töni, die nun zu Jacques in die Grundschule ging, schwärmte für ihren Lehrer. Inzwischen sprach sie so gut Französisch wie Deutsch. Unter sich redeten die Schwestern in einem lustigen Gemisch aus beiden Sprachen. Über Kinder, die zweisprachig aufwachsen, hatte ich gelesen, man solle über ihr Sprachgemisch nicht lachen, sonst lernten sie keine Sprache richtig. Das fiel mir schwer, zum Beispiel wenn

Mai 1976, Töni vor dem Roquecaver Taubenturm.

Jani sagte: «Ich habe eine araignée in meine tête.» Oder: «Die rouge dame in ihre rouge maison cuisiniert chocolat.» Gelesen hatte ich auch, dass jede Sprache an eine Person gebunden sein solle. Die Muttersprache blieb im wörtlichen Sinn weiterhin Deutsch, das Französische war an die Schule und an Christian gebunden. Er erzählte ihnen seine erfundenen Geschichten von Eusebius und dem Marquis de Saint-Aubin. Mit seinen Versuchen, Deutsch zu lernen, kam er nicht weit, und wenn die Kinder mit mir sprachen, hörte er nur heraus: «Christian ist blöd!»

Winnie, Jean-Marie und die Pferde zogen von Roquecave in ein Haus einige Kilometer entfernt und einsam gelegen. Nach langen Scheidungsverhandlungen hatte er sein stattliches Manoir, die Ländereien und die Ziegen verkauft, seiner vorherigen Ehefrau die Hälfte von dem Erlös überlassen und von der anderen Hälfte die schöne, aber halb zerfallene Commanderie gekauft. Während des Umzugs ließ er sechs wilde Ponys auf meiner Pferdewiese, nachts rissen sie aus, am Morgen bekam ich Ärger mit dem Nachbarsbauern Zozie Mallavelle und mit Manuel, dessen Schwiegersohn. Jean-Marie verkaufte auch die wieder eingefangenen Ponys und sagte, der Ärger mit den Nachbarn sei ein Grund, warum er nicht in Roquecave habe ansässig werden wollen. Zur Freude meiner Mädchen und ihres Jungen lud uns Winnie oft zum Abendessen in die Commanderie ein. Im Gespräch sagte Jean-Marie einmal: Auf die Frage, ob er jetzt seine Gefährtin heiraten würde, gäbe er die Antwort: «*Ne plus jamais divorcer!* Nie wieder Ehescheidung!» Die Antwort merkte ich mir. Manchmal wurde ich gefragt, ob ich mich durch Heirat mit Christian naturalisieren lassen wolle. Vor allem in Frankreich lebende Deutsche, die ihre Herkunft verleugneten, stellten diese Frage. «Naturalisieren», das klang wie «einebnen». Ich wollte eine Brandenburgerin bleiben, die im Lot lebt, die zwei weit entfernte, dennoch ähnliche Regionen miteinander verbindet, die Mark, arm durch den Sand, mit dem Quercy, arm durch die Kalkfelsen, das alten Preußen, in dem jeder nach seiner Façon selig werden konnte, mit dem alten Südwesten der Katharer und Hugenotten. Ein weit gefasstes Vorhaben, dem noch viele Hindernisse im Wege standen.

Allmählich im Lot zu Hause

Als hinderlich für Ausstellungen außerhalb Frankreichs erwies sich der Zoll. Zu Anfang, ich wusste noch nicht, wie man Bilder für den Export deklarieren musste, schickte ich ein Bild in einer Kiste zu einer Künstlerbund-Ausstellung nach Mannheim. Auf der Kiste gab ich einen geringen Wert an, um der Angabe entsprechend den Zoll für den Transport zu zahlen. In einem gesonderten Brief an den Künstlerbund schrieb ich den Versicherungswert und den Verkaufspreis für die Ausstellung auf. Das Zollamt Paris rief in Mannheim an, wo eine Sekretärin einfach den Brief vorlas. Ich musste nicht nur hohe Zollgebühren nachzahlen, sondern auch eine empfindliche Strafe.

Einmal fuhr ich mit einer Mappe voll Zeichnungen und Radierungen zum Aufbau einer Ausstellung nach München. Beim Umsteigen in Straßburg rannten zwei Zollbeamte der verdächtig großen Mappe über die Gleise hinterher. Im Zugabteil sollte ich eine Zollerklärung vorzeigen, die ich nicht hatte, und die Mappe öffnen. Ich nestelte die Verpackungsschnur auf und behauptete, Hausfrau und Hobbymalerin zu sein, die Bilder, das seien Geschenke für meine Familienangehörigen in München. Da hätte ich aber sehr viele Verwandte, wunderten sich die Zöllner. Zwei Amerikaner im Abteil interessierten sich für den Preis der Radierungen, die seien professionell gemacht. Beim nächsten Mal solle ich mich nicht ohne Zollerklärung erwischen lassen, sagten die uniformierten Elsässer. Der Zug fuhr an, sie sprangen ab. Ich atmete auf, als der Zug die Rheinbrücke nach Kehl überquerte.

Dass Künstler, die mit ihrer eigenen Arbeit um europäischen Kulturaustausch bemüht waren, dafür mit den Zollabgaben bestraft wurden, das sah ich einfach nicht ein. So reiste ich ein andermal als Packesel zur Galerie Poll. Abgespannte Bilder und ihre Keilrahmen, eine Rolle, die fast so lang war wie ich selbst, wickelte ich in eine große Tüte vom Roten Kreuz. Wie immer auf der Reise nach Berlin hieß es, in Paris mit der Métro zu einem anderen Bahnhof umsteigen. In einem der unterirdischen Gänge des Châtelet war die Luft zum Ersticken verbraucht. Auf meine schwere Rot-Kreuz-Rolle gestützt fiel ich nicht, ich stand in Ohnmacht.

Immer wieder gab es Schwierigkeiten. Zum Beispiel wurden die Bilderkisten für eine Ausstellung in Frankfurt wochenlang im Pariser Zollamt festgehalten. Erst in der Nacht vor der Ausstellungseröffnung trafen die Kisten in Frankfurt ein. Später, als auch englische Maler im Lot wohnten, wurde extra für uns, so sagten wir zum Spaß, in Cahors ein Zollbeamter eingestellt. Er achtete auf den Unterschied von zeitweiligem und endgültigem Export, und nur für Bilder, die nach drei Monaten nicht nach Cahors zurückkamen, musste Zoll gezahlt werden. Vom Güterbahnhof aus wurden die Bilderkisten per Bahnexpress verschickt. Den Winter über roch es dort intensiv nach Trüffeln, dem Expressgut vom Lot nach Paris.

Zum Hängen der Bilder und zu Ausstellungseröffnungen verreiste ich zwei- bis dreimal im Jahr. Töni und Jani kamen manchmal mit, doch meistens, vor allem während der Schulzeit, kümmerte sich Christian um sie. Je nach Verkaufserfolg brachte ich ihnen kleinere oder größere Geschenke mit. Aus München beispielsweise bekam Jani einen Steiff-Bären und Töni eine Kuckucksuhr. Zu Anfang eilten wir alle vier in Tönis Zimmer hoch und starrten zehn Minuten vor Erscheinen des Kuckucks gebannt auf die Uhr. Tage darauf saßen nur noch die Kinder davor, pünktlich vom Kuckuck nach oben gerufen. Schließlich hängte der Instrumentalbauer eine Mechanik des Ruhestörers aus, und so schnellte der hölzerne Vogel alle Stunde nur noch lautlos aus seinem Türchen.

Zu Anfang hatte ich Heimweh nach Berlin und nutzte jede Möglichkeit, zwischen der Arbeit auf dem Land kurze Ferien in der Stadt zu machen. Vor allem während der winterlichen Einsamkeit fehlten Gedankenaustausch, Kino und Theater. Das Leben der nächsten Bauersnachbarn war mir unheimlich. Einmal, ich holte meine Kinder vom Schulauto ab, brannte im Hof der Mallavelles bläuliches Feuer, weiße Teller voll Blut standen auf den Steinen. Sie schlachteten ein Schwein in dieser Hexenküche im Freien. Ein andermal hackte ihr Schwiegersohn Manuel Holz, mit bösem Blick hob er das Beil. Den Pelzmantel meines Vaters zerrissen Mallavelles Hunde. Nach einem Unfall mit dem Velosolex kaufte ich in der Quincaillerie ein abgelegtes Auto. Es hatte viele Defekte und ich noch immer keinen Führerschein.

Doch reichte es aus, um an dem Bedrohlichen vorbei vom Haus bis zum Steinkreuz und zurück in der schützenden Karosserie zu fahren.

Allmählich bekam selbst das Unheimliche etwas Heimatliches. Kaum war ich einige Tage in der Inselstadt, schon sehnte ich mich auf das Land zurück. Natürlich fehlte mir in Berlin am meisten meine kleine Familie. Dort nur zu Besuch, dachte ich an das eigene Haus, inzwischen mit Komfort und einer Zentralheizung mit Holzofen im Keller ausgestattet, ich dachte an das große Atelier und daran, was ich alles malen und mit Christian zusammen bauen und verbessern wollte. Zu unseren Freunden Andrée und Jacques sehnte ich mich zurück, zu den Dîners mit ihnen und den Kindern und zu dem Spaß, den wir Erwachsenen hatten, uns in Schulheften versteckte Botschaften auszutauschen. Im Übrigen war, angefangen von der *Ecole Maternelle* und der Kantine, fast alles kostenlos, während in Berlin Kinder nur kosteten.

Allmählich lernte ich im Lot immer mehr Menschen kennen. Malerinnen und Maler wurden mir zu den besten Freunden. Mein Partner ließ diese Künstlerfreundschaften ebenso wie meinen Beruf als Malerin gelten, war doch seine Domäne die Musik. Wer anerkannte, dass Gott der Musik von Bach zu danken habe, den erkannte er auch an.

Meine englischen Malerfreunde Jeffrey und Sally Stride lernte ich zufällig in Cahors kennen. Hinter der Glasscheibe des Touristenamts packten sie und ihr kleiner Sohn Bilder aus einer Kiste aus. Die Landschaftsbilder in frischen Farben gefielen mir, ich ging hinein und sagte es ihnen. Darüber freuten sie sich, wir waren uns gleich sympathisch, und von da an trafen wir uns häufig wieder. Die Geschichte, wie sie es in den Lot verschlagen hatte, weil ihr Auto auf der Reise von England nach Spanien in dieser Landschaft stehen blieb, erzählten sie jedes Mal anders, doch jedes Mal hatten sie kein Geld, dafür umso mehr Humor.

Die holländische Kunstpädagogin, die mir das Velosolex verkauft hatte, gab im Sommer Aquarell- und Töpferkurse in ihrem malerischen Gelände. Neben den Erwachsenen durften daran auch meine Kinder teilnehmen. Unter Virginies behutsamer Anleitung malten und töpferten sie mit Hingabe. Die Wunschvorstellung meiner sechzigjährigen Freundin war, nach ihrer Pensionierung das ganze Jahr über als Malerin im Quercy, seinen Steinen und dem südlichen Licht, zu leben.

Veronique Vermeil, eine gleichaltrige Pariser Malerin, lernte ich über einen Kunsthändler kennen, der über den Fotografen von Cahors den Weg nach Roquecave gefunden hatte. Er kam mit seiner Frau aus Jamaica, mit Jugendlichen und mit Veronique und ihrer Freundin, einer Bildhauerin. Christian, dem das zu viele Menschen auf einmal waren, entschuldigte sich, der Mörtel in der Zementmaschine würde hart. Die Besucher sahen sich das Atelier, das Haus und das Gelände an. Über Geschmack ließ sich streiten oder darüber befreunden. Veronique lud mich in ihr Haus ein, das sie *la Saga,* die Sage, nannte, so sagenhaft verwunschen wie hier sei es auch bei ihr.

«La Saga» lag sechzig Kilometer von Roquecave entfernt. Bevor ich Veronique besuchen konnte, musste ich erst die Fahrprüfung bestehen. Christian, der nur noch zweimal in der Woche im Peyri arbeitete, setzte mich auf dem Weg dorthin am Bahnhof Tour-de-Faure ab. Da wartete ich auf die Micheline, die mich durch das Lottal bis zur Fahrschule nach Cahors brachte. Wie fremd sich die Bewohner des Tals und die der Hochebene waren, wurde mir einmal durch eine kleine Begebenheit deutlich. In der Micheline setzte ich mich einer alten, schwarz gekleideten Frau gegenüber und kam mit ihr ins Gespräch. Nach einer Weile fragte sie, ob ich aus Tour-de-Faure sei. Da sei ich nur eingestiegen, ich käme von der Causse-de-Limogne, antwortete ich ihr, und sie fasste sich an die Stirn: «*Mais oui, c'est pour ça l'accent!* Aber ja doch, daher der Akzent!»

Die theoretische Fahrprüfung schaffte ich wegen eines Worts, dessen Doppelbedeutung ich nicht kannte, nur mit knapper Not. Eine Projektion zeigte ein Warnschild mit einer Kuh, unter vier Möglichkeiten stand auf dem Fragebogen: *Une vache susceptible de traverser la route.* «Eine leicht beleidigte, empfindliche Kuh.» – Durch das Sinnieren über sie vergingen kostbare Minuten. In diesem Fall hieß es: «Eine Kuh, im Begriff, die Straße zu überqueren.» *La vache susceptible,* die empfindliche Kuh, blieb mir als Spitzname hängen.

Jedenfalls erhielt ich schließlich den Führerschein. Die Fortbewegung mit dem Auto, vor allem in dem abgelegenen Roquecave eine Notwendigkeit, brachte mir mehr Bewegungsfreiheit. Meine Kinder konnte ich nach Limogne bringen, wenn sie das Schulauto verpassten, zum Malen in der Landschaft konnte ich bis zum Lot hinunterfahren, die Freunde in der Umgebung konnte ich besuchen, ohne Christian zu bitten, Chauffeur zu sein. Meine Mutter, die im Sommer zu Besuch kam, holte ich mit den Kindern vom Bahnhof in Cahors ab, obwohl Christian fand, mein Auto sei eine Zumutung für die Dame. Die durchgerostete Trittfläche vor dem rechten Vordersitz verstärkte er durch eine Holzkonstruktion, damit ihre Füße nicht auf die Straße durchbrächen. Dagegen, dass mein Auto Kühlwasser verlor, half keine Konstruktion, nur die vorsorgliche Mitnahme von Wasserflaschen. Bei Hitze hieß es, alle zehn Kilometer anhalten und Wasser in den Kühltank füllen. Bis zum Bahnhof reichten vier Flaschen. Für die Rückfahrt mit Mutter im Auto wählte ich ein kleines Seitental. Quellwasser sprudelte aus einem Felsen, damit füllten Töni und Jani die Flaschen wieder auf. Während der Weiterfahrt durch das «Schmetterlingstal» wunderte sich Mutter, da hätte ich ja ein Auto, das noch mit Wasser betrieben würde, so eines habe mein Vater zu Kriegszeiten auch gehabt.

«Das Schmetterlingstal», Arnulf und Christiane hatten es entdeckt und wegen seines Blumenreichtums so getauft. Ostern und die Sommerferien verbrachten sie mit ihren Kindern in Rastouillet auf ihrem schmalen Grundstück, das sie «France» wie ganz Frankreich auf einmal nannten. Haus und Garten der Berliner Freunde bildete ein kleines Zauberreich, besonders für unsere Kinder, die in «France» zusammen bastelten und spielten.

Die Ferien im Lot zu verbringen war jedoch etwas anderes, als ganz in dem Land zu leben. Die Kunst, sich zu Hause zu fühlen, bestand auch nicht allein darin, ständig zu bauen und das Gelände zu verschönern. Die menschliche Umgebung gehörte dazu, das freundliche Entgegenkommen, ausgelöst durch meine Kinder, denn alle, von den Mallavelles bis zur Bäckersfrau in Limogne, liebten «les filles de Madame Bétina». Das Département du Lot als gesellschaftlicher Raum, in den ich mich dann als seine europäische Bewohnerin aufgenommen fühlte, erlebte ich durch die Ausstellung im Museum von Cahors.

Es war Maurice Faure, welcher der Ausstellungseröffnung Glanz und Bedeutung verlieh. Beteiligter an der Résistance, junger Abgeordneter des Lot, Freund von François Mitterrand, hatte er als 35-jähriger Staatssekretär über den Abschluss des Römischen Vertrags verhandelt und ihn, neben Konrad Adenauer und anderen, im Namen Frankreichs unterzeichnet. Immer für die Konstruktion eines politischen Europa engagiert, war er mehrmals Minister, doch, wie es hieß, sei er lieber König im Lot als Prinz in Paris. Er blieb dem bäuerlichen Land, aus dem er stammte, verbunden und war im Sommer 1978 Abgeordneter, Präsident des Generalrats des Lot und seit 13 Jahren Bürgermeister der Département-Hauptstadt.

Sein Beigeordneter Gabriel Loubradou brachte kleinere Ölbilder in seinem Privatauto aus einer Frankfurter Galerie, die habe er durch den Zoll geschmuggelt, sagte er lachend. Er war es auch, der ein großes Farbplakat und die Einladungen drucken ließ. Wie immer zeichnete ich erst einen Plan der Ausstellungsräume, ehe die Bilder selbst darin aufgehängt wurden, für Cahors fünfzig Arbeiten in vier Sälen. Nicht wie sonst in Kisten mit der Bahn, transportierte ich diesmal die Bilder mit dem Auto direkt vom Atelier zum Museum, das in mehreren Fahrten. Die Ausstellung war aufgebaut, sie konnte eröffnet werden.

Zu dem Ereignis strömten die Besucher, Polizisten stellten Sektgläser bereit. Mir, überarbeitet und nervös, überreichten sie ein Glückwunschtelegramm der Galerie Poll aus Berlin. Journalisten der «Dépêche-du-Midi» spitzten ihre Bleistifte, Monsieur Loubradou überflog noch einmal das Manuskript seiner vorbereiteten Einführungsrede, da erschien Maurice Faure. Groß, stattlich, mit hellem Blick in getöntem Gesicht, eilte er durch die Ausstellungsräume, kam in den ersten Saal zurück, schob seinen Beigeordneten beiseite, zu diesen Bildern wolle er selbst die Festrede halten. Für seine brillanten Reden war der Politiker berühmt, doch dass er dabei spontan das in meinen Arbeiten erfasste, was sie auch ausdrücken sollten, berührte mich besonders. Er sprach von dem Gegensatz einer lebensfreundlichen Natur und einem Überfluss an Technik, der den Geist robotisiere. Die Farben, die Formen, die gläsernen Nuancen, sie würden auf den Sturz des Menschen hinweisen, wenn dieser den

Sinn für das Einfache und das Wesentliche verloren habe. Mit weiter Geste wies er auf einen Roboter im Tierkopf, gesteuert von einem Mann am Großcomputer, das sei ein Bild von tragischem Humor, so könnten gewisse, zu intellektualisierte Männer zur Entmenschlichung der Gesellschaft führen. Die Architektur einer zukünftigen Welt sei vorgestellt wie auch die Erinnerung an vergangene, grandiose, aber politisch totalitäre Darstellungen von Macht. Die romantische Tradition, der Dualismus von Natur und Fabrikation, erschiene in neuer Form, im Inneren enormer Betonblöcke tauchten Vögel auf, darüber schwebe der Mond. Zum Abschluss sprach er von der Versöhnung in einem anderen historischen Moment.

Dann nahm mich Maurice Faure väterlich an die Hand und rief: «*On l'adopte chez nous dans le Lot!* Wir adoptieren sie bei uns im Lot!»

Im September 1978 auf der unteren Terrasse.
(Foto: Jean Louis Nespoulous)

Vergiftete Idylle

In den vier Jahren seit dem Erwerb der Pferdewiese waren die Bäume darauf gewachsen. An ihren Eingang zur Straße hin hatte ich eine kleine Zypresse gepflanzt als Zeichen, Protestanten und Hugenotten könnten auf diesem Gelände Zuflucht finden. Das ging auf einen Brauch aus der Zeit der Hugenottenverfolgung zurück. Vereinzelte, vierhundertjährige Zypressen in der Umgebung von Montauban, an der Einfahrt zu alten Gehöften, erinnerten noch daran. Unsere Zypresse war erst so klein wie Jani gewesen, dann wie Töni, dann größer als beide, obwohl die Kinder inzwischen auch gewachsen waren. Ein anderer Baum wuchs noch schneller in die Höhe. Es war ein Weihnachtsbaum, den ich mit Wurzelballen gekauft hatte, und weil ich nichts wegwerfen konnte, schon gar keine Bäume, hatte ich den Tannenbaum auf der Wiese eingepflanzt. Seitdem kaufte ich keine Weihnachtsbäume mehr ein, weil Töni sagte, wenn ich die alle einpflanzen würde, verwandele sich die Pferdewiese in einen Mitleidswald.

Nach den beiden ersten, ungemütlichen Wintern im Haus hatte der originelle Handwerker, der mehr fluchte als sprach, eine Zentralheizung eingebaut. Der kleine Kachelofen hatte zwar das Wohnzimmer gewärmt, aber nicht alle Räume, auch hatte er die Feuchtigkeit nicht aus den dicken Mauern nehmen können, weshalb es im Haus oft kühler gewesen war als draußen. Nun war es im ganzen Haus trocken und warm. Den großen alten Kamin nahmen wir wieder in Betrieb, das sichtbare Feuer, unser Fernsehen. Die wichtigste Erneuerung für den Komfort im Haus stellte eine Toilette mit Wasserspülung und elektrischer Schnetzelmaschine im Dachgeschoss dar. Nur wenn die Kinder zum Ausprobieren und zum Spaß eine komplette Rolle Klopapier in die Toilette warfen, konnte die Schnetzelmaschine das nicht fassen, sie brummte, kreischte, und der Strom fiel aus. Dann suchten wir wieder das Sternenklo auf, den Nussbaumbalken aus der Anfangszeit. Aus unerfindlichen Gründen gab es öfter keinen Strom. Es mochte daran liegen, dass deutsche und französische Stecker, Schraub- und Steckbirnen nicht zusammenpassten, oder daran, dass das Kraftwerk am Lotfluss keine Wasserkraft mehr hatte. Wenn dann am Abend Radio und Plattenspieler verstummten, saßen wir vier – der Marquis de Saint-Aubin, Madame la Baronne, Antonia mit dem goldenen Haar und Juliane mit dem Silberhaar – im Kerzenschein beisammen und sangen unseren vielen Katzen etwas vor.

In der Zwischenzeit hatten wir den Keller, in dem der Ofen für die Zentralheizung stand, sauber gekachelt und den Dachboden ganz und gar ausgebaut und isoliert. Damit war in dem kleinen Haus mehr Wohnraum gewonnen, auch für die drei Aubin-Kinder, die zweimal im Jahr die Ferien mit ihrem Vater verbrachten. Zwei neue Holztreppen verbanden die Etagen, und so konnten wir innerhalb des Hauses auf und ab gehen, ohne dass die kostbare Wärme durch die offene Haustür entwich. Die wichtigste Verbindung für mich war die vom Haus in die Außenwelt. Am Telefon erfuhr ich eines Tages von Maina und Ben, die Gruppe Aspekt habe sich aufgelöst. Wir blieben trotzdem weiterhin Realisten, meinten sie und ich, wir blieben trotzdem immer Freunde.

Der helle neue Holzfußboden in der oberen Scheune diente nicht nur als Arbeitsfläche für das Malatelier und die Radierwerkstatt. Nach der Schule kamen Töni und Jani mit ihrem Dackel, einem Geschenk der Großmutti, nach oben. Sie schnitzten Kartoffelstempel und bestempelten den Boden mit Marienkäfern, Bären und Fröschen. Der Dackel fraß eine Tube Ölfarbe, ausgerechnet das giftige Chromoxydgrün-feurig. Die Farbe rutschte durch den kleinen Hund hindurch und hinterließ einen giftgrünen Fleck auf dem Fußboden. Einmal porträtierte ich meine Kinder. Töni, ihrer eigenen Begabung schon bewusst, saß still und ernst für ein Ölbild Modell. Jani radelte mit ihrem Dreirad in dem großen Atelier herum, und kehrte sie vom Eingang kurz vor die Staffelei am anderen Ende zurück, rief sie fröhlich: *«Voilà, ton modèle arrive!»*

Was meiner Radierwerkstatt der Fußboden war, war Christians Holzwerkstatt die Decke. Kam man zu mir in die Scheune über ein Steintreppchen nach oben, so zu ihm durch eine ebenerdige Tür. Die Stallluken zur Pferdewiese hin hatte er zu zwei Türen und einem Fenster geöffnet. In der Zementmischmaschine hatte er Mörtel gemischt, um damit den Mauerdurchbrüchen einen festen Rand zu geben. Auf seiner Kreissäge hatte er Holzblöcke zurechtgesägt und daraus Türen und Fenster gebaut. Besondere Mühe hatte sich mein Freund gegeben, die Toreinfahrt zum Hof der Bastide hin auf schöne Weise zu schließen. Eine Backsteinmauer bildete den unteren Abschluss, darauf saß ein dreiteiliges Fenster, versehen mit vielen kleinen Scheiben. Dieses fein gearbeitete große Rundfenster, das genau in den steinernen Korbbogen der alten Toröffnung passte, konnte eigentlich nur als tischlerisches Meisterwerk bewundert werden. Hinter dem kleineren Fenster gegenüber, neben dem neuen Eingang, stand er nun an der Werkbank und stellte wie früher im Impasse du Rouet Gitarren her.

Zusammen mit dem originellen Handwerker hatten wir eine Wohnung gebaut, deren Küche, Bad und Schlafzimmer hinter der Holzwerkstatt lagen. Diese Wohnung mit eigenem Eingang vom Garten war meinen Plänen nach so angelegt, dass wir sie einmal an Sommergäste vermieten könnten. Doch so weit kam es nicht. Erst einmal benutzte Christian den Küchenherd, um darauf den Knochenleim für den Gitarrenbau zu kochen.

Zwei Winter über baute er mit einem deutschen Freund zusammen an der unteren Scheune. Stephan, groß, blond und kräftig, erlernte als Gegenleistung für seine Bauhilfe den Gitarrenbau. Efeu, Steine und Ziegel nahmen die beiden von der Ruine ab, neue Dachsparren befestigten sie auf dem alten Gebälk. Ich zeichnete wieder einmal die Architekturpläne zur Neugestaltung des Gebäudes. Eine Orgelempore, oder wenigstens die für ein Cembalo, war vorgesehen, wie es sich Christian für sein späteres eigenes Haus wünschte. Die Öffnungen zum unteren Gebiet der Bastide sollten geschlossen werden und dafür neue, in die Richtung zum kleinen Wehrturm hin, entstehen. Der Haupteingang war in einer großen Dachgaube geplant, zugänglich von einer erhöhten Terrasse. Aber auf dem Papier ging alles viel schneller und leichter als in Wirklichkeit. Solange Stephan da war, half er mir, die größten Steine zu einer Treppe und zu den Grundmauern der Terrasse zu legen. An der Terrasse baute ich dann allein weiter, Stein um Stein, ein Riesenpuzzle. Töni und Jani bauten eine *Gariotte* daneben, ein Kragkuppelhäuschen in der Größe einer Hundehütte.

Das Kinderschwimmbad, erst begeistert in Betrieb genommen, dann mit Fossilien der Erdgeschichte bemalt.

Den Mittelpunkt meines Roquecaver Geländes bildete inzwischen ein kleines Schwimmbad, das Sommervergnügen für alle Kinder! Mit seinem Bau hatte ich begonnen, sowie die Wiese, die Scheunen und der kleine Wehrturm mir gehörten. Aus dem wüsten Schutthaufen der Scheune, die von seinem Vorbesitzer mit dem Bulldozer niedergerissen worden war, hatte ich wochenlang Unkraut und Steine herausgetragen, bis zwischen Grundmauern der Felsboden bloßlag. Zu einem Oval hatte ich die Mauern aufgebaut und erhöht ein Abflussrohr darunter gelegt, das Oval mehrfach verputzt und schließlich, wie ich es vor Jahren für die Reparatur der Zisterne gelernt hatte, Wände und Boden mit einer Mischung aus Zement und Sikalit eingestrichen.

Im ersten Sommer musste ich mich damit zurückhalten, die Wände auch noch zu bemalen, denn die Kinder wollten baden. Aus zwei Schläuchen lief das Schwimmbad voll, aus dem einen floss das teure «Stadtwasser» aus der Leitung, aus dem anderen das kostenlose Regenwasser aus der Zisterne. Riki und Mara waren mit ihren Kindern zu Besuch, wir Frauen schoben große, glatte Steine zum Rand des Schwimmbeckens hoch, die wollten wir zu einem Liegestrand nebeneinander legen. Cnristian bot seine Hilfe an, aber wir lehnten sie ab, in altägyptischer Methode auf drei Rollen schafften wir die Gewichte auch allein nach oben. Einen Treppenaufgang zum Badestrand bauten wir mit Rundungen darin zum Sitzen. Nur einen umgefallenen Monolithen konnten wir nicht bewegen. Zu Arnulf, der sich vor der Rückreise nach Berlin verabschieden wollte, sagte Riki, wenn er den Steinblock aufrichte, bräuchte er auch nicht ihre kitschige Kaffeekanne aus der Quincaillerie als Gepäck im Auto mitnehmen. Arnulf richtete beide Steinblöcke der früheren Toreinfahrt wieder auf, und die bunte Porzellankanne in Form einer Ente nahm er trotzdem mit nach Berlin. Vor dem nächsten Sommer strich ich das Schwimmbecken ultramarinblau an und malte darauf farbiges Meeresgetier und Blüten von Wasserpflanzen. Meine Freunde Sally und Jeffrey sahen sich die Malerei und den blühenden Steingarten darüber an. Mit dem Blick auf den freigeräumten Durchgang zwischen den Steinblöcken und zu Arkaden zugeschnittenem Buschwerk, auf eine symmetrisch-barocke Anlage in klein, sagte der englische Maler, er frage sich, wer hier gewänne, die Natur oder ich.

Das Gelände mit seinen Türmen und Terrassen, mit Gauben als Zackenkranz auf den Dächern, in vier Jahren hatten wir es zu einem Gesamtkunstwerk gestaltet. Den Winter über stand die Bastide leer. Die Aubin-Kinder hatten während der Weihnachtsferien wieder bei uns im Haus gewohnt und in dem leeren Oval gespielt, dessen bemalte Wände die Wintersonne wärmte. Diesen Sommer wohnten sie zum ersten Mal mit ihrer Mutter und deren Freund in der Bastide. Sie kamen über das Steintreppchen an meinem Atelier vorbeigelaufen und spielten vergnügt mit meinen und den Besucherkindern im Wasser. Aber einige Tage danach kamen sie nicht mehr vom Nachbarhaus herüber.

Das Steintreppchen war von der anderen Seite mit Brettern verrammelt. Töni und Jani nahmen nicht mehr den nächsten Weg, um ihren Vater in der Bastide zu sehen, sie gingen über die Straße außen um die Häuser herum. Einmal berichteten sie mir entsetzt, Sylvie habe ihre Kinder aufgefordert, Steine in die Scheiben des schönen Rundfensters von Christians Werkstatt zu schmeißen. Ihr Papa arbeite dahinter, hätten sie gesagt und es nicht getan. Auch das große Rundfenster war danach vom Hof der Bastide aus mit Brettern zugestellt.

Es war an einem besonders heißen Sommertag. Aus dem Schwimmbad verdunstete das Wasser. Ich hängte den Schlauch mit Leitungswasser über seinen Rand, um es schneller als mit dem träge fließenden Zisternenwasser nachzufüllen. Oben im Atelier war es trotz der Dachisolierung stickig heiß. Ich öffnete das Fenster der drei Dachgauben zum Schwimmbad hin und dann ein Fenster gegenüber, hinten neben der Staffelei. Beißender Qualm stieg durch das Fenster nach oben. Direkt darunter brannte ein Feuer. Sylvie, ganz in Rot und mit rosa Plastikhandschuhen, schnitt trockene Brombeerdornen. Sie trug sie hektisch von ihrem Hof zusammen, rupfte trockenes Gras, immer mehr warf sie auf das Feuer. In dem spiegelnden Fensterglas sah ich sie machen, ohne dass sie mich, in meiner Lieblingsfarbe Blau, sehen konnte. Das Feuer loderte hoch auf, Funken sprühten über das Dach. Mit Styroporplatten, diesem leicht anzubringenden, aber auch leicht Feuer fangenden Material, hatte ich eines anderen Sommers das Atelier isoliert. Sylvie ging in ihr Haus, ich schloss das Fenster. In Angst, das Atelier, die Bilder, die Säuren, die Gitarren darunter, alles ginge in Flammen auf, ergriff ich den Wasserschlauch, lief über das Steintreppchen wieder hoch, schob die Bretter beiseite und hielt den Wasserstrahl auf das Feuer zu, um es zu löschen. Da raste Sylvie aus ihrem Haus auf mich zu. Sie schrie, auf ihrem Grundstück habe ich nichts zu suchen! Wie ein Mikrofon hielt ich ihr den Wasserschlauch vor den Mund. Sie lachte kurz, in das Wasser redend packte sie meine Hände. Dann stellte sie mir ein Bein. Sie konnte Judo, das wusste ich und versuchte immer wieder, das Gleichgewicht zu halten. Im Hintergrund saß der Vater meiner Kinder, ungerührt trommelte er afrikanische Musik. Wir Frauen rauften uns. Von einem Griff an die Gurgel, dem Druck an die Halsschlagader, konnte ich mich nicht mehr befreien. Ein junger Mann rannte aus der Bastide, er rief: «*Arrêtes!*», das sei höchst gefährlich, und riss Sylvie beiseite. Nass und benommen kehrte ich über das Steintreppchen zurück.

Auf die handgreifliche Auseinandersetzung folgte die schriftliche. Einen eingeschriebenen Brief sollte ich vom Notar abholen. Der Poststempel war von Cenevières, die Anrede «Madame», der handgeschriebene Brief voller Forderungen, die Unterschrift nur der Nachname der Nachbarin. Mit Christians Hilfe verfasste ich einen Antwortbrief mit der Forderung, die Bretter sollten weg, tippte den Brief auf der Schreibmaschine und sandte ihn ebenfalls von Cenevières aus nach Roquecave.

Die langen Sommerferien waren zu Ende, im Weiler herrschte wieder friedliche Ruhe. Da erschien ein Gerichtsvollzieher in Christians Werkstatt. Töni, die gerade aus Resten von Zedernholz etwas schnitzte, wurde blass vor Schreck. Der Mann vermaß das Rundfenster, das solle durch das Holztor von vorher ersetzt und geschlossen werden. Der Eingang zur Etage darüber sei ebenfalls zu schließen, denn von der Steintreppe aus würde ständig Einsicht in den Nachbarhof genommen. Einem Rechtsanwalt in Villefranche solle ich bestätigen, dass die geforderten Maßnahmen getroffen seien. Christian sagte, ein Tor bedeute Durchgang und Sicht, das neue Fenster sei schon ein Entgegenkommen gewesen. Er schickte den Gerichtsvollzieher aus seiner Werkstatt. Der ging, er habe ja nur seinen Auftrag erledigt.

Um die Scheiben des großen Rundfensters undurchsichtig zu machen, malte ich Eisblumen darauf. Christian sägte ein Loch in den Atelierfußboden. Um das Steintreppchen nicht mehr zu benutzen – in den Hof der Bastide wollte ich ja gar nicht sehen –, stellten wir eine Leiter in der Instrumentenwerkstatt auf, über die ich von da an durch das Loch in mein Atelier kletterte. Mit einer Planskizze und Fotos, welche diese Veränderungen zeigten, fuhr ich zu dem Rechtsanwalt nach Villefranche. Da nun der Eingang zu meinem Atelier geschlossen sei, solle der gegenüberliegende Eingang zu einem kleinen Rundturm der Nachbarin, einem ehemaligen Hühnerstall, ebenfalls nicht mehr zugänglich sein, wies ich auf die Skizze. Der Anwalt hielt das für konsequent, aber er wolle sich mit der Angelegenheit nicht mehr befassen, es scheine sich eher um einen Fall für einen Psychiater zu handeln.

Im Winter erhielt ich wieder eine Vorladung vom Notar. In einem gehässigen Brief forderte diesmal meine Widersacherin das Wegerecht zur Nutzung der beiden Scheunen ein, so wie es sich der Vorbesitzer Grégory im Kaufvertrag mit ihr vorbehalten habe. Der Notar fotokopierte diesen Vertrag von 1963. Die Forderung war absurd, denn inzwischen hatte der Landwirt die Scheunen und alle seine Grundstücke in Roquecave verkauft, somit konnte er sie landwirtschaftlich gar nicht mehr nutzen. In einem folgenden Schreiben, von ihrem nächsten Rechtsanwalt verfasst, wurde die obere Scheune Schafstall genannt, der nicht als Atelier genutzt werden dürfe. Unter Androhung der Schuldpflicht seien für jeden Tag Verspätung, in dem die Gebäude nicht in ihren ursprünglichen Zustand zurückversetzt worden seien, 100 Francs zu zahlen.

Es kam zum Prozess. Zu meiner Verteidigung engagierte ich einen Rechtsanwalt in Cahors. Es folgten Expertisen über den bäuerlichen Besitz von früher, seine Zersplitterung, die Umverteilung der Parzellen an seine jetzigen Besitzerinnen, ein kompliziertes, langwieriges Verfahren. Ich lernte Juristen-Französisch, eine Sprache für sich.

Im Frühjahr blühte die Iris in den Steingärten und der Flieder in Drouots Hof. Jean-Claude studierte in seinem Haus eine Rolle ein. Zu dem Drama in Roquecave meinte er, da lägen eben zwei Königinnen im Streit. Die Lavendelfelder blühten, es wurde Sommer.

Christian spannte die Saiten auf einer Gitarre auf, er spielte sie ein und gab den «Tesfilles», den Deinemädchen, wie er meine Mädchen nannte, ein Konzert von Vivaldi. Gleichzeitig tönte vom Hof der Bastide Tamtam und Folklore. Die Bretterverrammlung am Steintreppchen war entfernt, doch nur, um Einsicht in unser Gelände zu nehmen. Die Eingangstür von Sylvies kleinem Rundturm stand offen, von innen öffneten die Nachbarskinder Gucklöcher in meinen Garten. Drei Jungen pirschten sich um die untere Scheune an den kleinen Wehrturm heran. Vor dem Felsrand nahmen sie die Steinplatten von den Gräbern mancher Katzen und der alten Dackelin Grace ab, dann kackten sie hinein. Die «Tesfilles», die dort bei Katzenbeerdigungen Kreuze aufgestellt hatten, weinten. Ziegel, mit welchen wir das Dach der unteren Scheune fertig decken wollten, wurden von der Bastide aus entwendet. Die Atmosphäre in dem Gelände, einmal ein Kinderparadies, war vergiftet.

Meine Freundin Veronique, die Pariser Malerin, verbrachte mehrere Tage in Roquecave, um mit mir Radierungen herzustellen. Wenn wieder ein Feuer unter dem Atelier brannte, merkte sie, wie mir die Hände zitterten. Die Feuerwehrleute in Limogne fragte ich, ob sie nicht dagegen einschreiten könnten, aber sie sagten, erst wenn mein Atelier wirklich brenne, würden sie kommen. Abends saßen wir auf der unteren Terrasse, so weit wie möglich von der Bastide entfernt, und sangen den Mond an, der hinter dem kleinen Wehrturm und seinem Gespenstergebüsch aufging. Veronique meinte, zauberhaft sei dieser Ort, aber auch ein Beerdigungsplatz erster Klasse. Ein andermal sagte sie, die Feindseligkeit der allzu nahen Nachbarschaft, in der sogar Kinder gegeneinander aufgestachelt würden, sei unerträglich. Sie riet mir, von Roquecave wegzuziehen, sonst würde ich krank.

Der Entschluss, alles Schöne, für das ich mich über Jahre eingesetzt hatte, aufzugeben, fiel mir sehr schwer. Christian mochte meine Entscheidung nicht beeinflussen, ihm gehöre ja sowieso nichts mehr. Ich spürte, wie er darunter litt, wenn in seiner Nähe

Eine Gariotte, von Töni und Jani gebaut, und Dachgauben (vorne: Eingang zum geplanten Musiksaal, dahinter die Scheune, die als Atelier und Werkstatt in Betrieb war).

Krach gemacht wurde, «Watschi-way-Musik», wie Töni das Anti-Barocke nannte. Oder wenn deutsche Männer von nebenan, deren Kinder ich lediglich zu mir eingeladen hatte, vor seiner Werkstatt in dem kleinen Schwimmbecken planschten. Zu dem Streit zwischen den Nachbarinnen sagte sein Bruder: Die Klügere gibt nach. Sollte die andere doch als die Dümmere dastehen mit ihrer Bastide! Statt zu lauern, was sie nun wieder gegen mich unternahm, und statt allmählich darüber zu verbittern, beschloss ich, mein Taubenturmgelände zu verkaufen, obwohl der Prozess, den sie gegen mich angestrengt hatte, noch lange nicht abgeschlossen war.

Ein Jahr später, wir waren schon umgezogen, schickte mein Advokat den Beschluss des Landgerichts von Cahors. Demnach lagen die Rechte, durch den Hof der Bastide zu fahren, sowie die Sicht von den Scheunen in den Hof auf Seiten der Beklagten. Für die Nutzung der Scheunen gäbe es keine Beschränkung, sie könnten als Wohnung oder Atelier genutzt werden.

Die Öffnungen seien nicht vergrößert worden, die Fenster könnten bleiben. Die Klage sei schlecht begründet, die Klägerin habe alle Gerichtskosten sowie das Honorar des Anwalts der Beklagten zu tragen. Den Prozess hatte ich also gewonnen. Das feierten wir mit einen Dîner bei den Lehrern Andrée und Jacques. Als Vorspeise brachte ich Avocados mit, Andrée befühlte sie und sagte: «*Tu sais choisir tes avocats!* Du weißt deine Anwälte zu wählen!»

Aber noch, im Herbst 1980, hatte ich kein anderes Haus gefunden.

Das gestaltete Gelände (in der Mitte das Schwimmbecken mit Treppchen aus den Steinhaufen einer zerstörten Scheune).

«Bibi und Wombat», für die Kinder gebastelte Tiere, die ihnen das Sitzen vor den Hausaufgaben erleichtern sollten.
(Winter 1980, letzte Weihnachten in Roquecave)

Maulbeerbäume wie in Zernikow, ein Kindheitstraum, was sonst?

Auf dem Weg nach Villefranche sahen wir ein Haus mit einem eckigen Taubenturm, so groß wie der der Bastide. Wir stiegen aus, aber daneben kreischte ein Sägewerk. Ein anderes Gebäude fand ich nicht malerisch genug in dem Grün des Aveyron gelegen. Sowieso wollte ich im Lot bleiben als *la Lotoise venue d'ailleurs,* als die Lotoiserin von anderswo gekommen, wie es von mir hieß. Wir sahen uns kleinere Häuser in der Nähe an, aber keines bot Platz für ein Atelier und eine Instrumentenwerkstatt. Jedes Mal, wenn wir von der Häusersuche nach Hause zurückkamen, fanden wir es da doch am schönsten.

Einmal, eigentlich auf Motivsuche zum Aquarellieren, fand ich ein einsam gelegenes altes Haus mit einer Scheune. Christian fand es deshalb so schön, weil noch ein Erdweg dorthin führte. Bei einem Notar in Cajarc meldete ich mein Interesse dafür an. Es stünde zum Verkauf, sagte er, doch Pariser seien auch daran interessiert. Wieder bei dem Notar, kaum bei ihm eingetreten, klingelte das Telefon. Die Pariser waren mir zuvorgekommen. *Tempis,* im Grunde war ich froh darüber. Ein weniger einsam gelegenes Haus, zu dem eine richtige Straße führte, wäre mir lieber gewesen. Von der Einöde aus hätte ich die Kinder kilometerweit zur Schule fahren müssen, und die Stadt Cahors bevorzugte ich vor dem Städchen Cajarc.

Selbstverständlich hätte ich schon längst den altbekannten Limogner Notar aufgesucht, wäre er nicht aus dem Hinterhalt zusammengeschlagen worden, weil er das Testament einer sterbensalten Frau zu Ungunsten ihrer Erben gefälscht hatte. Schließlich, es war schon November, suchte ich den neuen Notar in Limogne auf. Er blätterte in einer Mappe, die er sich zu allen Häusern, die im Umkreis zum Verkauf standen, angelegt hatte. Die Causse-de-Limogne genauer kennen zu lernen sei ihm ein Vergnügen, sagte er. In seinem Auto fuhr er mit mir umher, zeigte auf ein Schloss, das stünde leider nicht zum Verkauf, zeigte auf zerfallene Hütten, die seien alle zu haben. Ein Schloss solle es doch sein. – Nein, bloß keinen Riesenklotz am Bein, lieber etwas in mittlerer Größe. Er besann sich auf ein Angebot in seiner Mappe und fuhr in Richtung Cahors zu dem Dorf Concots.

Von der Abbiegung am Dorfrand aus sah ich ein hohes Walmdach mit Mansardenfenstern, eine Dachform, wie sie im Quercy nur selten zu finden war. Es erinnerte mich an ein noch viel höheres Dach aus der Zeit des Rokoko, des Alten Fritz und der von ihm aufgenommenen Hugenotten. Der Notar hielt vor einem schmiedeeisernen Tor unter zwei alten Kastanienbäumen. Durch eine Tür daneben gab er mir den Vortritt zu einer Terrasse vor dem Haus. Knorrige Maulbeerbäume standen in dem Hof, sie und eine hohe Esche bildeten den Rahmen zu einer weiten Sicht auf Felder und Eichenwälder. Ich traute meinen Augen kaum: Kastanien und Maulbeerbäume wie in Zernikow! Auch das Haus im schlichten klassischen Stil, nur nicht so groß – es sah meinem Geburtshaus erstaunlich ähnlich. Unter dem Eindruck wachgerufener Kindheitserinnerungen blieb ich stumm davor stehen. Es war wie Liebe auf den ersten Blick. Dieses Haus musste es sein, koste es, was es wolle.

Mit den Lehrerfreunden, Christian und den Kindern sah ich es mir danach noch einmal von außen an. Huarts sagten, es sei ein besonders schönes Haus, ein Schieferdach und große Fenster hätten sich früher nur die Trüffelbauern leisten können. Vor dem Eingang, zwischen der Terrasse und den Maulbeerbäumen, fassten zwei Steinsockel eine Stufe ein, Sockel wie gemacht für meine Berliner Steinguttöpfe mit den Fuchsien. Auf dem breiten Türsturz aus hellem Kalkstein stand die Jahreszahl 1876 eingemeißelt, das Geburtsjahr meiner Großmutter Agnes von Arnim, der Wiepersdorfer «Erdbeeroma».

Danach zeigte mir sein Besitzer das Haus von unten bis oben. Innen, hinter der massiven Eingangstür, war die Raumaufteilung dieselbe wie in allen alten Bauernhäusern des Quercy. Dem Eingang im Süden lag die gewölbte Küche gegenüber und das große Wohn- und Esszimmer, dazwischen dominierte ein Kamin. Der Besitzer, ein Bauer, der seinen anderen Erbhof bewirtschaftete, öffnete eine Tür dem Kamin gegenüber zu einem Zimmer mit gelb betupften Wänden. Wären die Wände erst einmal weiß gestrichen, könnte man Bilder daran aufhängen, dachte ich mir. Nur zögernd öffnete Monsieur Lasfarguette eine Tür neben dem Kamin. Eine hässliche Bretterwand verdeckte ein Loch im Fußboden unter einem sehr schönen Gewölbe. Auf meine Verwunderung hin erzählte er, sein Großvater habe durch das Loch Weintrauben in die Fässer im Keller geschüttet und die Felsen des Kellers habe er in jahrelanger Arbeit abgemeißelt, um für seine Weinfässer Platz zu schaffen. Das erinnerte mich an meinen Großvater Erwin, der in der kalten Mark Brandenburg auf einer kleinen Insel einen Weinberg angelegt hatte. Von einem gekachelten Raum im Anbau des Zernikower Gutshauses, den er errichten ließ, bleibt rätselhaft, ob er darin Wein keltern wollte oder ein Badezimmer einrichten. Jedenfalls hat der Großvater Arnim, so wie der Großvater Lasfarguette auch, seinen Keller vergrößert – der eine im Sand, der andere im Fels.

Über eine geschwungene Holztreppe stiegen wir vom Esszimmer in die erste Etage. In einem der dunkel tapezierten Zimmer, die ich schon als helle Kinderzimmer sah, öffnete der Besitzer Fenster und Fensterläden. Während er den Blick über die Felder und Wälder schweifen ließ, erklärte er, dies seien früher einmal Weinberge und Wälder von Trüffeleichen gewesen, doch sie gehörten seit langem nicht mehr zu diesem Hof. Er habe sie an meine zukünftigen Nachbarn verpachtet. In dem Bauernehepaar – vier Kinder hätten sie – würde ich liebenswürdige Nachbarn finden.

Eine schmalere Treppe stiegen wir nach oben zum Dachboden. Der verzweigte Kaminschlot führte unter dem Dach wieder zusammen – merkwürdig, auch das wie in Zernikow. Ein großer Raum erstreckte sich über die ganze Länge des Hauses. Das ideale Atelier, dachte ich mir und staunte über das kunstvolle Dachgebälk. In der Bauweise à la Mansard schienen die Balken halb zu stützen, halb zu schweben. Während wir wieder in das Erdgeschoss hinuntergingen, sagte der Verkäufer, als Kind sei er auf der gebohnerten Treppe einmal hingefallen, weil ihm seine Tante eine Ohrfeige verpasst habe, als er mit Schokolade aus ihrem Zimmer herunterkam. Die Treppe war aber schon lange nicht mehr gebohnert worden, an einer Stelle wuchsen sogar Pilze aus dem verfaulten Holz. Seit fünfzig Jahren stand das Haus leer. Immerhin waren seine vielen großen Fenster heil. Auch gefielen mir die hohen Zimmerdecken und Türen, für

Das neue Traumatelier unter dem Dach à la Mansard.
(Foto: Riki Kalbe [Concots 1982])

groß gewachsene Menschen gebaut. Der Verkäufer zeigte noch die Scheune und einen daran angrenzenden Acker. Davon würde er gerne einen Streifen Land, so breit wie der Garten, dazugeben, wenn ich ihm dafür ein Ölbild als Erinnerung an sein Geburtshaus malen könnte.

Der Kaufvertrag für meine «Klein-Zernikow-Variante» war unterschrieben. Ich freute mich darauf, in dem weniger abgeschieden gelegenen Haus einen neuen Lebensabschnitt zu beginnen. Wieder pflanzte ich eine kleine Zypresse, diesmal am Eingang zu dem ermalten Gelände. Da lehnte sich meine neue Nachbarin über die Gartenmauer und sagte wie zum Trost: Taubentürme hätte ich ja nun keine mehr, dafür jedoch diese schönen alten Kastanien und Maulbeerbäume.

Inhalt

I
Berlin

II
Paris

III
Die Roquecaver Pionierzeit

IV
Nordost – Südwest und zurück

V
Das Leben mit Kindern von Bildern